陶士凯先生

杜宗民先生

马林先生

张俊华先生

张荣先生

陈开好先生

黄显德先生

蒲天才先生

梁春云女士

柳燕梁女士

彭运国先生

吴虚谷先生

徐殿阳先生

张鹤良先生

裴玉玲女士

吉洪花女士

李宁先生

胡光先生

杨进先生

周学群先生

简早红先生

典藏版

中国诗文百家

陶士凯 杜宗民◎编著

故乡，家的方向
脚下的热土
心上的一草一木
难忘的乡音和乡情

线装书局

图书在版编目（CIP）数据

中国诗文百家 / 陶士凯，杜宗民编著 . —北京：线装书局，
2022.10

ISBN 978-7-5120-5319-9

Ⅰ.①中 ... Ⅱ.①陶 ... ②杜 ... Ⅲ.①诗词 – 作品集 – 中国 – 当代
②散文集 – 中国 – 当代 Ⅳ.① I217.1

中国版本图书馆 CIP 数据核字（2022）第 240014 号

中国诗文百家
ZHONGGUOSHIWENBAIJIA

编　　著：陶士凯　杜宗民

责任编辑：林　菲

出版发行：线裝書局

　　　　　地　　址：北京市丰台区方庄日月天地大厦 B 座 17 层（100078）

　　　　　电　　话：010-58077126（发行部）010-58076938（总编室）

　　　　　网　　址：www.zgxzsj.com

经　　销：新华书店

印　　制：廊坊市海涛印刷有限公司

开　　本：880mm × 1230mm　1/32

印　　张：20.125

字　　数：469 千字

版　　次：2022 年 10 月第 1 版第 1 次印刷

定　　价：200.00 元

线装书局官方微信

编委会

（排名不分先后）

序　言

心栖梦归处，不负世间行

刘　清

人生在世，活的就是一种心境。不同的心境，不同的追求，不同的人生，不同的风景。做一个心中有景的人，心有山海，静而不争，人生最大的修行，是以不动声色的内在力量，征服喧嚣不息的世界和浮躁不安的生命，安静是治愈一切的良药。生命如一泓清水，清澈而透明，干净是其最真的颜色，心中若有桃花源，何处不是水云间。生命的书写无须着墨太多，以岁月执笔，日月为墨，在留白的扉页勾勒出一幅水墨丹青的画卷。人来世间，过就要过得有滋有味，活就要活得神采飞扬，坦荡而率性地活着，以满腔的热爱拥抱世界，在云里写诗，在泥里生活，在岁月里洒脱，做独一无二的自己，不枉此生。心之所向，梦之所寻，身之所往，终至所归。

岁月无痕，生命有迹，让我们循着淡淡墨香，心的印记，荡舟而去，在"佳思忽来，书能下酒；豪情一往，云可赠人"中，醉品用心灵书写的精彩篇章。

冬末岁尾，季节的转角，寒风不再凛冽，已经带有暖风的气息，轻轻吹拂，期盼着吹开人间繁花满枝，顺着芬芳的气息去找寻久违的春天。我把爱的温度注入开始消融的冬季，让春天的芽在白雪里萌生，让蛰伏的生命在一缕阳光中重生。让我们循着破土而出的文字，走进北京诗人郑书晓的《融雪》，在乍寒还暖中，去感受一颗被暖阳和春意融化的心。

"冷风，开始迟钝／它的心中注入了温暖／想要吹开万千繁花／用芬芳找寻春天／我把温度／刻进季节的尾声／让春天的芽／剖开白雪／从阳光里重生／"

世间有一种爱，不需要任何语言，却在风雨的坚守中感天动地；世间有一种情，没有花前月下的浪漫，却在一生无悔的守候中书写着誓言；世间有一颗心，柔软而坚贞，在岁月的变迁中只为你跳动。让我们循着"情深无言，深爱无语"的文字，走进重庆诗人李梅的《石头》，在静默无声中去感受这份坚如磐石的爱，炽热而笃定的心。

"蒙蒙的细雨／打不湿我的心／纷飞的落花／伤不了我的情／岁月的风／将我的面容／吹得千疮百孔／请原谅／我的冷冷清清／我无法像鸟儿一样／对季节说一句谄媚的话／也无法像桃李一样／为东风开一树邀宠的花／我是一颗石头／守着曾经炽热的心／沉默，却坚贞／"

你用希望的火花点燃青春，用热情的火焰焊接着距离，用爱的温度融化着世间的冷漠；你用手中的焊条将日复一日的岁月点燃，平凡的生命在火花四溅中熠熠生辉，照亮一生的路程。让我们循着生命的微光点燃人间烟火的文字，走进江苏诗人胡光的《焊工》，去感受这份用人性的光芒，一点点将世间坚硬融合，用爱的火花焊接出一个圆融世界的神圣职业，人间因有你们而暖。

"在希望的焊点／栽一朵耀眼的花／面罩挡住辐射／挡住美丽的脸庞／却挡不住青春的光芒／焊条在融化／时间在飞逝／那扔了一地的焊头啊／不是废弃的岁月／而是燃烧的生命／一名焊工／

一朵热情的火焰／钢与钢之间不再有距离／人与人之间不再有冷
漠／"

站在岁月的渡口回眸，往事不堪回首，曾经熟悉的景物已
经变老，那些校园里曾经留下的美好回忆也变得久远。时间不
可挽留，韶华不再，泪轻弹，那些隔山隔水的情谊只有梦里相寻。
阔别四十载同学雅堂再相聚，高谈阔论叙旧情，关山千里把酒
一盏遥祝福：初心未改，夕阳正红。让我们循着情深义重的文
字，走进四川诗人黄显德的诗词，去感受这份不论时光如何老去，
历久弥新，永不褪色的同学情。让我们一起欣赏精彩诗词《江
月晃重山·遥寄高中毕业四十周年聚会》：

> 溪岸烟霞已老，校园风月犹深。
>
> 几曾回首望浮云。堪垂泪，惟有梦相寻。

> 雅聚一堂阔论，惊来孤雁空吟。
>
> 关山何处寄清尊。思千里，落日照初心。

五岳独尊名遐迩，飞泉瀑布远闻声；峭崖绝壁耸云霄，遮
天古木绕涧生；会当凌绝观日出，黄河金带长空悬；历代帝王
来封禅，流连墨客真迹留。让我们循着气宇轩昂的文字，走进
山东诗人崔洪华的诗词，走进五岳之首——泰山，在"这边风
景独好中"去领略它气吞山河的风采。一起欣赏经典诗词《七
律·泰山》：

> 远听飞泉瀑布声，领先五岳久奇名。
>
> 层崖峭石连云上，古木苍松绕涧生。
>
> 翠岭玉皇看日出，黄河金带向天横。

泰山历代君王赞，多少文人留墨情。

夜雨潇潇唤秋凉，听雨敲窗愁更怅。极目迢迢追梦路，山高水长路更遥。诗梦未圆心难平，意难消。岁月蹉跎容颜易老，自是人生长恨水长东。漫漫长路其修远兮，情怀依旧，雄心犹在，壮志不改，九霄云天。让我们循着"生命不止，追逐不休"的文字，走进北京诗人杜宗民的诗词，去感受一颗执着的诗心。一起欣赏精彩诗词《长相思·壮心仍九霄》：

秋潇潇，雨潇潇。
听雨敲窗叹梦遥，千山万水迢。

爱难消，恨难消。
逝水东流颜暗凋。壮怀仍九霄。

世间有一种情，不论走多远，都走不出母亲的目光，故乡的牵绊；世间有一种爱，不论贫穷还是富有，你都是我的根，我的魂，我午夜梦回的眷恋。故乡，家的方向，脚下的热土，心上的一草一木，难忘的乡音和乡情。让我们循着叶落归根的文字，走进山西作家栗俊青的《寻找回来的故乡》，在字里行间，去感受这颗"出走半生归来仍少年"的赤子之心。

树高千丈，叶落归根。没有了根，叶片如我究竟要飘向哪里？归于何方？

"我把故乡放在梦境里，放在心房里，放在诗歌里。恍惚中，我看到了山清水秀的故乡，看到了碧空如洗的故乡，看到了老人慈爱、孩子欢笑的故乡。而出走半生的我，在星光下，终是回到了故乡的怀抱。"

　　人在旅途，每个夜晚，都有一盏灯为你点亮。这盏灯是回家的方向，是黑夜中的希望，是心口的温暖，是亲人殷殷期盼的目光和等待。这世间也有一种光，为夜归的每一个人照亮，它散发着博大的光辉和爱意，为路人驱散心中的寒意和胆怯，勇敢而平安前行。让我们循着黑夜中的灯光，走进河北作家薛媛的《夜归人》，去认识这位以"爱执灯"的平凡而伟大的母亲，您如黑夜中一座屹立的灯塔，指引着孩子的人生航向，照亮着孩子回家的来路，也照亮着路人的归途。愿天下远行的孩子都不负等待，早日踏上归家的路途，与父母早日团聚，"家人闲坐，灯火可亲"就是人世间最大的幸福。

　　"卫生站的工作已接近尾声。晚星的寒辉洒在头顶，沿着熟悉的路径，赞布又一次走进那片光意朦胧中。他回想起在贡嘎驻扎的那无数个夜晚，兵站的灯火如星星闪耀，扎西多杰时而会哼起他的家乡小调：'雪莲花盛开在贡嘎山上，白云生处鸟语花香'。多么优美的旋律，赞布轻声哼唱起来。身边的光雾在逐渐扩大，不远处，那间民居的门开了，一个身影缓缓从光中走来。'你回来啦？'一个热切而苍老的声音响起，赞布愕然地立在那里。那个身影移近了，一位瘦小的老奶奶，扶着手杖，身体向前微探着。'酥油灯每晚都为你点着，你从小怕黑！''可……我不是您要等的人，我只是从这里路过！'赞布稍稍回过神来。'你……不是！'老人的声音低沉下去，'可你唱着他的歌，'她慢慢转过身去，'贡嘎的任务快完成了吧！怎么还不回家来啊，扎西！'门从老人的身后关上了。赞布静静地站在夜雾里，良久，良久。那扇灯光依旧氤氲在暗夜里，朦胧的光雾漫溢在四野，无声地陪伴着路过那里的人们。"

　　人生，是一个不断追寻的过程：追寻生命的那抹绿，灵魂的那片海，人间的那份懂。绿，是生生不息的希望，是永不言弃的信念；海，是博大的胸襟，是回头是岸的救赎；懂，是情与情的共鸣，心与心的默契。人生是一幅徐徐展开的画卷，以善与暖为底，以梦为马，以爱为墨，篆刻下无悔的印章。人来世间一趟，来过，活过，爱过，就不负此生，就不虚此行。珍惜眼前，活好当下，就是对生命最好的馈赠。

是为序。

目　录

第一部分　现代诗歌

天津诗人孙淑香 / 2

惊梦他乡（外2首）/ 2

江苏诗人胡光 / 4

沸腾的工地（外2组）/ 4

回乡感悟（组诗）/ 10

灵璧石（组诗）/ 13

江西诗人张俊华 / 19

诗歌8首 / 19

北京诗人郑书晓 / 27

诗歌6首 / 28

上海诗人柳燕梁 / 34

我们的春天不会消逝（外1首）/ 34

新疆诗人贾川疆 / 36

纠缠彷徨的爱情（组诗）/ 37

百花盛开，惊艳了整个春天（组章）/ 40

四川诗人杜虎林 / 43

诗歌14首 / 44

江苏诗人安娟英 / 51

梦蝶（外1首）/ 51

辽宁诗人赵明环 / 53

　　诗歌 4 首 / 53

浙江诗人周学群 / 56

　　诗歌 10 首 / 56

广西诗人杨成志 / 64

　　这歌，是我想歌唱的 / 65

重庆诗人李梅 / 66

　　诗歌 6 首 / 66

天津诗人张松 / 70

　　尤克里里 / 70

江苏诗人朱秋月 / 72

　　短诗 14 首 / 72

湖南诗人童业斌 / 76

　　故乡山水爽余年（外 2 首）/ 77

河北诗人索文斌 / 79

　　诗歌 10 首 / 79

山东诗人吉洪花 / 88

　　诗歌 7 首 / 88

贵州诗人赵伸 / 94

　　当黎明已经睡去（外 1 首）/ 94

安徽诗人杨春雨 / 96

　　当我退休的时候（外 3 首）/ 96

四川诗人蒲天才 / 100

　　在同一时空里（外 2 首）/ 100

河南诗人王文松 / 108

　　无弦的合音（外 1 首）/ 108

重庆诗人裴玉玲 / 110

　　诗歌 5 首 / 111

浙江诗人陈成国 / 115

　　西湖恋歌（外 1 首）
　　　　——组诗《西湖恋歌》节选 / 115

四川诗人李宁 / 119

　　诗歌 20 首 / 119

江苏诗人储竞芬 / 133

　　诗歌 8 首 / 133

重庆诗人申世蓉 / 140

　　芭茅（外 1 首）/ 140

河北诗人薛媛 / 142

　　未知（外 2 首）　　/ 143

贵州诗人颜家飞 / 146

　　安顺除夕前夜的雪（外 1 首）/ 146

贵州诗人袁玉刚 / 149

　　诗歌 5 首 / 150

浙江诗人郑忠华 / 154

　　啊，我的女神（外 2 首）/ 154

贵州作家薛维 / 156

　　茶的童话（外 1 首）/ 156

江西诗人周寸心 / 158

　　我在人间寻寻觅觅（外 1 首）/ 158

四川诗人刘安杰 / 160

　　五十岁，让自己活成诗意的样子 / 160

第二部分　古体诗词

山东诗人马林 / 164

　诗词 20 首 / 164

北京诗人杜宗民 / 169

　诗词 384 首 / 170

广东诗人陈麟 / 254

　诗词 30 首 / 254

湖北诗人姜国东 / 263

　格律诗 22 首 / 263

湖北诗人彭运国 / 269

　七律 47 首 / 269

天津诗人徐殿阳 / 282

　诗词 33 首 / 282

福建诗人黄玉明 / 291

　诗词 8 首 / 291

江苏诗人付长利 / 294

　诗词 17 首（新韵）/ 294

河南诗人林英法 / 298

　诗词 19 首 / 298

湖北诗人梁春云 / 304

　咏枝江美景 18 首 / 305

湖北诗人徐林忠 / 312

　诗词 25 首 / 313

内蒙古诗人卢建国 / 319

　七绝·家乡创业扶贫三兄弟见闻（组诗）/ 320

河南诗人牛俊杰 / 321

　词 10 首 / 321

四川诗人勾文静 / 324

　七律 10 首 / 324

浙江诗人金祥林 / 327

　格律诗 10 首 / 327

山东诗人赵峰 / 329

　诗词 11 首 / 330

山东诗人张林渠 / 333

　诗词 7 首 / 333

湖北诗人简早红 / 336

　诗词 52 首 / 336

山东诗人张鹤良 / 350

　诗词 30 首 / 350

广东诗人钟清海 / 358

　词 4 首 / 359

黑龙江诗人王禄 / 360

　格律诗 20 首 / 361

四川诗人黄显德 / 365

　诗词 12 首（新韵）/ 365

湖北诗人杨进 / 369

　诗词 107 首 / 369

福建诗人蔡启新 / 395

　诗词 19 首 / 395

江苏诗人黄士寿 / 400

　诗词 27 首 / 400

福建诗人陈开好 / 407

　　诗词一组 / 407

山东诗人刘浩国 / 417

　　诗词 20 首 / 417

甘肃诗人高功 / 422

　　词 6 首 / 422

山东诗人崔洪华 / 424

　　诗词 20 首 / 424

安徽诗人李钊 / 430

　　诗词 6 首 / 430

甘肃诗人甄军祥 / 432

　　诗词 20 首 / 432

江苏诗人张继芳 / 437

　　诗词 26 首 / 437

福建诗人方友好 / 443

　　诗词 18 首 / 443

四川诗人杨成勇 / 448

　　格律诗 10 首 / 448

内蒙古诗人吴宝龙 / 451

　　诗词 20 首 / 451

内蒙古诗人吕云 / 456

　　诗词 20 首 / 456

浙江诗人赵玉琴 / 461

　　诗词 20 首 / 461

海南诗人符开国 / 466

　　格律诗 8 首 / 467

浙江诗人祝建华 / 469

诗词 6 首 / 469

重庆诗人裴玉玲 / 471

格律诗 17 首（新韵）/ 472

陕西诗人赵宝翼 / 475

仙居鳌峰茯茶赋 / 475

上海诗人马长华 / 476

散曲 6 首 / 477

湖南诗人厉良亮 / 478

诗词 12 首 / 479

江苏诗人储竞芬 / 482

诗词 20 首 / 482

江苏诗人王凤媛 / 487

诗词 20 首 / 487

湖北诗人张世亮 / 492

格律诗 10 首 / 492

安徽诗人屠新红 / 494

诗词 20 首 / 495

贵州诗人赵伸 / 499

诗词 20 首 / 499

贵州诗人龙义胜 / 504

诗词 20 首 / 505

湖北诗人文光清 / 509

七绝·故地重访踏歌行（10 首）/ 510

湖北诗人牛文超 / 512

诗词 10 首 / 512

湖北诗人袁秋英 / 515

　诗词 5 首 / 515

山东诗人万会花 / 517

　绝句 25 首 / 517

第三部分　散文随笔

湖北作家梁春云 / 524

　春天里的那团金黄 / 525

　茶绽古韵，烟霞流芳 / 528

福建作家张荣 / 531

　童年历险记三则 / 531

　儿时经历是一所学校

　　——沧桑老人忆儿时旧事 / 536

江苏作家胡光 / 546

　我与灵璧石 / 546

山西作家栗俊青 / 556

　寻找回来的故乡 / 557

贵州作家刘江冰 / 564

　美丽的洋河窝 / 564

甘肃作家杨彦鑫 / 566

　大唐诗韵 / 566

山西作家史秀凤 / 570

　难忘的一天 / 570

山东作家吉洪花 / 572

　这边风景独好（外 3 篇）/ 572

河北作家薛嫒 / 577

　　却话云起时（外1篇）/ 577

贵州作家钱发顺 / 582

　　五四青年赋 / 582

四川作家蒲天才 / 584

　　书法的艺术欣赏 / 584

湖南作家于成艳 / 586

　　依恋 / 586

辽宁作家王金涛 / 588

　　家乡有山不远游 / 589

河北作家陈新潮 / 591

　　我的母亲 / 592

　　街心公园 / 594

　　萤火虫 / 595

　　住在冬天的月亮 / 596

　　忙年歌里豆花香 / 598

浙江作家吴虚谷 / 600

　　父亲 / 600

第一部分　现代诗歌

天津诗人孙淑香

【作者简介】

孙淑香，女，笔名"香儿"，天津市人，著名诗人、作家、文学评论家。中国诗歌学会会员，中华诗词学会会员，中国楹联学会会员，经典文学网副总编。曾任《新时代诗人作家文选》《当代影响力"诗人作家文选》《实力派诗人作家文选》《"蝶恋花杯"国际华人文学大赛获奖作品精选》等20多本书籍主编，及《当代文学人物大典》《当代文学先锋人物大典》《中国当代知名诗人诗选》《中国当代知名作家文选》《中国诗歌名家》《中国诗词名家》《中国散文名家》等一百余本书籍副主编。均由国家正规出版社出版。

惊梦他乡（外2首）

年年云台隐隐
几多梦里短长

挥不去巫山云雨
斩不断故园愁肠

多少次千帆望断
立尽斜阳
多少次夜半凭栏
惊梦他乡

情愫

很想在夕阳下
写一首诗寄给你
装进所有的期盼与祝福
可惜装不下
月华如水，远山连绵

很想在梦醒后
画下你的身影
挂在床头
一次次拿起笔
却只是重复着
你的名字

窗外

窗外，寂寞的树
静静伫立
屋内，孤单的烛
随风摇曳

为你扯起一片云翼
让心事不再明显
可掩不住的却是
三千愁绪

江苏诗人胡光

【作者简介】

胡光，江苏省淮安市人，1981年入伍，1985年毕业于武汉军校，2002年转业到淮安市住建局工作，发表诗歌、散文近百首（篇），淮安市作家协会会员。

沸腾的工地（外2组）

1. 塔吊

在建筑的森林
鹤立鸡群
一会儿搔首弄姿
一会儿卖弄风情
吸引无数惊叹的目光

在沸腾的工地
张开翅膀
一会儿盘旋
一会儿定格
最美的姿势献给蔚蓝的天空

2. 升降机

沿着墙壁贴着轨道
一生只在垂直线上奔跑

无论是升还是降
从不计较职务的高低
或者位置的变化
不忘初心听从指令
升降之间
已走过世事沧桑

无论是轻还是重
从不改变最初的约定
和最后的使命
不畏艰苦不知疲倦
每份快递准时抵达
一层层渴望的门口

你就是一个沉默的建设者
一生铭记劳动最光荣

3. 吊篮

一根根生命之线
像春蚕吐丝如蜘蛛结网

在临边在绝壁

在不敢想象的高空
循环往复
不是飞鸟不是侠客
只是一名普通的建筑工人
平凡的生活

在平面的幕墙
像电影里太空行走
走向天宇
走进无尽的蔚蓝
像舞台上空中飞人
掠过时空
掠过稍纵即逝的青春

在弧形的幕
像巨型哈哈镜
一会儿胖一会儿瘦
变幻莫测
像梦里人生
一会儿高一会儿低
起伏不定

没有翅膀
却能像海燕一样飞翔

4. 安全帽

戴上头顶

系紧一个生命

最初的防护

守住一个行业

最大的安危

戴上头顶

是一种警示

红线不可跨越

高压线不可靠近

可低价中标

这条愚蠢的铁律

把多少可怜的生命

一次次逼向危险的边缘

让我这个小小的安全员

困惑不已

戴上头顶

系紧一颗心

把个人的防护

和祖国的发展

紧紧系在一起

5. 木工

从墨斗拉出一根琴弦

轻轻一弹

便弹出久远的中华文明

锯掉多少岁月
锯不掉四季轮回
砍碎多少故事
砍不掉历史记忆
刨平多少板面
刨不平人间世事
挖空心思锲而不舍
把诗情画意
刻进亭台楼阁
用工匠精神
在建筑的神坛
竖起中国最高的丰碑
——鲁班奖

6. 小工

不懂技术
也没有多少文化
只是社会底层
野蛮的小草顽强的生命

搬砖是休闲的小麻将
洒水是欢乐的泼水节
扫地是浪漫的广场舞
和灰是儿时用小便拌和的童趣

沉重的小桶
提起干净的生活

把艰辛的劳动和低微的报酬

数成最灿烂的笑容

7. 焊工

在希望的焊点

栽一朵耀眼的花

面罩挡住辐射

挡住美丽的脸庞

却挡不住青春的光芒

焊条在融化

时间在飞逝

那扔了一地的焊头啊

不是废弃的岁月

而是燃烧的生命

一名焊工

一朵热情的火焰

钢与钢之间不再有距离

人与人之间不再有冷漠

8. 钢筋工

粗壮的手指

像把憨厚的铁钳

他们个个都是超级魔术师

在捆绑的瞬间

还没来得及眨眼

就已完成一次精准的扎丝

弯起是战斗的姿势
拉直是昂扬的状态
横七竖八的生活
被编织得井井有条
没有法国香水的浪漫
只有晚风送来铁锈的清香

9. 瓦工

一把瓦刀
握着全家的生活

横平竖直
是我们的性格
灰缝饱满
是我们的热情
百年大计
质量是天
从来不需要想起
永远也不会忘记

一把瓦刀
握着白发的人生

回乡感悟（组诗）

军营生活 21 年，机关工作 21 年，工龄 42 年了，退休前夕，卸下一身的疲惫，回到久别的故乡。

——题记

1. 老家

远看
是村口树梢上一只鸟巢
近看
是挂在门上的一把大锁
远看近看
都说我不是故乡人

2. 辣椒

火红的爱
点燃了生活
把日子串成一缕阳光
挂在檐口

3. 大蒜

洁白的梦
种在三月
长成嫩绿的春天

一群幼童
围坐在大树下
听阳光讲述老家故事

一阵秋风
把白天和黑夜平分
七八个兄弟四分五裂

4. 蛹

充满飞的欲望却没有翅膀
经不起一蛰只有大智若愚
藏在季节背后等下个轮回

5. 蝶

会飞的花
飘扬的是非
无论是采蜜还是授粉
都容易被谣言击中

6. 蜜蜂

心里有光
没有导航也能找到春天
胸中有爱
再苦也是甜蜜的事业

7. 钟表

一生都在算计
以为掌握了人生
剪碎多少时间
最终被岁月抛弃

8.油菜花

小时候
摘一束芳香
轻轻戴在奶奶发际
我和奶奶都笑成了花

长大后
我去了远方
哭泣的夏季告诉我
奶奶和春天一起走了

后来呦
每逢清明
奶奶孤独的坟前
都有一束芬芳的油菜花

灵璧石（组诗）

1.石缘

是前世有缘
相视一瞬
便找到了彼此
没有言语
更没有前生后世的介绍
你中有我我中有你
人石合一

神回答
这是一次无法回避的
邂逅

2. 邂逅

九亿年
那么遥远
古老的中华文明
也触摸不到你的脸庞

金灿灿的年纪
稍不留神
就会碰到她烫人的目光
那张纯净的脸
如藏乡的天空
如我的初恋

从新元古代
从安徽的北部灵璧的心间
穿越时空穿越生命
款款而来
并真切的与我
相遇

瘦
如垂柳的窈窕
旗袍的娇喘

和修长的双臂
在我的世界里定格

漏
如临深渊
如入虎口
这个女人让我不敢靠近
却早已东风无力

透
是一种空灵
一种神明
锁不住云彩
却锁住了往事
地壳运动
火山喷发
还有恐怖的海啸
你都记下了

皱
如姑娘的裙裾
摆动一路芬芳
让飞蛾扑火
让追梦人饮鸩止渴
却心甘情愿
痴心不改

经过多少寻觅

经过多少等待

用骨骼撞开密布的戒律

用灵魂洞穿世俗的城墙

如非典如新冠之后

大口大口呼吸

最新鲜的空气

尽情领略灵璧石文化

最美的风景

一次次令人窒息

又一次次心肺复苏

快乐地死亡

又痛苦地再生

在多少次死去活来之后

才真切的体验

这是前世的等待

也是瞬间的机缘

我终于遇见

一个虚幻的未来

一个真实的美丽

3. 磬石（一）

一次敲击

便震惊了世界

《东方红》的乐曲

响彻天宇

一次敲击
就有一次新的发现
最深沉的呼吸
带着泥土的芬芳
随意捡起一块
无论多少亿年
所有的历史便失去了重量

一次敲击
不是青铜的混响
而是叩问大地拜访星球
探索宇宙的苍凉

4. 磬石（二）

不知道
沉睡了多少亿年
无意中被一只好奇的手指
敲醒

轻一点再轻一点
给我一丁点触碰
就能听见我
激动的心跳和热情的歌喉
地壳运动沧海桑田
多少鬼斧神工之后
这颗失落的心啊

终被好好收藏
墨磬灰磬彩磬
都是大自然的馈赠
这些大地的骄子啊
放在案头放在书桌
放在心中的博古架里

轻一点再轻一点
不需要如何语言
我已记你一生

江西诗人张俊华

【作者简介】

张俊华，男，生于1989年11月17日，江西省丰城市杜市镇大屋场村人。中国诗歌学会会员。作品入选《新时代诗人作家文选》《当代文学人物大典》《实力派诗人作家文选》《当代文学百家》《"精英杯"文学大赛获奖作品精选》《"华语杯"国际华人文学大赛获奖作品精选》《"盛世中华杯"国际文学创作邀请赛作品精选》《"当代影响力"诗人作家文选》《"蝶恋花杯"国际华人文学大赛获奖作品精选》《中国当代优秀诗选》等几十部诗合集。著有个人诗集《春堂诗话》《青年之章》。

诗歌8首

1. 睚眦

豹身龙首
其父弃之
幸得其母哀求
得以苟全性命

十年成人
其志冲天
寻得成事之机

得以辅周之恩

古老的传说
感慨世间万千的凌辱
风起云涌中
潜修腾云驾雾之能
它是能屈能伸忍辱的龙子

古老的传说
不可丈量胸中的志向
浪迹天涯时
誓正龙子睚眦之名
它是克杀一切邪恶的化身

2. 开天辟地

一片混沌，天地不分
没有你的黑暗，没有我的清白
没有敌对是非，没有真假善恶
悲欢离合也不知在哪个人心上

巨人盘古，孕育而生
呼吸天地之气，慢慢成长
万八千年，力大无比
破茧而出支撑在天地之间

身长一丈，天高一丈，地厚一丈
始终顶天立地，不让天地合拢

天地之间由此距离越来越远
如我的朝霞赶不上你的暮光

又经万八千年，盘古高达九万里
天不再升，地不再厚
混沌景象，一去不回
盘古精力耗尽，临死全身巨变

呼出之气化为春风和云雾
呐喊之声化为惊雷
筋脉化为四通八达的道路
汗泪化为雨露甘霖

汗毛化为茂密的草木
须发化为满天星辰
血液化为奔腾的江河
肌肉化为肥田沃土

左眼为日，右眼为月
牙齿骨头化为玉石金矿
躯体化为五岳群山
四肢化为东南西北四极

开天辟地，丰富深刻
盘古是大自然的化身
鞠躬尽瘁，死而后已
献身精神是至高境界

3. 赤壁

孟德挥师南下
荆州刘琮束手
备既惊骇又颇气愤，弃樊城南逃
翼德喝断长坂桥，吓退数万曹军

卧龙舌战群儒
应答诸儒之诘难
亮既自若又显神态，语势磅礴
引经据典辩证论，略对浅薄老辣

北卒不习水战
孙刘联军隔江对峙
曹既不周又得疾疫，火烧赤壁
狼狈凛洌华容道，天时凯风自南

4. 泥水匠的诗人梦

从河里的沙
到砂浆粉成平整的墙
是一双粗糙的手
造出了城市的美

那砂浆里凝结着汗和心血
凝结着泥水匠的梦想
我将这门手艺扛在肩上
扛着责任，默默前行

从淳朴的心
到认真写成纸上的梦
是一支执着的笔
造出了诗艺的美

那梦想里凝结着爱和纯粹
凝结着泥水匠的苦难
我将这门手艺写在纸上
铅字成书，默默付出

我手中的活终日戴月披星
造出的房会在岁月中慢慢受损
我笔下的活终会如愿功成
造出的诗会在历史中慢慢受益

5. 生命与死亡

生命是一场平凡的旅行
我带着淡泊名利砥砺前行
为国家，我愿鞠躬尽瘁
为苍生，我愿舍生忘死

死亡是这场旅行的终点
我带着两袖清风慈悲为怀
为真心，我已千疮百孔
为孩子，我已殚精竭虑

生命是一场自我的修行
看淡悲欢离合
看清世态炎凉
发生的一切都是昙花一现

死亡是这场生命的必然
追求光明磊落
却换南柯一梦

6. 唐僧

日久年长，山遥路远
为人民播撒善良的种子
财色不惑，坚韧不拔
为目的誓不罢休的信念

所到之处
宣扬佛法和亲民敬君的思想
不到西天
誓死不敢回国

惠及之地
行善好施和胸怀天下的意志
不得真经
永堕沉沦地狱

我的九环锡杖
持在手中，不遭毒害

我的锦襕袈裟
水火不侵，防身驱祟

宁恋本国一捻土
十指相扣不敌我一口斋饭
莫爱他乡万两金
百花媚笑不抵我一颗佛心

行千里路，胜万卷经
九九八十一难
是多姿多彩的问佛神话
是直指人心的磨难现实

举止文雅，青灯夜读
七七四十九天
是一个轮回的心魄回煞
是一种信仰的灵魂转世

7. 我的如意

我的如意，霞光艳艳
莫问东海龙王的同意
我要此棒，他逼不得已

我的如意，瑞气腾腾
莫问妖魔鬼怪的同意
我要出手，他必死无疑

如意金箍棒的重量
一万三千五百斤
如人一昼夜的呼吸
一万三千五百息

我的如意，随心随意
粗如南岳细如针
能翻江倒海令鬼神胆怯

我的如意，可大可小
长入通天短入耳
能上天入地令三界震撼

如意在手，十万天兵都不敌
谁敢欺我谁自戕
如意在手，大闹天宫又何妨
我的自由我做主

8. 悟空

不提及过去
那万丈光芒的武艺是标志
无负面情绪
那勇气和实力浑然成一体

一路降妖除魔
宝贵的悟性无人能及
不畏艰难困苦

血液的忠诚无人代替

纵然火眼金睛
看不穿女人的心
纵然一身本领
看不到未来的你

金刚之躯
扛住了你的背叛和我的孤寂
法号"行者"
扛住了你的无情和我的落魄

愿,各自安好
你的快乐还是你的
愿,各奔前程
我的苦难只是我的

北京诗人郑书晓

【作者简介】

郑书晓,女,中国诗歌学会会员,中国楹联学会会员,中华诗词学会会员,有作品发表于《参花》《散文诗》《绿风》等杂志,和《当代文学精选》《当代实力派作家文选》《当代文学百家》《中国诗歌范本》《"精英杯"文学大赛获奖作品精选》《"华语杯"国际华人文学大赛获奖作品精选》

《"盛世中华杯"国际文学创作邀请赛作品精选》《"蝶恋花杯"国际华人文学大赛获奖作品精选》等选本。荣获经典文学网 2019 年度十佳文学精英、2021 年度十佳精英诗人。已出版诗文集《我的花园》《时光吟》《时光诗册》等。

诗歌6首

1. 四月小语

有时，春天的细语
会被打断——如果季节的风
会回头，会在一个幽静的夜晚
想起飞雪

冬天的轨迹，默默延伸
往事不语，矗立成石
夜的沉默，是冷眼看一片雪花
吞噬夜空的星星

如果思绪在绝境里飞渡
暗夜的灯火，就会点燃记忆
让想念的篇章
从冰封的高墙突围
让一曲过往
收回寒冷的回声

当我在四月的风中
与柳絮重逢

光阴的消逝里

雪花的影子，已不复存在

被葱翠点亮的旷野

被一一找回

我过滤了一枚季节的残片

就像奔跑的旅途里，横渡了苍凉

2. 夜中行吟

当我经过夜晚

夜，就在目光里

释放群星

云，不是障碍

不曾在星辰间穿行

就不会用流动的影

遮住微光

没有风的季节，夜空的地图

每一片云都有归宿

不随风流浪，也就不必追问

月光的边沿

是否有一枚叶子飞过

夜的静谧，也许是一阵风停

云，不因风散去

就会似星辰

成为夜幕里的风景

被看见，就在目光里定居

于是，我只当一切变幻
是心绪在寂静的空旷里
划出一道道弧线
我想，也许岁月的纹路
也曾如此——昼与夜的更迭
在尘世中划下起伏的波澜
而诗意，却在星星
与晨光的交错里轻轻溢出

3. 夜思

也许，风吹动的琴弦
散在夜里
就是一片片雪花
它们，替代了星辰
夜空，就铺满冬天的痕

所有的往事
穿过结冰的水面
涟漪的消失
让一叶小船搁浅

能否从时光的河面
找到来时的路
季节不语
心在，往事的微光
就和雪花一样明亮

结冰的水面
是另一道别样的路
而寻觅的痕已深

4. 初春的素描

当最后一束光缓缓下沉
谁会似天边的晚霞
将夕阳最后的余晖找回
一路远去的脚印
与晚霞是一道平行线
它们的消逝
在时间里轻如尘烟

当夜晚如约而至
时间之准，像避不开的寒冷
而春天的谜语
就留给一路凋谢的白玉兰

从时光的河中
寻觅一朵落花的影踪
花似轻舟，目光的翅膀追不回
四月的细语里
我，与一片树林擦肩而过
枯枝的残像，蜕变成青葱的绿
而玉兰花的飞散，却薄如瓷
在抵达大地时纷纷破碎

或许，得到与失去
都是岁月里反复的旋律
它们如影随形，就像春天的掌心
会有冬天的淡影
而无法忘却的执着
却让记忆穿过幽暗的深谷
带着眼泪，回溯、回溯至黎明

5. 融雪

冷风，开始迟钝
它的心中注入了温暖
想要吹开万千繁花
用芬芳找寻春天
我把温度
刻进季节的尾声
让春天的芽
剖开白雪
从阳光里重生

6. 倒春寒

也许在夜里
冬天距离更近
夜海的每一朵浪花
都将清冷的波光
涌向过往

就像回忆与诗
隔一只空空的茶杯
无法找寻茶的影
而夜的空旷
终会于思绪清醒时
吞没想要触及晨光的指尖

如果夜的寒露
会在时光的前沿
凝住诗意的花朵
那么，冷风的穿行
就会呼唤遥远的冬天
让一片透明的雪
飘落在思绪的窗沿

记忆的深行
在往事的水面舞蹈
即使春天的倒影里
冬天，如影随形

上海诗人柳燕梁

【作者简介】

柳燕梁，女，中学教师。出生于湖北省通城县，上海师范大学汉语言文学本科毕业，现居上海。从事教育事业多年，爱文学，爱诗歌，尤喜现代诗。不追名逐利，书写生活中感受到的诗的意境。

我们的春天不会消逝（外1首）

你听见了吗
小鸟清脆的鸣叫
在清晨的阳光里
在春风吹拂的树丛中

你看见了吗
广阔的蓝天
金黄的阳光
小燕子轻快地飞过
拍着翅膀唱着歌

你感受到了吗
风的柔软
阳光的柔和

那么多的爱
来自大自然
来自周围的人群
来自亲爱的朋友和亲人

让我们舒展自己吧
像桃树鼓起美丽的花苞
像经冬的柳枝长出新绿
像鸟儿张开翅膀

仙女下凡

你一定是仙女下凡
不然为何仙气飘飘
一举一动都那样有灵气
一颦一笑都绽放光彩

你一定是仙女下凡
投胎来到人间
是为尝验世间悲欢离合
亦为看尽众生百态

你一定是仙女下凡
那样美丽可爱，超凡脱俗
人间仙境滋养你的性灵
温馨友爱培育你长大

你一定是仙女下凡

不然为何有那样敏锐的慧眼
能看出谁人是魔是怪
谁人是久别的前世仙界故友

你一定是仙女下凡
人世间的风风雨雨，与你无关
你的眼睛是一个澄澈的世界
望之忘俗，依然如初

新疆诗人贾川疆

【作者简介】

贾川疆，男，《文学与艺术》签约作家。诗歌入选《"凯特杯"当代青年诗歌新人大赛作品精选》《"经典杯"国际华人文学大赛作品精选》等书籍，入选省级纯文学刊物《南方文艺》《三角洲》等杂志；国画作品《曲调未弹先有情》入选《华风书画精品赴日展》等。主要作品有诗歌《美人你掠夺了我的爱情》、散文诗《真挚的情感在漂泊》、长篇小说《十大红颜薄命的美女》等。诗歌、散文、小说、书法、篆刻、版画、国画作品，散见于报刊和网络平台。

纠缠彷徨的爱情（组诗）

（一）

怎样去表白？我纠缠不清的情感
用那初春的迎春花来赞美你吗
我已耗尽了，无数个无眠的黑夜
思念如那狂野的海浪，涌向你

我用千百种炽热的温情
都未能打动你冷傲的心
如天空堆满了忧恼的云
风掠过时，瞬间将爱吹落

痴情和炽热，在荒芜的山谷里徘徊
爱无法生根发芽
冬又掩盖了绿色的大地

一片雪白，误解在冷寒中停留
那浪花在情的海浪中漂泊
爱的小舟渡我，落入了梅雨季节

（二）

你的美惊艳了，那妩媚、漂亮的百花
回眸一笑的娇容，像盛开的花朵
将我的情映红了，萌发了纯真的爱情
就这样，你闯入了我荒芜的心扉

天空中皎洁的月光，闪着多情的羞涩
透着你含羞的眼光，我看到了那爱情
痴情的心里炽热在激荡，涌满了对爱的温情
我愿用心和爱，编织一张网，将你网在心海

爱深藏在心中，藏匿在相思里
化作了雨滴，融入了你丰腴的胸怀
在你温暖的心胸，我是那般幸福而愉悦

你的美丽和善良，伴着每个晨曦和黄昏
我们携手走过，春夏秋冬的美好时光
相拥的喜悦，触动着爱的心弦，相守到白头

（三）

你那温柔妩媚嫣然的一笑，让我动了情
那从心底涌出的暖流，激荡着我贫瘠的爱情
你那甜美可爱的容颜，回眸一笑百媚生
如花朵一般，艳丽的笑脸，封存在我的心中

绝美多情的你，醉翻了我那荒芜、失落的情
那远去的风儿，将我的痴情、轻柔地传给了你
盛开的百花，代表了我纯真的芳心，朵朵溢满情
你那冷傲又娇媚的玉体，让我无法拒绝，心中的渴望

风情万种的情感纠缠在一起，早已撼动了，我孤独的心

目光相视的一瞬间，从你多情的眼中，我看到了爱情
燃起了我的情感如火山，存储太多的炽热而怒发

自从邂逅，丰韵绝色的你，一发不可阻挡的爱在奔腾
我将所有的痴情，都奉献给了你，花儿都羞红了脸
携手在午夜忘情相拥的，那美好一夜，刻骨铭心

（四）

再刻骨铭记的感情，也经不起岁月的洗礼
海誓山盟的蜜语，花好月圆的缠绵
终究也抵不住，那一场苦涩的别离
花儿在梅雨分飞中落寞，雪花肆意飘扬

小鸟失去了，那温馨的鸟巢，徘徊在了
失意无助的落日中，又在雾霾里彷徨
又要分手，苦恋总是在那飘雨的季节
就让它随着那雨，落花流水而漂泊吧

每一次相逢都很美好，又一次分手却阴雨绵绵
希望和思念，在无情的风雨中坠入了深渊
无助而凄美的情，依依不舍地藏入了黑夜中

别说恨，毕竟我俩同行，走过那荒芜的山谷
曾经的幸福和美好，此时在无情中渐已消融
现在的爱，如同是那蹉跎的时光，随着那风远去

百花盛开，惊艳了整个春天（组章）

（一）

　　远去的风，吹拂着荒芜，掠过了树梢，寂寞在悄悄地细数着曾经的温柔。

　　树木葱茏的丛中，树梢上的花朵，洒满了爱恋，情意绵绵的细雨也翩翩起舞，藏进了初春的花蕾中瑟瑟发抖。那犀利的寒意，吹散了寒冬的最后一丝寂寞，掠走了冷漠的苦涩。

　　春又回归大地，春姑娘在料峭的寒风中，悄悄播下了春的希望，而冷冬在忐忑不安中远走他乡了。

　　花蕾在温情的阳光中，透着那憧憬着幸福的笑脸，盛开出漂亮的花朵，啊！又是一个春的季节，柔柔的暖风中，春温暖了万物。

　　百花盛开了，姑娘，来！让我们荡漾在花的海洋里，相依相偎，诉说着春的浪漫和爱的真谛，来，让我们相拥在春意盎然的春天吧！

　　看，那湖中的小鱼，此时游弋在暖流中，在水里欢快地追逐，湖边的迎春花已将枝条披上了一簇簇的幸福，一朵朵金色的花朵陶醉在阳光中，小鱼们聚在一起昂着头，在询问迎春花：春天到来了吗？迎春花展露着花瓣，点了点头，小鱼们炸开锅一般的，开心地欢呼着：春来了，春天来了！春姑娘她真的来了！

　　美丽的小鸟，也在迎春花的周围来回跳跃，忐忑地询问迎春花：春天来到了吗？迎春花展露着花瓣，微笑着说：春天来了。小鸟一路欢歌，开心地欢呼着：春来了，春天来了！春姑娘她真的来了！

　　小鸟欢快地在丛林、在旷野、在河流、在峻岭，把这振奋人心的好消息告诉了整个大地：大地回春喽!

　　这时的玉兰花对着樱花，朝着迎春花的方向努努嘴：开不开花呀？樱花展露出粉色的花瓣：开呀！玉兰花点点头，盛开了那洁白硕大的花瓣，这时的百花见了，也争先恐后，相继怒放了花朵。

　　花儿盛开，芬芳了整个大地。

　　（二）

　　春来了，春天来了！樱花开得很美，满园的早樱花盛开了，让人心情开朗。人们在花海中徜徉，我和心爱的姑娘，遨游在感情的天地里，爱情幸福地荡漾在我俩心间。

　　整个世界仿佛都陶醉在这芬芳的花海和爱的天地之中，我们的爱情就好比那怒放的樱花，邂逅在花开之中。人言："好景不常在，好花不常开。"我们要好好珍惜这短暂而绚丽的美好缘分。

　　花海中我身旁相依相偎着美丽的姑娘，脸庞上洋溢着愉悦，幸福透过淡雅的粉红，看着妩媚可爱的姑娘，我的心陶醉了，情感也欢悦在爱河。

　　美丽的桃花也开放了，粉粉的一片花海，我和心爱的姑娘，陶醉在花海，陶醉在爱河，陶醉在彼此之间的甜言蜜语和海誓山盟中。

　　（三）

　　今年的春天，如往年一样的来了，迎春花是第一个迎接春姑娘到来的花朵，她满怀热情地怒放了金色的一片，辉煌了翠绿的丛林，盛开着愉悦心情，其他的花儿也随着迎春花盛开了，百花齐放，瞬间溢满了芬芳，艳丽了整个世界。

万物复苏，春意盎然，心情多舒畅呀！

看！那漂亮的茶花也怒放在山冈，粉粉的像情人羞红的脸，红晕、娇媚，像我害羞而纯真的初恋。

草丛中的花朵也开了，透着对生命的渴望，努力生长、开花。阳光照耀着大地，大地一片艳丽，粉色的、红色的、紫色的、黄色的、白色的花朵。

在旷野、在戈壁、在草原、在树林中盛开着漂亮的花朵。

蓝天中，那一片片白白的云朵，如纯白的棉花，朵朵浮在空中，树林中的小鸟，在百花之中穿梭，在欢悦地歌唱，来赞美春的美丽和浪漫，花儿多娇艳，姑娘多可爱。

（四）

远去的寒冬，无奈而幽怨，一丝丝寒意，掠过了温馨的思念，过去的就让它过去吧！春暖花开之时，请放飞愉悦的心情，让我俩在幸福的情感中畅游。

这是一个浪漫的春天，带着万物复苏的希望，走在了天山南北，走过峻岭、山谷、旷野，跨过河流，只为了传情于大地，那生机勃勃的希望，那情意绵绵爱情，春暖了，花开了。

美丽的花朵，挡不住我炽热的感情，河边的花朵在争艳，那一片红，那一片绿，还有那一片金色，一片片都是爱的希望。

百花盛开之时，让思绪在此时飞翔吧！让心情也愉悦开怀吧！

（五）

春暖花开让我们携手走进花海，追寻花的内心世界吧！

那柔柔的还带着羞涩，羞红了姑娘的脸，也羞红了花瓣，请开放吧！舒畅地开放吧！

心情多愉悦！姑娘与我并肩走在花海，芬芳的花朵透着爱恋。串串艳丽的花朵，像我俩的爱情，缠缠绵绵的相思，艳红了我们的世界。

来吧！让我们携手走进暖春，随着春姑娘的步伐，惊艳这个幸福的世界，让花朵芬芳整个春天吧！

四川诗人杜虎林

【作者简介】

杜虎林，笔名"拓荒汉子"，大学学历，中学英语高级教师。南部县诗词楹联学会副主席。中国新时代诗人、中华诗词学会会员、中国楹联学会会员、华夏精短文学学会会员、四川诗词学会会员、南充市诗词学会会员、南部县诗词楹联学会会员、南充市摄影家协会会员、南部摄影家协会会员。

2021年"神州山河杯"全国诗词大赛格律诗词铜奖获得者。2022年第二届"经典杯"国际华人文学大赛现代诗歌银奖获得者。作品散见于《诗刊》《四川人文》《诗词四川》《果州诗词》《诗咏南苍南》《凌云诗苑》《阆中诗词》《西充诗词》《南部县老年人文体报》等报纸杂志及中国楹联网、中国诗歌网、经典文学网、华夏精短文学网、中国新时代诗人认证网、中国南方诗社、竹韵巴蜀、墨染千秋、四川省毛研会诗词网等网络媒体。

诗词 8 首入编《"盛世中华杯"国际文学创作邀请赛作品精选》，诗词 10 首入编《当代影响力诗人作家文选》，诗词 11 首入编《中国新时代诗人作品集》，诗词 5 首入编《中国诗人诗选》，诗词 4 首入编《清吟集》等书籍。

诗歌 14 首

1. 二月

二月是空调
她将冰雪厚厚的包裹
退去层层冬袄
暖出薄薄轻纱

二月是调色板
她把悲凉突兀的土褐色
调和成
生机盎然的天然绿

二月是剪刀
她裁出繁花似锦
柳绦成丝
麦浪翩跹、油菜金波、丰收盈仓

2. 照相馆

生末净旦丑
一镜皆收
光圈、焦距、四季

曝原形

定格永恒

3. 悼念

生与死

撕裂之痛

亲情、爱情、友情

绝望的苍白无力

喊不醒酣睡的英灵

生与死

深吸之瞬

两个世界阴阳相隔

呼天抢地泪泉涌

哭不醒长眠的英灵

桃花、李花、油菜花

姹紫嫣红灼灼其华

是您璀璨的人生

您正如这绚烂的春天

把阳光洒满森林

4. 绿色

冰冻冬眠的枯萎

随着"惊蛰"的到来

春风醒了神

赤橙黄绿青蓝紫
百花盛开

5. 春风

春风
吹皱了汪汪湖水
泛起涟漪
红了桃花、白了梨花、黄了油菜花
绿油油的小麦碧波荡漾
柳枝舞着水袖
呼唤着衔泥筑巢的燕子
热恋的情侣
徜徉在花丛中
孕育着生机、希望

6. 为明天点一盏灯

未来，世事难料
今日，阳光雨露下
劳其筋骨，饿其体肤
机遇，总是留给有准备的人

7. 思念

无论深夜加班归来
还是出差返家
二楼阳台上
总有一双慈祥的眼睛

默默地期盼着
无关四季更替

一句永远不变的话
"幺芽子
你吃饭了没
我给你煮"
这句话
我二十七年未曾再听到过
然而到今天我始终耳熟能详
年复一年

细雨纷纷欲断魂
老屋后那片幽寂的山林白了

8. 时光

时光
像流年逝水
更像无舵的扁舟
悄悄地流淌

在不经意间
长大了少年
白了黑发
弹指一挥间

9. 烛光里的母亲

晨风欲晓的灶台后
一个伛偻的身影
往土灶里添着柴火
夜深人静的老屋里
一个伛偻的身影
带着黑色的老花镜
缝缝补补
这个伛偻的身影
就是家的圆心

10. 桃花与少年

桃夭灼华
粉红、鲜艳、浪漫
满满活力、勃勃生机
累累硕果坠枝弯

豆蔻年华
求学、求真、成长
光芒四射的太阳
托起希望、承重的栋梁

桃夭灼华
少年犹如桃花
桃花恰是晨曦的少年

11. 贺升钟湖民间文化研究协会 2022 年年会

春夏之交
花开鸟啭
绿野馨香四溢
来自农田山水里的诗人
从升钟湖周边三市两县聚到一起
讴歌伟大的祖国
唱颂美丽的家乡
二十六年的坚守
激荡着诗歌的韵律

世事变迁
封不住沃土里的文字
卷不走永恒的诗情

12. 雨伞

几根钢丝
托起五颜六色的防水布
雨天
淋湿自己、替主人挡雨
骄阳似火
任凭强紫外线的照射
也要把凉爽留给主人

晴天收成一束
默默无闻

任尔安放东西南北中
无怨无悔

13. 春夜听雨

风撕扯着发芽的枝条
摇晃着门窗
倚窗而立
听着淅淅沥沥的春雨
思念
她不听话
自动跑了出来

14. 春天，种下一个梦

万物悄然复苏
百花盛开，姹紫嫣红
风裁细叶
绿绦生机盎然

鸟儿站立枝头
鸣唱着春天的序曲
扑打着翅膀
飞向远方

江苏诗人安娟英

【作者简介】

安娟英，笔名"梁溪安静"，中国作家协会会员，中国诗歌学会会员，中国散文学会会员，《作家报》诗词专栏主编，《今日文教报》诗词执行主编。出版诗集《花落无痕》《乡愁恰无愁》《何处是江南》《信女亦相思》，长篇小说《旧日》等8部。发表作品近千首并多次获奖，有近百篇作品被录入多部文集。

梦蝶（外1首）

静听鸟语蝶飞
心在开花结籽的梦中
微醺依然

水墨味浓重馨香
穿越赤黄色的冷月
逆流而去

帆影点点
我肆意的回忆
似一群烈马奔腾

唐风汉韵
从四面八方汇聚而来
为我双双殉情于此

葬花

无法加倍奉还你
每一毫升血液的痴情

哭泣，一片片落英
可会在你心底
找到永久的香丘埋葬

从此我就往返于
你我约定的老地方
等雨丝飘过
等雪花飞过

痴痴地等你
来轻轻掀起红盖巾
亮出我心底一地
羞答答的玫瑰红

辽宁诗人赵明环

【作者简介】

赵明环，女，中国诗歌学会会员、辽宁省作家协会会员、沈阳市作家协会会员，《世界诗人》《经典文学网》签约作家，出版个人专集《赵明环诗文选》。中华文艺 2017 年度十佳卓越作家，经典文学网 2018 年度十佳签约作家，经典文学网 2019 年度十佳签约作家，经典文学网 2020 年度十佳精英作家，经典文学网 2021 年度十佳精英作家。180 余篇作品选入 50 余部国家级出版社出版的书籍，并发表在有关媒体刊物及微刊上。荣获多种奖项和荣誉称号。

诗歌 4 首

1. 不忘历史，践行使命

——致敬最可爱的人

为了家乡稻花香飘河两岸
为了祖国好山好水风光无限
英雄儿女英勇拼杀在朝鲜战场
用鲜血和生命捍卫了和平，保卫了家乡

遥望金达莱花开放的山冈
英烈们长眠在异国他乡

悲壮的故事世代传颂

丰功伟绩铸就永恒的辉煌

伟大的祖国屹立在世界东方

14 亿儿女是母亲的铁壁铜墙

勇士们的热血在我们的周身流淌

朋友来了有好酒

强盗来了有猎枪

我们勤恳建设美丽的家园

我们时刻警惕魑魅魍魉的虎视眈眈

青春中国破浪前行

党旗引领无往不胜

2. 贺新年

生威福虎迎春到

壮丽山河分外娇

脱贫致富民祥乐

繁荣富强祖国好

建党百年创伟业

勇毅奋进新航标

任凭世界风浪起

行稳致远全无敌

3. 赞 2022 年北京冬奥会

冬奥五环银辉耀

五星红旗迎风飘

北京笑迎八方客

世界健儿宾如潮

威虎飞燕展风采

冰雪赛场春蕾开

同心筑梦创佳绩

我们一起向未来

4. 赞 2022 年北京残奥会运动员

身残志坚技高强

浴火重生淬成钢

"天生我才必有用"

残奥选手你真棒

失明走出闪光路

无足攀顶冠群峰

踏平坎坷天地阔

追梦成真在北京

浙江诗人周学群

【作者简介】

周学群，男，浙江省诸暨市人，现居杭州市，高级国际商务师，已退休。现为中华诗词学会会员、中国楹联学会会员，曾获"蝶恋花杯"国际华人文学大赛优秀奖，"当代精英杯"全国文学大赛三等奖，"华语杯"国际华人文学大赛二等奖，第二届"蝶恋花杯"国际华人文学大赛一等奖等。

诗歌 10 首

1. 清晨

清晨，寂静而又有期待
寂静中万物在苏醒
期待中太阳喷薄而出
清晨，简单而又清新
简单得就像一个还不懂梳妆的小姑娘
清新的空气让人几乎醉氧

清晨是含苞欲放的花蕾
是迎风摇摆荷叶上的露珠
青涩而又有朝气
透明而又显清凉

清晨，我拿起画笔在蓝天上涂画

色彩来自太阳

一会儿血红、一会儿橙黄

连那朵朵云彩

也要拥抱晨光

如果晚霞让人留恋

那清晨的一抹朝霞

就让人充满希望

2. 台阶

有的地方，它蜷缩在一角

并不那么起眼

有的地方，它高耸入云

再跨一步就是蓝天

有的地方，你必须仔细辨认

才能在草丛中找到它

尽管羞于见人

却记录着岁月

两个人心中的隔阂

就像一个无形的台阶

永远跨不过去

人生就像台阶

有人跨过一百个

有人却倒在一两个台阶前

3. 雪

你是雨的化身
你是冷的骄子
尽管你是白色的
有了你，冬天才会变得丰富多彩

看那漫天的飞絮
就像天鹅掉下的羽毛
我的心时常伴着你飞舞
伴着你遐想翩翩

用纯洁来形容你，却过于肤浅
用天使来形容你，没有半点夸张
因为你是冬的使者
冷冰冰却让人喜欢
我愿天下所有的事
像你一样
再冷的模样，也能化入温暖

你是万千诗人的膜拜
没有你，仿佛让人失去了灵感
我愿将你堆成心上人的模样
当你消失时
却是我曾经失恋的状态

4. 蝴蝶化石

一只五彩斑斓的蝴蝶躲在透明里

看似栩栩如生

却已沉睡万年

记忆的密码在双翅中一闪一闪

就像电码里的字母

似乎在向我们叙述着那一刻

我从让人眩晕的鳞片中

看到了它的轻松自若

如果我能打开它的记忆

它一定会告诉我

当年究竟发生了什么

5. 窗前的阳光

窗前的阳光

透过玻璃照在我的身上

它刺入眼眸将我吵醒

我恨恨地对它说

好不容易睡个懒觉

却被你吵醒

突然，我意识到

我已经有一个多月没见到阳光了

我欣喜地爬起来

打开窗户对阳光说

欢迎归来，我的太阳

有点灼热的阳光洒在我的手背

没错，是春天来了

我敞开胸怀

试图让阳光照进心田

我捧起阳光抹在脸上

只让温暖盖过沧桑

我手持美酒

就着阳光一饮而尽

阳光，虽没有月色娴静动人

但，有了你

才有了万物生灵

6. 初夏

稻田里快抽穗的秧苗

那沉沉的墨绿色

就像用调色盘的颜色画上去

是那么的不真实

田螺一路爬过去

留下浅浅的蜗印

这是它特殊的语言

仿佛是在给我们留下密码

细细的汗珠像蚯蚓一样爬过脸颊

迎面吹来的风已不再像春姑娘那样温柔

初夏就像人的青春

生机勃勃

哪怕天上的一朵乌云
也被想象成各种形态

我祝人人如愿
也祝自己的人生
像云彩那样
丰富而又多彩

7. 军营号声

时而宛转悠扬
时而慷慨激昂
它就是我们熟悉的军营号声
伴随我们时时刻刻
浸润在我们的血液中
扯动着我们的每一根神经

晚上，那悠扬的熄灯号伴着我们入眠
清晨，那急促的起床号让我们一骨碌跃起
它是音乐，也是命令
在和平年代，它就是音乐
怎么听都那么动听
在战争年代，它就是命令
当冲锋号吹响
谁也不会犹豫

它整齐划一，让我们闻声而动
它果敢坚毅，让我们充满信心

天下没有比它更动听的音乐
因为它是战士的灵魂
因为在我们的军营生活中
它从不缺席

8. 雨，从乌云中落下

雨，从乌云中落下
我对风说
你快把她带走吧，免得她天天落泪
白云，从蓝天上飘过
我对阳光说
只要你天天露面
白云就会露出笑脸

大地张开宽阔的胸怀
迎接归来的大雁
我对芦苇说
只要你长得茂盛
大雁会年年飞来
我摸着满鬓的白发
对自己说
为了诗歌
我刚迈入中年

9. 泪花（散文诗）

喜悦时，爬上眼帘闪闪发光。悲伤时，滚动着心的颤抖。

谁都会有挂泪的时候，有时为了掩饰，将它含在眼中，生怕它掉下来，暴露出怯怯的心田。

怎么会是花呢？高兴时有它，感动时有它，失落时也有它，其实，它是心花。爸妈含着它，多半是对孩子成长的期盼和欣慰。孩子含它，一定是尽情而泣，有时让人宽慰，有时让人担心。

山村老妈妈老眼昏花，那浑浊的泪水里，全是孩子们的身影，她的眼神穿过门前的老榆树，穿过一年四季变换的稻田，穿过郁郁葱葱的群山，仿佛伸手就能抚摸到孩子们的心跳。一滴泪下来，滴在胸襟上，那是哺育孩子们的地方。

运动员捧着奖杯，紧贴着脸庞，汗水和泪水混在一起流在奖杯上，是喜悦、是安慰，透过晶莹的泪花向国旗行注目礼，那时国旗的颜色，是格外的鲜艳。

士兵们抱着牺牲战友的躯体，眼里满含泪花，个个硬汉，他们想用放声大哭来送别战友，但不能啊，这时候的哭，只能代表怯弱，他们强忍着泪水，哪怕模糊了双眼，也不能让泪水流下。

朵朵泪花难以抚平脸上的皱纹，上了年纪的人，泪花越来越少，皱纹却越来越多。谁没有泪眼迷茫的时候，这时候泪花就会不争气地夺眶而出。但大多数，泪花也是欢快的标签，"咯咯咯"笑完后，泪花挂满清澈的眸子。但愿我们的人生中，都是欢快的泪花，笑弯了眉，笑弯了腰，笑出了歌，一曲无忧无虑的人生之歌。

10. 心花（散文诗）

心花，爱情之花，靠荷尔蒙浇灌。长在心里，却在神奇的眼神中绚烂地开放。会心一笑，偶尔一瞥，心里爱情之花的种子，就会偷偷发芽。女孩子的秋波，像闪电，像雷击，摄人心魄、夺人神魂，催醒爱的种子，慢慢长出了心花。这是爱情之花，那花瓣就像小猫的爪子，不断地撩动你的心房。

心花，满足之花，靠勤奋培育。没有辛勤的耕耘，意外的收获就不会降临。成果来自勤奋，苹果树累累果实的背后，是你没日没夜的劳作。咬一口脆甜，升华出心中的甜蜜，精炼着凝脂般的心肌。这时候，你培育的心花就会徐徐开放，甚至是怒放，那种甜蜜，只有不断地付出才能体会到。

心花，期望之花，是对孩子的企盼。辛苦的养育，带来孩子健健康康的成长，不为出人头地，就为安抚一颗普普通通的父母之心。一张奖状，一篇小作文，一首稚嫩的歌，都会让你心花怒放。当他们迈出人生的第一步，当他们蹦蹦跳跳地唱着歌去上学，当他们把人生的第一份工资交给你，你从心里笑到眼里，那喜悦泪花，在你的心底绽放。

广西诗人杨成志

【作者简介】

杨成志，笔名"暗朔"，男，苗族人，1973年生，广西省隆林县人，百色市作家协会会员。2000年开始在《三峡》等刊物发表作品，自从嫦娥号成功绕月飞行之后，特别是在2013年到2014年开始在网上发表有关探索月球的文学作品，以网名"雨后的风筝"在《中国现代诗歌》《传说诗刊》《江浙诗刊》《青岛诗畔》《六度诗刊》《广州文学》《华南诗刊》等多家报纸杂志和网络媒体，发表有关月球探索的诗歌、散文。还有一些文章发表在《素质教育》《南风》《经济视野》等期刊。作品还入编《中国当代诗歌大辞典》

《诗海寻梦》《民间优秀诗选》《新中国文学记忆》等几十部书籍。

探索月球的思想文学，如同春天的种子，随着春风播撒在祖国的大地上。著有文集《回荡在月球之上的马达声》。

这歌，是我想歌唱的

我不想去随波
也不想去逐流
只想轻轻地歌唱
唤醒那山岩上的松

我在期待那山岩上的松
也能够在月球的山岩上
美美地绿色地长着

面对月球的探索
面对月球大自然的征服
面对这热潮
我只想去唱歌

月球之上的探索
月球之上的征服
月球之上的大自然之歌
——这歌，是我想歌唱的

我不想去随波
也不想去逐流

只想轻轻地歌唱
探索月球之歌

重庆诗人李梅

【作者简介】

李梅，女，本科文化，重庆市人。干过宣传，当过秘书，现为重庆大江杰信锻造有限公司项目管理师，重庆市诗词学会巴南站站长，重庆市巴南区作家协会副主席。

先后在《中外企业报》《巴南日报》《中国兵器报》《重庆日报》《工人日报》《军工文化》《中国报道》《红土地文学》等报纸杂志发表通讯、诗歌、散文 200 余篇。作品入选《当代影响力诗人作家文选》《报苑春秋》等文选。

诗歌 6 首

1. 石头

蒙蒙的细雨
打不湿我的心
纷飞的落花
伤不了我的情

岁月的风
将我的面容

吹得千疮百孔

请原谅

我的冷冷清清

我无法像鸟儿一样

对季节说一句谄媚的话

也无法像桃李一样

为东风开一树邀宠的花

我是一颗石头

守着曾经炽热的心

沉默，却坚贞

2. 岸

我在昨天的此岸

你在明天的彼岸

乘船，载不动

这一江的水

这一江的爱

此岸，彼岸

在左，在右

我渡不过你的河流

你回不了我的昨天

3. 雨声

雨声渐渐
是夏浅
还是春深
红消翠减
今夕何夕莫问

雨雾迷迷
是梦境
还是灯昏
旧事如烟
是真似幻难辨

雨声阵阵
是潮起
还是风生
身似漂萍
何去何从难定

4. 灯花

你在山巅之上
我在尘埃之下
日月，镀你满身光华
黑夜，遮我眉目如画

我是个懦弱的人

非我所有
虽一毫不敢妄取

只能带着遗憾
在尘埃里
结一朵思念的灯花

5. 孩子的眼睛

星星落在你眼里
你的眼睛温暖明亮
融化冰霜

春水流在你眼里
你的眼睛碧波荡漾
山高水长

花朵开在你眼里
你的眼睛兰桂飘香
馥郁芬芳

你是天空
最蓝的蓝
最亮的光
是这世界最温柔的温柔
看见你
我就原谅了所有的黑
痊愈了所有的伤

6. 百里杜鹃之夜

今夜
落花染得流水芬芳
千年以前的月光
照着树影婆娑的村庄

我把对你的思念捧在手掌
仔细端详
分析它的成分
到底是砒还是霜

天津诗人张松

【作者简介】

张松,笔名"钰桐",男,祖籍河北市,现居天津市。曾在航空公司工作 8 年,现为自由职业者。

尤克里里

尤克里里
你落满灰尘
你不会再被拥入怀抱
你的琴弦不会再被拨动

你的主人，我宠爱的姑娘
她选择了远方

她走得那么匆忙
带走了我的月亮
耳边再没有你的旋律
枕边再没有她的芳香
只有你静静地躺在沙发上

尤克里里
是我的懦弱
封印了你的翅膀
再烈的酒，再好的朋友
也不能温暖我的心
只有你能抚去我的忧伤

尤克里里
我要带你奔赴远方
穿透心的茧房
奔跑到戈壁的尽头
安居在水草肥美的绿洲上
我要解封你的翅膀
找回曾经的乐章

江苏诗人朱秋月

【作者简介】

朱秋月，中华诗词学会会员，广州市海珠区作协会员，有部分诗文见于报纸杂志。

短诗 14 首

1. 房子

一个我们想越挣越大的空间
两双贪婪空洞的眼神
拿什么勾兑出温暖

2. 喜欢

被你锁住视线的时光
就像喜欢用整个下午
只专注于一朵花的人

3. 思念

抓住一大把春天的明黄
就像抓住漫山遍野的油菜花

那年从油菜地里走进走出的人
我多想抓紧

4. 封闭

向南、向北、向西的路
只留向东的一道小口子
让一万个渴望钻出去，溜一会风

5. 晨练

练太极的老人
运用丹田之气
一拳打醒了江南梅园的早春

6. 春耕

滚烫的太阳
伏在父亲的背上
把他的衬衫映成一幅山水画

7. 春光

那位白衣少年
从春天的窗口走过
刚好与她两颊的桃花相认

8. 外婆

夕阳下的背影越来越薄

蹒跚的脚步，咯噔一下
在我心里颤抖了许久

9. 情书

用小桃红作笔
蘸一点太湖翠
画那林花近日随流水
寄给四月的锦官城

10. 立夏

热情似火的日子
风从不过问人间事
一把蒲扇，掀开了记忆的闸门

11. 孕育

先是用你手中的莲花
化去粗鄙与野蛮
然后用你宝瓶中的水
滋润其根茎
最后用你口中的春风
日夜呼唤那沉睡的精魂

12. 思想者

不在天空行走的时候
你漫步在河边的草丛

饮河而立
如一位思想者

在风起云涌的大河旁
你的逍遥，像极了北冥的那条鱼

虽不能两次踏进同一条河流
却用翅膀一生追逐斗转星移

13. 绘

可以用大把的明黄去覆盖田野
然后用清亮的翠绿去铺陈大地

最好用明丽的浅蓝溢满一方春池
用足够的青描摹远山
用干净的黑与白勾勒小屋的轮廓
还要用玫红去点染
在一根桃枝上荡秋千的我

14. 惊蛰与我

无须一声号角
如约而至的时令
不止有桃花红、梨花白
还有李花粉、银翘黄

成片的草地在返青啊

海棠在喷吐去年秋天的失落

油菜花把整个冬日的孤寂绣满山野

春风是搬运工

把陈年的郁结与荒芜都搬空

留下火一样燃烧的紫荆

这个春天

我耐不住四面八方袭来的惊蛰

想从沉睡的身体里

努力掏出一把绿色的种子

湖南诗人童业斌

【作者简介】

童业斌，男，笔名"好个秋"，湖南省平江县人，县纪委退休干部。爱好文学，中国诗歌学会会员，中华诗词学会会员，中国楹联学会会员，湖南诗歌学会会员，中国诗歌报会员。被一些诗社和平台聘为签约诗人、作家，先后有1500多首诗歌、诗词散见于报纸杂志和网络平台，被多本诗歌专集收录，多次在全国诗赛中获奖。

故乡山水爽余年（外2首）

溪水咬住了双脚
懵懂鱼虾赶过来看新鲜
又是拱，又是挠
一串"咯咯"笑声
牵走曾历苦，剩下满心甜

山风受到了感染
轻轻，软软，绵绵
拂尽残留的燥热
那一份凉爽，表达无言

拱桥连同倒影，如同摄像机的镜头
摄下这难得的宁静画面
阳光从柳丝中漏下丝丝缕缕
在涟漪间闪烁斑斑点点

忧愁，烦绪，遗憾
怎经得起水吮风舔
魂牵梦绕的故乡山水哟
爽了余年

归宿

地是叶的归宿
无论风怎么吹，哪怕是水泥地
碎裂后经水一冲，依然渗入地里

海洋是水的归宿

无论井、塘、库，如何挽留

沿着西高东低的地势，被江河牵着

向着远方奔袭

煤是曾经森林的归宿

被掩埋时的痛苦，谁可比拟

历经几万年的紧挤重压

火一般的信念弥久不熄

人的归宿是火是水是山

可护花之责，向海之念，燃尽之愿

比叶，比水，比煤，更迫更急

当在烈焰中涅槃重生时

燃烧的是无悔无愧

一张合照

曾祖父活到九十二岁未走出过大山

曾孙读书到了县里

曾孙把曾祖父从山里接到城里照了一张相

曾祖父经常夸：我去过县里

走时望着墙上的合照

满意藏在翘起的嘴角里

河北诗人索文斌

【作者简介】

索文斌，字杲林，号城市隐者，河北省磁县人，生于20世纪60年代，大学中文本科学历，中共党员，中国作家协会会员，中国诗歌学会会员，世界华人作家艺术家协会会员，中国教育学会会员。先后工作于河北省邯郸市磁县、峰峰集团、峰峰矿区等多所学校，历任教师和领导，现住河北省保定市高碑店市。著有长篇小说《蚕梦》、诗集《踩击生命的琴键》，编著多种学术著作。近年在网络发表诗歌，多次获得全国性奖励，作品入选多种书刊典籍。

诗歌 10 首

1. 独立之问

三十年前
我爸已经长大
日渐变老的爷爷对爸爸说
我死了，你怎么办

三十年后
我已经长大
日渐变老的爸爸对我说
我死了，你怎么办

又过了三十年
我也日渐变老
儿子已经长大
心里照旧想对儿子说
我死了，你怎么办

深切的忧虑
沉重的话题
一代接一代逼问
撞向心头
便是错愕

2. 窗口

心灵从窗口里跳出
扑向无际的绿野
回想着麦田里耕作的青春

在城市的写字间渴望着田野
栉风沐雨的酣畅
地头的那个柿子树掩映着我的影子
眺望城市的楼影

归乡途中
心情早已在麦田里打滚
但是啊
身子还愿意在原乡居住吗

3. 父亲不喝酒

背着满草篓绑成山的落叶
从生到死披星戴月
爬坡过岭

黎明挑水碰响缸沿的声音
令我梦乘小船飘向天空
诗页间风流云动

厨房门口的大水缸每晨满溢
小脚母亲天天舀出清清涟漪
炊烟里饭香蒸腾

总是顶风冒雪上山
抡圆镢头开出一片一片新地
手脚崩裂血染镢把的愚公

摇着耧播撒希望
弓着身汗水浇灌
粮食蔬菜是至高信仰

扛满篮子翠碧汗涔涔回家
黄灿灿谷穗在肩头甩动
演绎出太阳下最动人风景

浑身毛孔都是泉眼
背上总洇出中国地图来

透支生命支撑一个家

从不喝酒但喝岁月的风
曾在您碗里捞星辰
图腾一般嵌进我灵魂

白沙地黑谷垄间回望父亲
已被土封的身影
我酹酒将您孝敬

4. 穿越黑暗通道

我们总想着一路畅通
从初心出发走向成功
可道的逻辑不让我们顺达
它设置了高山大河阻隔我们前行

理想的境界只在远方
这是上天的有意安排
现实就在脚下
目标的抵达要从此启程

何时实现心中的梦想
只有脚才会知道
我们的使命就是望着远方
不停地前行

不要害怕远征的辛苦

也别留恋沿途的风景
几时到达向往的境界
要问一问走过的脚印

害怕阻隔希望就会走远
惧怕跋涉理想也会消隐
脚步不能跨越那就修桥筑路吧
无边的美景会在我们眼前铺呈

纵然有千难万险阻隔
也绝不能够退缩
因为穿越夜的黑暗
终将抵达晨的光明

5. 赏花开悟

有的花已灿烂
有的花还未开
有的树已挂满新绿
有的芽还没有出来

但那早开的花呀
千万别取笑别的晚开
也许你的芳华谢尽
正是它花季的到来

花有花的灿烂
树有树的伟岸

即使那最伟大的逍遥树啊
也别想妄自胡来

树有树的枝干
花有花的芳艳
便是那最不起眼的小草
也别把它小看

看见那踩着小草的路人了吗
他虽千万遍踏踩
当他长眠地下
草会向他坟头长来

6. 进城

望着高耸的楼群
按捺不住向往的激动
扔下刨地的镢头
毅然发起对城市的冲锋

即使要借一身的债务
即使要做一辈子房奴
也义无反顾地冲向城来
跑遍所有的小区

在进行了无数次比较与选择之后
在盘算了跳一跳能够着之后

在放弃了梦想中的大房子之后
我们选择了一套仅能容身的小房

然而我们拼命地挤进城来
却是这样辛苦
早知这样辛苦
那又何必当初

为着祖辈的梦想
为着对城市人的羡慕
为着今生的荣耀
为着儿孙的幸福

咬紧牙关撑过去吧
哪怕还种着农村的土地
哪怕还过着农民的日子
这是一次生命的飞跃啊

7. 老宅

我站在父母的宅院
父母却躺进坟茔
我离开父母的宅院
宅院将空无一人
多年前我出生在这座宅院
父母亲将我养大
多年后我回乡祭祖

宅院里长满蒿蓬
蒿蓬中听见了父母的脚步
仿佛回忆在走动
而今我又长年未归
蒿蓬在心里长疯

8. 江南印象

江南
盛在一只景泰蓝的碗里
立着的是山
溢香的是雾

江南
盛在一只水晶石的杯子里
立着的是树
溢香的是水

江南
盛在一只紫荆木的澡盆里
立着的是倩影
溢香的是清秀

9. 修桥

我有一个梦想
心在遥远的地方

隔着山水相望
始终令我惆怅

我又无舟无车
而且不得其方
萦怀之久
十分令我心伤

今天阻隔的河上
已经开始打桩
桥已开始架设
不需要太多时光

期待有一天
它能跨越彼岸
彩虹一般
直抵我的梦中央

10. 满夏

天上降落好大雨
地上升起水一池
直听得蛙声四起
庄稼熟了

山东诗人吉洪花

【作者简介】

吉洪花，山东省滨州市中医医院超声医学科副主任医师，杏林诗社副社长，中华诗词学会会员，滨州市作家协会会员，沾化区作家协会副秘书长，沾化区诗词学会副会长。

诗歌7首

1. 村党委书记礼赞

病魔夺走哥哥年轻的生命时
您来了
为年幼的侄儿送来了"孤儿补助"
为我们支离破碎的家
送来了希望
侄儿沐浴着您的恩泽
茁壮成长
如今他已长成一个七尺男儿
在省城一家上市公司上班了

那一年夏季
暴雨成灾
村里几户人家的房屋被摧毁

您打着雨伞、穿着雨鞋

一边打听，一边查看

您急切地疏散着危房里的老人和孩子

并为他们送来安居补贴

那些原本不敢奢望建新房的农户啊

借着您送来的东风

购置了青砖红瓦

为了帮助村民致富

您建起了鸡场

您带领技术人员去外地学习养殖技术

您天天在鸡棚里吃住

哪里嫌弃过鸡粪的味儿啊

您又带领农户种植西瓜、蔬菜

您领着瓜商来到田间地头

您看着他们把厚厚的一沓钱送到农户手里

您喜滋滋地说

"今年的西瓜又长钱了"

直到有一天

您累得晕倒在西瓜地头

几个人赶紧把您扶起

一群人护送您去邻村卫生室

那一刻

坚强的您流下了热泪

大家对您的爱戴就是金杯、银杯

胜过一切奖赏

您为全村父老跑前跑后
从无怨言
默默带领着这个村

村里的旧房都翻新了
街道硬化了
玉米秆直接入地、化成了肥料
街上那些乱七八糟的柴火垛啊
早就消失不见了
您把村子变成了"美丽乡村"
村里的困难户也都脱贫了
村里实现了小康
只是
您的额头又增添了白发
您的腰弯得更厉害了

为了表达我对您崇高的敬意
在中国共产党成立 100 周年之际
我愿借手中之笔
为您谱写一首赞歌
希望这首赞歌红遍大江南北
希望您的名字被刻在这光辉的时刻
被后人牢牢铭记

2. 太阳雨

站在马路中央
一面水涨船高
一面阳光明媚

脚下的土地
分成了两半
头顶上的天
分成了两半

一只手是干燥的
另一只手沾满了水滴

举起一只手
任由清风
涂抹成诗行

3. 假如

假如
我有一小片土地
我愿意种下
一棵树

风雨来袭时
默默守护自己
一切酸甜苦辣都看在眼里

刻成年轮

过往
一笔一笔记录下来
瞬间
变成永恒

4. 那片湖水

湖面微波荡漾
荷叶田田
鱼儿游来游去

湖水清澈见底
泥沙清晰可见

可是
谁能洞见湖心

5. 朋友圈

互相点赞
互相捧场
点着点着
多少人走散了

谁能看清
哪一个赞
穿透了散场

6. 夏日恋歌

一滴水
承载着一池荷花的梦想
飞向蓝天

云朵
心情忽然沉重起来

雨潇潇下
接连不断地在荷花上滑落
荷叶的心里
默默流泪

7. 那一时刻

小时候
爸爸买来四只大虾
妈妈做成了色香味俱全的盐水大虾

爸爸看了一眼
笑了
妈妈又看了看
笑了
哥哥用筷子夹走一只最小的
笑了
妹妹夹走一只最大的
笑了

我看了一下碗底
也笑了

那一刻
摄影师为我们拍了一张全家福
他说：这是世界上最美的照片

贵州诗人赵伸

【作者简介】

赵伸，男，布依族，1993 年 9 月生于贵州省六盘水市水城县，2015 年毕业于广东食品药品职业学院物流管理专业。爱好文学，著有诗集《浮生如梦》、散文集《重缘》，由团结出版社出版。

当黎明已经睡去（外1首）

当黎明睡去
彩虹做着自己的梦
梦里我们是星星
活在别人的天空

跟随着阳光再去寻找星空
所有的梦变成泪水落下

在梦里，我们是星星
活在别人的天空

八月的太阳

我们是夜里的太阳
在夜里出生
从夜里死亡
云的歌颂在一阵雷声里沉闷
雨的温柔在一树花落中裂痕

这正是八月
月亮呼叫着千家万户团圆
桂花香里又看见金色时光

这正是八月
我们是黑夜里的太阳
从夜里出生
在夜里死亡

安徽诗人杨春雨

【作者简介】

杨春雨，男，1964年生，安徽省固镇县人。系诗人乐园成员、中国诗歌圈官网签约诗人。1988年至1990年在北京诗歌函授学院学习。热爱诗歌、散文创作，2020年开始发表作品。2022年荣获诗人乐园文学奖。著有《春雨诗集》。

当我退休的时候（外3首）

当我退休的时候
我有一个梦想
我想游遍长城内外
我想去看林海雪原
我想去看那西湖传说中的断桥
也许还能听到白素贞的歌声
我想游遍江南的名胜古迹
我想走进香格里拉的梦乡

当我退休的时候
我有一个愿望
我想去看内蒙古草原
我想走遍北疆和南疆

我想去看西双版纳的蝴蝶会

我想去看丽江的水

我想游遍黄河，长江

还有让人迷恋的桂林风光

当我退休的时候

我有我的理想

我想去看西都长安

我想游遍东都汴梁

我想去看现在北京的强大兴旺

然后，在一个小房子里

泡一杯热茶

耕画祖国一日千里的辉煌

家乡的芒穗

小满过后

又是一年小麦黄

小满十天晴，小麦籽粒成

这是老农祖祖辈辈的经验

用辛勤汗水种下的种子

迎来丰收的希望

远在异乡的我想好回家的日子

想好回家乡的梦

梦见站在屋脊上面的燕子眼望远方

看着我回家的路

梦见田野的芒穗在微风的吹动下泛着金黄

梦见地头来来往往的人们看到丰收的希望

田野的芒穗在呼唤着我
等待我早早回家准备好空房
让收割机掀起麦的浪花
我开着小四轮在地头迎接最壮实的麦粒回家
然后，把你最新鲜的梦想
一车车送向远方

初冬感想

西伯利亚的寒流
穿过大漠
翻越山川河流
一路横扫千军而来

那极北的雪
洒满大地沟壑
扫除夏季的繁盛
把祖国沃野千里的北方
化为银色的世界
经不起冰雪打压的黄叶
摇摇欲坠大地
把沾满的冰雪化为泪
仰望蓝天流云
把梦捎给春天

被冰雪压弯的寒枝

招摇着贫瘠的山冈
唯有蜡梅和秋菊
笑傲冬天的美景
把春的花，秋的果
甩在身后

春柳眉绿，一个转身，秋草黄
紫燕呢喃，一个转身，北雁南翔
西流东逝，岁月无痕
被冰雪覆盖的大地
做着寂静冬眠的梦
不知是甜蜜的生活飞入梦中
还是梦中搂着甜蜜的生活

雁南飞

每当冬天来临的时候
天空中时常听到鹅一般的叫声
回响在蓝天大地
那是南翔的雁
鸣叫着冲击向前
给天空中留下一排排铿锵的诗行

飓风吹不断他的吟诵
雨雪打不乱他的阵线
一边飞翔
一边欣赏人间的美景
有时还揽几朵白云衬托

孕育着诗的情思

怕南方不知季节的变换
从遥远的北方
带着严寒、迎着逆风
把冬天捎给南方

啊！多么让人感动的大雁
在茫茫的征途中
一队队、一行行
消失在蓝天空蒙的远方

四川诗人蒲天才

【作者简介】

蒲天才,笔名"茂之",1949年生,四川省南部县人,大专文化,中共党员,现居四川省成都市。喜爱文学,作品散见于报纸杂志和网络媒体。

在同一时空里（外2首）

在同一时空里
由于空间被拉伸
时间产生了变化
向西走去，那是雪原

向南走去，那是艳阳
向西向高原走去
那是银装世界
向南向大海走去
那是晴空万里

又在同一时空里
由于空间被揉皱
时间产生了弯曲
皑皑的雪原里
可爱的小白羊在觅食
在觅春
尽管和白雪相融
如茵的小溪边
憨憨的老牛和悠闲的小白鹤
和谐相处
我在宁静里
感受到了凛冽和希冀
我的宁静也变得弯曲了

于是，我把时空放在涓涓的河流里
然后，捞起来
使劲一拧
拧下一场春雨
于是，我把时空放在浩瀚的大海里
把它剪裁成一艘远航的船
渐行渐远

于是，我奋不顾身地
把生命的时空
时空的生命
剪截一颗小星星
放飞去太空邀游

蒙娜丽莎的微笑

带着她浅浅的笑
春天的清晨
我在黄山的峥嵘里
聆听如涛的松声
观望激情的日出
感受瑰丽的山河涌动
憧憬人生征途的奔流不息

带着她淡淡的笑
夏天的夜晚
我在故乡月色的温柔里
遥望灿烂的星汉
诉说奔月的浪漫
随想李白对影成三人的童趣
骆宾王曲项向天歌的童谣
余光中绣口一吐的三分剑气
还有，明清国画大师们意趣的熔铸
徐悲鸿等一批画家们
笔下的沉郁苍茫
坦诚透彻

还有新中国

钱学森、屠呦呦……

一批科学家的卓越贡献

高天壮阔，浮想联翩

带着她平静的笑

秋天，收获的季节

我在黄河壶口边

那气势恢宏的痛快里

舀一碗天上来水

对着群山，对着大地

叩首炎黄的村庄

叩首万年古老的入海口

在蔚蓝的天穹下

在绿茵的沃土上

我一饮而尽

带着她盈盈的笑

冬天，冬藏的季节

我在大海的遐想里

邀浪花去千江万河的源头做客

雪飘万里

春风化雨

滋润人间

我在大海的宽阔里

同伴问我

去不去彼岸

我不假思索地回答：不去

因为我的根在此岸

我又说：要去

因为彼与此相连

是一个地球村

与大家共商

一带一路的畅想

何等壮哉

那浅浅的笑

那淡淡的笑

那平静的笑

那盈盈的笑

在大师的浓墨重彩里

瞬间的留驻

是一种永恒

面对人与自然

人生世界

借助艺术大师丹青的哲学翅膀去飞翔

相视蒙娜丽莎的微笑

我羞涩地笑着低下了头

我又忍俊不禁

破涕一笑

心香

这条小河

淌过田野，淌过竹林

来到了外婆家的村头
小河中一排排的小石墩
便是去村里的小桥
外婆在乡下
我在城里

小河的水碧绿碧绿
鱼儿嬉玩，清澈见底
我第一次过墩桥
心生顾盼
正在小河边捣衣的毓秀妹妹
在我差一点掉在河里时出现
她一双脚踩在水里
扶着我走完这一排排
那时是正月的一天
我读初三
她刚考上初中

有一年夏天
小河涨水，河水奔流
小桥被藏在水里
我又来到桥边
恰巧毓秀跑过来
解开河边槐树上的绳索
跃上船
向这边撑来
点篙处

见英姿飒爽

一对小辫

闪闪眸子

满脸喜盈盈的红

我心中架起了一座小桥

我大喊：毓秀

那年，我读高三

小河水

碧绿碧绿的时候

我蹦蹦跳跳地趟过小河

告诉外婆

我要去偏远的乡村

明天就要走了

那天外婆给我煮了荷包蛋

午后天下雨了

淅淅沥沥的

要回城了

我戴着竹笠

却看见小毓

站在雨中

披着红色的雨衣

她住在乡下

我也要住在乡下

那年的清明

我去了却多年的心愿

去看外婆

听说那一排排小石墩已变成一座拱桥

也听说毓秀去了海外

当我重回外婆村时

那小桥依旧，一排排

那石碾走了

秋千走了

多了一张张陌生的面孔

我去了外婆坟头

我去了河边的老槐树旁

我走了一排排小桥

一步一步地

毓秀到底走了，听说过得还好

我舒了一口气

点燃香烟

余烟在头上白发间萦绕

我住在城里

她住在海外

河南诗人王文松

【作者简介】

　　王文松，出生于黑龙江省林区，退休于河南省濮阳市。经典文学网、中华文艺微刊签约诗人、作家；曾荣获 2020 年度、2021 年度经典文学网"十佳精英作家"称号；《"华语杯"国际华人文学大赛获奖作品精选》编委。在第二届"蝶恋花杯"国际文学大赛中，作品《白杨树下》荣获散文一等奖；在第二届"经典杯"国际华人文学大赛中，作品《漫话清丰》荣获散文一等奖；多篇（首）诗歌、诗词、散文作品在全国及国际文学大赛中获二三等奖，并入编国家级出版社出版的书籍。现为中国诗歌学会会员、中华诗词学会会员、中国楹联学会会员。

无弦的合音（外 1 首）

春，醒了
从东方衔来一滴绿
点在树枝上

冰凌花儿从梦中睁开眼睛
抖落头上的雪花
望着太阳笑了

山涧里那条小溪

从石缝里扭着纤细的腰
跳下山岗
一路小跑一路唱着歌
奔向远方

歌声惊动了河边的小草们
一丛丛地钻出地皮
迎风起舞

乡间的小路上
牧童牵着一头老牛姗姗走来
一枝短笛，横在春天
鸣唱

风是空心的

风是空心的
藏不下土地的深情
只顾自己自由地飞

草儿绿了又枯萎了
花儿开了又谢了
风，从不停止呼吸

路灯，在梦中睁开昏迷的眼睛
数着夜行人的脚步匆匆

塔吊，伸长了手臂

一副尊严悬在夜色中放不下面子

高压线把童年的记忆拉得很长、很长
往事又回到昨天

月下
我独自斟一杯清光
等空心的风归来

重庆诗人裴玉玲

【作者简介】

裴玉玲，女，1958年4月出生于重庆市。重庆工业职业技术学院教师、副教授，骨干教师，国家职业技能鉴定高级考评员，国家科技项目评审员，国家十一五、十二五规划教材主编、副主编，市级优秀工作者。重庆诗词学会格律体新诗研究院首批研究员，重庆市九龙坡区作家协会、重庆诗词学会、重庆市新诗学会会员等。发表有格律体新诗、自由诗和古体诗。在2021年举办的全国网络诗歌大赛中获得第六名，荣获优秀诗人奖。在全国"慈孝诗歌"征文赛中获得优秀奖。诗评、诗作入编《两岸诗星共月圆》《中国诗歌精选（2019年）》等选集。著有《蓝色畅想——裴玉玲诗文集》一书，已被重庆图书馆、电子科技大学图书馆、重庆大学图书馆等收藏。

诗歌5首

1. 难忘乡愁

——沉痛悼念著名诗人余光中先生

从窄窄的海峡里
我读您的《乡愁》
一片深情
寄语神州

从蓝蓝的天空中
我品您的《乡愁》
骨肉同胞
泪涌心纠

从漫漫的诗行中
我懂您的《乡愁》
何日梦圆
两岸同秋

今朝难忘乡愁
明日龙脉共修

2. 平乐随想

在梦里
我到过平乐古巷
乐善桥下

有凤求凰千年绝唱

在歌里
我荡舟白沫碧江
文君酒纯
泡蘸笔端醉了诗行

在眼里
平沙落雁到何方
展翅高飞
是否已入云间仙乡

琴瑟和鸣凤飞凰舞
桐梓合精旧曲新唱

3. 我爱四月天

我生在四月天
蔷薇带着雨露绽笑脸
春风像把梳子
梳绿了长江两岸
我愿做歌者
畅怀春天

我长在四月天
阳光带着微笑暖心田
春雨像个天使
纯净了广袤天地

我愿做舞者
赞美春天

我喜欢四月天
写诗不用笔墨用彩染
春梦像面镜子
折射着格律美感
我愿做行者
扮靓春天

用激情唱和山峻水暖
用生命点燃山花烂漫

4. 献给诗人节

每年的五月初五
中国的诗人节
全世界的华人
点燃了吊唁的火烛

唤魂兮归来啊
吟着《九歌》《离骚》《天问》的屈大夫
宁死不当亡国奴
看汨罗江畔啊
挺立着你铮铮傲骨

诗人的节日里
清流涤志、斗诗有酒、粽香怀古

有华人的地方啊
龙舟竞技争优
江河响彻震天乐鼓

5. 雨后

雨后
树叶被洗过
清新鲜活

雨后
大地被洗过
万物丰硕

雨后
天空被洗过
明亮宽阔

雨后的山城石阶上
冲淡了旧的伤痕
雨后的世界空气里
充满爱了的述说

浙江诗人陈成国

【作者简介】

陈成国，祖籍广东省肇庆市四会市，1966年生于海南省保亭县，现居浙江省嘉兴市海宁市盐官镇。中共党员，大学本科学历，党校系列副高级职称。2000—2002年参加《诗刊》社"诗歌艺术培训中心""进修班""高级研修班"学习结业。现为经典文学网、中华文艺微刊签约诗人（作家）；曾系世界华人作家协会A级会员、北方诗人协会会员、中国作家世纪论坛作家俱乐部特约作家、《九头鸟》杂志特约撰稿人、《扬子江诗刊》会员。已发表诗歌作品400多首；获得过首届"大地杯"全国诗歌大奖赛金奖、"今日中华杯"全国诗歌大赛金奖，第一、第二届"诗国杯"全国优秀诗人诗歌大赛一二等奖，2003年"春笋杯"全国诗歌散文大赛三等奖，2003年"圆梦之旅"全国诗歌散文大奖赛三等奖，2017年第二届"中华杯"全国文学大赛三等奖，2019年当代"精英杯"全国文学大赛三等奖，2020年"盛世中华杯"国际文学创作邀请赛二等奖等多项殊荣，2021年第二届"蝶恋花杯"国际华人文学大赛一等奖；另有100多篇学术论文、数篇优质诗论面世。

西湖恋歌（外1首）

——组诗《西湖恋歌》节选

山鸟晨读，光饮朝露。

冬去春来，花开千树。

执念填湖，心灵赶路。
人生几何，光阴反顾。

一路青衣，两行热泪。
塔问姻缘，安知错对。
柳恋清波，断桥长醉。
对酒当歌，问心无愧。

潜梦孤山，莺歌彼岸。
映月三坛，空生梦盼。
唯有颂红，一枝独绽。
久叹忠良，多灾多难。

花港观鱼，流年淡忘。
雨没香茗，蝶翻惆怅。
小鹿呦鸣，乌篷踏浪。
云恋远方，我思月亮。

遗落嫦娥，半生绝望。
挚友相扶，心椰蔓长。
美醉山兰，橘红路上。
诗画江南，涛声响亮。

背井离乡，钱塘寻梦。
弃教从商，千金散尽。
岳墓悲栖，禽毒害命。
灵隐追思，禅医老病。

政史之声，诗文诠释。
造梦衫歌，投缘设计。
双创思功，匠心铸丽。
四大皆空，一身才气。

远望双峰，云集云散。
岁月沉浮，得失看淡。
古道亭桥，初心力挽。
情寄西泠，长书热盼。

曲院风荷，苏堤春晓。
望有来生，骄阳暖照。
朝迎靓彩，晚钟甜笑。
不务虚名，平凡就好。

童年

——组诗《一生有你》节选

岁月留芳，于心绽放。
美丽童谣，悠悠回荡。
老少亲朋，几多念想。
万里乡思，星光照亮。

踏浪扬帆，登高眺望。
林海茫茫，风吹稻浪。
小路绵长，泉思唱响。

旧梦依稀，山河变样。

一道河桥，延伸美好。
一座石楼，丽拨心跳。
一段时光，阳光普照。
一种人生，胶工缔造。

时代钟声，引心澎湃。
童恋攻心，与时竞赛。
儿女成才，爹娘拄拐。
爱永扎根，琼崖热带。

美忆音容，椰哥榔妹。
阳春三月，竹篝嗨嘿。
顺逆更迭，也曾疲惫。
秋思霜染，一行老泪。

往事如烟，看轻胜败。
浪子归来，举杯动筷。
初恋同桌，几多情怀。
唯有兄弟，笑声长在。

四川诗人李宁

【作者简介】

李宁，笔名"Li木"，男，生于 1962 年，重庆市梁平区人。本科毕业，高级工程师，中华诗词学会会员，中国楹联学会会员，经典文学网、中华文艺微刊签约诗人。

2021 年 3 月，参加美篇春季诗歌全国大赛，作品进入决赛。在第二届"蝶恋花杯"国际华人文学大赛中，参赛作品荣获二等奖。2021 年 9 月，荣获"新时代诗人"称号，作品入选《新时代诗人作家文选》。2022 年 2 月，在第二届"经典杯"国际华人文学大赛中，参赛作品荣获一等奖。

诗歌 20 首

1. 飘

一枚黄叶

从高处坠落

跌跌撞撞

来到根的面前

那斑驳的皱纹里

映衬着

春风的暖拂

夏虫的肆虐

秋蝉的脆弱

冬霜的寒碜

这一刻
我幻想着
在嫩芽初放的枝头
重温那一曲儿时的欢歌
如琴弦一般的田埂
横笛的牧童
随着牛蹄的伴舞
送出斜阳的叮当

一声惊雷
宁静的树影被撕碎
刀砍、斧劈、剑撞
皱纹上又添了几道暗伤

熟悉的大山哟
渐渐远去
你那厚实的肩膀
何时才能再回我的身旁

2. 梦想者

端坐岸边
伴一缕炊烟
柳絮将思绪揉一个纸团
抛向岸的另一边

倩影自天边飘来

似焰火

点亮了我的眼

缺少一枚乌黑长辫

3. 劳动者的赞歌

一双大手

扶犁扛枪洞穿大地泥盘

却未曾

簇拥花的娇艳

五月的一天

芳香循着足迹爬山

蜜蜂在前面引路

起伏的山峦

似你的人生波澜

劳动者

锻造了伟岸

身躯却被浓缩

在方寸之间

花瓣无语

随风旋成心的图案

人间最美好的礼赞

穿过了阴阳
直达心灵的彼岸

4. 母亲

蓬松的白发
如同雪花洋洋洒洒
晶莹透明
道道褶皱
恰似深陷的年轮
留下一圈又一圈沧桑的裂痕

残缺的指尖
在光滑的手机上摩挲
像是在摩挲当年那张
顽皮的笑脸

昏黄的眼神
时刻关注着屏幕上扑朔迷离
生怕一不留神就会
漏掉微信响起的一句叮咛

海上生明月
明月似您的眼睛
巡过了春回
验收着蛙鸣

带着一往情深

舀一碗皎洁月光
伴游子
从夜黑直到天明

我知道
轻轻抚我头顶的
不是别人

5. 四月，杜鹃花

划一叶扁舟，默默出行
依偎在你的身旁
倾听第一只布谷鸟的凄厉

远古的呼唤
刺破了湖水的宁静
啼血，染红了小草、沃野、山川

一粒种子
从鸟儿的口中跌落
山谷中遍地都绽放着赤诚

四月
我不愿离去
八面来风
将你的名字传诵

6. 红草莓

弦上一缕轻风
吹落
我就成为你的一首歌谣

泛红
在天边
那一汪泉

星星眨一眨眼
云裳
悄悄散去

存一半娇羞
用一半青涩
填一曲高亢人生

7. 站在一座桥上

春天已逝
我却在桥上看风景

飞鸟衔我的心
去岸那边停留

我一直在此等候
只为了

再看一眼脉脉含情的
春水

8. 夏日的风

一声鸟语，便阻挡了你
前方的路
不知去向何处

如果没有风
你的心
或许会与她贴得很近很近

而不是听风中的鹦鹉
道听途说
从此，擦肩永生

9. 岁月

撕一缕，狂啸的北风
祭奠那逝去的青春
丢一把烈焰
空虚的大厦
立刻被席卷进火红

冰冷的泪花
熄灭不了废墟的烟尘
少年时仰望的一颗星星
只能藏进额头的皱纹

不因虚度年华而悔恨
不因碌碌无为而羞愧
是一个英雄
理想的批注

小草的一生
虽然默默无闻
却从不后悔
因为它用一片片嫩绿
拥抱过大地的一往情深

10. 夏日的风

一阵腥咸的空气
让思念飞回了曾经中的曾经
泪珠从昏黄的相册里偷偷爬出

拾一朵
玫瑰
插在梦里

11. 岁月

掸落白发上灰尘
化一只海鸥扑向彼岸
纵身

落日
烫染了桅杆每根每根
如春

衔一枚带血的石子
与梦中的鸟巢
亲吻

过客匆匆
试图用浪花
去唤醒沉睡的黎明

12. 小满过后

你曾说过
一旦我披上成熟的外衣
你就会变一只欢快的小鸟
衔我去贫瘠的山梁歌唱

晚风吹过
捎去阵阵麦香
青蛙在模仿你的心跳

月光下
高挑身材
伸出一束迷人的金黄

稻草人

立我的身后
那是一棵消息树
有了它
你就知道我在哪里

13. 证据

我不需要证据
我的证据
丢失在大山深处
丢失在蜿蜒岸边
丢失在他乡寂寞的梦里

你需要证据
我可以托飞鸿
捎一封旧信与你
泛黄的草纸
模糊的笔迹
不知能否证明
你的过去

14. 在雨季

孤雁在雨中盘旋
马蹄声碎泥潭

浪花靠岸
似你的辫梢来犯

挥鞭抽碎这恼人的雨
却更像雨丝断断续续抽打着自己

一袋闷烟翻过天山直到伊犁
只为瞅一眼杏花带雨

15. 端午

清香逼退了淫威
正直力劈
穿杯而过的涛声
玉碎

月光盼血管倒流
吸入的
除去江风
还有云中的铮铮骨气

屈辱在汨罗岸边打一个结
沉入江底
剑锋向潜在鱼身后的那道鬼影
发力

16. 端午

做了一夜噩梦的那个人
从梦中醒来

胭脂红正在燃烧
渲染了梦中的那个影子

推窗轻轻
只为迎接那个飘逸背影

他也想做一个影子
活在别人的梦中

17. 雪语

赶在天亮前
悄悄洒落
一夜间用棉衣将大地覆盖
刚出土的麦苗
是我心中的花朵

用白色
隔离污浊
隔离一切刀光剑影
我不想
天公的一声咳嗽
惊吓了脆弱的心灵

好好睡吧！我的宝贝
等待你的是一片明媚

18. 开进西藏的列车

蜿蜒，似一只蚯蚓
漫步高原
哮喘
来自内地的壮汉

一生的眷恋只为这一天
依偎在布达拉宫身边
青稞酒纯甜
叩你灵魂裙边

云端
触手可摸
来生何在
不如我们在途中相见

19. 父亲

黑夜，一双黑眼注视我
似锐利刀剑
从墓穴中透出

几分慈祥
几分关爱
犹如北斗

山托着你

你护着我
我枕着你
岁月仿佛倒流

20. 开进西藏的列车

你说
风会抛下沙哑
雪会摘取泪滴

我不知
云带我驰向哪里
花枯萎，又重开了四季

玛旁雍措、拉昂措、羊卓雍措
舞起蓝色妖姬
梦中洗礼

一段逶迤，鲜花爬上车皮
翻过天梯
何时将妩媚卸在阿里

江苏诗人储竞芬

【作者简介】

储竞芬，笔名"懿煊"，女，大专学历，江苏省常州市人。喜欢诗词歌赋，用笔墨谱写生活中的酸甜苦辣。作品散见于报纸杂志和网络媒体。

诗歌8首

1. 夏雨

夏雨滴答
绿叶随风飘扬
抬起惺忪的泪眼
仿佛世界变得清纯

夏雨滴答
不是苍天落泪
是情感心灵的倾诉
是他的憧憬我的忧伤

夏雨滴答
朦胧了你远去的背影
无奈的我独自凄凉
对爱迷茫

2. 我在春天等你

我在春天等你
携手走过四季
这里有风、花、雪、月
有情，还有你

春天响起浪漫的舞曲
是春芽悄然地萌动
陶醉着朦胧的云烟绿堤
迎来绽放笑容的花期

夏天涓涓溪流的交响乐
一帘幽梦缓缓而起
一枝枝花折伞
撑开一段浪漫的情缘

秋天带来丰收的喜悦
山林焕发出彩色的诱惑
夕阳闪耀着金灿灿的果实
装点了秋色的旖旎

冬天舒缓的轻音乐
随着第一片雪花飞舞
遮掩了三季的颜色
与朵朵寒梅相拥

时光里留下了岁月的痕迹

每一段人生都是醉人的回忆

如诗，如歌

留恋，陶醉

3. 江南烟雨

烟雨蒙蒙的江南

在诗词的韵律里荡漾

袅袅婷婷溪水落花

梅子青青透黄

烟雨蒙蒙的江南

是谁撑着一把油纸伞

走过悠长的雨巷

一抹情思飘散着芬芳

烟雨蒙蒙的江南

渡一叶扁舟嬉水荷塘

采莲女子的歌声

和着微风吟唱

烟雨蒙蒙的江南

小桥流水人家

婉约成古老的画面

摇曳着水墨的时光

4. 我是一缕风

我是一缕风
厌倦了凡尘俗世
厌倦了人间悲欢
不再相信缘分
只因雨季后是离散

我是一缕风
放弃了云的痴缠
拒绝了叶的眷恋
逃避了花的呼唤
我不相信会有永远

我是一缕风
因为我没有那么勇敢
那就让我自由的脚步
潇洒从容悠闲
不再沾惹世俗悲情

我是一缕风
只想天马行空般畅游
让生命快乐随意
直到遇见真爱的
那一天

5. 最美的箴言

推开时光的门楣
指尖的温暖蔓延
心的世界已然是欢喜
不管走过的是苦是甜

掬一缕心香入怀
淡为行，善为念
许人一份宽容慈悲
轻拥一颗禅心

只想做个心静的女子
每天保持清丽的姿态
迎着风起雨落
依着花谢花开

写些干净纯粹的文字
让红尘俗事悉数散去
祈祷一生的美好
依恋在半亩花田

我且安然与时光对坐
任凭季节的念滑落掌心
淡然往后的岁月
是我最美的箴言

6. 夏日时光

夏日时光
让我懂得了瞬间的美好
将柔润落入心间
成为慈悲的光亮

手捧一朵莲
祈祷人间皆安
回想这如梦的人生
倚窗静对闲云

寂寞让人如此心动
对白总是自言自语
世事如此不惊
流云不语心静

看着转角处的青石巷
紧握一柄油纸伞
低眉走过
清浅的时光

7. 光阴如水

光阴如水
尘世浮华
静坐亭苑欣赏春色
细品人生感慨万千

光阴如水
岁月葱茏
闲时修得心中安然
花开花落瞬间轮回

光阴如水
独守安宁
素心优雅修得清净
闲时细品诗词歌赋

光阴如水
浅笑嫣然
低头轻吻花香
感叹春光正好

8. 风中的秋千

风中的秋千
任你无数次的来回
随风摇摆乐此不疲

风中的秋千
与风无数次的对视
颠簸中洒满汗水

风中的秋千
偶尔小憩静下心来

让人想起那些美好事物

风中的秋千
是两条不相交的平行线
几度邀约心灵的陪伴

风中的秋千
留下了美好的时光
摇荡着童年的记忆

重庆诗人申世蓉

【作者简介】

申世蓉，笔名"一米阳光"，女，重庆市人。曾在《中华诗词》《诗词四川》《重庆诗词》《重庆艺苑》《渝水兰庭》《重庆作家网》《国家诗人地理》《北上广文学》等发表过作品。抗疫诗《国殇》在重庆市中华职业教育社组织的"众志成城·合力抗疫"征文活动中获一等奖。重庆市江北区作协会员，重庆格律体新诗研究员，重庆市诗词学会会员。

芭茅（外1首）

芭茅的铁蹄
在悄然践踏土地
一分一亩地扩张，扩张

老农看在眼里，万分着急

想以微弱的力量
翻地，播种，田间管理
竭力遏制芭茅草蔓延，猛长
可这哪能改变山村现状

年轻人纷纷涌向城里
赚钱比山沟容易
虽然外出打工辛苦
为孩子上学干啥都愿意

老农深知土地是命根
岂能荒废无人垦
企盼大家早日回归
携手创建美丽幸福山村

老农深邃的双眼憧憬着远方
山坡果树成行，田里禾下乘凉

直波村

极目远眺，直波村碉楼
中国版比萨斜塔，价值不菲

走近古碉，满脸的沧桑
防匪防涝，防战乱，劳苦功高

八角古碉，三次大地震
倾斜不倒，颇为传奇，引以自豪

倔强古碉，激励山寨人
改变旧貌，团结奋进，澎湃心潮

小桥流水，绿荫藏族家
格桑花闹，风调雨顺，马旗飘飘

央金卓玛，着民族服装
赶着牛羊，唱着牧歌上山冈

夜幕降临，糌粑奶茶跳锅庄
梭磨河畔，一派祥和景象

河北诗人薛媛

【作者简介】

薛媛，辽宁省大连市人，中国诗歌学会会员。诗歌作品曾获"东坡杯"全国诗书画家创作年赛二等奖，入选《新时代诗人作家文选》等选本。艺术作品曾获世界华人艺术大会国际优秀奖，荣获"世界杰出华人艺术家"称号。学术论文入选《轻电影微电影研究》等专题研究论文集。

未知（外2首）

未知如蒙面的佳人
在水之滨，若即若离
多少智者与勇士为一睹芳容
前赴后继，心醉神迷

而我，面对诸多未知
宁愿颔首默对
也不肯穷经竭虑执意追寻
不是缺少探索的勇气
也并非高标的智慧缺席
而是这世间总存在一隅
你我永远无法也不必造访

有的未知似永不被开掘的宝藏
仅仅存在于世间
便已完成了使命
它们归于大化
生命因这未知的时隐时现愈显神奇

以一颗憧憬与敬畏之心
遥对影绰幽玄的未知
无须抵达
便已与永恒同归

幸福是什么

幸福是什么
谁能告诉我
是曾经的拥有
还是对梦想的执着

若是有人来问我
幸福是什么
我该如何对你说
当面对大千的某一刻
你的心香四溢
感念生之神奇曼妙
愿将这大美
向人间撒播
就在此时
幸福的花蕊已为你吐露芳泽

再相逢

第一次见到他
是春分的晌午
我偶然从那座苗圃经过
一个蓝衫的小伙儿正俯身培土
起身拭汗间
那画中人一般的侧影
印在我心中

夏日，他为那片土地浇水除草
中秋到来，那苗圃里开出了紫红的花簇
常有游人流连拍照
馥郁的香氛引得我驻足了好久

此去数年
花开荼蘼
却再不见园丁的身影

多少年后的一天
我出差路过春城
为那座肃穆的陵园敬献花圈
一座英雄墓碑映入眼帘
镌刻着那张熟悉的面庞
墓碑前一捧纤朱缀紫的玲珑花卉
无论回忆里，还是梦乡
多少次我在苗圃里徜徉
沉醉于这无名花友的绚丽芬芳

墓碑前伫立着一位小战士
轻声对我讲
这是他生前心心念念记挂的
他唤它"相思萝"

贵州诗人颜家飞

【作者简介】

颜家飞，汉族，本科学历，贵州省安顺市开发区小屯中学语文高级教师。从事语文教育教学工作多年，喜欢文学，特别是古典诗词。淡泊名利，为人耿直，性格中向，乐观上进，兴趣广泛。讲诚信，善交朋友，做事认真负责，敢于接受挑战、迎接挑战。部分作品被纳入《"经典杯"国际华人文学大赛获奖作品精选》。

安顺除夕前夜的雪（外1首）

今夜，窗外悄然飘下了白雪
一瓣一瓣，一朵一朵
轻轻地掠过了树枝
短暂的停留
抚琴低吟
午夜的寒风与你和鸣
你不为卖弄
只为独享夜的那份宁静

今夜的梨花雨
竟有幽幽的暗香
弥漫在纯净的夜里

春天的脚步已经来临

仿佛嗅到了花香

满眼里

晶莹剔透的花瓣上飞舞着蜂蝶

你把美装点了除夕前夜

你的灵魂，飘落一地的娇吟

纷纷扬扬的白雪

染白了夜的寒冷

悠然送来了除夕的盛礼——晶莹圣洁

童话般的银装素裹

驱散了冬夜的寂寞与寒冷

赶赴一场春天的约会

我张开双手收下了天空的馈赠

醉在心里，美在梦里

漫天飞舞的白雪

一朵牵着一朵

在期盼中绽放

寒风中，燃烧着你的美

洁白天使的降临

驱散了昨日的阴霾

保安顺平安，风调雨顺

六月

六月的原野

翻滚着汹涌的绿浪

延伸到天际

成了一片绿色的海洋

透过白云的阳光

在这季节的转角中热情地张望

随处是芬芳的鲜花

随处有一张张笑脸甜甜地绽放

六月的风

夹杂着淡淡的芳香

带来了六一的童真和幻想

红领巾随风飘扬

教室里

歌声荡漾

热闹的操场上

放飞了孩童的心情和梦想

站在田埂上的农民

沐浴六月的阳光

怀揣了一冬的梦

笑看麦穗饱满金黄

满坡的硕果缀满枝头

红着腮，娇羞地在叶后躲藏

田间地头盛满了希望

寒窗苦读的学子

褪去了昔日紧张，装点行囊

少年的张狂

在笔尖缓缓流淌

延伸着一场收获的佳期

这六月的阳光与鲜花

将伴随着他们扬帆起航

喜欢六月的风

喜欢六月的阳光

很有幸地出生在六月

采六月的鲜花

拾六月文字的诗意

在流年岁月中吟唱

贵州诗人袁玉刚

【作者简介】

袁玉刚，字庆得，号皓寒，又号蚕雪，别号高枧居士，大学本科学历，中共党员，政工师。贵州省诗词楹联学会会员，中国诗歌学会会员，中华诗词学会会员，贵州作家网、经典文学网等多家媒体签约作家，贵州省习水县袁世明世家历史文化研究会副会长兼副秘书长。诗文多散见于报纸、杂志和网络媒体，部分作品入选《当代文学百家》《当代影响力诗人作家文选第二卷》等多部文学选集。

诗歌 5 首

1. 水流无限似侬愁

多少个无眠的日子
心在深夜里流连
那残陋的小屋
已经斑驳了从前

昨夜的风雨
已让梨花凋零
那一树的眼泪
在期待中游走
渴望着香满归程

缘分已在风中揉碎
痴痴地守候
只为等待曾经的诺言
遥远的遐思
云烟渺渺，如雨缠绵

情缘已难留
水流无限似侬愁
何时能相逢
只有梦里与君同

2. 守望遥远

某年的某一天
我们相遇在雪天
冷冷的心田
愁绪飞舞无言

冷冷的雪天
散落着的思念
攀爬着誓言
脚下迈步不前
在距离的远方，守望遥远
看不见你的脸

冰凉的视线
朦胧的山川
舞动着的情牵
演绎着一梦幽帘

零落的雪花
停留在眉间
融化在心肩
苍凉了一世情缘

遥远的思念
弹乱了琴弦

3. 曾经以为忘了你

曾经以为忘了你
你在我心里还是那么深
思念如雪花纷纷
你却早已掩上了心扉

疲惫的旅途，独自看日落日升
多少次梦里辗转
看见你华丽转身

衷肠难尽
无妄相思却一往情深
走吧，走吧
万千情缘，寄于来生

如果你愿意
就让风儿留下，来世再暖我的心

4. 我耳朵不好

你幸福吗
我耳朵不好
一个瓶一角钱
瓶里装尽沧海桑田

你幸福吗
我耳朵不好

岁月流逝了曾经
我仍微笑向前

岁岁年年
为了一个瓶一角钱
我扣响了多少门庭
尝尽了人生苦甜

你幸福吗
我耳朵不好
质朴无奈地回言
令贤达也汗颜

5. 相思已如雨

沿着青砖古瓦的步履
找寻着前世的相遇
那一扇斑驳的古院门前
谁一袭飘逸的红裙
悸动了过客的心旅

前世如遇
谁与沧桑对着心语
今生的境遇
是前世未了的心雨

舞弄起清音一曲
挡住匆匆的步履

呢喃的话语
温暖孤独的心旅

清音一曲
叩响了前世
相思已如雨

浙江诗人郑忠华

【作者简介】

郑忠华，又名中华，笔名"山人"。1971年4月生，浙江省杭州市人，中共党员、国家一级书法家、培训师。现为中国教育学会会员、中国书法家协会会员、中华诗词学会会员、中国楹联学会会员、中国硬笔书法协会会员、中国国画院书法研究院秘书长、中国剑光书画院理事、中国传统文化促进会会员。

啊，我的女神（外2首）

啊，我的女神
你就像
春天里河岸旁的柳丝
——婀娜多姿

啊，我的女神

你犹如
夏日里池塘中的荷花
——亭亭玉立

啊，我的女神
你好似
秋天里满山冈的枫叶
——如诗如画

啊，我的女神
你好比
为冬点缀的皑皑白雪
——楚楚动人

既然

既然知道
行走的方向不对
也就不要勉强自己的双脚

既然知道
爱错了人
千万要记得及时回头

既然知道
人生苦短
不能过于为难自己

黑夜

黑把悲伤掩埋
夜便成了思念的地方
若硬把黑和夜搅和在一起
世界便有了惆怅和忧伤

喜欢黑的颜色
更喜欢夜间的浪漫
但不喜欢它们的融合
因为我惧怕彷徨与失落

世界本是美丽的
无不让我们欣喜若狂
黑本是黑，夜便不是夜
黑夜里
我们也要努力绽放魅力

贵州作家薛维

【作者简介】

薛维,笔名"那年",男,仡佬族,贵州省遵义市人,贵州省作家协会会员,遵义师范学院历史与旅游学院客座教授,现就职于凤冈县文联。近3年来集中走访采访脱贫攻坚先进典型,创作大型报告文学《奔跑》《扶贫路脱贫路》《党旗照亮梦想》等作品,并入选《历史的丰碑》《脱贫路上》等文选，有反映脱贫攻坚典型的中篇小说《远山》发表，有反映茶叶改变乡村的文学作品近 20 件在各类报纸杂志发表；努力于历史文化研究，完成了文史课题《凯哥还》《月照大牌楼》等课目。20 世纪 80 年代末开始发表文学作品，有长篇小说《仡佬香魂》、中篇小说《那年》《凯歌还》《奔跑》《远山》等作品发表和出版，有报告文学、散文、随笔、文学评论等作品在各类报纸杂志发表；主编《凤冈县历史文化系列丛书》8 卷；文学作品《削苹果》《茶女》《浇你一盆水》先后获国家级二等奖、三等奖、一等奖。其反映乡村振兴的音乐作品《清风吹过村庄》被贵州电视台等平台反复推播。

茶的童话（外 1 首）

一再说起我们的茶山
说起茶叶与水的缠绵
是茶在水的羞涩里戏谑
还是水在茶的痛快中沦陷

茶与水的暧昧
搅动了千万里烟火人家
当年爷爷送给奶奶的定情茶
正在孙女们的朋友圈里浮夸
孙子辈媳妇们的婚戒里
挂满了关于茶的童话

等你

茶园深处绵延着深处的茶园
深处的茶园里荡漾着鲜嫩的云烟
我在云烟的深处等你

等云烟的来处相遇的情缘

云烟的深处飘扬着深处的云烟
深处的云烟里绵延着湿透的茶园
我在湿透的茶园里等你
等茶园的来处春梦翩翩

春梦的深处荡漾着深处的春梦
梦魂在嫩绿的茶园里缠绵
缠绵是茶园远方的梦想
茶园的梦还在远方

江西诗人周寸心

【作者简介】

　　周寸心，江西省九江市人，现居上海市。教师、译者。性情烂漫，热爱阅读与写作。多次参加国际翻译比赛和文学比赛获奖，诗歌作品入编《当代影响力诗人作家文选》，经典文学网签约诗人。

我在人间寻寻觅觅（外1首）

投木报琼，庄生晓梦
抚春雷，长相思在水一方
华美旗袍，雨后丁香

匆匆，是人间的惆怅

绮丽云霞，一往情深
望明月，天涯沦落共此时
红袖添香，惊鸿照影
翩翩，是人间的叹息。

落红春泥，道法自然
念兰台，蚕时雯风杏时雨
鹿隐深林，清露如珠
熠熠，是人间的星辉

草木谢秋，流沙无痕
惊江山，不老日月复参辰
天光昏然，岁寒松柏
皑皑，是人间的雪落

一蓑烟雨，此心安处
劝东风，柴门远去未有期
枯荷听雨，采菊东篱
袅袅，是人间的远方

蓝色倒影

暖风垂柳间
悄悄住着心底的幽然
彷徨，绕是拂拂微风
触动了被遗忘的琴

在轻描淡写的年华里走走且停停
流云驱赶着的蓝色倒影
是波浪的皱纹
亦是阳光的纹理

黏上破碎的棱角
自我变成疲惫而又拘谨的水鸟
那浩瀚无边的孤独啊
无法穿越，只能抵达

四川诗人刘安杰

【作者简介】

刘安杰，女，笔名"梦成飞花"，1972 年生于四川省达州市渠县。自幼爱好文学，喜欢阅读，上学时获得过全县作文竞赛一等奖。多次在渠县新闻网蒙山论坛中蒙山文艺版块发表作品。通过 30 年打工经历，累积了丰富的生活素才，作品多以反应平凡人的情感生活为题。小说《根娃的幸福生活》曾在全国文学大赛中获奖。

五十岁，让自己活成诗意的样子

五十，人生过半
多少人感慨：唉，老了

特别是女人
还留念着年轻时骄人的容颜
回味着美好的青春
一时还难以接受脸上渐起的皱纹
和暗沉的斑点
对着镜子自怨自怜

五十，不惑多年
与其在那伤春悲秋
不如让自己活成少时的梦想
活成潇洒而又诗意的样子
把所有的痛苦当成历练
当成人生宝贵的经验

五十，已知天命
当怀一份淡然的心境，优雅地活着
做一些喜欢的事，让自己快乐
学一两项少时不曾学过的才艺
绘画，弹琴，或者写写过去
也是一件乐事

五十，看淡沧桑
已经送走了生我的，养大了我生的
尽到了人生的责任
不论存款多少
不论房子大小
轻装上阵
悠然度过余生

第二部分　古体诗词

山东诗人马林

【作者简介】

马林，男，笔名"了了"，山东省寿光市人，本科学历，高级政工师。中华诗词学会会员，中国楹联学会会员。当代百强诗人，经典文学诗词学院副院长。

诗词20首

1.五绝·离愁

寒蛩侵夜径，冷月压梢头。
风送君千里，花残我一秋。

2.五绝·无题

村村楼上下，日日梦回还。
本是平原客，何期万座山。

3.五律·旅思

归歌惊远梦，别泪泻殊乡。
云锁花阶暗，风飘柳影长。
迁莺何独醉，问路几悲伤。
漠漠愁烟织，悠悠蝶意藏。

4. 五律·某商业小区即事

久仰康庄境，同门两不亲。
幽亭多翠袖，曲径漫红尘。
梦有千千结，缘无岁岁春。
高台空照月，寂寞读书人。

5. 七绝·自遣

花思懒问雨思愁，纵是风云未肯休。
我欲新租天一块，笑将晚景种春秋。

6. 七绝·别寄

云横雁渡一江秋，奔水离思和泪流。
十里长堤空许我，不知何处系归舟。

7. 七律·采风过当涂县

独持远水舞红埃，齐换新妆上旧台。
问路啼鹃迷岸接，扬帆驭鹤带江开。
自从太白骑鲸去，不尽骚人捉月来。
如许声情空醉我，而今诗酒两难猜。

8. 七律·文苑题句

头白长怜落地红，香深难锁满园风。
曾经岁月争无尽，不见尘思孰有穷。
自古壮怀谁与卜，而今别绪每能通。
前望独坐诗天下，号令苍生出俗笼。

9. 东坡引·乡园别思

径迷风乱舞。门闭愁飞渡。
蜂嗔蝶怨浑无数。衰花含泪去。

遥情晚景，枯肠别绪。一梦绕、千回诉。
谁曾了我鲲鹏许。眉开云水处。

10. 离亭宴·忆故人

叹长烟又起。堪论那、陈年旧事。
鸿带凉风伤满地。直道是、鬓催愁洗。
莫问路穷何处，都说有缘千里。

空与神天共醉。每笑我、尘心不悔。
秋雨残花离别泪。谁忍得、庭阶滴碎。
几度梦中消息，一样人间滋味。

11. 华清引·解嘲

春催草木每生缘。蝶度蜂翻。
醉惊多少尘梦，芳华万里烟。

一花自有一重天。落花时节谁叹。
漫曾长笑我，身处水云间。

12. 望远行·一叶渔舟寄乡思

赖得灵川破我愁。团团离梦绕汀洲。

鹰呼雁下捉长流。飞云催白弄潮鸥。

天如洗，鬓何秋。水摇风压几回眸。
前程谁系钓鱼舟。望中人在故桥头。

13. 清商怨·暖日寻踪

迎春花解迷蜂语。恰乡思初度。
万木谁争，问穷情深处。

道是云烟如故。漫消得、啼莺无数。
别梦依稀，芳园风不住。

14. 留春令·寄友人

径回香袭，影衔思绕，晚封云度。
待月吟愁曲阶前，泪流到、花深处。

梦里新莺啼暖树。纵千般如故。
声色迷离掩红尘，酒长醉、情难诉。

15. 惜分飞·感事

每看春红都是泪。香梦乱莺穿碎。
漫思空相寄。鬓花嗟我情难遂。

烟絮悠悠风未止。多少天涯游子。
莫道人常醉。不知多少愁滋味。

16. 月梅香·暮春行寄

久难了，东君有意向谁通。
况牵愁时节，天香不尽情浓。
溪水低穿故山路，瀑声高挂碧云峰。
嗟多少，远曲常听，别梦无穷。

寻踪。断魂处，绿野悠悠，乱雾重重。
虚自回望，漠然醉影成空。
忙燕于今剪长雨，落花何必怨春风。
堪消得，岁月依稀，晚色朦胧。

17. 梅弄影·诗心

远怀漫绕。岁在愁中老。
嗟我清光独照。月瘦窗虚，笔飞风自啸。

梦思多少。孰问催时鸟。
滚滚红尘难了。破尽春秋，长叹天下小。

18. 喜迁莺·年夜

歌一曲，酒千樽。欲舞雪纷纷。
曾经岁月又更新。谁唤梦中人。

愿有期，情无处。剩我几多朝暮。
奈何灯火渐阑珊。长醉忘尘寰。

19. 生查子·游园

藤老石扶云，水曲苔侵岸。
莺踏柳梢飞，鹤压花头乱。

深阶岁有声，高榭烟如练。
但觉古痕长，浑忘今生短。

20. 风光好·水淙淙

水淙淙。雾蒙蒙。
石洗苔侵柳岸风。别情浓。

曾经梦里愁无数。流连处。
旷野长天一望中。远心同。

北京诗人杜宗民

【作者简介】

杜宗民，男，管理学博士，笔名"子弘"，号明德先生，北京大学中国新兴产业创新研究中心副秘书长，中华诗词学会会员，中国楹联学会会员。作品散见于报刊。

诗词 384 首

一.五绝 35 首

1.五绝·无题

尘旅若蜉蝣，南柯梦醒休。
古今多将相，修尽也骷髅。

2.五绝·无题

墨批秋月白，笔慕圣贤章。
胸内藏丘壑，缊衣也不妨。

3.五绝·咏池鱼

生有鱼龙性，身怀四海能。
一朝池内困，难再化鲲鹏。

4.五绝·秋晚凭阑问君安

秋晚醉凭阑，金风吹露寒。
霜严枫叶赤，片片问君安。

5.五绝·雁去动乡魂

暮雨打灯昏，秋风叩院门。
归思侵客梦，雁去动乡魂。

6. 五绝·泉城烟雨

秋水涨明湖，廊檐落玉珠。
嫣然何所似，诗意胜姑苏。

7. 五绝·和高友（一）

高曲难相和，班门弄小椽。
知交为我幸，幸遇即忘年。

8. 五绝·和高友（二）

青山流水永，大隐海虬贤。
高曲勉为和，班门弄小椽。

9. 五绝·无题

漫漫秋色里，杳杳水云间。
鸿雁征长路，千山且等闲。

10. 五绝·秋词

季迭叹时短，星移岁未穷。
暑风犹在木，何故落梧桐？

11. 五绝·梅雨

黛瓦连黎里，应时梅雨来。
珠帘迎客动，落地玉花开。

12. 五绝·奉茶走心

精虑无根水，诚煎瑟瑟尘。
闲来持一盏，奉给走心人。

13. 五绝·泉城会客水云间偶记

人闲夜月明，禅定雅情生。
茶奉水云客，诗随草木萌。

14. 五绝·赠荆楚兄弟

泉城多志士，荆楚富贤英。
东岳连江汉，山环水抱情。

15. 五绝·应游鹿鸣文苑山庄偶记

桃李鹿鸣道，香风传盛筵。
洗田鱼嗜墨，煮茗鹤销烟。

16. 五绝·辛丑超然楼登高偶感

世上三千事，淡然一笑间。
红尘万般苦，放下亦超然。

17. 五绝·五一游青铜峡偶遇

春随夏令老，红瘦绿更肥。
有美回春色，凝眸引魄飞。

18. 五绝·论友偶感

温润凝青翠，山高水更长。
友情真至是，少往又何妨?

19. 五绝·孟春网观叔父赏春偶记

辛丑开元庆，东风遣玉兰。
达观春意满，处处使心安。

20. 五绝·辛丑孟春舜耕山庄南风阁晤友偶记

南风迎贵客，舜里室生兰。
一见交如故，频频把酒添。

21. 五绝·辛丑明湖踏青偶记

黄鹂鸣翠柳，仙子下银河。
倩影浮明镜，游人醉碧波。

22. 五绝·千佛山揽胜偶书

海岱遗灵脉，灵尊放佛光。
南山横翠色，北渚绕明堂。

23. 五绝·明湖探春偶记

苦寒行数尽，喜鹊唱新猷。
泉畔归游女，春丝发柳头。

24. 五绝·小寒

小寒阴气盛，否极泰阳开。
询令春何远？红梅报信来。

25. 五绝·唱流光

一笔书清远，一杯漾暮阳。
一倾萧瑟处，淡淡唱流光。

26. 五绝·无题

水寒鱼入底，季迭物华应。
宇宙存常度，伏膺常有恒。

27. 五绝·无题

昨日相亲去，归来泪满巾。
卸妆如鬼魅，不是画中人。

28. 五绝·山行

西圃迎朝露，东篱沐晚风。
寻常一般境，闲眼有奇崧。

29. 五绝·庚子初夏晨练睹物偶记

山明雨乍止，林暗气犹湿。
天地无常形，人生莫固执。

30. 五绝·观童子扰鸽偶记

人存怜鸽意，鸽献友人情。
童子无拘忌，鸽群纷远行。

31. 五绝·庚子暮春观燕园偶记

未名湖水清，博雅塔灯明。
鸢尾依如故，盛开待子征。

32. 五绝·春

三阳开泰来，律吕动葭灰。
缓缓东风起，春芳递次开。

33. 五绝·煎春

当轩煎老春，对岳弄周琴。
山静七弦起，清思品九歆。

34. 五绝·品茗

乾公遗圣水，坤母育灵尘。
敬奉茶一碗，倾心于至人。

35. 五绝·听李宗盛山丘歌偶感

眨眼叶焜黄，悠然鬓染霜。
山丘歌一首，懂者泪盈眶。

二. 七绝 140 首

1. 七绝·无题

小河溪水未开封，年历新开景未明。
春日迟迟虽故色，难妨诗意驾东风。

2. 七绝·壬寅孟春谒友时品流金岁月茶饼偶感

流金岁月无情去，有限青春有限身。
声色易消身有限，若怀万里趁青春。

3. 七绝·观浮云

时如天马上中霄，变幻无穷任意飘。
兴可五湖施雨露，闲来四海自逍遥。

4. 七绝·和子岩咏春雪

残寒待尽迎新春，不愿应时返九宸。
别泪婆娑飞作雪，长亭十里莫扬尘。

5. 七绝·腊八节异乡观僧侣施粥偶记

腊粥香飘应雪邀，佛门若市客如潮。
万千游子乡愁切，八宝难消客念焦。

6. 七绝·小寒咏梅

羽化乘云梦九穹，诗怀壮气待东风。
小寒料峭何须惧，梅载春书待雁鸿。

7.七绝·辛丑晚秋明湖偶遇

落黄漫道对山空，寒水孤舟唱晚红。
莫道明湖无好色，琴心剑胆正桥东。

8.七绝·辛丑冬至偶书

天寒阴极临冬至，阳气新来九九生。
喜看琼花飞四野，更倾梅雪暗香盈。

9.七绝·观叔父海南赏鸡蛋花和诗一首

白沙园内绽奇花，冬日缤纷在海涯。
壮士虽休仍可饭，宝刀未老鬓先华。

10.七绝·夫妻劝和诗（一）

月色如霜照古今，红尘世事几浮沉。
万苍今古同明月，哪个能逢旧日人？

11.七绝·夫妻劝和诗（二）

缘来则聚缘终散，乘兴而来兴尽归。
异梦同床刀剑对，何如两忘各芳菲。

12.七绝·立冬偶书

吹尽秋光意未浓，卧闻大雪压青松。
梦浓未淡花前影，思定神回己立冬。

13. 七绝·秋夜词

月朗星稀夜未阑，落黄漫径月光寒。
风摇金桂枝含露，诗押霜寒和叶丹。

14. 七绝·无题

春秋代序红间翡，岁染乌丝白杂灰。
舞榭歌台几易主，曾经月下又谁回。

15. 七绝·秋山望远

凉风习习送征鸿，秋染江山万里红。
决眦远望千嶂外，彤霞片片是丹枫。

16. 七绝·无功怕登楼

刚叹岁短又叹秋，霜染华丝志未休。
重九怕逢金甲问，无功无业怎登楼。

17. 七绝·故地重游偶记

芝罘仙境待银亲，夜酒当歌故地巡。
似水伊人仍缦立，不知是否梦中人。

18. 七绝·重阳佳节登高望远寄语

遍插茱萸少一人，凌峰望远默传神。
灵犀万里如临面，犀影云台寄玉津。

19. 七绝·秋吟

澪露滢滢月上楼，秋风萧瑟客生愁。
寄随雁影轩窗顾，雨涨秋池更涨愁。

20. 七绝·野菊

懒同百卉竞芳台，独自清秋僻野开。
寒苦严霜无所惧，花之隐者远凡埃。

21. 七绝·秋夜曲

夜来蛩曲昼听蝉，高咏低吟扰客眠。
一片秋心何处寄，闲题小句付流年。

22. 七绝·题海棠

昨沐春光灿若霞，今凭秋色缀枝丫。
芳心修就玲珑貌，笑靥绯红胜似花。

23. 七绝·秋分

层林尽染胜春潮，日月均分暮与朝。
丹桂飘香秋色好，诗情随鹤上凌霄。

24. 七绝·画中游

金跃银浮画境游，一城山色半湖秋。
汀洲荷动惊鸥鹭，望美人兮逐桂舟。

25. 七绝·乌兰察布登高偶记

旧梦随风往事悠，登高望远意人收。
归人刚下楼台后，离绪忽增愁上愁。

26. 七绝·无题

权倾天下会歆终，纸醉金迷醒后空。
世事春秋一大梦，清欢寡欲永安通。

27. 七绝·秋夜思

一缕闲思水一方，浮光掠影忆清扬。
烟云泊渚南阳畔，仙子依依又梦乡。

28. 七绝·约茶

气定神闲一碗茶，悠然自在煮灵芽。
诗词摘赠二三子，平仄推敲共晚霞。

29. 七绝·秋月吟

三千骚客随云散，一缕诗魂对月吟。
槛外飞鸿声阵阵，年华似水露涔涔。

30. 七绝·秋吟

几曾狂浪梦风流，却被风流染白头。
回望流年萧瑟处，白云依旧荡悠悠。

31. 七绝·荷塘月色

拂柳凉风送暗香，蛩声夜语羡鸳鸯。
今宵暂罢红尘事，且与芙蓉共月光。

32. 七绝·秋雨夜梦偶记

入骨相思逐水凋，销魂哪敢问芭蕉。
神携绿蚁游铜雀，夜雨黄粱梦小乔。

33. 七绝·秋雨夜吟

花正凋零秋渐盛，雨绵暑灭夜分明。
闲来多少相思句，化作珠檐珠玉声。

34. 七绝·临海寄思

斗转星移几度秋，临风面海忆前畴。
儿时滨海依如旧，谁惜少年愁白头。

35. 七绝·赶海宴苏鄂高友偶记

白驹流水莫须催，知己相逢能几回。
把酒临风叹岁短，人生愿醉乐千杯？

36. 七绝·望北

望北迟归断寸肠，娇娘倚柱泪沾裳。
凌晨难睡心思乱，闭目回龙梦补偿。

37. 七绝·遥和江南诗友秋江泊舟

秋江碧透荡孤舟，芷岸空蒙暮雨稠。
怅忆乡关凭望处，何时游子调歌头。

38. 七绝·中秋祝词

一城秋雨桂花香，君质如荷冠群芳。
阖美祝词提早送，祥辉乘月兆君祥。

39. 七绝·秋夜引（一）

爽风吹木几时黄，秋月星河话短长。
知了乱蛙声未断，人间今夜亦清凉。

40. 七绝·秋夜引（二）

天湛云闲夜月黄，蛩声清冷露生凉。
西风无语吹愁落，院落梧桐叹夜长。

41. 七绝·辛丑秋夜北大会友乾卦祝酒词

运数无穷助远篷，乾生四德利功丰。
龙腾浅底扶摇上，天运乾乾建伟功。

42. 七绝·辛丑孟秋网观叔父青岛八大关晨练

碧海蓝天晨练早，滔滔浊浪逐风高，
莫疑老汉还能饭？仍可横刀立九皋。

43. 七绝·丑立秋末伏过鹊华桥偶记

俗身近道自逍遥，随任流光逐水漂。
梦里方壶偷自转，秋风又到鹊华桥。

44. 七绝·丑暮夏晨观稚童喂鸽偶感

友禽稚子亦痴迷，约伴携粮路人稀。
傲笑群鸽独爱我，孰知鸽子只为食。

45. 七绝·辛丑孟秋登东岳偶书

一分高度一分天，井内难知井外天。
若想探知方外物，还须奋索玉皇巅。

46. 七绝·无题

凡身肉体未加持，枕膝低头若有思。
何恨红尘如一梦，守仁持铗自能期。

47. 七绝·辛丑仲夏观北大经济学院毕业典礼偶记

四海天骄聚燕园，学成万里奋云天。
复兴路上未名燕，一塔湖图总相牵。

48. 七绝·明湖骤雨偶记

龙泉寒气破乌云，骤雨狂风似泻盆。
一曲射雕悠入耳，琴心剑胆在何门？

49. 七绝·夏夜听雨

夜雨敲窗立难眠，手摸霜鬓忆华年。
犹思故里山花笑，滴水乡愁一线穿。

50. 七绝·万邦赞

天上白云似凤翔，东方大国步康庄。
百年变局趁机起，天下万邦皆赞扬。

51. 七绝·问相思

日斜西岱晚风曛，飞燕呢喃问水云。
近日相思知多少？云间云外尽夫君。

52. 七绝·辛丑秋携夫人明湖览胜偶记

一湖碧水纳名泉，桂棹轻摇惊鲤莲。
白鹭纷飞芦苇荡，蒹花飘舞动仙颜。

53. 七绝·辛丑小满偶记

麦浪浮香夏日中，蔷薇敷粉未全红。
芳堤潋滟湖沉月，湖绽红莲盏对空。

54. 七绝·超然楼登高偶记

湖畔晨行悟早禅，超然楼上写超然。
轻名淡欲尘笼外，心外无他自近仙。

55. 七绝·落花吟

春令凋零动客心，落花化泥酒樽深。

索来多少怀春句，一任随波伴雨吟。

56. 七绝·辛丑五一闲游偶记

清风为友月为伴，天马行空赛散仙。

多少奸豪尘海没，唯能仁厚美名传。

57. 七绝·燕园记梦

百年风雨启新程，朗润春晖沐晚风。

昨夜龙城重入梦，西魔伏地止蛮行。

58. 七绝·雨游北大偶记

燕园听雨伴书声，草木葱茏迷远峰。

百廿红楼风雨劲，未名雨燕化鲲鹏。

59. 七绝·辛丑谷雨览胜偶记

花腿残红青杏小，夏来草木更妖娆。

莫拿花事个喻事，花落能催果累腰。

60. 七绝·辛丑阳春临沂谒友偶记

百川融汇终归海，济水沂河善比邻。

前定缘来终相聚，何非骨肉以为亲。

61. 七绝·山行偶记

溪水叮咚曲韵扬，泉花烂漫映霞光。
偶来一曲良宵引，游子闻听更念乡。

62. 七绝·无题

燕子双双明水畔，蝶蜂互戏绕花茵。
十年一觉如新梦，方悟新人是旧亲。

63. 七绝·明湖品茗偶感

婀娜多姿泉中舞，亭亭玉立入方壶。
江南烟雨氤氲气，盏内龙珠子悦乎？

64. 七绝·无题

一方小院纳斜阳，三五黄花过栅墙。
夜静慢听梅子雨，开窗暗感满庭香。

65. 七绝·冀北春雪

蛰日生风重越冬，平明推户吓惊鸿。
春风迟度燕山上，大雪纷纷兆国隆。

66. 七绝·无题

野芳独自闭和开，不以游人定彩排。
庸者何须多自扰，且随五柳赋诗来。

67. 七绝·惊蛰偶成

春雷阵阵复兴启，华夏蒸蒸凌巨涛。
不老春心人志少，壮心不息海天高。

68. 七绝·辛丑孟春雨中观杏花偶记

嫩芽婀娜青冥透，春帝登临玄帝回。
习习酥风携雨至，杏花蘸水默然开。

69. 七绝·题上元（一）

云逐人潮月逐烟，撼城星雨不眠天。
上元灯市纷争望，不晓离思落几边。

70. 七绝·题上元（二）

花灯明月交辉映，雪柳东风凝故情。
今昔黄昏灯火处，合和琴瑟尽相倾。

71. 七绝·网观春节期间中交集团守岗工友偶感

龙舟劈破千重浪，舫尾推开万朵花。
鹏举须俱钢铁志，国盛方可富千家。

72. 七绝·过年打油诗

快乐开心过大年，山珍海味胃肠填。
莫忘腾出方围地，装点诗书好助眠。

73. 七绝·牛年祝语

雾霾皆随子鼠消，平安喜把丑牛招。
三星高照临君户，福禄祥和任恁邀。

74. 七绝·回乡偶书

孔孟悠悠赤县风，四湖漾漾放光明。
品题青岱浮诗卷，搜记春风映赋兴。

75. 七绝·辛丑春节回乡

冻土初苏软似沙，乡间畦埂放初华。
闻声回望儿时友，只见沧桑不见花。

76. 七绝·凌高观远偶记

远虚近实数层山，叠嶂逶迤向九寰。
万壑松涛如水墨，凌观云水纳胸间。

77. 七绝·立春

庚子去然时隧间，新春携吉笑梅前。
东风吹绿新天地，魑魅魍魉远世廛。

78. 七绝·明湖览胜偶书

湖留千载婀娜影，廊记芳堤鸥鹭声。
万户荷香迷客醉，千家杨柳喜逢迎。

79. 七绝·无题

有意留春春不驻，无心迎雪雪缤纷。
人生多少盈情事，世上几般无奈人？

80. 七绝·论友

道并为朋志同友，三观相近德无逾。
何非同性称兄弟，脱俗神交柏拉图。

81. 七绝·庚子冬月赠津门兄弟

管鲍之交非以利，高山流水为知音。
至交何必非茶酒，兄弟之情胜万金。

82. 七绝·江城夜游中央大街偶记

人海如梭夜未央。车流似水聚滨江。
重衣如粽君别笑，北上由来为雪霜。

83. 七绝·无题

至时入九寒风劲，天要训规不列颠。
莫把众生当劣等，多行不义必遭愆。

84. 七绝·无题

偃鼠饮河平腹止，鹪鹩巢树一枝盘。
闲来觅趣书为上，身外无求梦里安。

85. 七绝·国家公祭日偶成

警钟长响彻苍穹，浩浩长江血染红。
国辱家仇君莫忘，卧薪尝胆国猷隆。

86. 七绝·庚子孟冬远行雾重阻车偶记

天冷气凝障远路，雾浓道塞阻前程。
何忧滞堵西风冽，但坐沉思敲韵成！

87. 七绝·苍颜怨

岁月如刀不用磨，倾城已变老婆婆。
当初何故蒙双眼？那个曾经是孟轲。

88. 七绝·游园观秋果偶记

春有百花夏有荫，秋收冬藏雪纷纷。
少怀壮志终生奋，老迈方无遗憾云。

89. 七绝·观钓

草堂也许居高士，鼎客未都玄德人。
志远何须风浪劲，无钩也可钓龙津。

90. 七绝·后花园信步偶成

小山不大九龙瀑，数步庭池水荷飘。
禅定静心心自妙，意烦仙境难逍遥。

91.七绝·相思雨

江南梅子熟时雨，北国佳人意难平。
万缕千丝相思泪，滴滴答答到天明。

92.七绝·明湖览胜偶记

明湖似镜待风歌，骚客超然把韵搓。
袅袅芙蓉竞婀娜，闲云逸霭吻澄波。

93.七绝·芙蓉赞

万道朝霞染翠塘，芙蓉出水溢天香。
冰清玉洁涵诗韵，不染凡尘寓意长。

94.七绝·无题

大地无垠有尽头，海洋辽阔岸礁收。
九霄云外存天界，壮志于胸却难休。

95.七绝·赠全国基建工作者

奋搏转篷奔四海，披星戴月驿如家。
云涯浩浩迷津渡，唯见潮头翻浪花。

96.七绝·母亲节偶感

儒家之道兆千秋，孝悌忠仁化九州。
断杼之行苦为子，懂时多半免怊惆。

97. 七绝·夏雨行

斜风寒雨夏忽冷，身冷衣湿路上行。
君若兼怀钢铁志，何因能阻毅人程？

98. 七绝·蔷薇

少壮喜闻彤日上，归田更爱立朝阳。
身无挂碍多佳境，满院蔷薇格外香。

99. 七绝·夜思乡

少时奋为赴天涯，望断天涯难为家。
廿载沧桑难忘地，夜来惚恍绽萱花。

100. 七绝·夏至

绿肥红瘦春行远，荷碧梅黄雨渐丰。
斗指东南临夏至，蝉鸣蛙唱水风清。

101. 七绝·失眠偶成

少时鸡叫奋争先，老大闻鸣恨不眠。
人世往轮无尽已，几人奋起免闲廛？

102. 七绝·泰山登临偶成

一步更高一步寒，百般景色百般观。
四时各有风光好，只看君心在几盘。

103. 七绝·太行行

巍巍燕太腹中行，两岸青山相对迎。
偶念贤师出口待，晚风拂面六神清。

104. 七绝·返京夜行偶记

江湖夜雨载歌行，漫漫红尘苦渡僧。
莫问前程多磨难，秉仁配义自升腾。

105. 七绝·会友偶感

载义携仁四海行，所临处处有逢迎。
何须问客乡何处，志趣相投胜弟兄。

106. 七绝·谷雨后

今时谷雨日西沉，半野半官不惑心。
何所喟叹花谢树？夏来更有木森森。

107. 七绝·落英

花开花落又逢春，西落东升几万巡。
少惑葬花何所故？懂时已是涕零人。

108. 七绝·清明

阳春三月絮漫天，微雨如酥起翠烟。
又是一年寒食至，一杯浊酒敬先贤。

109. 七绝·无题

自古中华磨难多，英雄从不惧蹉跎。
历经险阻涅槃出，一树樱花放满柯。

110. 七绝·笑对红尘

一联佳句意千重，百态人生纳罟中。
笑对红尘千百态，仄平平仄寄鸿蒙。

111. 七绝·琼州览物偶记

数点琼花添淑气，几行鸥鹭引春光。
琼州风物虽然美，面海频频望北方。

112. 七绝·庚子春夜网观武大樱花偶感

桃红柳绿杏花白，三月芳菲应季开。
映目樱花千万朵，忽传荆楚凯歌来。

113. 七绝·山行

遥看山色雾朦胧，近观前相化为空。
莫拗两相哪个是，时维迥异不相同。

114. 七绝·涅槃

群英擎剑斩妖蝼，九凤涅槃翔九州。
自古兴邦多险难，乌云荡尽月明楼。

115. 七绝·南山自娱（一）

笔墨江湖暮至朝，南山筑舍意亲樵，
香车宝马何须羡，山水忘机乐昼霄。

116. 七绝·南山自娱（二）

耕读南山追五柳，遨游四海架鸿桥。
钟鸣馔玉何须炫，笔墨江湖胜九霄。

117. 七绝·无题

一元复始历新更，四季轮巡往复游。
以行为宣心抒墨，清风明月纪春秋。

118. 七绝·染发偶感

廿年风雨峥嵘行，未尽浮华鬓染霜。
老小唯吾挑重担，哪能轻易道沧桑。

119. 七绝·冬至

冬至燕园披霓裳，京都骚客费辞章。
琼花玉树应时放，酾酒临廊赏腊芳。

120. 七绝·无题

花开花落又几番，清浅韶华顺水流。
醉里梦乡邀月饮，旧愁饮罢涌新愁。

121. 七律·回乡偶书

少别家乡奋转蓬，未能衣锦返乡中。
残垣断壁似如昨，只是逢迎少旧同。

122. 七绝·立秋

应节残云微带雨，清风入户暑渐收。
绿肥红瘦还犹正，天地愀然却入秋。

123. 七绝·霜侵鬓

悠悠岁月霜侵鬓，妩媚青山雪满头。
我愿地君稍缓转，愚人壮志未全酬。

124. 七绝·赠同窗

志同为友管和鲍，结义桃园付死生。
携手未名圆共梦，同窗之谊胜胞兄。

125. 七绝·燕山雪

燕岱妆银城裹纱，半飞琼絮半飞花。
人间玉宇天公赐，凡境瞬时升九霞。

126. 七绝·幸遇

茫茫人海天恩赐，浅遇便能似故知。
仙子灵融藏衷臆，此情深胜万行诗。

127. 七绝·自嘲

尔有黄金堆满院，更兼群玉簇柔乡。
吾虽寡产无高位，但却有诗和远方。

128. 七绝·和漠北治沙英雄诗友

弃笔从戎赴远尘，蓦然挥汗点沙金。
绿戈林海千年梦，凭仗百无一用身。

129. 七绝·初心不老仍年少

人事匆匆水赴东，时光煮雨瞥惊鸿。
初心不老仍年少，老骥仍怀燕勒功。

130. 七绝·叹岁

纷纷落叶应风飘，呼呼北风把树摇。
地转天旋新一岁，岁神悄悄把春撩。

131. 七绝·茶中珍品白牡丹

千挑万选出桐山，形似飞仙下阙峦。
七宝十丹三载药，茶中珍品白牡丹。

132. 七绝·和子岩

当榭煎春春不老，弄琴对岳觅知音。
凤仪闻曲九天下，春水环轩神动歆。

133. 七绝·师赞

世事有他华夏定，前程虽远路光明。
育人无数隐于世，润物无声化万生。

134. 七绝·观老父亲变老偶记

峥嵘岁月几浮沉，奉国养家操碎心。
偶个龙钟未慎藏，观之游子泪沾襟。

135. 七绝·观秋

秋深银杏叶如金，一缕金黄一寸阴。
淡对得失开口笑，静观往替任浮沉。

136. 七绝·和世界交通大会胜利召开

燕太迎贤展色妍，交通世会启鸿篇。
架桥筑路康庄近，华夏潜龙正跃渊。

137. 七绝·秋水

律令逐菊秋水滨，清风朗月更怡神。
四时轮转分殊色，物喜己悲由众人。

138. 七绝·秋思

碧水粼粼映月寒，秋风漫漫染叶丹。
伊人似水千山远，孤雁声凄叹梦残。

139. 七绝 · 无题

奋搏江湖未绝尘，万千拙巧怎区真。
心中若挽微曦在，至晦也难湮影身。

140. 七绝 · 燕园读书偶感

风为伴侣雨为宾，幸得红尘铸此身。
一束韶光流不尽，远方定有后来人。

三 . 五律 38 首

1. 五律 · 孟春岛城赶海重观冬奥开幕式偶记

万水归宗去，千川汇海来。
百年风再起，昂首九巅还。
不忘百年耻，鹏程万里开。
东方睡狮醒，万古夜迎白。

2. 五律 · 夜行偶感

人心如不染，万事可悠然。
幽念禅心静，忙中亦有闲。
红尘千般苦，抛下立平安。
业孽灵台远，人庸善报难。

3. 五律 · 明湖秋游偶记

泠露含秋韵，晶晶不染尘。
月嫦亲水醉，湖面缀星辰。

远岱丹枫美，幽兰更可人。
倾城秋水畔，疑遇洛河神。

4. 五律·辛丑杂诗

时来忙运转，运去自难由。
友至呈浓酒，别朋诗句留。
物丰君莫喜，财寡要交游。
万事善为首，任他风雨稠。

5. 五律·白露感怀

青女应时至，蒹葭挂白霜。
秋风催叶落，泺露透寒光。
层雨添凉意，思君寄暖裳。
征鸿南又去，感此忆流觞。

6. 五律·辛丑孟秋遥观吾儿第一天入学属文以记

长江后浪掀，杜氏嗣徽传。
三岁言追梦，银河驾宇船。
学堂迎始龀，负重始登先。
身远不能送，呈诗祝梦圆。

7. 五律·辛丑中元节遥祭先祖

振衣观夜月，乡梦正浮沉。
时值中元节，谁无寸草心。
佛资呈古寺，香火奉禅林。
游子千山外，泠泠泪满襟。

8. 五律·辛丑八月超然楼揽风偶书

南山横翠色，北渚泛天光。

菡萏迎风舞，繁星映水塘。

超然高百尺，尽揽好风光。

舴艋过莲浦，鹭鸥振翅翔。

9. 五律·无题

万里迎风上，云巅白浪惊。

鱼龙闲不住，幻化变千生。

静躁携齐俗，高低寄燕京。

时人多安语，最赞楚狂明。

10. 五律·辛丑季夏偷闲明湖纳凉偶记

幽园闲榭坐，枝上响蝉声。

蒹草迎风醉，芙蕖映日荣。

田田莲叶颂，脉脉碧波明。

缱绻谁能晓？湖心鸥鹭鸣。

11. 五律·辛丑仲夏夜行未名湖思乡偶记

长忆儿时夏，于今自不同。

半窗山月白，千树石榴红。

童子追萤火，蛙声伴晚风。

鲁西多少梦，尽在不言中。

12. 五律·儿童节观礼偶记

白云苍狗流水，岁熏月染霜鬓。
庄公晓梦蝴蝶，少年高歌红心。
昨昔台上少年，今朝台下父亲。
亿贯难留青春，万年不老童心。

13. 五律·无题

缘浅难知遇，遇知胜比邻。
英雄交互惜，知己胜胞亲。
重义漠私利，重仁莫重银。
红檀车马馈，冬亦感如春。

14. 五律·辛丑惊蛰览胜偶记

时序逢惊蛰，春雷启物蕤
东风裁碧柳，老叔发新枝。
锦鲤迷佳丽，桃花解凝眉。
暖寒时有替，无碍发春思。

15. 五律·泉城赞

东岱遗灵气，齐州雅士多。
晚来随柳舞，晨起听泉歌。
春晓沿堤舞，秋高弄雨荷。
闲平推李柳，齐治有丘珂。

16. 五律·辛丑腊月洸河郊游遇孤梅偶记

四郊花事尽，汕畔一枝红。
莫怨天偏爱，身怀节令功。
孤芳凌雪立，独对众香穷。
且任群芳妒，峥嵘引大同。

17. 五律·无题

霜重空山寂，钟悠古寺深。
寒潭潦水静，香火浴凡尘。
岁末寰舆紧，无然入刹门。
僧询何所愿，人类俱相亲。

18. 五律·孟冬游园偶记

冬阳忽放暖，朔气顿回寒。
夹岸红梅放，沿堤傲菊残。
先前秋日美，共忆醉花滩。
回思言闲趣，芳春正步跚。

19. 五律·过天龙湖偶记

九苍遗玉淖，西母遣天龙。
夹岸樱花美，芳滨草木丰。
震方松柏茂，兑位对齐烽。
百汇成灵泽，天龙兆国雍。

20. 五律·观雪

北国西风劲，天光映雪光。
寒霜凋碧树，腊蕊暗呈香。
漫漫琼花舞，飘飘玉粉扬。
谁言瑶境好，此刻胜仙乡。

21. 五律·但惜眼前人

岁月韵更新，冬阳上早晨。
浮生归梦客，大道起红尘。
相顾陪君老，平凡验誓真。
千秋沦过往，但惜眼前人。

22. 五律·诗雪燕园

潇洒燕园雪，千家词赋头。
英雄数当代，浪子奋争游。
诗雪潇潇下，才思滚滚流。
梦中华章就，歌颂好春秋。

23. 五律·念良缘

忆昔初相顾，玲珑掌上嫒。
回眸牵魄走，疑遇九天仙。
一顾一回首，相思寤寐牵。
一朝相执手，日日盼华年。

24. 五律·东篱闲饮

明月当垆照，飞流下碧湖。
醉翁倾美醴，祥兽吐银珠。
风拂琼花动，疑存在玉壶。
东篱闲酒饮，南岱诵之乎。

25. 五律·秋深慰友

斗柄移辛兑，人间气候凉。
夏荷收翠摆，秋子献花黄。
枫叶红如火，征鸿正远翔。
秋深露渐重，诗以嘱添裳。

26. 五律·寒露

昨夜露华重，次晨霜满窗。
干支主戌月，物候兆潜藏。
寸草喜结子，纷飞舞羽裳。
高天风乍起，诗意正飞扬。

27. 五律·山行（一）

拨雾寻登路，循霞奋远峰，
平明花木盛，晨卯旭阳彤。
少立凌云志，流年老我容，
何须疑饭否，万里有鲲踪。

28. 五律·山行（二）

林茂迷蓬路，山深断马踪。
青松凌绝壁，灵雾笼奇峰。
俯瞰平川碧，昂观旭日彤。
闲身天地阔，尘远水云浓。

29. 五律·晨兴（一）

鱼游莲叶间，荷乐弄波澜。
蜂戏花丛间，风来香气传。
关山千万丈，天阔逸云闲。
入戏红尘里，心禅地自偏。

30. 五律·晨兴（二）

鹰戏九穹间，天高云逸闲。
观天星作幕，追月意绵绵。
入戏凡尘里，心闲地自偏。
吾心即宇宙，万象是炊烟。

31. 五律·游子情

乍爽凉风至，严霜湿我襟。
雾重星隐去，鹊华宿光沉。
游子苦吟乐，难消万里心。
南冥还未近，思此泪涔涔。

32. 五律·山雨

云浓闭远穹，雨重锁雄嵩。
昨日登临路，平迷幻境中。
物相皆未变，象是观非同。
难解庄公梦，心明理自通。

33. 五律·游园偶记

暮薄月当班，华灯放华斓。
佳人侧而过，景色顿增颜。
风裹芳氲至，仙卿映秀湾。
波心难镇定，瞬间失安娴。

34. 五律·故宫雪

大雪落幽燕，律音启小寒。
满园琼蝶戏，万木束银冠。
晶覆琉璃瓦，雪明斜照丹。
银麟居脊角，龙绕画檐蟠。

35. 五律·燕园雪

天地界难定，燕园圣境般。
雪丰消异色，银铂镀栏杆。
琼羽穿林舞，衰丛变玉兰。
定睛来复看，疑是入仙峦。

36. 五律·无题

缘浅难知遇，遇知胜比邻。
英雄交互惜，知己胜胞亲。
重义漠私利，重仁莫重银。
红檀车马馈，冬亦感如春。

37. 五律·秋行偶记（一）

四时运不休，当候正金秋。
雁阵南飞去，农家喜庆收。
明湖秋水满，山树果实稠。
秋渲远山美，意澜景更悠。

38. 五律·秋行偶记（二）

四水奉明镜，飞波架霓虹。
人潮如浪涌，商贾引人洪。
回首寻伊影，移寻阆苑东。
园中丽人立，更恨眨双瞳。

四．七律 106 首

1. 七律·壬寅孟春五龙潭观樱花偶记

桃花流水映春明，仙子盈盈宛画屏。
风暖气和潭水澈，锦鳞游泳庆逢迎。
楼台半入澄波里，粉面羞花坠落英。
若问诸君园可美？有卿此景更千层。

2. 七律·几个不是剧中谁

——壬寅孟春京城四世同堂会友偶记

回身四世同堂弄，转念旗袍女子披。
清桌明几贵州酒，一杯一盏古今推。
镜花水月东流水，一梦南柯几喜悲？
当代岂无前代事，座中常有剧中谁。

3. 七律·喜相逢

沧海喜逢何所幸，千年苦索续前缘。
伊人如玉洸河畔，公子无双涉远川。
碧落黄泉千百次，生生世世两相牵。
一颦一笑皆吾爱，除却巫山不愿仙。

4. 七律·雨水观春信喜书

斗转星移冰雪化，天初生水泰时来。
寒风凛冽衣虽厚，鸿雁成排始北回。
烟雨青青笼翠柳，莺歌燕舞闹春梅。
陋庐煮茗待春信，西海红书映目开。

5. 七律·观冬奥感怀

最美东方奥赛红，婉约处子动如龙。
中华崛起健儿勇，磨剑十年势若鸿。
横马立刀龙虎啸，腾蛟起凤奋峥嵘。
万邦和善共逐梦，世界一家赴大同。

6. 七律·盼儿归

牛气冲天虎始威，西风势弱惠风吹。
江湖载酒初心味，故里他乡梦几回。
风雨潇潇千古月，劳劳慈母盼儿归。
凭栏无意烟花舞，万缕诗情万里飞。

7. 七律·列车班次晚点闲观老者舞拳偶书

京台沿线雪纷纷，如水人潮冲站门。
农者喜随琼羽舞，旅人望雪怒容沉。
同为一片天堂物，难称人间万众心。
最赞老童拳术妙，引得旅者忘劳身。

8. 七律·辛丑腊月赴皖谒友偶发

四季更迭时不息，阴阳互幻势常恒。
否极泰复极生否，潮起潮伏涨复平。
长短相形互为辅，时来莫忘履冰行。
得能莫妄多行善，积善之家运自兴。

9. 七律·惜缘

轻勒白驹回旧影，巫山云雨梦中行。
鸳鸯隽永洗河汜，暗庆欣逢水一方。
岁月悠悠朝与暮，百轮千转屋中藏。
偷攒万万千千贯，百岁于之罢孟汤。

10. 七律·春梅

万壑千峰裹玉装，一年好景放祥光。
梅添春意先开眼，地涌新阳蕴瑞章。
定合冰轮生皓魄，风生玉宇发东方。
清寒傲立人寰内，引得神仙下九闾。

11. 七律·高铁卫生间偶观华发有感

莫道人生如逆旅，吾行逆旅亦欢颜。
淡然所遇非吾愿，虎豹之穴敢勇前。
舞榭歌台多少恨，白云苍狗挂眉湾。
虽愁梦短功还浅，最恨身坚华发添。

12. 七律·梦佳人

春花秋月映红尘，彩玉清风几世身。
一眼万年千树雪，巫山云雨更思君。
羽衣霓舞非独属，入阵狂批将相孙。
醉酒高歌将进酒，梅花三弄梦佳人。

13. 七律·小雪旅北偶记

芳老翠衰枫似火，寒潭静水印繁星。
半生岁月兼萧瑟，逝水青春不驻停。
冽冽西风凋碧树，雪乡漫舞玉蜻蜓。
骚人霜发搔更短，触景生情感亦泠。

14. 七律·清明节怀祖

寒衣之日奉灵符，敬上冥钱并祭烛。

犹记髫时膝下绕，曳衣求祖索新服。

欲行孝道亲何在？才有微能祖父殂。

功浅茔前何敢告？恐吾离祖九泉哭。

15. 七律·辛丑暮秋吟

秋声随雁渐飞远，木叶萧萧漫道间。

冷雨霜风推岁序，几行雁字越衡关。

莫悲芳草萋萋去，不日梅花更悦颜。

何故苍然怜晚照，无端悲喜为何端。

16. 七律·雄心不随秋词老

一抹斜阳染赤峰，万千秋色赛丹青。

秋塘虽是芙蕖老，万树青冠戴赤缨。

乌鬓经霜白似雪，雄心依胜万年青。

莫言秋色如翁媪，我道春花不胜枫。

17. 七律·和中国公路学会刘会长之奋斗正未有穷期

柳明花暗复春芜，基建兴邦踏五湖

风雨雪霜终不负，九州天堑变通途。

回思往昔差人处，笑我中华乃病夫。

强国富民争勇顾，奉公谁个较锱铢？

18. 七律·初心未改梦仍真

犹记当年卧野村，一书荣洗泥土身。

十年寒苦终无负，风起扶摇跃宇辰。

九万南溟勤是径，初心未改梦仍真。

运平退可南山醉，时至倾能奉国猷。

19. 七律·辛丑金秋淄博蓝海采薇厅会友偶记

博山淄水有清扬，蓝海采薇聚一堂。

人海巧逢三世幸，以茶代酒胜流觞。

古来齐鲁邦兄弟，流水高山久永长。

托命之交存管鲍，忘年手足更相彰。

20. 七律·山行秋雨后

野径横斜独自行，露侵衣袂晚寒生。

数株瘦木残篱外，隐有潺潺涧水声。

绵雨浇秋云雾起，雾迷远岱惑仙琼。

林橙水碧丹青手，敲谱搓词和雁鸣。

21. 七律·千里诗心共月光

野径杂芳晨坠露，秋深暑尽夜生霜。

山明水澈鱼潜底，云淡天清雁远翔。

层雨无情催叶老，院庭花圃草微黄。

东篱秋菊迎骚客，千里诗心共月光。

22. 七律·秋雨后山行偶记

晨练山行湿衣裤，风斜雨后觉山寒。
层林尽染秋如画。云卷云舒雁阵盘。
涧水欢腾逐叶戏，临流吟诵享清欢。
谁言秋色多悲寂，舒啸秋朝壮志澜。

23. 七律·秋记

天寥云淡沐秋阳，阡陌呈金五谷香。
堂燕啭鸣寻暖处，征鸿别北向南翔。
青山苍翠寒霜染，月照霜寒露似琅。
秋水残荷仍傲立，东篱金菊正芬芳。

24. 长律·题知足常乐

世人多被功名累，输了天伦昼赶黑。
俗子多因情色累，丢了家小肾还亏。
世人多被金钱累，碌碌终身恨难回。
沧海茫茫一粟小，红尘万丈瞬间灰。
饮河饱腹一杯止，无际汪洋我与谁？
巢驻鹪鹩半枝够，茫茫林海空千围？
纵拥广厦一床矣，雪月风花足可飞。
千古帝王谁免死，宫娥过万几轮回？

25. 七律·秋夜思

乡愁暗入旅人心，不用诗词枉自寻。
夜呓南归翻旧梦，惊醒孤馆赋长吟。

花香次第山川阔，竹影参差月色沉。
多少闲愁随逝水，花容虽好水云深。

26. 七律·秋分半字诗

半昼半白均等分，半寒半暖乱着穿。
半城半岭层林染，半喜半忧鸿阵南。
半倍半功前路远，半途半念道弥艰。
半湖秋水一轮月，半映半浮朗朗天。

27. 七律·辛丑中秋明湖秋雨观枯荷偶记

鸿雁南飞远北乡，荷塘菡萏瘦还黄。
凉风吹散波中影，秋雨菲菲蕴露霜。
残藕红尘情未了，枯荷傲立有余香。
纵成泥土来明夏，不染污泥复盛妆。

28. 七律·中秋祝语

秋气堪悲未必然，清寒正是可人天。
一轮明月神州共，共望星河美愿传。
家国鸿猷随月满，中华崛起复登巅。
九霄集福银盘转，万缕祥辉兆恁圆。

29. 七律·秋夜偶思

习习凉风爽陋身，凭轩听雨叹时新。
初心未改依稀壮，人岁临秋感亦春。
恍惚我思悲落叶，青青子佩梦还真。
短歌壮志诗心远，揽月凌云傲汉津。

30. 七律·骊歌行

霜侵夏叶红枫醉，皴染山湖气象清。
秋水长天交互映，征鸿孤鹜共骊声。
欲行远路频回首，诗眼倾城不忍行。
历久弥新情至最，万千佳句顿盈盈。

31. 七律·明湖晨行偶记

秋来昼长费消磨，绿树环湖澹澹波。
晨雾半笼三面柳，画亭闲倚一池荷。
风扶粉蕊惹人醉，雨去汀洲鸟唱歌。
万步无津凉意满，神清气爽陌诗多。

32. 长律·辛丑孟秋出差归来拾趣有记

疆水天山虽极乐，更思齐鲁一分田。
雨斜细洗清三径，稚子扶门藏一边。
爱女膝前询礼物，幼儿捂眼把声传。
奶声戏问猜谁个？笑道拙荆何卖癫？
幼子无邪言不爱，飞奔厨内唤娘还。
厨传刀铲交相唱，四热三凉呈盛筵。
牵子迎夫询可累？晚朝君面误婵娟。
更衣轻语侬新瘦，月下仙颜更嫣然。

33. 七律·秋语

莫叹红尘多坎坷，是非成败尽云烟。
夜来醉听三秋雨，朝起闲看九月天。

兴至清樽邀故友，何非锦瑟戏流年。
寻常日子平凡过，临水高吟窈窕篇。

34. 七律·礼致疆前代

欲建丰功游四海，若求弘业广交朋。
鲲鹏万里凌云上，飞越关山几万层。
拓土固疆倾热血，铁军风骨奉华兴。
最高礼致疆前代，酒过三巡复满膺。

35. 七律·应江南诗友微发小弥禅寺嗅花之桃花劫

桃花暗自嫁东风，此刻花空雨亦沣。
时异貌非何所故？小弥对树惑兼懵。
刘郎去后韦郎至，世世桃花复亦红。
若世小弥谁个是？万般法相色空空。

36. 七律·辛丑孟秋鄂市政广场观

——草原母亲折箭教子雕塑有感

聚之群鸟胜单虎，散虎孤行势若沙。
五箭难弯群力大，轻折单箭莫须夸。
草原圣个明仁义，折箭教儿以兴家。
兄弟齐心金可断，阋于墙内自罘罝。

37.七律·秋夜思之辛丑孟秋赴鄂市

——考察客居挚友酒店凌晨失眠偶发

夏色匆匆冷雨收，蝉声蛩曲动闲愁。
凌晨感岁如流水，仰告苍穹志未酬。
北国风沙吹客面，旅人更念故乡秋。
行空天马流云客，把酒临风笑列侯。

38.七律·明湖览胜偶记

金辉万缕染湖湾，极目舒晴画里般。
风静澜安明似镜，锦鳞游戏水云间。
荷风好客香迎面，粉面莲花舞步娴。
居士词中鸥鹭过，举头夕照满秋山。

39.七律·辛丑中元雨后散步偶记

斜风细雨洗人都，隰有人人野有苏。
曲水流觞陶令醉，龙行虎步放翁呼。
三千俗事随风散，万种闲情对月酤。
雨后乍晴宜放远，晴空一鹤启新途。

40.七律·藏头诗

——云天收夏色，木叶动秋声

云蒸霞蔚暑将归，天道轮巡转又回。
收起熏风凉气爽，夏伏未尽有余威。
色呈琥珀着秋印，木叶传秋硕果肥。

叶卷百年国耻尽，动察时运趁机为。
秋闻西霸恶驴跪，声引万邦齐讨贼。

41. 七律·辛丑苦夏山村闲聚偶记

三五友朋临酒家，山村晚照散红霞。
清风入户迎尊客，晧月凌波献玉花。
忘岁之交情兑酒，高山流水煮诗茶。
推杯换盏说黄老，越汉穿唐话永嘉。
志同道合为兄弟，何须胞血是同家。

42. 七律·辛丑仲夏网观郑州抗洪胜利

——倾城市民欢送子弟兵凯旋偶感

谁将河汉底掀翻，翻作倾湖泻九天。
天地昏昏降闪电，雷鸣电闪怒波卷。

澜狂怒汹庄田毁，子弟中州勇向前。
鱼水情深斗水患，军民齐力凯歌旋。

43. 七律·辛丑仲夏包头谒友过阴山偶记

风轻云淡读春秋，会合青图念旧猷。
惆怅古人胡马度，殷勤年少在林丘。
征鸿梦去边城路，泼墨挥书故国楼。
大漠孤烟千里外，而今重踏朔方州。

44.七律·赞子弟兵

南昌首义向光明，猎猎军旗血染成。
逐盗驱倭生死继，三年灭贼九州平。
保家卫国多担当，抢险抗灾坚毅征。
子弟拳拳华厦固，强军富国战峥嵘。

45.七律·咏莲

不染纤尘天地间，娉婷如玉数流年。
节高岂惧乌泥淖，根固任凭暑浪煎。
般若禅心情不改，凄风苦雨志难迁。
古来君子从莲品，不蔓不枝依自然。

46.七律·旅北寄语

廊桥雨骤拨弦歌，远岱蒙蒙似翠萝。
画榭佳人正远眺，偶然低唱怨蹉跎。
梁间燕子穿帘过，诗雨霖霖皱碧波。
我意正随云雨落，入伊眉上并心窝。

47.七律·谢南友

玉皇珠翠下星云，万顷澄波映汉津。
临岸舒胸极目阔，静澜夜观可重宸。
云朋昆友更惜客，贵酒椒鸡把客尊。
星抚二湖虽万尺，怎如宾主友情深。

48. 七律·辛丑仲夏末明湖畔晨行偶记

未水清清柳岸风，夏堤画蝶戏嫣红。
燕园蛙唱扬幽韵，西岱朝霞耀晚空。
壮志凌云冲万丈，长情图醉捌千盅。
莫辞前道征途远，永葆初心路自通。

49. 七律·党建百年偶感

南湖启碇世归真，礁暗飙狂搏浪频。
旗举井冈燃火种，灯明窑洞扫瘟神。
三中局壮乾坤定，四化功成事业新。
百载初心行砥砺，昌隆大治有来人。

50. 七律·烟雨起相思

江南烟雨起相思，睹物回神悔故痴。
常念前人回旧梦，强牵痴者赋新词。
多情芍药含春泪，无力婵娟卧晓枝。
残酒昏灯孤影瘦，闲云挽月恨谁知？

51. 七律·泉城登高偶感

南巅北望渺茫茫，龙势逶迤海岱方。
七十二泉明月夜，星河倒映水中央。
风吹古木沙沙响，月散银波泛玉霜。
暗问近来君闷否，人闲神宁赚清凉。

52. 七律·辛丑端午明湖晨行偶记

泉城五月风光秀，登上超然一目收。
千佛灵光铺锦绣，百泉涌突玉珠流。
曾堤翠柳迎风舞，名士亭前看画舟。
屈子如逢此盛世，定呈新赋献宏猷。

53. 七律·辛丑端午节偶感

汨罗江上使人愁，宁死清流不浊游。
义胆忠肝昏主弃，巧簧媚主得高酬。
恨辞楚地汀兰远，泣血湘江殉国忧。
端午凭追何所寄，方方鼠辈未穷休。

54. 七律·辛丑孟夏武大访友偶记

潜寻雅韵付春秋，宋雨唐风笔下求。
习习东风摇翠柳，融融月色弄扁舟。
景幽心远闲愁少，世盛君明壮志稠。
报国何须凭戟剑，气豪纸笔也吴钩！

55. 七律·因飞机延误向好友致歉诗

庚年电识到今春，久欲成行未化真。
文纵思随求拜谒，高山流水觅知人。
飞机虽误朝君面，依旧友情若比邻。
兄友弟兮江海水，弟恭兄长胜胞亲。

56. 七律·悼袁隆平院士

神农转世济苍生，义胆忠肝奋复兴。
终世躬耕田垄里，苦研奋索保民丰。
一禾济世粮仓满，大隐于田淡利名。
方寸之间留伟业，万人空巷悼袁翁。

57. 七律·辛丑母亲节藏头诗

慈爱如坤怎赞夸？母恩坤德厚无涯
倚窗默念祈平顺，门外逢年望行车。
盼子成龙龙万里，儿行千里少回家。
常常心伴儿前后，回梦醒时笑似花。

58. 七律·重阳偶记

乌鬓间霜近惑年，等闲索事横阡川。
搜肠刮肚强为咏，破烂油诗凑几篇。
利禄功名难固永，高山流水万千年。
桃源何必深山往，明月清风赛散仙。

59. 七律·青岛会友偶记

同窗之谊延三代，异姓形如兄弟般。
挚友感邀无远地，灵犀相通速席前。
情真何必朝夕伴，流水高山永顾连。
更赞餐前齐掼蛋，随行新友立无间。

60. 七律·轻弄七弦诉相思

轻拨朱弦弄曲长，音传游子走天方。
高山流水鸣春意，明月流星望故乡。
一缕相思幽入韵，千年挚恋付斜阳。
架桥筑路兴华夏，微叹郎君鬓泛霜。

61. 七律·棋

一思一形分上下，无声之际有高低。
兵戈不现硝烟起，黑白相安化万黎。
实动虚交无定数，真招假戏把人迷。
东升西降风云幻，镇定神清自有蹊。

62. 七律·踏春偶记

忙中偷乐未邀陪，云罩穹庐雨劝回。
蛙鼓未鸣塘已满，野芳绽蕊谢风媒。
一川烟雨迷闲客，两岸嫣红赠杏梅。
欲浪形骸持固意，任他风雨枉相催。

63. 七律·贺阿拉斯加大捷

卧薪尝胆磨神剑，外事天团慨以慷。
阿拉斯加传捷报，龙吟虎啸国威扬。
西魔方寸当场乱，龌龊淫伎曝了光。
双面双标难再续，改邪归正是良方。

64. 七律·谢茶

连桥千里驭风尘，西子明前浥露春。
一叶一芽情切切，江南烟雨润枝身。
纤姿曼妙芳唇啜，炒手精工味更醇。
一叶千金何可谢？赋诗以纪赞情真！

65. 七律·观沙尘暴偶感

沙尘滚滚漫龙城，走石飞沙掩泪声。
最美草原遗梦里，离怀游子困难营。
牛羊难觅昔时草，零苦孑然离弟兄。
昔日掌中怀里宝，孤飞鸿雁盼归行。

66. 七律·女神节赠拙荆

初识仙卿济水滨，西厢逢故梦成真。
同舟共济治平业，不弃不离十几春。
教子相夫恭父母，大方友善睦坊邻。
白驹一过飘然去，不老厅堂一女神。

67. 七律·辛丑初五网观北大迎财纳福微信群

燕赵风云西岱雨，未名学子慨而慷。
瑞云吐纳复兴象，赤县高歌举桂觞。
方寸之间包九宇，朱门弦曲续华章。
石鱼翻尾祓危厄，未水粼粼蕴永昌。

68. 七律·情人节献诗

烟火夫妻皓首吟，红尘漫漫爱一人。
三千弱水一瓢饮，除却巫山不是云。
人海茫茫寻索苦，倾心一顾数生因。
今生有幸执卿手，沧海桑田永不分。

69. 七律·春雨

晨起沙沙闻雨声，开帘迎面见春明。
老枝褪去三冬色，喜雨携来万缕情。
近有黄鹂穿嫩柳，远方紫燕数归程。
抒怀细数春光好，捷报迎新旧岁更。

70. 七律·初五

明晨爆竹震长空，破五民风各不同。
一说财神归正位，有将晦气付春风。
千朝习俗流今古，不教民情忘始终。
我愿早圆中国梦，国强民富永无穷。

71. 七律·迎春偶记

千家万户迎新岁，爆竹声声别旧年。
万朵金花开异彩，千支火树耀高天。
祥光瑞影笼人面，笑语欢声绕耳边。
缕缕东风吹不觉，春姑婉婉又川田。

72. 七律 · 立春

霜残雪化冽风休，涧暖冰融碧水流。
园内疏枝初蕊俏，林间春雀复欢啾。
有心手挽光阴箭，无力回行岁月舟。
挥手寒冬迎六九，时迁序更奋新猷。

73. 七律 · 学习金句有感

本就征途苦难多，安能常久放高歌。
轩然挥去庸凡故，跃上潮头弄怒波。
奋索鹏程凭厚道，幻将奇石补天苛。
志坚何怨非年少，气不蹉跎志不颇。

74. 七律 · 辛丑元旦寄怀

华夏新机驱旧年，美欧新冠杖高悬。
本来瘟鬼无归属，无耻甩锅惹怒天。
疫事不休连打脸，萧墙窝殴自难全。
中华自古胸襟阔，济世方舟勇向前。

75. 七律 · 冬至观落叶有感

西风漫漫送寒凉，万里逶巡达四疆。
欲把丹青调水墨，轻挥残叶越篱墙。
诸芳莫诉千层苦，万物灵长鬓也霜。
大道轮回君莫叹，王侯将相也惶惶。

76. 七律·观幼子夜读之梦飞翔

万般鸿愿书中逐，苦读寒窗为转航。
鲲举鹏程几苦索，厚储薄发待风扬。
不经万度风波练，怎可逍遥万里行。
人世万因皆有定，青春不负梦飞翔。

77. 七律·赠孙书记藏头诗

孙家三圣振神州，永胜兵书属上筹。
红色基因传万代，书名赋冠闻千秋。
记怀国父兴华夏，周室苗今奋国猷。
末计身家谋复兴，好忘寝食解民忧。

78. 七律·小雪赠东昌好友

小雪节临朔气扬，寒冬悄至物潜藏。
菊残荷尽消青翠，地塞天凋映目苍。
菊色如金枫似火，霜严气凝雁南翔。
欲邀闲饮谁能至，籍属东昌胜老乡。

79. 七律·岛城醉酒谢好友

醉酒和衣地上眠，被单翻浪酒花鲜。
岛朋待客如兄弟，换盏行杯气盖天。
人海茫茫千百度，相知相识续前缘。
佩仁载义江湖行，处处相逢有忘年。

80. 七律·庚子赋重阳

万木凋零叶染霜，征鸿碌碌逐南翔。
西山枫叶红如火，东岱层林尽翡黄。
似锦江山秋更秀，峥嵘岁月谱新章。
中华儿女多奇志，属酒高歌赋国昌。

81. 七律·赞补土斋中医

品脉察颜侦表里，审清别浊观浮沉。
听音排苦寻征灶，按寸循规导灸针。
阳守血通维腑藏，阴强阳弱恶风侵。
若能善动循天道，何苦求医费诊金。

82. 七律·咏微生物

能将万类变成灰，试问世间还有谁？
惑若幽灵匝地扰，洒如尘末漫天飞。
开山寄命苍生祖，灭种滋萌造化威。
道法平衡当畏敬，共存环境等尊卑。

83. 七律·庚子仲秋鹿城谒友偶记

阴山葱翠天如洗，九曲黄河泛碧粼。
莲状神山胜海岱，奇峰翠柏历风尘。
沿河曙景朝朝焕，夹岸秋声日日新。
好客襟宽容四海，忠诚仁厚九原人。

84. 七律·秋韵偶成

昨夜凉风未肯休，山行晨露示知秋。
霜侵碧叶生丹树，映目黄花拥画楼。
旅梦且随归雁走，离情须寄逸云流。
生涯谁料明朝事，岁月能湮万种愁。

85. 七律·无题

斗柄指西天下秋，羲和归位夏难留。
风花过眼弹凋调，顾盼流连不忍收。
梦寄雁征南下远，离情难渡百花洲。
天机话尽明朝事，罡象清消万缕愁。

86. 七律·园丁赞

振兴中华献赤诚，施恩如雨化群英。
一杆粉笔宣鸿道，三尺平台解六经。
授业明德开士智，传知解惑启塞明。
居功不显平于世，桃李满天不计名。

87. 七律·醉荷

月下乘舟泛碧湖，黄鹂树上唱流苏。
逐风燕子穿垂柳，出水芙蓉引玉姝。
红袖飘香分思绪，异乡孤旅更多虞。
遍巡两岸无新意，一片痴心转玉壶。

88. 七律·无题

五湖四海遏飞浪，塞北江南广逸游。
阅尽红尘多少事，几度奋索万兜鍪。
韶华何故难存永，对月消愁愁更愁。
莫叹东流难再复，古今今古恨难休。

89. 七律·千里驾车雨行偶记

阳关叠叠百千度，倾国倾城缩远篷。
雨聚风狂且泥泞，更兼前挡水蒙蒙。
巫山云雨关山远，梦境依稀驾铁骢。
莫怕千山和万水，小桥流水正花红。

90. 七律·庚子小满偶成

水盈则溢月盈亏，小满渐丰大满危。
智者若能明此道，功如芝节业葳蕤。
韩王妄进族倾灭，范蠡知归丽子随。
世上几多功利客，谁人不是赤身离。

91. 七律·雨游蓬莱仙境有感

惊涛拍岸逐鸥燕，雨骤风狂阻步前。
云绕雾缭遮望眼，蓬莱仙境旅人鲜。
飞檐翘指迷踪向，沧海几经变阡陌。
渡者何须询果报，善仁千古美名传。

92. 七律·赠子岩

工贾学兵趣相迥，求同存异互通融。
商工多有海天宴，兵者长行酒百盅。
儒者清寒疏酒色，清风泉水备山中。
客来奉咏国风颂，无价清风伴客骢。

93. 七律·观潮

风和日丽春光好，浪静波闲海退潮。
渔者悄然朝岸望，丽人婉婉把魂招。
莫言痴汉华发少，爱美之心哪个消。
不是凡夫无定度，波涛澎湃自潮高。

94. 七律·冀蒙上空凌云俯瞰偶感

巍巍燕太吐歆雾，自古以来名险程。
戈壁苍茫何漫漫，驼铃声述苦峥嵘。
千般险阻何堪道，今日云天任我行。
君若问能何所异？假于善物驾鲲翅。

95. 七律·清明网祭英烈

春分半月斗临丁，万物清明始更生。
引凤桐花争相发，种瓜点豆奋春耕。
慎终追远三牲祭，诚祷英灵上九闳。
家国宁安天地佑，中华儿女踏新程。

96. 七律·斥恶鹜

东风缓缓驱残寒，听雨凭阑冲怒冠。
华夏人人多壮志，贼倭恶鹜似泥丸。
西魔喑哑千重怨，惯用双标纵已宽。
狼子盗行何日灭，人间正道几盘盘？

97. 七律·小院闲吟

绕庐篱落锁春光，扑面花黄沁腑香。
浅绿深红争入目，莺飞燕舞唱春芳。
神游四海随陶令，诗意江湖慕老庄。
小院闲吟邀日月，南山属酒对斜阳。

98. 七律·庚子春分偶成

阴阳相半昼霄均，万物苏隆节气新。
赤日直投零纬线，北球风暖报春信。
风和雨霁川原翠，小麦应时把节伸。
华夏文明真善美，万邦稽首望东宸。

99. 七律·无题

历尽沧桑梦少年，笑游五岳醉云天。
春花秋月多空幻，旧梦依稀逐美娟。
月下盈盈堂上舞，丝丝冉冉忆前弦。
当明不断愁难断，有去有来都是缘。

100. 七律·无题

人生自古叹嗟多，俗世浮沉几奈何？
冷眼静观且淡对，花明景翳即高歌。
春来冬去无穷尽，闲任平钩钓海河。
退守由心随五柳，悠哉山下理苗禾。

101. 七律·龙抬头

集云挪雾能施雨，形影自如行八荒。
震位苍龙明日起，蛰虫应令踏春行。
百芳萌发三阳泰，仙子携花下九闾。
否极泰来万象盛，诚祈国泰亿芸康。

102. 七律·无题

人生苦旅似蜉蝣，对镜方知鬓染秋。
百载光阴能几瞬？万千取舍几时休？
汉唐江月依然在？两代明君已塚丘。
酒遇知交直须饮，花前月下莫闲愁。

103. 七律·谷日

九穹斗宿今朝聚，谷日闲来踏柳堤。
水畔放生祈美愿，神龙玄武马飞蹄。
诚邀神宿一杯酒，斩尽瘟魔佑万黎。
顺意东风萌万物，中华儿女凯歌齐。

104. 七律·无题

风和日丽艳阳好，坐看闲云过涧桥。
细雨霏霏鸣磬玉，静听天籁伴风调。
君如有感流年美，任放素心临小桥。
莫叹时光随水逝，高歌一曲上重霄。

105. 七律·雪梅

似花非是又胜花，无蒂无尘下九华。
凝气为书雪为墨，天公圣手创奇葩。
琼枝玉树银花绽，玉砌粉堆无足夸。
可叹阳公妒颜色，悄然仙境请回家。

106. 七律·慈父

忠肝义胆几浮沉，钢铁凝成守境军。
解甲归田悄隐去，退休未卸庙堂心。
小家大我心操碎，从不烦劳儿女身。
昔日廉颇呈老象，愚儿观后泪湿巾。

五．词 65 首

1. 诉衷情·立春塞上江南郊游偶发

鹅黄初染柳风轻，东风消残冰。
春花未解睡眼，难为我娉婷。

思雁字，念浮萍，塞原行。
梦回南国，参差春意，暗自盈盈。

2.瑞鹧鸪·立春

冰雪消融柳弄箫，野林浅着嫩黄袍。
孟春鹊鸟喳喳闹，欢庆神州皆舜尧。

瑞虎呈祥顽疫灭，中华雄起镇西枭。
立春万象人间道，十亿神龙豪气高。

3.少年游·回梦再西厢

夜深风冷月如霜。浓雾又何妨。
心潮漫卷，室空人独，千思万愁扬。

寒星闪闪询何故，南柯短、鬓微霜。
趁七分醒，借三分醉，回梦再西厢。

4.少年游·疏为枉然期

世情人事幻还迷。光影暗离离。
千般角色，万千城地，相仿戏台词。

时来运去寒兼暖，莫惊叹、莫嗔痴。
物有轮回，道循规律，疏为枉然期。

5.临江仙·独坐对空山

蒹葭苍苍飘作雪，西风落叶阶前。
短篷孤棹向谁边？枉存少壮梦，无复是华年。

夜自深深人暗老，望中谁记凭栏。
昔时少岁月仍悬，骚人眉暗蹙，独坐对空山。

6. 忆江南·怕登楼

抄经罢，暗问子何愁。
而立之年人未立，劳劳无为怕登楼。
常梦古凉州。

7. 鹧鸪天·桐叶黄

冬近秋残月似霜，狂书草墨两三行。
沉思不语索佳句，仙子呈茶问热凉。

冷风劲，夜生霜。几株延寿傲篱旁。
西风吹乱窗前影，草木凋零桐叶黄。

8. 望远行·和平崛起万邦朝

卧虎潜龙跃碧霄，炎黄龙嗣奋高标。
天宫月殿任逍遥，鲲鲲乘势九天高。

巡深海，探灵霄。共生共运领新潮。
凌虚遥指众魔魈。和平雄起万邦朝。

9. 菩萨蛮·辛丑立冬首雪偶书

北风潜户号如笛，浓秋未尽芳依碧。
暴雪虐西楼，冷霜恰似愁。

如松迎雪立，不惧萧兼瑟。
岁暮骤然寒，君衣可带棉？

10. 减字木兰花·梦少年

年轮倒转，怒马鲜衣曾梦远。
灰发黄鸡，才浅人卑梦少时。

恨谁能助，多少曾经重复渡。
不敢深思，怕惹垂髫笑我痴

11. 长相思·壮心仍九霄

秋潇潇，雨潇潇。
听雨敲窗叹梦遥，千山万水迢。

爱难消，恨难消。
逝水东流颜暗凋。壮怀仍九霄。

12. 天净沙·赠旅美校友

寒潭水静蛙哑，旷山林荡无花。
异国他乡浪者，寄人篱下。
梦中人在天涯。

13. 阮郎归·秋思

重阳登顶望南方，一行雁阵长。
西山枫晚著霞裳，东篱菊正黄。

清风飑，桂花香。轩窗正晚妆。
美人如玉梦中央，醉吟窈窕章。

14. 定风波·待风起

玉露青霜吻夏芳，木衰花谢草枯黄。
古道晚亭萧瑟雨，嗟叹，壮心难已怨秋光。

吾与清风相对饮，谁醉，北溟鹏举待风飑。
关越万重何所惧，储势，大风奋起慨而慷。

15. 水仙子·虹麟白头志未休

霏霏金雨打凉秋，霜露浓浓落叶稠。
时光似水随波走。

斯人志未酬，心坚怎奈身秋。
人生如梦，虹麟白头，壮志难休。

16. 鹧鸪天·如梦人生似秋鸿

才见朝霞染碧空，又看暮霭行匆匆，
一轮斜照落西岱，万里征鸿过峻峰。

亭台冷，火枫红，菊花漫径又相逢。
开怀共叙桑麻事，如梦人生似雁鸿。

17. 吴山青·往事如秋

往时秋，此时秋，秋色依然水照流。
红颜悄白头。

你言愁，我言愁。物是人非愁亦愁。
壮心难止休！

18. 水调歌头·睡狮醒

寰宇巨龙醒，一跃九重巅。
涤清螽贼强寇，华夏换新颜。
可笑西狼倭犬，不识中华涅变。
十亿志如磐。举目尽尧舜，正气誉人寰。

布天眼，巡远海，探广寒。
守持正道，千载鸿业启新篇。
人类同宗不远。白种缘何疯狷？祸乱五洲间。
积恶行难远，诸鬼莫狂癫？

19. 长相思·念君暗补妆

云茫茫，水茫茫。
千里山河共月光，乡关夜未央。

济河长，潮河长。
月下仙卿愁断肠，念君轻补妆。

20. 渔家傲·秋声妙

缕缕金风吹叶少。层层秋雨物华老。

天朗云轻风住了。

林间道,色彩斑斓还多少?

枫叶沙沙惊宿鸟。水流澹澹烟霞渺。

骄子燕园怡然笑。

渔家傲,平沙落雁秋声妙。

21. 水调歌头·梦轩窗

秋高飞鸿远,雨骤晚风凉。

墨云遮月,纵有佳句怎凭扬。

望断天涯云水,回梦织罗旧影,此刻正轩窗?

怎知征帆远,景妙费思量。

梧桐老,雨声急,涨秋塘。

关山万里,属酒南向对红装。

莫问塞边冷暖,应信登高寂寂,幽梦也轩窗。

酒醒独临镜,乌鬓泛新霜。

22. 望远行·盼君还

肃气秋风洗碧天,苍穹闲挂数团绵。

红枫遍野染斑斓,蒹花如雪舞盈川。

登望远,雁南天。顿随鸿阵涌愁闲。

千山飞越又千山,临轩仙子盼君还。

23. 临江仙·明月千里寄相思

明月常临幽梦，莲塘时有香浓。
青衣荷盖水芙红。
凭栏寻故影，柳下抒情衷。

昔日莲湖曲径，芳汀烟雨蒙蒙。
小桥流水太匆匆。
依然景物是，只是榭台空。

24. 诉衷情·念伟人

少年立志出乡关，功成人未还。
满门忠烈赴国，力挽九州天。

倭寇灭，伪朝颠，换人间。
毕生无我，匡扶华夏，万代思源。

25. 菩萨蛮·火洲醉

火洲伊力三巡止，翻江倒海南宾醉。
不觉酒昏微，微醺助胆肥。

回呈东主厚，酒后广场走。
徒此涌闲愁，闲愁难此休。

26. 菩萨蛮·秋远怕高楼

昼明凝远怀卿瘦，瘦卿怀远凝明昼。
愁亦思难休，休难思亦愁。

走单酷烈酒，酒烈酷单走。
秋远怕高楼，楼高怕远秋。

27. 巫山一段云·梦少年

仗剑瀛寰间，苍峦笼紫烟。
云闲秋水雁南天。一山又一山。

横马立刀梦远。乌发逐时霜浅
中流击水少年还？豪情驾鸿轩。

28. 鹧鸪天·爱恨难分

梦里寻花转入尘，无缘几度黯伤魂。
谁堪曩世知之少，更惑今回看未真。

近生怨，远思亲。诸般恩爱又难分。
纵然未写相思句，已是相思第一人。

29. 卜算子·连因果

旧岁薄情花，今岁多情我。
粘入词中配短长，和韵花千朵。

一朵寄清风，一朵巫云舸。
一朵神前合十问，字字连因果。

30. 蝶恋花·斥乱蝉

大暑蒸蒸掀灼浪，似火骄阳，炙烤如炉上。
窗外莫名蝉燥亢，西边狂够东边荡。

静卧北窗先忍让。蓄势腾渊，备好降魔杖。
尔若自知停半晌，扰哥清梦东风降。

31. 浪淘沙·赞子弟兵

暴雨逞凶顽，浊浪滔天。
街头巷尾可行船。
观海郑州今又现，洪水齐肩。

子弟救危难，举国声援。
党员干部奋争前。
伟大复兴今正启，龙跃瀛寰。

32. 卜算子·南陲夏夜思

浓夏罩南陲，大美无心观。
烈烈骄阳似下火，此刻人更懑。

万里报霈霖，微信传情绻。
顿觉神清暑半消，似与瑶华殿。

33. 卜算子·念仙卿

莲步香风扶，缓立如芙楚。
不教闲愁挂黛眉，更念巫山雨。

姑射下红尘，也把旗袍顾。
齐鲁仙卿关山远，怎解相思苦。

34. 满宫花·水云途

夜幽幽，人未就。月下荷塘牵柳。
微醺酒气动卿心，借问相公归否？

抚云琴，销瑞兽。银汉迢迢期候。
星驰风掣水云途，只为执卿之手。

35. 谒金门·羁旅相思难罢

浅入夏。月季蔷薇满架。
斜柳悄将弦月挂。暗香传情话。

玉屑银辉如洒。佳子拾阶月下。
异客江城难寐夜。又把相思惹。

36. 临江仙·辛丑高考

万千学子龙门竞，劳劳十载寒窗。
少年百炼焠成钢。
卧薪磨利剑，妙笔著华章。

厚积奋发圆壮志，潜龙飞跃天阆。
和平崛起梦飞扬。
人生一大喜，报国报爹娘。

37. 越江吟·离人怨

骊歌声断南飞雁。唤唤，一汪秋水谁看。
离人怨，千年唱遍，终年盼。

叹双星，稀聚多散。久难见，何时踏平霄汉。
银河畔，天涯漫漫，柔肠断。

38. 少年游·芒种偶感

韵成芒种待年丰，蜂舞夏芳丛。
廪实礼盛，复兴圆梦，提挈万邦隆。

王道垂拱共命运，亿众志融通。
大道之行，世间大同，华夏重巅峰。

39. 鹧鸪天·洸水缘

水澈波清翠鸟鸣，美人驻足立芳汀。
静听细浪拍堤岸，舟过澜惊动客情。

涛声软，月儿明，沉鱼落雁玉脂凝。
三千佳丽无颜色，只道寻卿又几生。

40. 卜算子·惜春

不是不伤春，只是春难控。
念里长存一个春，常记春声共。

春色任蹉跎，春趣无端弄。
但恨春歌遇夏来，扰我春波梦。

41. 如梦令·辛丑阳春明湖游园偶记

幽径杏花映目，近水翠林修竹。
把盏对明湖，笑看锦鱼戏逐。
莫速，莫速，我爱倾城明目。

42. 望远行·龙抬头偶感

否极阳升亢宿扬，莺歌燕舞柳丝长。
人形雁阵喜归乡，神龙昂首九天航。

民安泰，国高光，睡狮雄起傲东方。
殷勤春雨应时降，共生共运利千邦。

43. 望远行·思君

浮生去梦花依旧，倩影为谁栽？
软风细细，流光寞寞，云水无涯。

梅儿知我，思君深浅，暗逐云来。
灯昏人静，尘缘谁省，月上楼台。

44. 采桑子·梦西厢

月儿弄舞游人醉，醉点寒星，
孤对长庚，一夜西风怎遣情？

痴人恨不生双翼，电掣光行。
龙凤和鸣，长醉西厢共此生。

45. 渔歌子·天路

晓岸芳堤燕双飞，红袖犹舞翠烟微。
开山杖，架云梯。天路不通梦何期。

46. 行香子·归程逐云

疾步归程，车逐流云。诗和斜阳映横滨。
天寒岁暮，寂寂黄昏。
负几花月，几许景，几些真。

秒生相忆，飞鸿千里。斗寒红梅待良辰。
离愁难解，别恨犹存。
伏案搜韵，红叶泪，梦中人。

47. 南歌子·庚子旦日子夜乡思偶记

万里关山远，冰城夜月寒。
乡梦把魂牵。故园情渐起，总难眠。

48. 南歌子·惜今情

暗送流年远，心牵水月明。
奇遇惹心惊。数生曾一瞬，惜今情。

49. 怨回纥·秋思

桂蕊应时放，层林打染缸。
高空明月挂，秋老夜生凉。

湾畔荻花怒，南山菊始黄。
佳人眸似水，游子更思乡。

50. 虞美人·红楼叹

仙葩灵玉凡间草，金玉缘何了？
太虚恨别入红尘，颦蹙烟眉含泪报前恩。

潇湘馆里清魂怨，一曲红楼叹！
葬花吟月竞风流，仙子神归何处问香丘？

51. 长相思·盼郎归

梦依稀，幻依稀。
流水斜阳望远骑，云随思绪移。

柳离离，草离离。
蹙损青山眉黛低，倚栏披夜衣。

52. 蝶恋花·送远征

几度秋风凋碧树，绿叶辞枝，飘向新生处。
谁晓南飞征雁苦，枉移鸿字迁词谱。

常借秋鸿拟远羲，又值秋来，风雨兼程渡。
芳草琼花何眷顾，以身许国江山固！

53. 渔家傲·睡狮醒

驿馆开帘天刚晓，窗前燕雀叫秋早。
报道中华风景好，休骄傲。
西方邪魔仍嚣叫。

高咏华章中正道，和平崛起平邪闹。
昔日峥嵘群魔扰，都去了。
睡狮雄起东皋啸。

54. 巫山一段云·征篷且从容

白露应时降，秋浓思亦浓。
心因秋雨更忡忡，愿君多保重。

瑟瑟秋风相送，鸿雁之声谁懂
葱茏辞季迎丹枫，征篷且从容。

55. 卜算子·一日不见如三稔

夜来闭睡莲，睹物思更甚。
月下观花花似君，归梦难成寝。

恐惊月中人，把酒邀辉饮。
谁替红芙恨天老，一日如三稔。

56. 忆秦娥·缅怀先烈

秋声咽，凉风应季云遮月。
云遮月，千万先烈，赴国长诀。

无名英魄谁参谒，化文以祭香如血。
香如血，复兴神榜，松柏青阙。

57. 鹊桥仙·七夕

东海明月，泉城华照，惹得骚人眠少。
恰逢牛女会银河，更吟念，倩姿缥缈。

情怀仍旧，佳人不似，离合悲欢谁晓？
千难万险阻不断，鹊桥上，琴瑟之好。

58. 望远行·醉南山

莫道红尘举步艰，人从天地自心安。
忧同子美祝邦安，闲随陶潜醉南山。

行尤地，志齐天，白衣卿相寄云闲。
诗词歌赋乐陶然，无忧无虑赛神仙。

59. 画堂春·防仙境遇雨

水天相接混为屏，更兼风雨冥冥。
海天仙境掩其灵，暗叹空行。

自问此来何故？访寻方丈仙瀛。
此身立是渡仙亭，何论阴晴。

60. 临江仙·携酒对浮踪

雨过天疏云淡，几株柳绿新红。
鲲鹏扬翅搏长空。
燕原生异草，燕太挺青松。

世事盛衰成败，闲看秋月春风。
长亭携酒对浮踪。
行由谁个定，无奈尽随风。

61. 蝶恋花·万里不过一念间

行路匆匆尘漫面，迢递阳关，回首千千遍。
越过一山兼一涧，西行云雨遮望眼。

未及别离肠寸断，隔海传神，叠嶂重重远。
才把音书传瑞鸥，脑波又显桃花面。

62. 江城子·光阴易逝

光阴易逝水流长，草根郎，嗜书香。
雪菜粗粮，冷暖十年窗。
曾梦扶摇霄汉行，趁机发，奋云飏。

征尘漫漫遏风骧，战洪荒，斗三江。
龙穴虎冈，豪气荡胸腔。
前路遥遥吾毅往，霜侵鬓，又何妨。

63. 南歌子·百世寻

疏雨横斜浅，灯昏小巷深。

相亲如爱瑟于琴。

难忘那春，百世一人寻。

万语无文喻，千书难表心。

十年一瞬恨光阴。

食野之岑，默唱白头吟。

64. 破阵子·前路明

春夏秋冬有序，白驹过隙无声。

勇毅何来天定命，千险难销万里程。

待机以命倾。

险阻峥嵘莫怕，秉忠守信坚行。

不到长城非好汉，莫要庸庸负幸生。

仁人前路明。

65. 相思引·冬夜抒怀

雀隐寒林月转廊，风吹苦竹叶敲窗。

月明乾朗，孤影印篱墙。

雁去芳残秋已老，冬来枕冷夜偏长。

无边愁绪，万尺也难量。

广东诗人陈麟

【作者简介】

陈麟，学名"习飞"，中共党员，著名诗人。中华网络诗刊社名誉社长，国际当代华文诗歌研究会、众创诗社、《当代诗词家》《国风雅苑》等组织和杂志的顾问。香港大中华诗词协会、香港诗词文艺协会、东方之珠文化学会常务理事，湖南诗协岭南儒商诗会副会长兼副秘书长。大型诗集《上海滩诗叶》执行副主编、《众创雅韵》等杂志顾问。国际中华诗词协会、《诗刊》子曰诗社、广东岭南诗社、广州诗社、上海格律诗词社等20余家社团成员。其诗词作品散见于国内40多家纸质诗刊诗集及网络微刊，并在全球华人诗词大赛及全国诗人大赛中多次获奖。

诗词 30 首

1. 五律·立春

冰融笋不藏，土软破芽黄。
喜鹊迎春客，轻车越午岗。
虽无蜂蝶戏，却有纸鸢翔。
日出天回暖，梅花满树香。

2. 五律·雨水

密雨暖风频，春山次第新。
吹开心底结，扫去眼前尘。
雅韵吟寒夜，芳香绕玉宸。
花城多秀丽，野趣醉诗神。

3. 五律·惊蛰

云团岭上堆，大地响惊雷。
白鹭飞汀聚，红桃躲院开。
无人吟老柳，有雀闹青梅。
总念春耕事，禾香入梦来。

4. 五律·春分

红尘一季春，昼夜两平分。
即使催犁近，须知降雨频。
莺歌花影倩，蝶舞柳芽新。
眺望群峰远，情怀恋故人。

5. 五律·清明

晓雨知时节，空山翠鸟鸣。
青苔生墓土，夜曲唱亡英。
汨汨湘江水，绵绵父子情。
坟茔碑石上，刻有故人名。

6. 五律·谷雨

春回已有时，降雨洗塘池。
杜宇林间唱，群蛙水畔嬉。
晨观桃结果，晚赏笋开枝。
二畹秧苗扦，休言播谷迟。

7. 五律·立夏

槐花引鸧鸣，瑞草向天横。
鸟语传无际，唐风咏有声。
群言生态美，独谢岭南情。
雨洗迎宾路，雷霆响满城。

8. 五律·小满

五月江河满，龙舟拨浪来。
风狂鹦鹉喋，苑阔紫荆开。
有意寻荒地，无心赏月台。
曛然辞淑气，降雨洗尘埃。

9. 五律·芒种

夏季天炎热，农耕缠梦乡。
莺迷湖上柳，燕恋屋中梁。
涣涣千波涌，萋萋万木苍。
南方传雨讯，播种插秧忙。

10. 五律·夏至

夏雨响雷频，狂风卷玉尘。
唯求花馥馥，幸睹谷蓁蓁。
冷眼看浮世，痴心恋友人。
乘凉天地意，树下拜炎神。

11. 五律·小暑

龙潜渌水中，烈日晒榴红。
昨遇乘凉客，今交避暑翁。
弹琴心爽畅，赏月意朦胧。
骤雨驱炎热，窗开乐晚风。

12. 五律·大暑

炎神怒发狂，热浪荡城乡。
雨暴雷飞电，风强地闪光。
家家谈避暑，户户话乘凉。
忽见蟾宫里，吴刚送桂香。

13. 五律·立秋

天轮转立秋，烈日正当头。
瑟瑟清风荡，泠泠涧水流。
观船推绿浪，赏雀润歌喉。
坐地听蝉语，无心逛古楼。

14. 五律·处暑

暑出离炎热，深情寄洞庭。
波涛烟袅袅，水岸草青青。
望雁沙滩戏，寻蝉玉树停。
秋凉留晚客，坐赏满天星。

15. 五律·白露

夜白凉风起，天高任鸟鸣。
鸿飞徒有意，叶落本无情。
盼蝶花间舞，骑牛陌上行。
观光心自静，皓月照羊城。

16. 五律·秋分

祭月丰收节，秋光满四方。
银棉千亩秀，紫菊万枝香。
远眺牛羊戏，闲观鹤鹭翔。
凉风吹碧野，刈稻正繁忙。

17. 五律·寒露

旷野露凝团，深秋月色寒。
鱼潜菱角沼，鹤立蓼芽滩。
树树枯枝脆，坡坡败叶残。
鸿飞惊梦醒，点点忆心宽。

18. 五律·霜降

天寒地闪光，旭日照厢房。
露染红枫艳，霜滋紫竹昂。
闻香寻酒友，叙旧话田桑。
别说粮荒苦，庄园谷满仓。

19. 五律·立冬

昨夜飚风雨，天寒飞白鹭。
观桐落叶枝，望岭飘云雾。
野菊意幽幽，丹枫情趣趣。
休聊草木残，赏景吟冬赋。

20. 五律·小雪

半夜西风冷，寒流飘絮影。
雄鸡报晓勤，警犬巡逻醒。
赏柏抱浮云，观岗成玉饼。
瞧梅傲雪霜，执笔描冬景。

21. 五律·大雪

北国寒风冽，天空飘瑞雪。
悠悠乱絮飞，朵朵残花跌。
泼墨画芙蕖，挥毫题药桔。
冰封骏马驰，此景心怡悦。

22. 五律·冬至

围炉冬节餍，九始亲人念。
皑皑雪山寒，涓涓泉水潋。
南疆赏塔光，北国观冰焰。
夜市亮花灯，红梅香饺店。

23. 五律·小寒

二九小寒风，吹梅半树红。
昭山寻古迹，画苑觅芳踪。
笑靥迎神圣，欢歌荡碧空。
潇湘新气象，赏雪乐无穷。

24. 五律·大寒

寒冬腊月天，盼节大团圆。
万里蒙蒙雨，千峰霭霭烟。
红梅迷瑞雪，紫焰耀江川。
数九知春近，人间贺瑞年。

25. 卜算子·咏荷

不染出泥香，叶碧花开俏。
玉立芙蓉别样红，逗鸟翩翩叫。

霁雨落英飘，点水蜻蜓绕。
靓女婆娑扭细腰，舞在丛中笑。

26.卜算子·咏白梅

倩影冷冬来，扑鼻香花到。
傲骨寒梅斗艳开，朵朵枝头俏。

南国醉心扉，燕舞新春报。
远望风摇白雪飘，近赏群芳笑。

27.喝火令·观看陈劲旗袍走秀

带笑身姿绰，含羞舞步轻。上场观众掌声鸣。
陈劲老耆多俏，携友踏歌行。

苑外飞思绪，台中涌激情。亮相轰动海南城。
赞叹亲朋，赞叹妹华名。
赞叹盛装容艳，爱美写人生。

注：胞妹陈劲，现龄61岁，大学财经专业毕业，先后在海口、文昌从事公司企业管理工作。退休后，加入海南省东方神韵旗袍文化艺术团等社团热爱文艺表演。

28.喝火令·缅怀外祖母

爆竹声声响，冥钱片片扬。外婆恩德岂能忘。
风雨不知秋末，碑石诉沧桑。

点烛追年少，焚香逐梦长。远来坟地拜神乡。
想也孙哀，想也祖离殇。
想也泪奔冬至，忆念断肝肠。

29. 沁园春·咏大别山

豫界秋光，鄂岭烟霞，皖海浪涛。

望青峦碧水，顿生缱绻；丹枫玉桂，分外妖娆。

雁语声声，晨曦缕缕，黄菊英姿有节操。

华东苑，览盈畴黍稷，各得风骚。

军旗猎猎飘飘。颂领袖、寻刘邓战袍。

忆峥嵘岁月，功勋赫赫；安康盛世，快乐陶陶。

耿耿忠心，拳拳赤子，国富民强气自豪。

看今日，喜龙腾虎跃，恩比天高。

30. 沁园春·咏花都新家

穗北怡人，富水春山，旷宇广场。

眺王王故里，苍松翠柏；圆玄道观，瑞气祥光。

狮岭层峦，芙蓉叠嶂，盘古烟霞沐远方。

流连处，赏石头珠宝，格外芳香。

花都昔日荒凉。逢改革、贤良聚一堂。

喜城村巨变，靓车满目；琼楼耸立，皮具琳琅。

轨道航空，四通八达，生态文明百业昌。

瞧今日，与西湖媲美，若住仙乡。

注：穗北，指广州北花都区，系太平天国领袖洪秀全的家乡。

湖北诗人姜国东

【作者简介】

姜国东，男，1965年生，湖北省浠水县人，中医执业医师，现在东莞从事医疗工作。中华诗词学会会员，湖北省中华诗词学会会员，东坡赤壁黄冈市诗词学会会员，清馨诗苑编委，多次参加文学大赛并获奖。

格律诗22首

1. 五绝·致友人

一舟江上远，此去不孤身。
松竹胸中伴，冰霜是旧邻。

2. 五绝·春晓

晨曦透雾空，嫩柳暖光融。
镜水二三鸭，裁开一片红。

3. 五绝·清明

身去天涯远，倦心归故山。
梦中全是泪，仙界不曾闲？

4. 五绝·题黄花风铃盛开

倾城姿色美，何必衬香腮。

满目金铃挂，三春富贵开。

5. 五绝·冬奥颂

千旗会鸟巢，雪岭舞灵蛟。

火照春城丽，香风绕睫梢。

6. 七绝·赞哈格药业

千载荣光照古城，哈格药业寄深情。

精良妙品除愁苦，普济苍生远颂名。

7. 七绝·赞歌送给亚洲第一人苏炳添

心中有梦不须猜，万壑千峰偏自来。

冲出亚洲终遂愿，国歌高奏上云台。

8. 七绝·庆小年

小年一过待斑斓，数度霜侵若等闲。

应学寒松烟壁挺，暖阳不日挂其间。

9. 五律·品茶

一掬嫩茶煮，<u>丝丝游雾香</u>。

浮沉杯里见，甘苦舌端尝。

前路隐高壑，此时叹夕阳。

欲穷尘世事，品透或宽肠。

10.五律·雨水节吟

丝雨昨宵轻，新颜薄雾横。
忽闻春雁响，欲挽晓风行。
柳眼垂珠玉，香腮赐画楹。
愧无飞彩笔，难绘万枝荣。

11.五律·赞环卫工人

窗外沙沙响，灯前橘影移。
冬来霜雪叩，春别雨雷随。
黑汗透衣帽，帚声飞卯时。
晨初车马动，香韵逐风吹。

12.五律·赞岳飞

精忠严母训，旷世一肱臣。
誓饮匈奴血，终成壮士身。
威名扬万国，厚德载三辰。
倘若锄奸早，扶朝八百春。

13.五律·三峡颂

流湍烟不尽，胜迹慢巡搜。
断壁危崖倚，苍猿野鹤游。
浪飞腾数仞，坝卧锁千秋。
李杜皆遗恨，鸿篇自醉眸。

14. 七律·长城怀古

踏遍危巅万古雄，一腔浩气贯西东。

耳边犹听王师发，梦里忽惊胡马冲。

烽火三更连雪野，兵戈四面震寒空。

若无良策先料敌，尽日惶惶泪满瞳。

15. 七律·桃花吟

熙阳高挂暖风熏，香醉千门色诱人。

一片芳心藏锦绣，万枝嫩蕊点朱唇。

招来黄鸟还招蝶，吻遍青山又吻春。

不与牡丹争艳冶，偏成陶令笔端神。

16. 七律·听改编歌曲《兄弟情》感怀

酒歌一曲动肝肠，唱尽辛酸泪溢眶。

有梦早成南渡客，多愁先老鬓添霜。

飘零且莫空悲怨，潦倒安能不自强。

句句贴心寒夜暖，严冬挺住待春光。

17. 七律·游东莞观音山

梵阁临霄数百年，垂恩众善紫烟翩。

观音山上观山水，裁梦锦中裁锦笺。

雾绕香浮溪谷静，径深绿衬磬声圆。

人潮涌进佛光照，冬夏春秋默悟禅。

18. 七律·仰望苏东坡

前朝泰斗有余氛，名震九寰随处闻。
诗叩心扉藏妙意，笔飞龙影吐祥云。
狂涛卷作千堆雪，皓鹤呼来一圣君。
北宋遗风今若在，梦中呓语亦成文。

19. 七律·悼念袁隆平国士

忽见瑶池添一星，稻粱垂首悼隆平。
终身博考神农术，万里高崇国士情。
欣慰世人皆饱腹，不甘天下有饥氓。
而今大梦将圆满，未料真魂驾鹤行。

20. 七律·乡思

——嵌句宋·刘著"人在天涯鬓已斑"

栖影南方绪未删，梦中幕幕忆乡关。
年来岁杪情难老，人在天涯鬓已斑。
处处香花开复谢，群群旅雁去犹还。
牛临瑞佑谁同醉？一曲离愁客舍间。

21. 七律·读北宋传奇状元宰相吕蒙正《破窑赋》有感

宋有贤明一鼎臣，琼玑满腹又亲民。
星珠日月胸间挂，宽厚恩慈座上遵。
荐举大才堪睿智，行从二帝是雄人。
破窑奇赋千秋在，能保朝堂八百春。

22. 五排·向建党 100 周年献礼

赤帜摇风展，频闻呐喊声。

铁锤摧腐朽，镰刃割蓬荆。

独辟江山阔，敢还廊庙荣。

南湖飞楫棹，国士揽枪缨。

舵手舟头立，方瞳雾底晶。

夜残衔烛照，雨疾破涛行。

志事豫章举，井冈星火明。

长征承皓雪，久战祐危旌。

遵义光芒闪，倭夷面目狞。

八春皆浴血，四役始朝京。

衰废从今泯，虹霓自此呈。

德威悬日月，节亮映檐楹。

狼子寒峰啸，兰兄绝壁横。

菇云冲地起，鸾鸟向天鸣。

巨笔宏图绘，愁容片刻更。

桥连港珠澳，心系学农兵。

北斗空中挂，雄安望里成。

脱贫终有道，航母又添丁。

大疫侵凡宇，全民颂党情。

神州复兴路，高耸百年名。

湖北诗人彭运国

【作者简介】

彭运国,笔名"老树着花",得名于宋代梅尧臣诗句"野凫眠岸有闲意,老树着花无丑枝"。曾经商海沉浮,现赋闲于山野之间。走山访水,玩文弄字,怡情养性,悠度余生。现为中华诗词学会会员、中国楹联学会会员,诗词近200余首入编《黄浦江诗潮》《上海滩诗叶》《当代先锋诗人诗选》等书籍。

七律47首

1. 七律·水上公路

常忆高岚驱瘦笔,耕云得句步风谣。
烟中日脚听朝籁,霁后峰根弄夕潮。
山吐幽蹊衔仄境,水浮大路作长桥。
十分喝彩香溪醉,欸乃催声唱六幺。

2. 七律·故乡偶遇

缁衫未卸澹忘虑,柳摆腰枝拂老身。
百卉凭风传秀气,孤芳与尔共天真。
乔林漫遇儿时伴,杏苑寻亲老境姻。
贪恋柴门奚不乐,飞花笑我是痴人。

3. 七律·高山宴

飞阁沽春三盏乐，凌云摆宴会仙斟。
相逢见说皆高兴，契阔从来谐夙心。
旧燕归巢知社近，慈鸦出岫识乡砧。
修持尚离浮华远，至此山门悟慧音。

4. 七律·攀古洞口水坝

一坝凌虚威自在，遥山遗水胜醍醐。
青松抱日千寻翠，绝壁悬梯百丈躯。
红袖溪傍期子晋，白衣洞口探麻姑。
阳春节届滩声闹，九陌同风入画图。

5. 七律·故乡扫墓

持捧樽罍悲旧事，丘山长恸泣西阡。
春风不变依然在，野水恒流共可传。
终老故乡凌沅澧，与君重九看云烟。
沉浮大块谁知否，可放归魂在那边。

6. 七律·清明祭友

无端萱草凌霜萎，一树留香遗桂容。
日御关心生阒寂，山灵着意护芳秾。
仙官未解长生诀，羽客难寻不老松。
玉陨珠沉人已去，犹听鹤唳五云重。

7. 七律·西陵祭亲

仰卧西山涛拍岸，波惊四野泣凄怜。
伤心故地嗟如许，叩首青碑叹惘然。
先辈焉知身后事，后人尽奉墓头钱。
酴醾莫被东风误，塚祀孤魂化杜鹃。

8. 七律·上巳节

重渡江山寻古魄，莺时上巳祭轩辕。
清风得意欺平野，曲水流觞过远村。
修禊诚台期客醉，买春乐圃数盘飧。
炎黄魂在虽花谢，总有松涛遗世喧。

注：上巳节，三月初三，水边嬉戏，以祓不祥并祭轩辕。

9. 七律·寒食

冷节踏青郊陌外，残烟袅袅绾婆娑。
坟头莠草还蓑色，野径菰蒲已满坡。
黍垄回溪无麦饭，荒台飘祭叫阿婆。
扶槐忍看添新塚，谁有真情哭薤歌。

10. 七律·清明哀思

为问东君还几许，清明时节忆无穷。
蒙蒙翠霭才浮景，淡淡青烟已入风。
今夕今晨窗影下，那山那水镜尘中。
朦胧残梦春宵里，泪染愁笺一半空。

11. 七律·菜花

南垭浮香难化诱，懒阳不愿侈宽赊。
芸苔揽客喧金地，紫袖招风映霁霞。
道口幽香闻细细，丛中靓影笑些些。
春姑除了司桃李，也有闲暇顾菜花。

注：（1）南垭，宜昌西郊分乡有千亩油菜。（2）芸苔，菜花。

12. 七律·踏青

踏青何必荡虚舟，不若云山烂漫游。
有色桃胭开正好，无心李蕊见还羞。
长河浴日皆堪赋，旅客流霞共与俦。
入眼飞花多少意，未知哪片解春愁。

13. 七律·东风渠

一道天河云岭渡，天河乃是世人修。
岱云得意层层碧，清水无言细细流。
泽润方圆三百里，玉增远近几千畴。
遗渠叙说陈年事，应谢先恩社稷谋。

14. 七律·春兴

寻幽谷旦莺啼啭，闲濯芒尘野涧滨。
远水烟迷峦似画，青丝露滴柳如茵。
红衣树下轻撩客，老媪花间少见人。
八面和风谁做主，新诗由我字含春。

15. 七律·野花

几簇山花妆野缀，弱姿暝色路人怜。
半羞半语蜂儿道，双近双斜燕子天。
孤寂凝阴山做伴，滞留累霭意何牵。
香魂托付云霞里，一许芳心没晚烟。

16. 七律·寻春

欲请天孙司锦翠，红尘从未少氤氲。
风摇野桧添晴色，日照溪苹已大昕。
取次花田常借客，从容蔗境好耕芸。
游人偏爱青山老，归去跟寻那片云。

17. 七律·贺友古稀大寿

紫气盈堂周礼乐，筹添鹤算咏春祈。
蟠桃奉寿三千岁，古树参天七十围。
玉树花前莱袖舞，灵椿席上白华辉。
瑶台已敕长生字，诏令封神自古稀。

18. 七律·野炊

陌上馔炊云霭凑，郇厨难比野筵堂。
山肴嫩笋知心味，麦饭清羹任意香。
寻火蒸蔬当欲啖，拾薪煮醑荐先尝。
疏狂一把花间醉，无愿还回过水梁。

注：（1）郇厨，指盛宴。（2）水梁，指桥。

19. 七律·春酣

欲向青阳赊点暖，白云扯下作床绒。
迄今冷蕊香何晚，自昔穷思字已空。
一念是非还静处，万缘恩怨入闲中。
鹃声怕剩斜晖坠，占驻梢头阻信风。

20. 七律·贺友之子大婚

共唱关雎歌一曲，红装翠叶簇金銮。
鲛绡帐里花含笑，玳瑁筵中酒合欢。
碧玉鲜如红线女，才郎腻似晋潘安。
祈天共许千年愿，有证青峰九畹兰。

21. 七律·再游呜鸣翠谷

陌上红罗三四影，村姑取次笑相迎。
飞琼再作阳和使，渡鸟还催鹤发生。
剪水畅歌鸣翠谷，青烟飘忽惹人情。
东君如约春风至，几树残梅唱揖声。

22. 七律·寻芳

绰约风姿多逸态，东风也怕落花嗔。
莺簧唱起幽林啭，绿水流经暖气匀。
柳下拾芳谁把酒，坡前叙旧正当春。
阿婆识面婷婷意，一种初心不染尘。

23. 七律·紫阳龙洞

洞隐烟岚藏五色，犹听宿怨数悲声。
紫龙窃伏无消息，阳界争趋剑气横。
偶作闲身寻古理，浑如大野辩分明。
谁缘识得林逋面，有意衰翁悼古情。

注：林逋，宋代诗人，有鹤妻梅子之称。

24. 七律·春盈鸣翠谷

久企庚楼情更忆，樊笼一弃再相逢。
莺簧鼓舌呈三弄，翠谷摇风叠几重。
老竹发枝芽冒土，青藤缠树鹤登松。
拈花大笑村桥路，无限诗情策短筇。

注：庚楼，即庚公楼，风流儒雅场所。

25. 七律·再谢萍娘

不枉烟尘骚客恋，寒英只剩数枝红。
堤花得意幽芳吐，柳岸蠲愁瑞色笼。
故地重游梅已谢，诗人再度意无穷。
霖前遂了相思愿，再谢萍娘翠谷风。

26. 七律·梅雪争春

寒英寂寞向谁开，有意璇花去又来。
栖鸟啼惊千尺晓，旅鸿抖落一身埃。

虬枝戏乔寻芳客，靓女羞嗟抚弱梅。
笑问游郎心底事，情人心迹任相猜。

27. 七律·许梅

虬龙剪影风催晓，舞嫚琼妃入梦来。
天气冥迷须逆转，暖阳骇失几时回。
含娇怯口春无色，卖俏生姿径有媒。
陌上游郎曾记否，花间许我一枝梅。

28. 七律·玉泉赏梅逢雪

素娥遗我一枝春，水鬒横波语欲嗔。
轻扫靥胭藏月影，懒舒眉黛醉风尘。
岳灵作证东风约，霜女为媒玉雪姻。
何必贪花垂秀色，不如珍惜眼前人。

注：霜女，指雪神。

29. 七律·梅约

梅园艳景香波溢，白发观花花亦嗔。
遣兴忘归烟里树，惊声闪出梦中人。
高情敛态期青眼，碎步摇肢启绛唇。
拾却旧心知此意，和羞一笑为谁春。

30. 七律·梅谢

万壑无声经紫陌，虬枝凌秀忽平岗。
寻芳取醉梅前趣，步屐行歌舍外郎。
碧落野云成故事，罗浮仙子卸红装。
春风入袖华终谢，留得精魂递暗香。

注：罗浮仙子，一说梅花。

31. 七律·元夕寻旧

常忆他年碧玉葱，元宵赏月各西东。
千幡彩仗还争宠，万盏红缸仍照空。
老丈寻声连理曲，阿婆应约合欢笼。
春心不负平生爱，转角相逢若梦中。

32. 七律·元宵烟花

银蟾夜度万花开，碧落星河欲下来。
千丈幡龙催鼓角，九天瀑布胁风雷。
长亭设席观烟火，夕市行歌拨玉醅。
忽若灯前逢旧识，借询迷字半相猜。

33. 七律·尴尬元宵节

受请瑶台春夜宴，寂寥仙女下红尘。
不图玉宇栖烟客，只恋凡间弄夕人。
天降龙恩惊鹤宠，子披泽被发酸呻。
仓皇逃出痴花境，咫尺归途但苦辛。

34. 七律·除夕

岁暮鸦啼动四邻，归郎跨步唤娘亲。
双眸含泪惊泉涌，两手藏胸掩垢皱。
傻看后生谈故事，闲听二老叙家姻。
白发醉和《江亭怨》，感谢痴儿送我春。

35. 七律·拜父母

除夕钟声犹在耳，晓鸡催我拜爹娘。
门前绿树张灯彩，牖里陈醪满院香。
二老开怀随压岁，双孙跪地叩高堂。
傍观鹤发侵衰色，强忍悲声泣欲伤。

36. 七律·拜亲友

为谋老丈已心惊，怕问功成第几名。
一朵鲜花随月走，三年喜鹊绕西鸣。
牛娃入仕长衢涌，剩女香车夹道迎。
万紫千红皆有命，不悲青帽小书生。

37. 七律·故乡

天涯浪荡怀乡土，迟暮犹期望故藩。
一别青山千万里，相逢白发两三根。
离晨学子偎慈母，归夕衰翁抱小孙。
唯有家村东逝水，西风不改旧时喧。

38. 七律·春节

过隙光阴何太急，铜壶漏报又催轮。
团圆席上说今古，分别杯中道苦辛。
围坐添丁多几口，掌灯守岁少年人。
击歌一醉浑闲事，行乐凡间总有春。

39. 七律·春灯会

为下凡尘违诏令，偷私扯下满天星。
参商列位临寒岸，北斗分行向晚亭。
织女时时银汉渡，牛郎夕夕鹊桥经。
玉弓一约春灯会，水调仙声不忍听。

40. 七律·虎年迎春

苦雨腥风终有度，七星斗转已残更。
千辛理道多些险，五丑张帆不计程。
壬子任凭惊浪起，建寅开步乱云横。
霜凋再见牛辞幕，日暖犹听虎步声。

注：（1）本诗第二三联嵌"辛丑""壬寅"。
（2）五丑，古时士、农、工、商、贾（坐商）五行。
（3）壬子，壬寅年。
（4）建寅，夏历首月。

41. 七律·有感《只此青绿》

云鬟高簪动柘枝，凝然端正舞仙姿。
轻靴广袖香罗软，短管繁弦宋玉悲。
从古帝纮存旧卷，此时青绿识丰碑。
屏前亦有相思客，千里江山一首诗。

注：（1）柘枝，柘枝舞。（2）帝纮，皇帝诏书。

42. 七律·天桥娇烟

危峰耸峙乱云中，千步飞虹插碧穹。
梁栈孤悬迷迭雾，隼鹰逆击搏西风。
扶摇铁索娇烟颤，杖拍龙桥鹤发憚。
欲向阊门寻古道，嫣香拾碎向蟾宫。

注：（1）娇烟，美女。（2）梁栈，桥。

43. 七律·落布垴素描

久宅樊笼无故事，羁人心逐慰乡情。
霜凌染白田头草，日炙催红树上橙。
平野犹存千点绿，穷冈还有数畦菁。
驱车一路阿婆闹，歌沸云天唱笑声。

44. 七律·谭母祭

鸾弦音断昭壸训，宝婺星沉返道山。
青鸟泪垂千古恨，秦娥已渡玉门关。

但辞苦雨三生愿，却望柴荆一梦还。
未弭前思成永别，追寻笑绪换悲颜。

45. 七律·梅

邻家遗我一枝春，水翦横波语欲嗔。
媚脸似匀三朵蕊，孤芳犹带五湖尘。
刘郎无侣东风约，霜女为媒玉雪姻。
未信寒庐期远客，不如珍惜赏花人。

46. 七律·雪

银砂怒卷千岩白，掩日凝阴乱国关。
琼海接天山骨冷，瑶峰拔地马蹄闲。
云横鼓角边声静，风掣旌旗旅帐艰。
回望家村红线女，更添戍志向乡间。

47. 七律·游昭君故里

踏春不计青峰远，日暮敲山访孑遗。
残画留痕骚客癖，古碑着色美人姿。
昭君苦节无回雁，杜宇孤踪只剩悲。
千稔怀乡终一梦，情田有意种相思。

天津诗人徐殿阳

【作者简介】

徐殿阳，笔名"三石"，吉林省扶余市人，现居天津市，大学本科学历，国家公务员退休。一生酷爱古诗词和书法。现为中华诗词学会会员，中国楹联学会会员，吉林省扶余市诗书画研究学会会员，中国中宣盛世国际书画院会员，中国国际邮网特邀艺术顾问，中国今网书画院院士。

古诗词作品和书法作品在国内外纸刊微刊均有发表。书法作品曾参加支援武汉拍卖活动。

诗词33首

1. 七律·长城怀古

蟠龙塞北阅春秋，尽览沧桑史册留。
载誉乾坤驱外辱，可堪今古戍边喉。
台台烽火金汤隘，段段池墙铁壁舟。
秦室长城谁固若，英雄辈出有人酬。

2. 七律·春

二月多情三月春，江南塞北醉芳辰。
桃花十里香风漫，杏蕊千姿媚眼频。

竹笛童声藏酒郁，山村暮色隐苔新。
谁能与我闻泉曲，雨夜敲窗步韵人。

3. 七律·踏春

十里桃花陌上缤，香风漫逐踏青人。
霓裳起舞春分秀，长袖凌空雨水珍。
闻步黄鹂鸣柳跃，回眸紫气驾云巡。
杏藏媚色笑声隐，墙外无郎赏我颦。

4. 七律·柳

千丝拂面逐情柔，碧发随风倩影留。
偶梦长亭挥别手，常思短巷巧逢眸。
水藏妩媚寻溪月，枝绚婆娑觅泊舟。
柳叹花泥香树下，难追白絮不仙游。

5. 七律·春柳

春萌二月暖阳多，一路寻芳一路歌。
弄影巧逢花逐浪，垂溪偶遇鲤追波。
晨晖旧恋须珍爱，暮色新缘要慎磨。
自戏风情今别柳，苍颜不悔又因何。

6. 七律·柳絮

非雪非霜落絮皑，无香无艳晚春开。
身栖岸柳情难解，心纵凡尘爱易来。

自信纯贞追皓月，也凭清白逐惊雷。
凌霄借势时逢雨，宠辱浮沉命运裁。

7. 七律·倚窗才晓春色浓

纸鸢一线抛云外，杖国常寻少小踪。
凝雨冰心辞冷季，青阳柳眼别寒冬。
梅无杂念无娇色，杏有痴情有媚容。
乐嗅百花香共我，倚窗才晓早春浓。

8. 七律·桃花吟

春堤十里赏桃花，临岸清溪倒影斜。
漫步闻香香袅袅，凝眸逐色色遮遮。
含情笑语含情曲，掩面羞容掩面纱。
潭水深深骚客聚，陶公释韵我斟茶。

9. 七律·陌上桃花

驿外寻幽几友邀，桃花陌上正妖娆。
吐芳满树香风诱，入画多姿美景描。
与蝶撷情窥一梦，因蜂采蜜探三朝。
留颜难挽青春逝，再觅奇缘莫忘撩。

10. 七律·迎春花

一花绽放百花先，君伴青阳唤陌阡。
碧柳闻声忙剪柳。素鸢得令紧收鸢。

黄盈星朵如金粒。褐染枝丝似铁鞭。
仙妹唐闺知众意，独封独秀弄春烟。

11. 七律·玉兰花

凝是腰奴绚舞姿，玉兰怒放仲春时。
形如美蝶随风曳，干似斑龙任雨滋。
晨吻青阳寻旧故，晓亲虹彩觅新痴。
知音画得千花韵，白紫难分一色奇。

12. 七律·荷花

荷塘碧翠一香妍，伞叶娉婷秀水眠。
自信濯身身似玉，我思入梦梦如烟。
多情欲吻双花蝶，寡意难亲并蒂莲。
逐影常留潇洒客，君逢好运惜天缘。

13. 七律·赏荷

不赏红妆赏碧妆，浮盘翠伞径轩昂。
花因缱绻情难隐，叶却招摇意不藏。
赋有濂溪文咏洁，诗存贺铸墨吟香。
根泥底处真君子，并蒂寒塘水一方。

14. 七律·雪

冬深凝雨覆荒阡，野陌披裳草素妍。
乌鹊寻枝黄菊隐，银丘接踵白云连。

松妆玉穗莹莹挂，水结冰锥耀耀悬。
正赏玲珑风韵舞，怎知梅绽觅春缘。

15. 七律·菊香情深

一季清秋两季尊，芦花荡絮女华繁。
金英总有金丝魄，玉律常携玉帝魂。
雪彩冰凝延寿客，霜盈露润日精根。
故乡别柳珍馐醉，笔友津门酒可温？

16. 七律·梅

群芳凋落一芳妍，既冠琼花又誉仙。
六角穹空追影梦，三江白雪逐枝缘。
梅兄不舍玲珑玉，骚客难离琥珀川。
偶有诗情吟傲骨，知音总和古风弦。

17. 五律·春江花月夜之春

飞鸢逐惠风，童戏小河东。
一杏墙抛媚，千丝柳弄丰。
桃香迷客路，鸟唱跃花丛。
最悦堂前燕，檐边曲不穷。

18. 五律·春江花月夜之江

春江梦醉舫，几度觅花芳。
百舸波间舞，群鸥水上翔。

乌篷追鸦戏，灯塔引舟航。
谁品离骚韵，谁怜屈子郎？

19. 五律·春江花月夜之花

乾坤润百花，总爱绚奇葩。
春雨摧桃蕾，秋风拂菊芽。
冬寒梅笑雪，夏暖荷披纱。
四季追芳影，闻香古韵夸。

20. 五律·春江花月夜之月

我望月圆醉，君观月缺空。
嫦娥思梦里。玉兔逝寒宫。
宝镜无缘得，真情必缘逢。
人心初为善，自醒使君聪。

21. 五律·春江花月夜之夜

夜暗群山隐，依栏一月澄。
梦时追倩影，醒后逐明灯。
鹊聚牛郎近，星繁织女矜。
嫦娥斟桂酒，何怕做情僧？

22. 五律·赏春

飞鸢逐惠风，童戏小河东。
一杏墙抛媚，三堤柳弄丰。

桃香迷客路，蝶美舞花丛。
最悦堂前燕，檐边曲不穷。

23. 七绝·梅花三弄（一）

岁寒三友一枝梅。也冠千君四首魁，
香逐璇花骚客醉，玉妃总领早春回。

24. 七绝·梅花三弄（二）

六色冰魂傲骨神，一花独放染霜缤。
情怀几许青阳觅，世外桃源我去巡。

25. 七绝·梅花三弄（三）

冰肌铁骨自清身，洁洁伊颜点彩唇。
莫道一花难自爱，东风早约步春晨。

26. 鹧鸪天·梅

冷蕊凌风一彩缤，乾坤凝雨裹斯身。
霓裳款款红唇女，肌骨铮铮白雪神。

青阳至，暖阳纯。儿君尽可弄诗文。
玉妃墙角香迷柳，我欲桃花共踏春。

27. 朝中措·春声

立春阳起一花娇，彩蕊落梅梢。
藏暖隐情暗蕴，琼妃早把君邀。

玉沙覆陌，青阳醒柳，欲品元宵。
滚滚雷声送去，春风春雨春潮。

28. 浪淘沙令·也忆杏坛兰友

今夜失眠疯，追梦无踪。杏坛兰友与谁同？
曾逐黉门伊倩影，宝篆烟穷。

瓜戚也常逢，暮色龙钟。一江春水逝匆匆。
留得红颜今日泪，寄语飞鸿。

29. 临江仙·一樽般若醉如仙

此情无恨空叹叹，清晖入室犹寒。
一鸿南国醉吟欢。雨风撩客戏红颜。

弄墨吟诗寻我乐，紫霞祥瑞如烟。
痴翁哪得老来闲。一樽般若醉成仙。

30. 行香子·赏春拾韵

细雨含情，丝柳添芳。沐轻风安逸徜徉。
踏青驿外，饱览春光。
赏兰花傲，白花洁，粉花香。

陌东村落，阡西酒窖。漫幽醇童笛声藏。
引来诗兴，借韵吟狂。
得七言韵，千言赋，万言章。

31. 行香子·赏春

草露萌绒，鸢逐轻风。一瞥阡陌也葱葱。
桃花香漫，杏蕊情逢。
赏溪中影，云中雁，雾中鸿。

古稀怀旧，韶华春梦。旧时堂前燕空空。
西厢诗女，东院词翁。
恋一团云，一明月，一双瞳。

32. 喝火令·春雨

闪掠浓浓雾，雷惊淡淡云。
借风呼蕊早缤纷。香气越墙迷客，无奈入红尘。

雨落滋林木，阳升润稻身。
彩虹悬拱佑柴门。雨伴春花，雨伴赏花人。
雨伴百花争艳，也赏雨花神。

33. 喝火令·情续醉杯时候

独烛辉书案，繁星伴月明。
静随清寂一诗萌，心寄故乡吟赋，音落有风听。

发小屏前戏，知音夜里宁。
泼宣帘动墨香萦，韵里情生，韵里续缘盟。
韵里醉杯时候，对酒逐潮声。

福建诗人黄玉明

【作者简介】

黄玉明，男，中共党员，笔名"遥想天涯"，福建省泉州市惠安县人，中华诗词学会会员，中国楹联学会会员，入选经典文学名人榜，经典文学网、中华文艺微刊签约诗人，福建省泉州市作家协会会员，泉州市惠安县作家协会会员，惠安县崇武诗社、莲馨诗社社员，1999 年 9 月至 2021 年 10 月任惠安县螺城镇霞东社区党总支部书记，现任惠安县人民调解员协会副会长，惠安县孝文化交流协会副秘书长兼办公室主任。

2015 年以来，在《伊人文学古风》《惠安文化》《海韵》《惠安乡讯》《莲馨诗抄》《华光诗抄》等发表诗词，10 首诗上榜《当代先锋诗人诗选》，16 首诗词参加"经典杯"国际华人文学大赛，获得诗词曲赋类二等奖，10 首诗上榜《人间诗词·2021 年度优秀诗人》。

诗词 8 首

1. 五绝·浔阳楼

长江依旧流，壮志已难酬。
好汉樽谁举，踟蹰独倚楼。

2. 七绝·雨中黄山

回风夹雨松涛激，客觅悬崖峭壁踪。
浓雾烟云瞬息变，名山难识是骄容。

3. 七绝·西安华清池

羞花姝丽今何在，锦绣豪园感念深。
盛世繁华烟一缕，江山回望泪沾裳。

4. 七绝·洱海

舟泛碧浪彩云浅，鸥阵翔空近水天。
雪月随影相眷顾，风花牵绊度流年。

5. 七绝·秋

西郊水外树逢雨，闻是青山染色时。
晓露风清多变化，犹将雁字寄相思。

6. 七律·岁末寄怀

临窗一夜又清晨，微醉停杯拂露尘。
研墨试茶酬岁月，听风写意数星辰。
山高路远如初画，水静流深似旧垠。
起落浮沉多故事，千秋答卷弄潮人。

7. 行香子·岁月

秋日篱暄，冬雪烹茶。望归雁南去天涯。
星光沉醉，月色升华。
恰情如你，爱如我，梦如花。

闲餐清露，山河为答。任尘烟熏晕流霞。
题词研墨，弄草搔瓜。
愿风中行，雨中坐，意中家。

8. 水龙吟·寻春

白霜鬓挂微寒，轻盈一袖幽香到。
细光斜织，冷泉横越，尘烟喧闹。
冰冻山河，雪飘天地，梅枝含俏。
就云溪泼墨，禅园绘画，青草烂、春来报。

几度安恬清潦，淡如心，笑颜曼妙。
流霞独醉，飞鸿会意，峰峦环绕。
闲处观花，梦中修梦，临川垂钓。
看韶华渐逝，风骚自在，尽情欢跳。

江苏诗人付长利

【作者简介】

付长利，男，1956年7月生，江苏省连云港市海州区人。徐州师范学院中文系汉语言文学专业本科毕业。1980年3月参加工作，一直从事初高中语文教学，高级教师，已退休。

参编过《中学语文古典诗词鉴赏》一书，由中国妇女出版社出版；参编《中学作文分类指导》一书，任编委，由广西教育出版社出版；撰写若干篇在省部级刊物上发表的论文。

现为连云港市诗词楹联学会会员，致力于诗词楹联创作，作品散见于报纸杂志和网络媒体。

诗词 17 首（新韵）

1. 七绝·知心雨

千花口渴蕾羞开，万树皮枯叶愧抬。
散落阴云倏汇聚，疏缺蜜露骤飞来。

2. 七绝·春雨

一川细雨田间绿，四野和风促壤苏。
里落农夫皆蹭喜，街衢黎庶尽添福。

3. 七绝·元宵节

欢歌笑语庆元宵，瑞气催生万物娇。
耄寿提携钟景秀，和风暖醉众文骚。

4. 七绝·春花

寒梅退去百花来，小苑芬芳九彩抬。
嫩蕾亲春情万种，丹心敬业艳埏垓。

5. 七绝·雷锋精神

莺啼绿树送香来，大爱之花次第开。
有限人生情浩瀚，雷锋信念润英才。

6. 七绝·早春

春风送暖到郊外，叫醒兰花唤草青。
小径游人鱼贯入，街衢哪有这番情？

7. 七绝·古城新年乐

风和日丽正春时，万户歌欢墨客诗。
古郡人文深满巷，芳香浓淡总相宜。

8. 七绝·孔望山

孔望峰巅观盛景，天蓝海阔有仙山。
人文历史深千载，墨客如云纵论谈。

9. 七绝·贺新年

寒梅傲雪盼新年，绿柳催生欲吐鲜。

四面祥和歌盛世，八方乐奏沁心田。

10. 七绝·闹元宵

东风浩荡暖春来，万巷灯笼次第排。

鹤发垂髫歌盛世，元宵紫气共花开。

11. 七绝·赞十九届六中全会召开

欢欣盛会奏华章，四面八方溢彩光。

匡世英雄多壮志，乾坤巨变换新装。

12. 五律·巾帼英雄颂

盛世巾帼靓，炎黄代有传。

寰天驰重器，沃土煅金砖。

素日居家少，经年在外繁。

鲜花应送汝，复赠酒八坛。

13. 七律·春分

春风着意润花鲜，海阔山空碧水天。

杏李唯欢朝日露，松柏更喜暮时寒。

莺歌燕舞枝头闹，柳绿苗青陌上酣。

慨叹凡间拥大爱，江山代有匠人添。

14. 七律·春柳

暄风渐暖柳初黄，忘却黎明地上霜。
倒影偏衷湖碧水，柔枝更喜岸春光。
兰闺秀女芳心动，野外河堤赏客忙。
煦日催青农俱乐，金秋万籽任仓装。

15. 忆秦娥·清明墓祭亲人

寒食贵，追思路上纷纷泪。
纷纷泪，风凄雨苦，冢前哀喟。

至亲仙去心曾碎，魂惊数日姗姗退。
姗姗退，朝阳朗照，子孙赓惠。

16. 踏莎行·咏桃花

四月暄风，桃红恣意，风姿百态争华丽。
叹梨别伴过匆忙，惜菊秋恋非移志。

笑面春风，芳菲悦怿。馨香沁腑缘难逝。
花拥墨客九州同，武陵色共骚人戏。

17. 韵令·高吭新时代

太平盛世，福绚云霄。
脱贫致富饶，深山疆僻，载满仓包。
柴门俱焕，民巷楼高。田禾绿透，四野赛天骄。

党魂政令，廿大出招。

新时代汛潮，万波千涛，咬定风标。

红船续瑞，百姓添钞。众生倾力，八面日彰昭。

河南诗人林英法

【作者简介】

林英法，河南籍，比名"Linbaogui"，中华诗词学会会员，中国楹联学会会员，经典文学网签约诗人。2021年3月在第二届"蝶恋花杯"国际华人文学大赛中，荣获诗词二等奖。2021年9月获"新时代诗人"称号，作品入选《新时代诗人作家文选》出版。近百首作品散见于报纸杂志和网络媒体。

诗词 19 首

1. 七绝·赏花白云山

白云山上木棉肥，烂漫荆花客忘归。

四溢馨香娇粤府，黄铃笑脸映昌晖。

2. 七律·迎新春（新韵）

虎啸春风撩绿水，牛归大地换新衣。

滇池乍暖鱼虾满，阔宇还寒鸥鹭稀。

雪裹红梅牵众蕊，雨拍垂柳引千丝。
萌芽含笑除尘垢，万象轻盈孕响诗。

3. 七律·闹元宵

玉兔升空捣药酣，嫦娥漫舞近身前。
四周星宝围观笑，下界狮龙腾跳欢。
火把灯笼明若昼，元宵美味秀犹甜。
神州万里祥和溢，招手乖乖走世间。

4. 七律·春分

昼夜时光对半分，神州冷暖逸黄人。
和风卷走东西槁，细雨铺开南北茵。
万物回苏莺鸟靓，千乡返翠麦苗新。
深耕苦作禾秧育，夏喜秋荣捷报频。

5. 七律·春雨

细雨蒙蒙抚煦风，山茶绽放柳丝葱。
灰尘静静回苍地，嫩叶匆匆向碧空。
裂嘴菜花黄盖土，开屏孔雀彩遮虹。
牛年群象漫游处，水润华升压网红。

6. 七律·春游

踏进山川郁闷空，莺欢树翠草花蓬。
香招蜂队吟流水，气拨垂丝唱大风。

百鸟高歌迎友客，群鱼跃起吻苍穹。
翩跹舞步随秧扭，笑脸堆来盛世红。

7. 七律·父母恩

手捧忧安含怕化，倾心聚意育婴孩。
节衣省口先儿用，少睡多劳减幼灾。
洒水施肥勤校正，抽枝长干渐成材。
精忠报国云和月，尽孝亲无愧面哀。

8. 七律·金牌（新韵）

冬奥精英赛场逢，银装素野画豪情。
千军竞技争折桂，万马腾空比快行。
义勇曲鸣华夏响，五星旗现四方明。
一飞跃向高峰去，天降奇才谷爱凌。

9. 七律·清明祭

清明冷雨洒乾坤，激发亲人祭祖根。
孝善家风荣长辈，勤刚世训惠儿孙。
躬求父母天堂好，勿虑孩童地面浑。
报国精忠戎马立，无功敬奉永知恩。

10. 西江月·咏柳

刨土插条即长，耐干抗冻欣生。
群栽单种两昌荣，小草平民生性。

献氧吸污护肺，遮阳送翠宜晴。
身躯多用众欢迎，美化世间誉盛。

11. 西江月·垂钓万峰湖

翠岭环围绿水，白云上举蓝天。
一湖接壤桂黔滇。托起钓棚万片。

安坐胸无杂物，静思眼有渔弦。
身心净化近成仙。胜过修行禅院。

12. 鹧鸪天·湛江湖光岩

内热蒸腾欲上天，地平爆炸化深渊。
聚生喷口月牙水，追涌成湖玛珥泉。

山环镜，一汪蓝，雷州半岛点睛篇。
尽将污垢清除走，岂许豺狼闯进眠！

13. 减字木兰花·春城

春风送暖。干燥清新尘雾远。
喜庆金秋。果实香甜满市游。

缺冬少夏。一套便装千载跨。
候鸟天堂。世上鲜花齐竞芳。

14. 浣溪沙·元宵节

水滚元宵想念长，先盛一碗敬家乡。
灯光共月亮八方。

香味蒸腾驱晦气，和风送暖布春光。
神州万里满吉祥。

15. 巫山一段云·胡杨

额济秋来早，南疆夏去迟。
同生沙砾地贫疵。胡杨挺雄姿。

干旱严寒为伍。靓丽侠风永驻。
自强傲立万年身。英雄树育人。

16. 满江红·海南岛

宅院前沿，海南岛，缺冬多夏。
瓜果香，富饶宝地，闪光南亚。
耕者年收千斗米，渔民日捕双天价。
秀可餐，天水协同蓝，优天下。

风景美，嫣紫姹。宜人所，推三亚。
江山如此娇，引人争霸。
强盗欺人南海闯，恶狼抢食藩篱跨。
保家国，需亮剑交锋，机枪架！

17. 行香子·登西山龙门

脚踏岩梯，手握雕栏。更注意头上尖磐。

山高路窄，坡陡心宽。

醉风声啸，鹛声脆，笑声欢。

沿崖凿路，蜿蜒起伏，务看清坑洞机关。

同心进步，协力攻关。

愿走同行，重同负，济同船。

18. 沁园春·滇池

华夏西南，彩滇腹地，首府平湖。

望东西无际，滔滔碧浪，北南一色，滚滚银珠。

天阔鸥翔，海宽鱼跃，试与游人比乐舒。

登高处，看云天水映，令汝惊呼。

圣湖靓丽肌肤，引无数、关山竞护扶。

看东骧马骏，碧鸡西立，北盘蛇猛，白鹤南躇。

扮靓春城，泽恩万众，滋润催高致富株。

时光变，论流年功过，贺酒千壶。

19. 水调歌头·长城西端嘉峪关

头观封东海，尾守镇西关。

架通群岭，龙躯腾跃万重山。

嘉峪挺胸戈壁，峭壁陡墩雄立，端坐几千年。

欣迎晒蒸热，笑对雪霜寒。

朝代更，拦洋犯，见内残。

神威李广，驻守名将赞冯援。

听过杨家枪响，见证张骞西去，苏武牧羊鞭。

龙子无侵外，狂犬岂来园！

湖北诗人梁春云

【作者简介】

梁春云，湖北省作协会员，中华诗词学会会员，中国楹联学会会员，中国散文学会会员，黑龙江省青年文学家作家理事会理事，中国散文网高级作家、高级诗人，经典文学网签约作家（诗人）。担任三部书籍的副主编，担任散文集丛书《东栏弄雪》主编，个人出版散文集4部，有近百篇（首）散文、诗歌、诗词入编9个版本的书籍中，以上书籍已由国家级出版社出版。有诗歌在《学习强国》上线刊发，有散文被列为《高考作文范文》，有多篇散文发表在省地市报刊中，有散文在湖北省委宣传部等单位举办的"书香农家·全面小康"喜迎建党100周年读书征文活动中获三等奖，有多篇散文在多个国际华人文学大赛中分别获得特等奖、一等奖和三等奖，有散文在中国散文网等单位举办的2021年"三亚杯"全国文学大赛中获得金奖，有诗词在第二届"经典杯"国际华人文学大赛中获得二等奖。

有10余篇（首）散文、诗歌、诗词被湖北省教育科学研究院退休教师、现担任《冯站长一家》《一日一诗》《浮诗绘》特约评论员的左兵先生赏评和推送，有10余篇（首）散文、诗歌在地方电台《悦读枝江》栏目由一级播音员泓垚女士朗读，散文《秋的记忆》，被泓垚朗读课作为实例讲解。

曾任经典文学网散文学院副院长,获得经典文学网授予的 2020 年度"十佳精英版主"和"每周一文"活动金牌教练称号,获得经典文学网授予的 2021 年度"十佳精英作家"称号。

咏枝江美景 18 首

1. 江月晃重山·香露沾花翡翠

——观摄影师吕云洲先生一组枝江金湖国家湿地美图感怀

香露沾花翡翠,暖风临水芙蓉。
湛蓝光影巧圆融。邀亲聚,观美艳纷溶。

载酒云鸿烂漫,铺天帘绿晴笼。
蜻蛉营幔帐从容。心湖地,不寂种春葱。

2. 江月晃重山·新绿争迎瑞草

——观摄影师吕云洲先生一组枝江青龙山茶园美图感怀

新绿争迎瑞草,远青来觅琼葩。
碧容原密系连茬。轻声咏,妆样奏琵琶。

聚首甘和客梦,倾心仁圣芳芽。
惊鸿盈浅醉行茶。宁馨玉,窈窕赛香莎。

3. 江月晃重山·云落丹阳镜面

——观摄影师吕云洲先生一组枝江白鸭寺、丹阳公园美图感怀

云落丹阳镜面，水涵鸥鹭金莲。
玉楼帆影嵌绵连。虹桥处，诗准咏桑间。

共喜珠宫翠羽，欣瞻琪树青涟。
鹅鸽群聚簇花仙。凌波巷，土特产尝鲜。

4. 江月晃重山·知友欢游御苑

——观摄影师吕云洲先生一组枝江金湖国家湿地美图

知友欢游御苑，慰君春色龙池。
玉容凝碧引花痴。云腾鹤，开牖抖梢枝。

密树清辉入画，疏帘幽韵成诗。
修缘柔绿扇心师。钟情诉，洛赋漫文墀。

5. 江月晃重山·黎庶芳馨翠绕

——《枝江文史》主编吕云洲等为战斗英雄潘天炎遗孀黎泽珍赠送《枝江文史》记

黎庶芳馨翠绕，凤凰杨柳青围。
稻苗畴陇早谋惟。冰心润，勤苦采茹薇。

举世祥光故址，平生荣耀知微。

幽园庄穆护丰碑，英雄佑，绿浪共倾杯。

创作背景：

2022年3月15日，一个草青柳绿、春风怡人、阳光明媚的日子，枝江市政协《枝江文史》主编吕云洲利用赴问安镇袁码头村（抗美援朝青年英雄潘天炎所在村）撰写《英雄村赋》采风的机会，特邀驻村干部沈国华、村党支部书记艾华新、乡贤郑道海一道，亲切看望抗美援朝青年英雄潘天炎遗孀黎泽珍，并送去载有文章《抗美援朝英雄潘天炎故事集锦》的《枝江文史》第二期杂志。此文作者为梁春云，此文载入散文集《惟孜》一书。

黎泽珍已是90岁高龄，依然坚持劳作，勤俭一生。

6. 江月晃重山·名萃楼船彩缕

——观摄影师吕云洲先生一组枝江人才公园美图

名萃楼船彩缕，数来金凤神功。

咏吟翘楚乐同工。风华赋，惊报上云松。

翰墨岩藏贝叶，仙灵园灌龙峰。

清廉歌放锦明公。英姿现，筑引鹤翎红。

7. 江月晃重山·仙境城中蕴藉

——观摄影师吕云洲先生一组枝江五柳公园美图

仙境城中蕴藉，画屏林下文章。

绰尘风素袂寻常。柔枝绽，棉絮落归昌。

对镜催吟苑树，临湖群聚鱼颜。

鸣琴斟酒浪清苍。金盆聚，享绿肺安康。

8. 江月晃重山·堤岸春和玉带

——观摄影师吕云洲一组枝江滨江公园美图

堤岸春和玉带，浪波芳润琼枝。

燕莺追赶戏奔驰。清词绘，良乐境相思。

客似痴魂草圣，心源吟赏风诗。

仙台盈艳簇恩师。霞绡靓，韵舞正逢时。

9. 江月晃重山·张翰湖心瑞彩

——观摄影师吕云洲先生一组枝江杨家垱公园美图

张翰湖心瑞彩，浩然城上春光。

醉听莺雁玉泥菖。仙桥荡，斜照靓衣裳。

望眼芙蓉翠盖，歌头禾黍青缸。

春云飘落画幽江。寻源梦，治理渡舟航。

10. 江月晃重山·花簇天星落瀑

——观摄影师吕云洲先生一组枝江七星广场美图

花簇天星落瀑，锦丛奇秀疏烟。

翠彰清画意嘉莲。彤霞变，珠玉炫交连。

梦里龙归浩荡，篱边莺喜连绵。

笙悠筝跳解春眠。南山见，蓦地垄峰巅。

11. 江月晃重山·佳咏宏图玉宇

——观摄影师吕云洲先生一组枝江体育中心美图

佳咏宏图玉宇，晚秋鱼贯琼台。

暮朝琉碧映蓬莱。高阳照，昂奋助旗开。

尽放人风紫气，争妍年运金牌。

千帆行魅力悬猜。江乡韵，画境美挨排。

注：宜昌市第五届运动会于 2017 年 9 月 27 日至 10 月 4 日，在枝江市体育中心举行，此届运动会成为宜昌市市运会赛史上竞赛项目最全、参赛人数最多、办赛规模最大的一次全民运动会。

12. 江月晃重山·幽草蜂歌漫野

——观摄影师吕云洲先生一组枝江四季港生态公园美图

幽草蜂歌漫野，暮烟鸥鹭浮江。
四时清澈溢芬芳。金波涌，虾蟹跃烹光。

旧梦风尘日月，新城功绩明良。
芙蓉携手角菱香。留园秀，社稷至安康。

13. 江月晃重山·城落风生玉立

——观摄影师吕云洲先生一组枝江"四馆一中心"美图

城落风生玉立，月回江信澜翻。
建瓴楼馆笋林干。新都靓，氤郁有和鸾。

绣壤雄文未解，轻车高韵犹然。
丰盈科技顺扬班。精灵探，水墨铸仙丹。

注：枝江"四馆一中心"，即图书馆、科技馆、档案馆、展览馆和融媒体中心，位于枝江城西新区。

14. 江月晃重山·城北高科蹑景

——观摄影师吕云洲先生一组枝江北站美图

城北高科蹑景，镜中金地飞鸿。
道优新线造恢崇。雄风展，穿九域兴中。

岁事经纶夜月，民生灵慧晨钟。

肜云燎势耀晖充。沾衣露，盛世享清衷。

15. 江月晃重山·仙子坡边靓翅

——观摄影师吕云洲先生一组枝江桃花美图

仙子坡边靓翅，锦江花外清光。

土神丝缀透馨香。蜂生闹，迎漫渡兴邦。

晓露千家毓秀，春风郊里含芳。

文缘麒泰美名扬。于飞乐，共唱韵心乡。

16. 江月晃重山·绫锦轻铺似雪

——观摄影师吕云洲先生一组枝江梨花美图

绫锦轻铺似雪，碎金斜照如绵。

万端波浪莽苍烟。花媒引，游子阅投笺。

画本桑田有道，农歌因地争先。

村姑摇变胜天仙，群贤至，喜话甸乡间。

17. 江月晃重山·清梦蜂喧烂漫

——观摄影师吕云洲先生一组枝江油菜花美图

清梦蜂喧烂漫，壮怀朋戏芬芳。

豆花邻友互春光。柔风渡，金浪赋诗章。

草木华堂玉色，烟云原野馨香。

垂杨酣染醉天苍。千<u>丛</u>沁，垄上富民康。

18. 江月晃重山·妆镜清歌稼穑

——观摄影师吕云洲先生一组枝江稻田美图

妆镜清歌稼穑，玉盘迷醉仓箱。

喜娉婷苒裳飘香。绒毛毯，铺万顷园芳。

盛化优为御馔，倾心珠孕仙浆。

科荣滋养可丰江。盈嘉穗，稻暖满枝乡。

湖北诗人徐林忠

【作者简介】

徐林忠，男，大学本科学历，湖北省宜都市人。中华诗词学会会员，中国楹联学会会员，湖北省宜昌市江南诗词学会会长。曾供职于宜都师范学校、宜都市委政策研究室、宜昌地区科委、宜昌市科技局，现为宜昌市高新技术企业发展促进会副会长、西陵区科技创新服务促进会副会长、湖北省宜昌市微特智慧谷管理有限公司创业导师、辅创科技（宜昌）有限公司发展顾问。

爱好文学，笔耕不辍。先后在全国正式出版的报刊上发表各类诗文逾百件。参与编撰《宜都市发展之路》和《宜昌市战略性新兴产业发展研究》等书籍。从 2018 年开始习诗，参加著名诗人陶士凯先生主办的经典文学格律诗词高级研修班和现代诗歌高级研修班，获得结业证书。已在有关媒体发表诗词50多篇。

诗词五首

1. 七绝·思乡

秋月绵绵夜漫长，辗转反侧思故乡。
儿时记忆今犹在，左右窥镜两鬓霜。

2. 七绝·赏银杏

一片金黄不是花，灿然满目夕阳斜。
寒冬虽可添颜色，无奈风中落岁华。

3. 七绝·观菊展

九月秋风卸绿妆，呼朋唤友赏金黄。
菊展争购欢乐情，卖花人去路还香。

4. 七绝·返春

昨日还逢碧玉天，今朝却遇倒春寒。
人生冷暖谁能知，世味酸甜自晏安。

5. 七绝·春咏

有意风吹柳絮扬，无心雨打杏花香。
劝君莫道春光短，纵恣江湖韵味长。

6. 五律·赏菊

群花势尽殇，君俏爱秋霜。
一季芳颜绽，千般馥郁香。
清幽惟远渺，豪醉饮瑶觞。
隐逸东篱下，频留浩气长。

7. 五律·三峡大坝吟

峡口浊流掀，险滩漱瀑泉。
雄关夔府水，镜面斗坪天。
降伏除灾患，湖光惠庶元。
叠层输巨鹢，商道笑声喧。

8. 五律·游三峡人家

西陵雄峻峡，江渚有人家。
曲径达霄汉，朝晖迎彩霞。
灯摇圣猴起，龙舞艳花遮。
遗址今犹在，丰碑亮剑华。

9. 五律·观三峡瀑布

栈道野花娇，惊魂铁索桥。
峡中风瑟瑟，岸远雨潇潇。
素绢巅峰落，银珠壑谷飘。
狂泉高万仞，声望楚天摇。

10. 五律·贺宜昌江南诗词学会成立

晴光六月天，江左集群贤。
国粹今朝靓，诗花盛世妍。
唐风盈岁日，宋韵满心田。
谁解歌辞处，且看笔下仙。

11. 七律·春风

越过江河啸掠颠，悠然紧逼漫无边。
吹翻玉叶翩翩舞，飘落娇花处处旋。
腾起波涛逢险阻，拨开云雾见晴天。
风和雨霁晨曦亮，踏浪行舟永向前。

12. 七律·鲜花

栉风沐雨待朝阳，吻露噙霞俏扮装。
粉面娇娇迷紫蝶，清姿款款醉柔肠。
凝眸野陌歌春色，寄魄荒村送馥芳。
零落为尘化成泥，无怨无悔如生香。

13. 七律·雪人

巧工天赐冷君郎，栩栩如生靠北墙。
体态端庄怀大器，神情肃静自轩昂。
朝堂烜赫乌纱冕，坐案穷奢缟缎裳。
道是身心皆素洁，缘何最怕见阳光。

14. 七律·月色

清辉独饮夜无眠，笑眼浮云映户前。
弯玉如钩扰旧梦，柔风似语拨愁弦。
情怀淡淡连秋水，诗意浓浓续柳烟。
落尽霜华皆是幻，广寒殿阁素娥怜。

15. 七律·农家乐

牧歌悠远荡江滩，印象乡村秀楚冠。
农舍观光垂钓乐，田园度假野炊欢。
藤缠芳溢蓬莱府，蕊密香回花果盘。
大圣凌空频探望，引来客涌卷狂澜。

16. 七律·观花展

花艳飘飞秋日朗，独舞篱陌聚天光。
温柔似锦倾情至，婉约如诗傲冷霜。
鸟语百声腾水映，细丝千涧逐风扬。
欣逢展市人声沸，赏鉴归来衣袖香。

17. 七律·建党百年

风雨兼程百周年，终凭合力创新天。
中枢已定图强策，大众争书致富篇。
人物一时今胜古，核心五代后承前。
军民亿万随吾党，直插红旗上顶巅。

18. 七律·观安琪产品展

安琪酵品天下传，万户千家烹小团。
夫擀面皮妻调味，父作指导儿添暖。
素素荤荤凭人配，蒸蒸煮煮任尔干。
幸福生活呈和美，温馨日子赛神仙。

19. 七律·同学建微信群

转眼光阴四秩春，相逢照旧显纯真。
谁堪往事烟波里，长忆芳华沧海轮。
网上开怀言未尽，群中执手意难陈。
企瞻重续清江影，风雨同扶渡此身。

20. 七律·重阳节

东篱把酒话重阳，回首岁华尤感伤。
袅袅浮云云弄影，纷纷落叶叶疏黄。
红霞飘洒枫林染，金露奔流绿涧装。
莫道今生韶景逝，也曾昔日少年狂。

21. 七律·桃

寒冬寂静桃枝空，数日春来别样红。
万朵争妍映江面，千株弄巧绛河中。
姑娘顾盼留香影，小伙忘形恋故丛。
相约署令桃熟后，饮醋品鲜乐无穷。

22. 七律·柳

雪打风吹春换装，青枝照水舞飞扬。
一行柳绿挼嫩草，十里桃红掩碧塘。
秀干亭亭挡雪泥，柔条缕缕钓斜阳。
待交来岁日照暖，自有流霞报曙光。

23. 临江仙·滨江晚景

西陵滨江斜阳晚，风来激滟漫游。
霞光天镜眼前收。
岸边留倩影，水面泛飞舟。

至喜桥下微波漾，一池清浪悠悠。
兴来登上镇江楼。
心中少憾事，笑里亦无愁。

24. 临江仙·学诗有惑

古韵入怀全未轻，劳心苦点经营。
一盈诗赋共新晴。
墨间匀浓淡，星灯究仄平。

健足扭腰迎日出，布篇谋字天明。
无才枉对座中英。
妙辞酬凤愿，拳拳揖公卿。

25.临江仙·四十年同学聚会

一别清江四十载，荆门山下重逢。

几杯烧酒故情浓。

畅谈年少事，感慨老来空。

此夜熏风吹暖语，时光流逝匆匆。

临别最是怅无穷。

款留情切切，归时醉懵懵。

内蒙古诗人卢建国

【作者简介】

　　卢建国，中共党员，大专文化，司法局退休干部。现担任察哈尔右翼中旗诗词学会会长、乌兰察布市诗词学会常务理事。为察哈尔右翼中旗、乌兰察布市、内蒙古自治区、中华诗词学会会员，书籍《上海滩诗叶》执行副主编。

　　近2000首诗词发表在中国纪检新闻、中国时事焦点新闻网络平台、中国诗歌网及360、腾讯、搜狐、今日头条、人民网等全国50多家网络平台。在全国各地多次获奖，作品《农家人（组诗四首）》荣获人民日报社市场网络版《百姓中国周刊》"华夏诗人·优秀诗歌"二等奖。800多首诗词由团结出版社、上海文艺出版社、北京燕山出版社、四川民族出版社、当代世界出版社出版；入选《新时代中国各省市知名诗人全记录》《内蒙古作家大辞典》书籍，由国家级出版社出版，被誉为"乡土诗人"。

七绝·家乡创业扶贫三兄弟见闻（组诗）

1. 创业者之一

——礼赞卢文兵先生

名优企业阴山下，牵动龙头创品牌。
多种经营求效益，惠及农牧看将来。

注：卢文兵，内蒙古民丰种业（集团）有限公司董事长。

2. 创业者之二

——礼赞卢继兵先生

青山踏破开新路，志士丹心念故乡。
引进燕藜民致富，品牌企业创辉煌。

注：卢继兵，内蒙古阴山优麦食品有限公司总经理。

3. 创业者之三

——礼赞卢秀兵先生

牵梦儿时鸿浩志，居楼久念故乡人。
巨资创办兴民企，福至敲开万户门。

注：卢秀兵，内蒙古蒙薯食品科技有限公司总经理。

河南诗人牛俊杰

【作者简介】

牛俊杰，男，1946 年生，河南省郑州市人，现居湖北省潜江市。历任江汉石油管理局公安处处长，湖北省江汉油田公安局调研员，江汉油田诗词学会会员。作品荣获"经典杯"国际华人文学大赛三等奖。作品散见于《荆门日报》、潜江市《笔架山》《返湾湖》和《江汉石油报》《源流》等报纸杂志。

词 10 首

1. 捣练子·春播

风日暖，雨绵长。滋润青芳农事忙。
春种沃田千粒籽，后秋收获万嘉粮。

2. 捣练子·赞女贤

青媚秀，玉葱茏。百业风流竞立功。
雪舞冰飞添异彩，傲翔碧宇战苍穹。

3. 行香子·郊游抒怀

沐浴朝霞，享受春光。望远方乡野茫茫。
歌飞鹦鹉，舞戏鸳鸯。

更世呈运，天呈瑞，地呈祥。

云缭钻塔，田栽油树。正杉林曲径悠长。
叶涂碧绿，花散芬芳。
醉心中诗，园中鸟，水中阳。

4. 行香子·玉虎丰年

千野林深，万仞山巅。看花繁叶茂红颜。
凤歌笑语，鸟伴琴弦。
愿绿常驻，泉常涌，梦常圆。

行云流水，风催虎步。恰喜迎雪浸良田。
平添瑞气，实兀祥烟。
贺天丰盈，地丰硕，韵丰年。

5. 花间集·铭记乡恩

平生莫做浮云。常怀父母辛勤。
星移斗转又逢春。念宗魂。

双亲不幸西行早。坊邻慰藉频频。
风毛丝粟重千钧。话乡尊。

6. 渔歌子·葡萄熟了

串串珍珠串串红。阳光甘露露峥嵘。
蝶伴舞，郁葱茏。累累硕果慰园翁。

7. 鹧鸪天·卖桃

网络频传故里桃。山迎水送客如潮。
家乡巨变人心乐，此地丰盈彩帜飘。

人历历，马啸嗷。熙熙攘攘乐陶陶。
言和意顺营生好，致富扶贫靠智高。

8. 朝中措·修身洁行

平心静气倚晴空。凡事乐其中。
修性笃行德重，唤来紫气东风。

意无止境，内修外敛，拥抱苍穹。
僧众西行万里，疾风收获真宗。

9. 长相思·交友

新友亲。老友亲。
烟雨风霜情谊真。路长知己人。

天有恩。地有恩。
淡雅清平恩最深。冬秋皆是春。

10. 浪淘沙·重看豫剧《朝阳沟》随笔

学毕入深山。步履艰难。浓情共舞镐锄欢。
纯朴乡音浇沃土，久叩心弦。

热血养坤元。彩绽民间。风华日久赛新篇。

如影随形和者众，誉满梨园。

四川诗人勾文静

【作者简介】

勾文静，四川省盐亭县人，四川省诗词学会、中华诗词学会、中国楹联学会会员。作品入编《中华诗词大系》《庆祝北京申奥成功诗词书画作品集》《中华丰碑·民族脊梁》《中华六十年诗人大典》《当代诗歌先锋人物大典》《当代诗词先锋人物大典》等书籍。曾出版个人作品专刊。获"十大古体诗人"、当代诗歌诗词先锋人物等荣誉称号，摘"经典杯"国际华人文学大赛（诗词）一等奖。创作歌曲20首，其中《同学情怎会忘记》《故乡情》，荣登全国音乐金曲榜；《美人香草》被歌坛誉为经典歌曲。存《心音诗集》。

七律 10首

1. 七律·归里

轻车一路见新房，今喜穷乡过小康。

冉冉时光人未觉，匆匆尘世发添霜。

归来已是容颜改，老去何妨故里藏。

相聚轩窗言不尽，莺飞草长百花香。

2. 七律·忆弟茂阳

云山遮外路何长？岁杪悠悠望远方。
只影流离人背井，孤鸿嘹唳客思乡。
昔曾春节同倾盏，今又梅花暗发香。
别后殷勤藏酿在，归来待与话沧桑。

3. 七律·汨罗吊古

怒涛拍岸梦谁惊？夜夜冤魂暗恨生。
读罢楚辞悲浩荡，吟成哀韵泪交横。
昭昭皎月忠臣节，耿耿丹心爱国情。
一颗寒星罗水浸，千秋俯仰意难平！

4. 七律·汨罗怀古

千载悲风起汨罗，当时屈子意如何？
一腔愤懑留天问，百种凄哀唱楚歌。
爱国精神昭日月，忠君憾恨葬江河。
遗踪剩有青山在，长使来人感慨多！

5. 七律·参观泸定桥（新韵）

雕像巍峨奋战形，线条生动刻英灵。
小船波涌人何在，大渡桥雄铁尚横。
血肉当年冲火海，红军两路杀顽兵。
归来炮火惊涛梦，终日犹闻拍岸声。

6. 七律·示人援藏

援彝支藏责担当，优秀男儿志四方。
岂让韶光虚岁月，须将心力谱华章。
莫辞坎坷迎朝日，常迈关山送夕阳
事事躬亲增历练，时时着眼察端详！

7. 七律·宁海

古之宁海出奇才，宰辅文高朱棣哀。
铮骨忠魂惊俗世，左联碧血沃苍苔。
地灵山水烟霞美，人杰雄图画轴开。
日月经天豪气贯，清风更引远朋来！

8. 七律·春游

滚滚人潮醉美乡，春风满面笑声扬。
芬芳果树弥山野，锦色桃花似海洋。
冉冉红霞江映绮，翩翩紫燕蝶迷香。
车流迤逦穿林过，天水园中览物忙。

9. 七律·春游天水园

喧喧鼓乐在何方？天水园开热闹场。
锦簇花团人汇集，莺歌燕舞蝶飞忙。
无边春色连波远，万亩桃林扑面香。
美丽新村今胜昔，振兴名气满川扬。

10. 七律·向塘

省会南来扼大门，平川沃野抚河奔。
贯通南北人流畅，承启东西货吐吞。
城镇百强称啧啧，品牌独特晒村村。
人文景点观今古，陆港新城地位尊！

浙江诗人金祥林

【作者简介】

金祥林，浙江省乐清市人，毕业于浙江大学新闻系，平时喜欢写格律诗，系中华诗词学会会员、中国楹联学会会员、乐清市作家协会会员、乐清市诗词学会会员。

格律诗 10 首

1. 七绝·重阳思

秋风气爽桂香飘，重九登高访远峤。
莫道夕阳昏已尽，余光依旧染云霄。

2. 七绝·清明祭

清明日丽醉春风，啼血杜鹃连地红。
青岭有缘埋烈骨，鲜花铺冢寄哀鸿。

3. 七绝·惊蛰

唤起惊雷一梦醒，催归骤雨万条烟。
百花争艳沐春色，千兽欢声闹绿田。

4. 七绝·悲鸟

展翅蓝天俏身影，翱翔旷野自逍遥。
独钟新苑栖书阁，魂断幽香哭碧霄。

5. 七绝·中秋节

海波拍岸人潮涌，皓月悬空万物浮。
篝火烟花映沙滩，嫦娥醉舞梦忧愁。

6. 七绝·冬至咏

细雨生寒未见霜，门前树叶半青黄。
残枝何咎悲秋夜，飘落归根又一觞。

7. 七律·莲花

寒舍昨宵听雨声，早晨蛙闹扰诗境。
荷塘四面观苍茫，湖岸十亭显倒影。
粉黛佳人踏雾来，青葱美玉迎风冷。
淤泥未染自孤芳，独喜濯枝花蕾静。

8. 七律·夏景

石径绕溪松竹影，土楼环树夕阳斜。

梢间知了鸣垂柳，叶上蜻蜓舞晚霞。

池畔芳香游客笑，湖边娇媚美人纱。

渔歌嘹亮云和路，舟筏归途伴暮鸦。

9. 七律·蝉

全身乌黑貌虽陋，翼薄体盈呆且萌。

槐叶深藏常住客，柳条轻拂不留名。

毕生独奏一支曲，整夏专攻十里城。

待到枯藤凋落尽，唯余躯壳泣秋声。

10. 七律·夜游水库

皓月当空万物浮，夜鸦鸣叫路通幽。

钟前水库碧波媚，湖畔闲行桂树秋。

文客骚人慕名聚，吟诗作对竞风流。

箫音拨动广寒殿，引得嫦娥下界游。

山东诗人赵峰

【作者简介】

赵峰，原名顾新利，笔名"小栗子"，山东省德州市人。爱好诗词，喜用诗词抒发心灵之声。所作诗词来源于生活，贴近于生活。

诗词 11 首

1.七绝·别发小

春碎花残夜未央，灯昏雨乱路悠长。
云楼望断京畿处，从此阴阳各一方。

2.五律·秋思（新韵）

把盏不成眠，杯杯对影干。
风清心绪苦，夜静月光寒。
落叶横杂草，残星卧颢天。
孑然思往事，灯下泪湿衫。

3.七律·魏王城怀古

魏王在此运绸缪，一代枭雄谋九州。
断壁残垣三五处，枯藤野草百千秋。
东临沧海抒明志，西取乌恒绝后忧。
对酒当歌图大统，江南无计恨悠悠。

4.西江月

窗外雄鸡频唱，苍穹残月高悬。
青春不复叹流年，犹恨时光太短。

长路清风阵阵，小桥流水潺潺。
问君此去几时还，应是梅开雪现。

5. 卜算子

十里柳丝长，一爆青丝秀。
谁在梅花烂漫时，种下相思豆。

窗外雨飘零，灯下人消瘦。
若是江湖不见君，怎解相思扣。

6. 水调歌头

小村烟袅袅，曲涧水潺潺。
半山枫叶，直教山上尽红颜。
一览远方美景，山水竟成一色，人似画中仙。
风景刚刚好，忘我不思还。

风声细，水声响，鸟声欢。
秋高气爽，多少心事化云烟。
小院伺花弄草，茅舍吟诗把酒，养性又延年。
莫问凡间事，从此自清闲。

7. 行香子

野草茵茵，塘水清清。望莲中阵阵蛙鸣。
鱼游荷下，鹤立沙汀。
赞池边荷，堤边柳，草边莺。

江山如画，心潮澎湃。感神州地杰人灵。
行云飞鹭，流水浮萍。
愿天多蓝，地多沃，世多情。

8. 一剪梅

一地黄花秋满园。风起惊蝉，雨起惊蝉。
潇潇细雨落三天，雨水涟涟，泪水涟涟。

把酒千杯为哪般？醒也魂牵，醉也魂牵。
和君还有几分缘。愁与谁言，瘦与谁言。

9. 醉花阴

郎住城南君住北，共饮黄河水。
无处不相逢，怎奈无缘，谁解其中味？

三杯浊酒何曾醉，镜里人憔悴。
明月上西楼，深夜孤听，一曲英雄泪。

10. 鹊桥仙

伺花弄草，品酒煮茶，闲去田间漫步。
时而追忆少年时，恰如昨、黄花已去。

习文舞墨，吟诗作对，不管春秋寒暑。
诚然半世长漂泊，却胜过、神仙几度。

11. 一七令

秋。
林静，山幽。
枫叶艳，菊花柔。

芙蓉凋谢，芦苇白头。

望南飞大雁，叹雾锁沙洲。

风瑟径来深巷，月斜悄上云楼。

细雨绵绵敲窗冷，寒蝉切切倚树愁。

山东诗人张林渠

【作者简介】

张林渠，男，笔名"东方谭心"，当代知名诗人。中共利津县委政法委员会原副书记、利津县社会治安综合治理委员会办公室原主任、利津县国家安全办公室原主任。现为中国诗歌学会会员、中华诗词学会会员、中国楹联学会会员、中国诗词研究会会员、中国网络作家协会会员，山东诗词学会会员、东营市诗词学会理事、东营市作家协会会员、利津县诗词学会会长。

诗词7首

1. 七律·夏日观澜亭即景

观澜亭台听濑声，青山丽水总关情。

黄河入海携流去，金浪临边伴彩行。

桃杏园中传蝶舞，柳杨林里出蝉鸣。

不知何处歌弦起，游客自明望古城。

2. 七律·望参古窑十八金梭

勤劳感动天仙女，下界相捐十八梭。
织技千年传华夏，古窑七彩放新歌。
纺车飞舞线团滚，机杼回旋经纬和。
锦缎互联民富路，传承文化故游多。

3. 好时光·咏春

燕舞蜂飞花艳，杨柳绿，草芽强。
湖水荡波莲出碧，桃园有异香。

可是伊简在？忆往事，恋芬芳。
但见缠绵意，地久伴天长。

4. 长相思慢·清明

气爽春明，天清地碧，满目花放争妍。
春游触景赏绿，黄河之水，旖旎波澜，滚滚东湍。
柳丝河岸挂，雀跃枝攀。
曲径悠然。那桃园，一片芳颜。

集千簇鲜花，岂忘追怀祭祖，汇寄金钱。
呈花献酒，跪拜先人，泣诉恩缘。
深深悼念，断肠人，难叙衷言。
愿故亲，天佑人世，赐祥幸福平安。

5. 花心动·仲夏情

河水滔滔金色景，空有蒙蒙蒸汽。
临水西边，杨柳青青，蝉叫远坰清哕。
通幽小径馨香伴，蝴蝶舞，两旁蜂起。
抬眸望，园林深处，果成丰粹。

转眼扬眉探视。却未见伊人，怎能随意？
那季桃花，历历在前，可惜这天无你。
待期岸上有佳时，谁知是，还丢风丽。
夏幕落，满愿思何时止？

6. 渔歌子·走进黄河口（一）

河水劈开万顷波，恰似黄龙戏碧萝。
鱼跳跃，燕鸥多，船上游子唱新歌。

7. 渔歌子·走进黄河口（二）

新生湿地鹳鹤飞，芦花飘雪蟹鱼肥。
登塔顶，目遐晞，胜景惹人忘回归。

注：瞭望塔位于黄河入海口北岸，建于 1993 年，高近 30 米。

湖北诗人简早红

【作者简介】

简早红，笔名"红日"，男，大专学历，现居湖北省宜昌市。曾在役17年，转业后在大型国有企业从事营销工作，已退休。爱好文学，尤爱诗词楹联。现为中华诗词学会会员，中国楹联学会会员，仙桃市楹联学会会员。在部队工作期间曾到《大众日报》社实习，诸多作品刊登于该报和部队刊物。

诗词52首

1. 五绝·春日

寒意始方尽，东篱梅继开。
孤芳翘首盼，唯等杏桃来。

2. 五绝·品茶

清泉和叶浮，漫漫似鱼游。
杯口袅腾雾，壶烹春与秋。

3. 五律·祭屈原

汨水惊涛后，余波陈昔冤。
昏君拒良策，社稷毁谗言。

敬意凝香粽，钦心祭屈原。
楚辞昭远志，复诵励来昆。

4. 五律·秋望

素秋珠露尽，笑看玉霜寒。
遐顾收成好，欣闻富路宽。
金风吹畏垒，黎庶筑楼栏。
天地同为乐，秋红不侮残。

5. 五排·游清江画廊

山高民屋远，艇快浪难平。
峰雾摩空傲，珠螺倒影清。
鱼翔悠怯动，凫戏突飞惊。
车笛盘山绕，舟吆劈浪行。
横江思谢女，隔岸听歌声。
德济凛君祖，巴人顶拜诚。

6. 七绝·春雨

春风化雨山川碧，杏绽繁枝桃灼花。
沃野无垠驰铁牯，犁飞雪浪喜农家。

7. 七绝·阳台小花园

七尺阳台春韵长，枝枝小朵溢清香。
不跟窗外桃争艳，只为锦厅抒雅芳。

8. 七绝·无题

昨天童叟薄衫嬉，夜雨飕风路客稀。
不见新芦端午粽，劝君切莫去寒衣。

9. 七绝·神农顶观景

千峰剑指向青天，云海龙腾噬岳颠。
红日凌空撕漫雾，云舒云卷亦天然。

10. 七绝·风雨土司城

江西土司侵湘境，八百多年成降城。
明月清风依旧在，静听百鸟啭歌声。

11. 七绝·无题

温煦驼翁搀护走，步履蹒跚数沧桑。
前边窄暗疑无路，头顶秋丹沐夕阳。

12. 七律·武大樱花

叹羡玉梅油菜黄，乞求仙子赐宫妆。
东风欲伴三春色，嫩蕊争开一夜芳。
又觅珞珈山月美，再寻樱树雨花香。
娱人木本花卉意，引得游人歌舞狂。

13. 七律·小年

南北小年前后天，除尘清扫接新元。
无心祭灶谢司命，不定拜神敬圣尊。
愿以勤劳添富贵，且持忠厚免灾冤。
此生吾自循公道，何赖王爷进美言。

14. 七律·除夕

爹忙一席团圆饭，娘絮全家苦乐贫。
美酒杯中斟万语，清茶壶里煮千辛。
银屏坐守天伦乐，老少相围孝养亲。
不觉已辞牛岁夜，忽惊跨步虎年春。

15. 七律·虎年春节

鞭炮禁燃别样年，新正虎啸闹春天。
戏喧市井欢声裛，礼拜乡邻情意绵。
唱曲拨弦舒心志，挥毫泼墨落凤笺。
无语揖言亲故里，恭迎喜酒染村烟。

16. 七律·祭歆飨

黄联一副贴门楹，歆飨元辰引悼情。
邻里心随香火祭，至亲泪里炮鞭鸣。
忠留乡井德名赞，孝感地天烟雨萦。
尘世浮华因普度，青山满目子孙嵘。

17. 七律·题照姑舅兄弟

难得同框五丈夫，忆呼亡赖趣童图。
寻思前辈亲情意，感慨今人血脉殊。
各自胸襟怀锐志，谁能尘世染微污？
劝君横扫悬心事，歧远征程相互扶。

18. 七律·北京冬奥开幕式

飞舞琼芳北国情，五环旋律伴春萦。
冰墩萌宝助开幕，东道主人迎众英。
唱响会歌谐和旨，举高火炬主张明。
体坛竞技辉煌纪，借得鲜花祝太平。

19. 七律·元宵试灯节

云裹清风寒若冰，自欢妇孺着丝缯。
彩莲船划街头戏，金色龙游城上腾。
喜庆汤圆诸客醉，探思谜语众民兴。
笑询此日为何乐，小囡指猜试节灯。

20. 七律·闹元宵

秉烛踏光千古情，玄晖依旧世非惊。
九州早已汉河界，华夏今堪花树萦。
市井酒歌扬瑞气，乡村灯火接长庚。
紫微失控星辰落，欣看凡间向玉琼。

21.七律·观焰火

银汉下凡穿夜空，花姑撒蕊映天红。
千丛百卉飞乡野，万组群芳惊月宫。
江水欲停观焰火，市民漫看唤春风。
人潮偶遇旧相识，借问谜猜言懵笼。

22.七律·偿愿鸣翠谷

偿愿驱车鸣翠谷，清晖雾锁画朦胧。
歌声入耳微微醉，舞步临溪习习风。
桃蕊映波鱼戏浪，雀花绽野鸟栖篷。
双休小憩悠闲处，不逊名川怡性同。

23.七律·七夕怨

鹊桥七夕现银河，牛织相牵悲喜歌。
岁月流年难自美，云霄一梦究谁过。
怒呵王母织梭动，堪赞媒神姻嫁合。
地老天荒儿女事，不拘世俗瑟琴和。

24.七律·白露吟

一路雁迁南避寒，秋图又现壮悲观。
黄昏薄雾山乡美，平旦珍珠草叶珊。
拂过轻风珠泪下，初升晓日露妆干。
人生俗世似清露，不悔蹉跎老泪弹。

25. 七律·中秋有感

永劫婵娟上宇空，犹如宝镜照苍穹。
不容妖雾九霄隐，更撒柔光四海同。
云雨尘间潮汐变，星辰碧落月相冲。
须惊天体风波静，期待冰轮睁大瞳。

26. 七律·沮河游偶作

西北幽泉万古流，临沮楼竦旧丘头。
九龄两察清诗赋，辕祖联姻美誉留。
沮水悲悽河汉恨，山楂演绎好君述。
三生有幸终归聚，不枉艰程远道求。

27. 七律·方山游记

盘古开天鬼斧工，方山竦立武陵东。
廪君武落钟离相，德济清江盐水娀。
败将王恩称小霸，安王朱一战雏雄。
古来谭夜天方事，却引当今游客风。

28. 七律·秋蝉鸣

临秋暑气绕东园，童叟余晖小径奔。
品看路旁林木翠，寻听树上哗蝉喧。
数年埋土拼挣恨，三月攀枝鼓噪冤。
万物生成天有道，焉能破律倒乾坤。

29. 七律·游黄鹤楼

西辞黄鹤剩名楼，千古传奇任叙由。

昔日诗人多感赋，今朝游者也吟讴。

长廊翰墨无须看，骨肉亲情是本求。

不做烟花三月客，血浓于水满春秋。

30. 七律·张家界大峡谷一线天景观

石岩两壁拱成空，一缕银丝地贯穹。

陡坎石阶多恐汉，滑梯溜道老还童。

寅时还在云端里，卯候安来谷底中。

回望游人惊绪定，不知南北与西东。

31. 七律·恩施喜会老战友

昔别军营各数年，投身社会雨云天。

须知戎马熔肝胆，岂向神妖讨悯怜。

与尔长廊追岁月，邀君盏酒忆情缘。

稀龄不屑银翁去，笑对黄昏奏老弦。

32. 七律·悼念老战友

从军立志取功名，半世奔波愿有成。

无奈弟兄天国去，可怜寡嗣俗尘挣。

子规啼血堪悲泪，寒食断肠更恸情。

遥忆襄河同舸渡，今将汉浪作哀声。

33. 七律·"祝融"号着陆火星（新韵）

火箭推升奔远程，祝融坐瞰万河星。
满承民意征穹宇，喜伴嫦娥侍紫庭。
敢闯乌托迷幻地，岂惊鬼孽噪喧声。
苍天骇问哪方客，五角金星旗照明。

34. 七律·宣誓

锤子镰刀旗帜红，神州指引唤农工。
拳头握举乾坤志，血液深溶宇宙同。
万念为民归要旨，一心向党记初衷。
春蚕到死丝方尽，枫叶迎霜色更红。

35. 七律·党庆百年纪

云黑红船火独明，燎原照亮苦辛程。
披荆斩棘辉煌史，铸旨强魂马列声。
鼍浪鲸涛生恶险，扶清荡浊化夷平。
百年之变又京考，稳舵扬帆再远征。

36. 七律·科技之春

——五月廿八日全国两院院士、全国科协大会 召开有感

清风拂绕新秧绿，甘露天滋稻菽香。
要得秋时收获乐，必须农日撸祛忙。
苍穹连播丰收曲，广袤攻艰拼命郎。
天体人间添美景，只缘华夏有青阳。

37. 七律·贺沙湖《大湿地》创刊五周年

水乡百里伴江流，天赋氧吧犹蜃优。
苇絮扬波鱼戏跃，莲荷起舞鸟鸣讴。
沙湖幽境多羁客，湿地期刊作访舟。
志士笔耕和酒颂，倾心瑰宝与君游。

38. 七律·国庆中秋双节吟

金秋九域遍流金，玉镜银光照古今。
国庆欢歌人鼎沸，中秋团聚酒高斟。
无声玉露滋香馥，有恨霜云积晦阴。
谁碍山河归一统，挥戈仗剑虎狼擒！

39. 七排·国庆颂

九州庆诞凯歌扬，七十二年站富强。
黄水长江浪起舞，昆仑泰岳魄翱翔。
民生畅饮春风醉，丰收慢斟酒盏香。
北斗卫星观宇宙，天和驿栈探穹苍。
尖端科技浇铜璧，励志强军铸铁墙。
国强民安宏业盛，党魂当是国之纲。

40. 七排·神农架大九湖览胜

盘古开天分宇宙，神工鬼斧弄芳孤。
华中屋脊生原野，峰壑腰间悬九湖。
春雨润苏花树舞，夏风唤起雁雕娱。
秋高云雾遮红叶，冬冷冰花织锦铺。

寒热温凉因守序，三天两夜却无辜。
经年降水溢何处，敢问苍天哪有殊。

41. 七排·张家界大峡谷之玻璃桥

脉渊云贵武陵幽，绿水青山峡谷沟。
张界市风吹远客，玻璃桥誉揽洋洲。
四墩石堡将军霸，一巨银龙玉帝舟。
纱雾飘飘生广殿，琼芳凛凛斗寒流。
平临空宇天庭近，俯瞰高林半是愁。
世外桃源迟涌现，人间仙境贵筹谋。

42. 七排·古镇凤凰城

经年五百凤凰城，沱水弯流穿绕行。
宇舍阁楼青古色，官民服饰土苗情。
几桥火树烟波醉，两岸银花江影清。
一曲芦笙君自舞，千家商贾客相迎。
亭咕吊角情人语，船发乌篷号子声。
攒动街头熙攘攘，斑斓灯火照长庚。

43. 七排·墨戎苗寨行

群落深山龙鼻嘴，风情习俗使君蹊。
悬壶苗药苗医绝，传世银工银饰迷。
吊脚楼亭飞恋曲，石青悠径走云梯。
妻尊内外妻当任，银贵女荣银必携。
哥试三年婚准婿，妹求吉日嫁成妻。
拉根花带拦门礼，唱首回歌作答题。

迎客金波江米醉，庆丰民乐鼓笙齐。
如今苗寨千般好，戏说蛟龙在此栖。

44. 临江仙·《张家界千古情》观感

千古之谜张家界，蛮荒野史洪渊。
玄机神话动心弦。土司遭抗暴，演绎恨情篇。

马桑树下希盼景，得之乡土民援。
湘西儿女赴疆关。虽当情命贵，甘为自由捐。

45. 贺新郎·题赠老战友

五十三秋了。忆当年、轮船闷罐，笛鸣车啸。
征发仙桃郎千百，使命催奔营哨。
怀壮志、雄心勃傲。
鸿雁传书安父辈，国民恩、赤胆精忠报。
耀祖德，求馨淼。

生涯戎马归迟早。别军旅、大鹏辗转，他枝栖鸟。
家业亲朋乡忡情，难抚单丁孤矫。
有遗憾、羞于管鲍。
年去古稀寻觅觅，战友情、何待光阴老？
念故旧，争分秒。

46. 满江红·纪念解放军原 68 军入朝作战 70 周年

魁仆联军，起兵燹、邻邦肆虐。
陈李军，速兵奉命，跨江援弱。

首阵汉江防御战，金汤工事征饕恶。
破空甲、千战抗狂师，惊天魄。

文登里，掀龟壳。金城战，惩韩粕。
巾帼上前线，声震川岳。
机智勇拼消白虎，浴冰奋战歼鸠雀。
功勋著、旗帜立心中，军魂烁。

47.一剪梅·中秋节

万古冰轮生雪光。千载中秋，情寄娥刚。
每当菊桂沁芳时，品月团圆，衣袖盈香。

今又银蟾照域疆。一腔思念，凝地成霜。
天涯海角付年华，同沐清光，心月深藏。

48.沁园春·三峡工程

三峡工程，千秋宏愿，盛世玄功。
看锁江大坝，利能发电，蓄洪湖海，阻浪平峰。
船闸分流，五梯畅渡，货运游轮业正红。
登瑻岭、穷凤眸眺望，万象兴隆。

工程彰显奇功。然历代、何曾想缚龙。
叹皇家官宦，进征有胆？苍生百姓，遭患无穷。
天险长江，天然屏障，自古兵家战桀雄。
唯我党、秉初心奋进，造福农工。

49. 西江月·赏吟《樱花图》

不见百花斗艳，难观彩锭争华。

客稀路断雨沙沙，三楚九垓泪洒！

纵目欲游林苑，凭窗聊赏樱花。

何时携侣走天涯？醉到夕阳西下。

50. 鹧鸪天·喜获在党 50 周年纪念章

纪念章铸五十年，蕴涵义举石门篇。

丹心志士初心梦，漫卷红旗赤县天。

怀宗旨，入红船，锤镰使命沁心田。

力为雄舸添薪火，我荐终身如磉盘。

51. 鹧鸪天·贺航天员凯旋

搭乘神舟探大千，天和宫驻写坤干。

佳期三月科研创，梦想千年大道延。

月桂望，广寒牵，惜辞星际众奇仙。

亿民归盼三雄杰，月饼金波寄万言。

52. 水调歌头·姑舅兄弟相聚有寄

把酒言欢醉，民本食为天。

舣舟相举，约期相诉是何缘？

告慰椿萱重荫，不枉前姻后辈，冥冥意相牵。

姑舅曾教诲，耿耿沁心田。

传家风，启子嗣，创家园。
前程自探，回望来路岂无酸？
何要出人头地？欣慰锦衣足食，笑看世间难。
拷问长延席，昂首共蓝天。

山东诗人张鹤良

【作者简介】

张鹤良，笔名"老窗"，山东省东营市人。中华诗词学会会员，中国楹联学会会员，天津诗词学会会员，东营市诗词学会会员，垦利区诗词学会常务理事，东方了了文创工作室会员，经典文学网和中华文艺微刊签约诗人，《当代先锋诗人诗选》副主编。作品传略入编《当代文摘百强作家精品文集》。作品散见于《文学欣赏》《大渡河》《中国韵》《江河》《河南经济报》等杂志、报纸和网络。多次在国内外诗词大赛中获奖。

诗词30首

1. 五律·春

庭外看梅树，新禽带晓风。
冰开生叶绿，柳浪对花红。
爽籁可人意，华英为骏雄。
天凉欲归去，木下醉融融。

2. 五律·春

春梅迎雨水，馀雪怯朝阳。
碧嶂云还绕，平川草又芳。
物华除旧意，风土换新妆。
媚景歌呼酒，飞杯乐未央。

3. 五律·春

一雷虫蛰动，微雨柳枝新。
仙杏初开朵，榆钱待放春。
江河冰尽绽，鲤鲫水相亲。
老叟闲情逸，投钩垂钓纶。

4. 五律·春

暮春还未至，草木绿芽生。
暖日桃蹊色，微风梅径明。
泥融新燕落，林动宿禽惊。
天晚欲归去，又闻时啭莺。

5. 五律·春

杏月始雷鸣，蛰虫中夜惊。
渔夫回大海，农户备春耕。
飞燕向归路，流莺未入城。
闲人醇醉寝，鼾起两三声。

6. 五律·春

春分添暖气，处处景光生。
社日回飞燕，碧天啼啭莺。
雨来看闪电，风过动云旌。
细柳可人意，谙知游客情。

7. 五律·春

岸阴垂柳丝，花卉斗颜姿。
胜侣生佳兴，飞舟似电驰。
野鸥争弄响，游客尽融怡。
如此溢光景，骚人自咏诗。

8. 五律·春

风起海棠散，雨来窗外声。
上坟飞驾疾，驻轸暗悲鸣。
古往祭仪重，今朝拜礼轻。
富贫皆简化，纸币送丘茔。

9. 五律·春

暮春西日坠，品物散黄晖。
风荡流莺乱，树摇新燕违。
晚光山色黛，月照橹声稀。
沈钓清溪里，榜人纵棹归。

10. 五律·春

风断白云停，雾收高柳青。
悠悠池上鸟，泛泛水中萍。
天暖称人意，麦香生穗形。
气候知谷雨，日暮见流萤。

11. 五律·春

凭高闲仰望，偕友赏辉光。
夕照返青叶，栖禽满白杨。
水边斜影暗，池上落花香。
迷醉媚云物，旧游形自忘。

12. 五律·春

弥漫楼头笛，横吹梦里心。
孤斟春酘绿，一醉暮云深。
柳絮飞飘雪，乌禽送乱音。
酒兵愁未破，何日共弹琴。

13. 五律·春

独眠花落夜，乡思度残春。
轻举断肠酒，离愁逐日新。
谁知旅羁客，梦遇故乡人。
宾主相逢醉，疏星已向晨。

14. 五律·春

湖水收飞雨，春波映岸容。
柳林争吐絮，槐木自阴浓。
飞落衔泥燕，空悬采蕊蜂。
风光无限好，信步顿轻松。

15. 五律·春

绿水波纹皱，湖边柳色新。
芳时留贵客，把臂谢舟人。
喜鹊怜花木，流莺惜暮春。
良朋方适意，迷醉乐津津。

16. 五律·春

薰风还未放，槐蕊已登场。
闲步深园里，孤吟大道旁。
新蝉休不语，春候早无凉。
翠线串成玉，清飔摇醉香。

17. 五律·春

郁郁堤边树，依依已放春。
随风轻叶动，碧玉绣妆匀。
细雨沾衣湿，收云绿柳新。
清闲生得意，潇洒涤心神。

18. 五律·春

波皱翠阴满，青回大地春。
云封烟树外，雨盖水中身。
风起木枝动，燕归巢穴亲。
愁生乡思意，涕泪滴衣巾。

19. 五律·春

烟月笼千柳，离君折一枝。
鹅黄春入早，叶细雁来迟。
清水平如镜，绿荫初满池。
羡莺归故里，横笛弄参差。

20. 五律·春

访友驾言去，停车杨柳根。
白云思不破，浴月钓无痕。
寒水常愁指，归心易断魂。
家山来上客，树下对芳樽。

21. 五律·春

鹅黄妆拱树，郁郁弄春姿。
翠木斜荫影，清风生柳丝。
飞花辞雪季，啼燕送杨枝。
钓客闲情意，投纶真个痴。

22. 五律·春

湖平枝影满，鸥破水中身。
燕雀矫还语，龟鱼意更亲。
夏来飞絮舞，雨坠落风尘。
翠柳早蝉唱，已辞三月春。

23. 七律·春

赝峰青树插云中，海燕浮鸥隐碧空。
柳岸霏微生雾露，春湖淡荡带花风。
遥看桥外千波绿，相对亭边万点红。
佳气晓天情自逸，教人何处不融融。

24. 七律·春

迟日寻芳花已繁，半窗桃李映金盆。
微风戏水缓吹皱，早燕啄泥频斗翻。
嫩柳新妆垂草地，小虫初语满庭园。
江山处处迎春景，闲笛声声惊梦魂。

25. 生查子·春

寒柳弄鹅黄，月隐浓云坠。
风吹雨欲来，游客偷垂泪。

离别自伤心，寂寞难成寐。
雨落酒盈壶，一饮樽前醉。

26. 巫山一段云·春

仙杏花初动，新雷虫蛰惊。
川河开尽又鱼腾，麦苗尽返青。

渔夫驾船潇洒，农士机耘迅快。
夕阳西坠共衔杯，花下笛儿吹。

27. 鱼游春水·春

关关双燕语。好似归程愁怨诉。
风翻杨柳，顷刻斜风横雨。
柳岸芳茵空景色，湖水轻船无伴侣。
才去客愁，又添离绪。

昨日天阴昼暮。能定归期飞燕妒。
遥知倚槛凝颦，衣沾宿露。
苦情历尽有谁知，喜事相欢终不遇。
归诗写就，没人吟赋。

28. 江月晃重山·春

湖柳垂阴倒影，岸花相绽娇姿。
漫游胜侣动春熙。飘轻舸，耽乐疾奔驰。

野鹭争相弄响，游人欢乐融怡。
阳春光景令人迷。骚人乐，意满自吟诗。

29. 金莲绕凤楼·春

杂乱厅堂更新貌。杯美酒、茶香烟袅。
晓晨风动阳光照。出门迎、友朋车到。

平湖縠纹绿缥。趁友兴、相携荡棹。
即今酣醉筹商好。期明年、再来春闹。

30. 烛影摇红·春

阴雨潇潇，驾言相送人无语。
雨收芳草净沙尘，杨柳飘飞絮。

驻轸别辞良侣。屡回头、愁难塞步。
晓昏提起，竹管横吹，阳关笛谱。

广东诗人钟清海

【作者简介】

钟清海，笔名"笑天"，1976年生，广东省蕉岭县人，中华文艺学会会员，现居深圳市。2014年开始诗词创作。曾荣获"中国文化精英""当代百强诗人""当代百强才子"等荣誉称号。作品《词三首》荣获第四届华人文学创作邀请大赛一等奖。多首（篇）作品散见于报刊和网络，并入编诸多书籍。

词4首

1.念奴娇·三月

去年岁末，觉春弓欲发，冬枝绷箭。
雨泼浓云空一碧，草径春衣重换。
复紫含红，留烟滞雾，扑扑行人面。
莲花山上，望中潮水白练。

春色只借芳菲，夏蝉叫窄，切莫千千万。
月满层楼高挂起，夜夜清辉相见。
便又秋风，枯兰香去，不道参商怨。
长天寥廓，耀光星点无限。

2.点绛唇·春日

满眼春归，鹏城一阵听风雨。
几番烟雾。岸柳飘千缕。

为问出山，小草迎朝露。
春行处。枝头衔羽，飞向前行路。

3.风流子·春

春色迟迟意，行人处、碧玉满城飞。
叹聚首抟沙，自怜人世，龙钟负雪，谁着白衣。
帝女雀、西山衔石后，填海见朝晖。
蛇口码头，闻声船笛，荔枝湖畔，入眼莺啼。

韶华今去矣，愁春尽、东皇笑我花痴。
四季花开花谢，天地轮回。
看夏荷承露，亭亭玉立，寒梅发蕊，灼灼秋随。
信步夕阳大美，明月来时。

4. 忆秦娥·早春

春归早。赏花不待花枝少。
花枝少。春惜人旧，人惜春老。

芳菲对酒伤怀抱。青春过尽看花扫。
看花扫。烟尘浮动，日月飞绕。

黑龙江诗人王禄

【作者简介】

王禄，男，1970年6月3日出生，黑龙江省绥化市兰西县人。热爱诗词，曾参加经典文学第17期格律诗词高级研修班，师从著名诗人陶士凯先生。现为中华诗词学会会员，作品散见于报纸、杂志和网络媒体。

格律诗20首

1. 七绝·人生

偶看诗书五月田，茫茫陌上逝华年。
半生再塑人生路，举手挥毫方寸天。

2. 七绝·榆林镇筋饼

玉手掀开赛纸宣，毛葱芽菜肉肠全。
春潮寄语香秋月，济市承当作福田。

3. 七绝·梅花

风吹瑞雪傲寒霜，枝上梅花载舞装。
留得日升红蕊在，春来不晚只添芳。

4. 七绝·游哈尔滨中央大街

风情独有百多年，踏着春秋方石联。
商甲鸣箫争国色，龙魂同筑聚豪贤。

5. 七绝·打工行侧记

万点繁星万点愁，囊中羞涩愧春秋。
亳州常念亳州事，对镜青丝变白头。

6.七绝·想爹娘

乌烈田园毛豆香，歌声一曲泪茫茫。
寄言儿女孝心在，火焰红花奉吉祥。

7.七绝·上元日

上元日里不悠闲，玉米丰年再可攀。
还见晚霞人送急，未归灯火早多班。

8.七绝·风

微波绿柳笑弯腰，万物风吹摇也骄。
海啸山斜天不测，乾坤胜此报春潮。

9.七绝·花

名人雅士爱贤品，形态如兰君子当。
此去吟诗何所得，风姿俊秀彩云妆。

10.七绝·雪

漫天飞舞起苍穹，沃野新风降吉隆。
一语高声春色好，林中深处见惊鸿。

11.七绝·月

夜入田边迎月移，蛙鸣阵阵碧波开。
露珠点点沾衣袖，只盼嫦娥进院来。

12. 七律·海南行

年已双旬酒正香，远征再写好篇章。
微文乌烈开工地，静寂榆林别我娘。
雪落龙江春色艳，雨飞海岛绿芬芳。
八千里路自身强，未睡吟诗作吉祥。

13. 七律·柳絮

柳絮随风五月狂，云游四海泪流伤。
春阳暖意无烟雨，野色晴空似雪霜。
别后归来携酒饮，愁中过去放歌长。
寻芳良友肥田地，只此人生做采桑。

14. 七律·莲花

叶形似伞有清香，花朵红装赏艳芳。
不染浮云赋幽意，常存经雨问骄阳。
小桥亭阁青溪宅，曲岸园林粉草堂。
天下闻名家四海，悠闲岁月伴儿郎。

15. 七律·昌邑御医黄元御

乾隆病起赐良师，妙悟岐黄挺伟姿。
四库全书真壮志，千秋流水颂丰碑。
古今岁月它乡义，多少田园百姓期。
时代新风民纪念，传承科技写红旗。

16. 七律·桃花

粉红柔媚自然香，只此春风伴嫁妆。
山雨可期枝上舞，水云相忆曲中狂。
天寒过去艳阳日，夜静别来明月霜。
赏得桃花舒畅在，挥毫田赋竞芬芳。

17. 七律·梅

共筑坚贞傲骨风，色容明媚国旗红。
岁寒三友梅争艳，日暖千家竹品珑。
我辈求知读书事，人生寄语赋诗功。
植根沃土伴新月，肩负真言做楚雄。

18. 七律·兰

兰花深谷聚含香，高洁名君秀彩妆。
百色鹃声回首见，龙江雁阵举头昂。
山林独有世间喜，莎叶惟思天下祥。
乐得专家惊笑语，隐居再现寄芬芳。

19. 七律·竹

高洁虚怀绿新竹，晨光柔美色飞金。
无私不屈端阳气，有意方能明月音。
春暖携诗邀玉笛，日红寄语学瑶琴。
叶飘舞袖轻含爽，奉献此君神韵心。

20. 七律·菊

九月菊花飞彩云，情怀永驻自成君。
南山胜景才贤意，北地仙家德业勋。
风韵雄心春暖诵，精神傲骨岁寒勤。
留香枝上霜惊悔，此刻秋声最品欣。

四川诗人黄显德

【作者简介】

黄显德，笔名"青山依旧青山古韵风"，四川省富顺县人，研究生毕业，中共党员，系中华诗词学会会员、中国楹联学会会员，经典文学网、中华文艺微刊签约诗人、签约作家。

诗词 12 首（新韵）

1. 七绝·哭思永

噩闻冬至涌江流，浪卷霜花泪莫收。
怎忍天涯孤旅去，年年梦寄与君游。

注：2021 年 12 月 21 日，冬至，惊闻大洋彼岸思永同学逝世，做此篇以沉痛悼念。

2. 七绝·过故园

斜阳老树鸟悲啼，断瓦今何分外凄。
漠漠横塘风又绿，惊还旧梦恨迟迟。

3. 七绝·忆故人

春色悄悄入故园，岂知人去未曾还。
井深长忆东风起，吹动柴门岁月残。

4. 七绝·老井吟

院落凋残忆故情，草丛深处盖犹封。
当年浇溉农桑事，夜里常闻取水声。

5. 七绝·新荷

漠漠池中嫩碧浮，春波荡漾也觉孤。
柳风吹作年年是，犹有芳心卷未舒。

6. 七绝·金鸡菊

疏香淡雅路边生，翠浴金辉朵朵情。
疑是秋来君莫问，哪知春暮又相逢。

7. 迎新春·虎年春节归途中

故岁复将尽，念切乡心如炽。犹作家书寄。
雪花掠、风声起。杳关山、归程万里。

欲问去、何处愁浇游子。半路车堵是。

人人盼、同圆天地。

渐村烟暮，往事还忆。空塔影，几曾槛外寒碧。

遥思虎岭悲歌老，叹江流、古渡斜日。

柳桥头，肠断尊前年年似。追怀每垂涕。

月落依旧，梦回安此。

注：虎岭，指虎头山，又名虎头城，为富顺当年一抗元据点。

8. 唐多令·虎年春节有怀

腊尽浅春还。雪消新岁添。作桃符、其志翩翩。

惊喜爆竹声更老，红炉守、故人圆。

回首古江边。怀思旧塔前。忆漂泊、对酒凄然。

万里归心常入梦，愁几许、泪千般。

9. 相见欢·虎年元日会友

当年一诺匆匆，寄云中。

望断关山万里、杳孤鸿。

烟花续，瑶觞举，梦峥嵘。

自是老怀依旧、与君同。

10. 忆江南·师恩如山

——写在高中毕业四十周年之际

清夜老，孤影剪窗寒。

奋笔穷经春几度，成蹊结影子三千。

白首仰如山。

11. 江月晃重山·遥寄高中毕业四十周年聚会

溪岸烟霞已老，校园风月犹深。

几曾回首望浮云。堪垂泪，唯有梦相寻。

雅聚一堂阔论，惊来孤雁空吟。

关山何处寄清尊。思千里，落日照初心。

注：富顺第三中学八二级四班高中毕业四十周年，组委会于 2022 年 4 月 4 日在母校举行一次小型纪念活动。因新都疫情，作者未能亲自参加。

12. 鱼游春水·清明时节

还应余寒峭。绿染池塘春景好。

轻风扶柳，烟雨清明又到。

几株桃李众蜂鸣，何处关山孤燕绕。

驰念故人，欲寻芳草。

肠断杯中梦晓。哭望天涯思杳杳。

经年未见归鸿，谁来祭扫。

忆昔田里影相依，去日坟前香渐老。

一地落花，数声啼鸟。

湖北诗人杨进

【作者简介】

杨进，笔名"大风"，湖北省宜昌市人，电大教师。中华诗词学会会员，中国楹联学会会员，宜昌市作家协会会员，宜昌市楹联协会秘书长，宜昌屈原研究会会员。作品 2017 年荣获"墨德轩杯"全球华语诗歌大赛荣誉奖，2018 年入选湖北省网络诗歌联展，同年荣获全国首届"金声杯"文学大赛优秀奖。诗词、楹联作品散见于《三峡商报》《三峡晚报》《博尔塔拉报》《长江诗歌》《荆楚楹联》《湖北杂文》《清河诗词》《速读》等报纸杂志，入编《一唱百和同咏春》《诗赋华盛》等书籍，作品还散见于党建网、央视网、中华诗词网、中国诗歌网等网络媒体。

诗词 107 首

1. 七绝·风

南屏高筑七星坛，闲助三分鼎足安。

夜探春笺柔似水，为谁狂怒化洪澜。

2. 七绝·花

韦陀一笑匆匆去，闪电灵光驻永恒。
五色千姿何显贵，无非尘世几风灯。

注：韦陀即昙花。

3. 七绝·雪

一夜天门寂寂开，翩翩舞步下瑶台。
琼妃好戏遮梅眼，何处幽香待客猜。

4. 七绝·月

谁寄相思千里外？游人无奈望天门。
银光带醉描秋骨，金桂携愁注夜魂。

5. 七绝·拜谒九龙神杉

薄雾山间几雀谈，清风不破晓溪岚。
千年杉后修行处，万道金光日露额。

注：九龙神杉也叫"杉后"，在神农架巴桃园景区。

6. 七绝·大九湖行之金丝猴

金猴一跃乐开花，搔首悬摇戏自家。
竟效神农尝百草，长茎短叶任擒拿。

7. 七绝·大九湖行之有机茶

吉雾祥云半掩纱，高山万亩有机茶。
乾坤广聚神灵气，只为功成两片芽。

8. 七绝·大九湖行之神农顶

不染纤尘立大千，清风拂面洗心田。
云开洞见蓬莱境，历历青山别有天。

9. 七绝·大九湖行之板壁岩

生命根前云化雨，野人山上古来今。
天高不见神农帝，长路难穷苦自吟。

注：岩石林有"生命之根岩"。

10. 七绝·元宵节煮汤圆

未下先搓怕不圆，阑珊灯火起炊烟。
今宵几碗分多少？煮罢相思网上连。

11. 七绝·岳阳行之过华容

五省通衢见一斑，趋车网路九连环。
匆匆过客平原道，却忆当年险义关。

12. 七绝·岳阳行之湘竹

湖边远遁避红尘，独好仙姿做伴邻。
几滴湘妃斑竹泪，名传千古迹犹新。

13. 七绝·岳阳行之南湖

清心远望尽消忧，无力霜风浪不休。
寂寞梅红开柳眼，闲云一对戏湖鸥。

14. 七绝·怪瓜园（一）

闲客熙熙各自悠，奇思巧构奈何羞。
瓜能得道攀高处；谁敢嘲它在下游。

15. 七绝·怪瓜园（二）

舍去红尘万事忧，云开雾散此中游。
怪从天地玄黄始，笑到风霜斑白休。

16. 七绝·三峡竹海

西陵竹海汇英贤，尽揽八方翡翠篇。
紫调南歌花万种，清风雅韵可谈玄。

17. 七绝·咏三游洞（一）

门前本欲饮溪霞，有客行吟刻壁牙。
日月潮升三万岁，如今岭上是谁家？

18. 七绝·咏三游洞（二）

一过西陵望葛洲，山光不尽大江流。
苏元黄白传千古，谁步先贤丈地周。

注：苏元黄白，指苏轼、元稹、黄庭坚、白居易，他们都曾在三游洞游玩过。

19. 七绝·春

枝头渐笑冷寒霜，愈痒东君搔愈忙。
直到心扉关不住，欢声乍泄闹花香。

20. 七绝·立春

清香问道皆无异，慧眼观心万类殊。
妙若瑶池天上客，任倾自酿野山壶。

21. 七绝·踏青

莺声婉转与人同，醉采南山二月风。
舞燕千般春若画，星花万点势如虹。

22. 七绝·题樱桃花（一）

簇簇丛丛妙弄姿，飞花若雪汇成诗。
山光惹得游人醉，二月春风润巧枝。

23. 七绝·题樱桃花（二）

房前屋后尽春芽，入宴樱花伴酒茶。
谁琢玲珑剔透玉，蓝天独映几枝丫。

24. 七绝·题电大定点扶贫村彩虹图（新韵）

田园皲裂动情浇，绿水青山难画描。
精准扶贫鸭子口，天公降瑞彩虹桥。

25. 七绝·入夏小憩莫愁湖（一）

五月葱茏似水流，羁人烟雨几时休？
杜鹃声里斜阳尽，春过江南枉自愁。

26. 七绝·入夏小憩莫愁湖（二）

一路欢歌语未休，无边美景逆如流。
湖光碧翠涟春色，从此诸君再莫愁。

27. 七绝·清明遥祭舅父

阿牙撒手罢凡尘，坎坷人生倍苦辛。
默默追思轻祷祝，至今未敢告娘亲。

注：阿牙，自家尊称舅父。

28. 七绝·肖家坪首祭岳丈

处处青山碧水长，清明家祭扫凉荒。
当年不惧回旋路，只为黄花遍地香。

29. 七绝·腾龙山庄诗词年会

红楼倒影暖清波，纵马追风任放歌。
幸会今生多感慨，诗人开口秀成河。

30. 七绝·赏雪

翩翩玉蝶走天涯，一路欢歌处处家。
姐妹梳妆均巧饰，销魂还是抱梅花。

31. 七绝·赠书法家谢继中先生

挥毫遣兴返童真，不辍耕耘又一春。
唯有诗情融瀚墨，方知天道未欺人。

32. 七绝·巫山红叶

寒江俯瞰碧朝东，神女千年雾霭中。
秋去冬来花阅尽，相思化作漫山红。

33. 七绝·观夔门

壁立乾坤日月同，悬崖百丈鬼神工。
丰碑太大无须著，写尽长江万世风。

34. 七绝·寄栾树

未妒杉松做栋梁，幸非如桂闹花香。
平生只是寻常木，无用方期大用场。

35. 七绝·丑栾花（新韵）

搐张彩纸丑不堪，远对秋光却欲燃。
说似花花花哪像？羞红腮面百花惭。

36. 七绝·立秋（一）

小径紫薇花坠地，香魂已去九仙宫。
落英笑客翻残卷，不怨秋来一缕风。

37. 七绝·立秋（二）

林下扇风问立秋，花枝乱点又摇头。
张狂叠翠当犹豫，放肆高蝉略敛喉。

38. 七绝·夏蝉（一）

叶密枝高隐匿踪，无须隔界慕花容。
平生喜唱三伏热，自在逍遥醉意浓。

39. 七绝·夏蝉（二）

日下山林噪色同，高低远近各西东。
情歌一曲知知醉，借把悠鸣作古风。

40. 七绝·夏夜

浮摇五彩水晶城，夏夜江风弄古筝。
几句童谣翻不断，玫瑰香处静无声。

41. 七绝·三峡大瀑布

新朋老友俱欢颜，瀑气翻飞岂等闲。
应是山花合梦象，撩人频顾彩云间。

42. 七绝·大溪河（一）

寻径荒丘叹古松，擎天一爪似苍龙。
只怜野老乏生术，不怨山溪情未浓。

43. 七绝·大溪河（二）

五月江南绿意浓，鸟鸣山涧水淙淙。
云烟淡抹稍含韵，不信花开不动容。

44. 七绝·榔坪木瓜花

岭是莺歌燕舞家，云如碧水浣丝纱。
分明未饮瑶池宴，却指桃花道木瓜。

45. 七绝·秋望（一）

清新有句出山景，再忆倏然云笼烟。
春色不知何处去，秋声暮岭水连天。

46. 七绝·秋望（二）

倘使复盘当重武，若非多病岂偷闲。
先贤演易存何梦，翰墨飘香可忘年。

47. 七绝·秋望（三）

一梦觉来似有牵，晨星暮色紧相连。
蟾光照旧随秋意，偷日何须犬吠天？

48. 七绝·垂钓

挂点时光作饵香，邀云入水戏龙王。
江流岁月人潇洒，直钓悲欢曲钓霜。

49. 七绝·荆门山

西楚桅林第一关，荆门遥对虎牙山。
曾经冷暖连巴蜀，洞蟒蒿茅十里环。

50. 七律·梅

群芳散尽始登台，野地冰封何惧哉。
绕径花香凭傲骨，参天古木愧高才。
枝间浅醉匆匆去，月下闲愁寂寂来。
谁愿凌寒迎雪斗？空山新蕾独徘徊。

51. 七律·兰

品相端庄色晕红，和颜无媚小楼中。
山贫也现格非异，家富何须花不同。
恬静清修开慧眼，幽香妙化悟玄空。
人生有幸如君子，温润谦谦尔雅风。

52. 七律·竹

碧翠幽篁望大千，南亭坐隐静谈玄。
临溪抱节怀春梦，弄笛虚心守暮烟。
万缕清风常羡客，一竿傲骨任由天。
湘妃几点伤悲泪，可见斑斑旧迹鲜。

53. 七律·菊

逝水红尘雁过秋，花开野谷暗香幽。
星星点点妆溪岸，晃晃摇摇染土丘。
但得随心营雅境，何须借酒遣孤愁。
重阳总好登高处，掬把霜英珥白头。

54. 七律·柳絮

清风拂面似当初，柳絮翻飞入草庐。
有画难描黄蝶醉，无声浅唱紫霞舒。
随缘聚散随流水，断命伤悲断雁书。
楚客南柯犹在梦，伶仃远近又何如。

55. 七律·咏春

绿意姗姗欲弄枝，东君得令下瑶池。

龙求大胜驱残疫，柳占先机吐嫩丝。

田垄翻香杜鹃早，桃花争艳玉兰迟。

春风不辨王侯木，万物欣欣好赋诗。

56. 七律·咏柳

冬去春来柳眼张，嫩枝芳饵水中央。

常斟家酒清风暖，每望乡关玉笛凉。

岭上红鳞闲戏月，云前白鹭误追光。

天波浩渺存襟抱，君钓悲欢客钓霜。

57. 七律·赏桃花

十里桃花着盛装，呢喃紫燕舞春阳。

犹怜带露娇羞笑，最喜回眸淡雅香。

或可寻源避秦汉，莫非结义遇关张。

红颜携手清幽处，无酒无诗也醉狂。

58. 七律·荆门山怀古

自古人间多少事，一江滚滚入苍茫。

旌旗蔽日夺生路，箭矢飞蝗遁火光。

鸟瞰荆门空寂寞，云游偃月久彷徨。

萋萋草木鸠鸣地，曾是孙刘主战场。

注：1. 荆门山，西陵峡口下游约 30 公里。三国夷陵之战古战场。

2.偃月，指荆门山之"偃月砣"。

59.七律·对荷吟

瑶池误走神灵物，入水成塘别有天。
意动轻歌萦梦幻，风吹曼舞露裙莲。
君多岂可离孤寂，人老焉能步圣贤？
俱是蓬莱方外客，清修无欲对流年。

60.七律·闻潘兄书定退休赴海南有寄（新韵）

昨日轻车某已嗟，羡君随意野芳歇。
春竿潇洒悬龙殿，霞客从容蹈玉阶。
一笑清规观浩宇，再斟老酒佐青椰。
天高海阔南乡好，莫忘江城有故约。

61.七律·昭君故里感怀

香溪水秀水长流，流到今朝忆未休。
南雁回头犹涩苦，北歌对月独伤忧。
乡音应是萦清梦，王事何堪遣玉柔。
莫道合融冠冕话，男儿不齿汉时羞。

62.七律·辛丑迎春

喳喳喜鹊闹红梅，律转东皇紫气推。
碧水流欢春乍到，黄花带笑柳初回。
独留小径从容顾，不怪青牛急促催。
墨海千帆随号令，诗田万亩意徘徊。

63.七律·谒屈原村

一脉香溪好福缘，车摇冬至艳阳天。
虔心探迹行危道，故里寻踪聚紫烟。
唢呐铿锵喧北斗，莺歌宛转润诗田。
环山瑞气催红叶，日月同辉映大千。

64.七律·庚子丰收节

江豚逐浪戏清流，优秀农人上报头。
岭大香茶园叠翠，山高冷水稻丰收。
云遮雾绕乡间路，龙逸神闲梦里舟。
更有振兴通畅道，天涯网络话金秋。

65.七律·贺陈绍清先生《清泉》诗文集付梓

付梓花香酒更醇，欣然奉笔贺芳春。
沉浮墨海修仙客，甘苦文溪引道神。
琢玉雕章经暑夏，移山转斗过霜晨。
黄沙望断诗阶路，唯有清泉最诱人。

注：道神即路神，专司出行的道路之神。一说为黄帝之子
累祖。

66.七律·端午怀屈子

光耀千秋叹苦衷，行吟沉郁路途穷。
家家黍粽尝思念，岁岁花鸢盼惠风。

禳去灾邪添福瑞，悬成日月鉴廉忠。
浮游汨水冤魂气，已入兰舟竞技中。

67. 七律·瞻宜昌滨江公园屈原雕像

百里兰舟上秭归，茫茫郢下落余晖。
沉吟傲骨留骚赋，竭虑空谋待转机。
玉伫红尘听浪涌，情浮碧水竞霞飞。
还朝纵使怀王在，再陷污泥恨是非。

68. 七律·题路边小白杨

垄上生根在一方，人间大道莫彷徨。
君忧海阔云天远，客喜风清稻麦香。
兴至笺诗随冷暖，情来秃笔写寒霜。
飞蛾夤夜酣犹斗，不赚功名小白杨。

69. 七律·贺宜昌楹联协会成立一周年

春行谷雨牡丹开，柳絮飞诗古韵台。
蝶舞蝶栖寻梦境，萍生萍聚在蓬莱。
落珠一曲高山水，敲玉千钧八斗才。
何处花香能久醉？联家富贵待君来。

注：1. 2019 年 4 月 20 日谷雨，第二天宜昌市楹联协会成立大会召开。

2. 富贵指富贵花，即牡丹花。

70. 七律·思友人

缘去缘来总不安，思君抚铗未鸣弹。
依稀岸柳滋滋绿，转瞬星垣寂寂残。
流水指明经纬数，拈云作彩凤凰刊。
关窗怕见难辞泪，楚客随冬两处寒。

71. 七律·恭贺符利民老师八十大寿

四十年前立讲堂，和颜儒雅焕容光。
南山作愿先生寿，丹鹤衔留彭祖芳。
风骨溯源承魏晋，仁心问底著文章。
敢嘲天地辨真假，宦海归来纸墨香。

注：符利民，笔名"符号"，宜昌市原副市长，教授，宜昌市杂文协会会长，著名杂文家。笔者高中语文老师。

72. 七律·中秋

桂酒飘香弄古弦，泠光玉饼待无眠，
一轮明月家家好，万里清风处处圆。
远近三番存幻影，空灵几度仰中天。
不该有问蟾宫夜，寂送孤音河汉边。

73. 七律·夜观雷峰塔

华灯五彩九州同，不尽西湖古柳风。
总有凡仙情未了，岂堪法道理难穷。

仨瓜俩枣开新酒，百感千愁叹老翁。

指路红尘秋水静，一轮明月正当空。

74. 七律·白帝城怀古

冬江碧玉对山红，白帝寒霜翠岭中。

冷夜托孤悲蜀汉，残生念旧叹诗翁。

聊居避难千般苦，应悔连营万丈虹。

楚客不堪伤往事，长天暮色水流东。

注：1. 托孤指刘备白帝城托孤。

2. 诗翁指杜甫。杜甫晚年曾居夔州（今奉节）两年，生活安稳，留诗 400 余首。后孤身出洞庭入湘江，客死他乡。

3. 连营，指夷陵之战中，刘备连营七百里为东吴陆逊所败。

75. 七律·秋蝶

泪眼芙蓉迎凤蝶，拈花依旧作新飞。

从容内外谈生死，辗转高低道瘦肥。

两界庄周同款款，三秋细雨又霏霏。

多情总被薄情苦，无欲难逃有欲非。

76. 七律·重阳节

时至重阳秋更爽，登山赏菊乐陶陶。

花开万态绵绵意，眼拢千姿滚滚涛。

往日争峰长喘气，今番问顶漫吟骚。

心无块垒增天寿，家国和谐步步高。

77. 七律·吟月中秋

一脉千年未断丝，中秋月下月如思。
问天把酒蟾宫醉，执手邀君梦里痴。
云路阴晴来作客，人情冷暖去留诗。
且烹菊桂香灵气，莫扰今宵翠柳池。

78. 七律·五月故人游

难得故友重相聚，恰是初晴五月天。
古镇龙泉留倩影，朱家楼子舞七仙。
一杯浊酒盛君意，万事清风过眼烟。
莫道春花秋已去，青山依旧话当年。

79. 七律·山行（新韵）

不辞长路醉氤氲，九转青山触目欣。
绕进白云云是雾，走出迷雾雾成云。
何堪翘首霜如许，岂可弯弓月似勋？
唯此钟灵春万里，行吟俯仰任由君。

80. 七律·晓苑偶得（新韵）

晓苑寒霜多少梦？清晖一抹唤眠城。
天沉绿水红鳞戏，柳钓白云翠鸟争。
游谢逸来当细咏，归陶隐去或偏耕。
砼阿寡欲嚣商远，菊桂幽香绕此生。

注：1. 谢、陶：谢灵运、陶渊明。

2. 砼阿：指城市。砼：混凝土；阿：山陵。（大陵也，《说文解字》）。

81. 七律·听闲

日弄红尘惊晓梦，听闲不适欲还林。
江流冷色存留意，雁去苍声动远心。
雪雨三番闻救济，风云几处键搜寻。
最烦一夜空调水，常续幽思断苦吟。

82. 七律·祭汨罗诗魂（新韵）

内化危邦处两难，郢都既破裂忠肝。
天高不济芳洁志，地厚空承骚赋坛。
痛矣招归宗庙位，嗟分祭逝汨罗滩。
诗心捧示悬如月，秋水一江点点寒。

83. 五律·山居

青峰云作客，野谷一闲枝。
雨过林犹静，情随意更痴。
乡音谐鸟叫，雾气化神驰。
能隐高山上，怡然不觉知。

84. 五律·早春

轻舒二月枝，信马绿原驰。
日暖催山色，芽新辫柳丝。

移时添雅韵，随意赋佳诗。
牛壮翻香垄，春声杜宇迟。

85. 五律·题德耕园

世事存因果，清风生婀娜。
听鹃垄上吟，把盏云边坐。
月白影千竿，林幽花万朵。
寻联问酒家，一指松山左。

注：德耕园，宜昌市楹联协会会所。

86. 五排·庚子丰收节

菊桂增秋韵，家家接坦途。
塘收西子臂，蚌吐玉龙珠。
绘彩乡村画，描金麦浪图。
园中悬蜜果，灶上炖肥鲈。
网店添新色，九州已复苏。

87. 五排·野草赋

天地或无名，人前不自轻。
山高经冷暖，野旷对枯荣。
小径孤伤翠，云崖浅唱英。
荒原观日落，皓首俟河清。
已作春风客，何求殿上卿。
未奢三尺土，再绿一方坪。
同是离离子，有缘拥彗迎。

88. 七排·游莫愁村

莫愁村里应无愁，五月初晴探古幽。

老巷循声观卖艺，黄花对镜试沾头。

难还旧迹真神韵，足慰凡心白雪楼。

摆柳纤腰疑曼舞，倚霞粉梦赏清喉。

寻常瓦笛多情客，一曲千年万世悠。

89. 沁园春·三峡泄洪

五月平湖，流云醉月，碧水峡红。

看澄江振荡，声威似虎；玉龙腾跃，气势如虹。

雾气抽身，山崩地裂，一箭清波坝引弓。

动情处，任涛惊髓怒，巨浪排空。

恢宏霸气谁功？且听那、百年峡口风。

有奇佳宏愿，绘图成景；癫狂野蟒，发电防洪。

几辈离家，凭心而论，雨雪风霜南北中。

乘奔去，又毛公山下，乐辨毛公。

90. 行香子·谷雨

草木葱茏，空谷流莺，却无奈雨打花英。

青峰环绕，碧水回萦。

怕浪花覆，春花落，泪花莹。

韶华不再，循廊怀故，望江天自叹多情。

烟云迷道，尘土埋名。

任烛光残，春光去，月光明。

91. 行香子·端午思怀

碧水云峰，古渡沙洲，看擂鼓奋楫千舟。
香甜酒粽，蒲艾薰柔。
任天倾转，风倾诉，水倾流。

行吟俯仰，芝兰寻梦，忆当年屈子怀忧。
山河犹怨，家国还愁。
正心难平，情难了，恨难休。

92. 西江月·夏夜巴桃园

才罢瑶台欢宴，又燃篝火余情。
酒酣唱出几星星，月亮也来应景。

悟道休言利欲，开心少计输赢。
光阴至此略稍停，曲散桃园更静。

93. 西江月·谷雨

醉里醺风犹短，眉间愁锁难开。
自圆才释又萦怀。只是春花不再。

远处云峰缥缈，连天琐事浮埃。
啾啾黄雀意难猜，彼此无分内外。

94. 风入松 · 题昭君故里

两溪秋韵日高悬，纱帽山前。
菊喧蝶舞峰环抱，桂盈香、碧水青天。
弦上故园千里，镜中长叹何年。

汉家宫女貌如仙，旧梦萦牵。
别离挥泪今朝去，月光寒、塞外云边。
浪载玉花羞问，命承国运难眠。

95. 卜算子 · 庚子龙泉重阳诗会

九九聚龙泉，赏菊寻丹桂。
庚子重阳更应欢，红日花诗会。

把酒话天长，老友新朋醉。
只道今年好个秋，越显真情贵。

96. 卜算子 · 野菊

野菊闹花香，总惹游人醉。
生就迎寒存傲骨，尝尽霜滋味。

好梦在重阳，幸与蓬莱会。
逝水红尘雁过秋，早晚同君睡。

97. 卜算子·秋游

庚子近重阳，还客秋滋味。
插菊登高聚亲友，朗照峰含翠。

沉浮又如何？日月潮升退。
俯地仰天啸去来，只问心无愧。

98. 清平乐·三峡泄洪

云蒸霞蔚，浊浪狂翻沸。
十万玉龙争入水，几处炊烟绝美。

泄去亿兆洪涛，平湖分外妖娆。
正是山红峡醉，无边画卷难描。

99. 浣溪沙·西湖怀古

不是秋风着意凉，三潭映月水中央。
粼粼往事入流光。

既在西湖沉醉梦，何须泥马渡康王？
临安南去更仓皇。

100. 浣溪沙·乌镇游

本色人家老木雕。江南水镇橹轻摇。
文章今古似曾描。

无语寻归青石巷，莫名忆起旧童谣。
烟笼岸柳过花桥。

101. 江城子·热

炙风扑面意踌躇，汗连珠，火伤肤。
抖擞蜻蜓、知了不停呼。
应挽彤弓遥射日，猜后羿，错当初。

老君八卦炼丹炉，又何如？未曾输。
看惯炎凉、流韵在江湖。
欲拂忧心烦恼事，观止水，静翻书。

102. 江城子·中秋

桂花香里话团圆，醉云边，敬杯前。
皓月清风、尘世正如天。
泠玉光阴沙过指，方欲悔，应当先。

幸逢国运好连连，古琴弦，奏新篇。
美景良辰、不啻赛神仙。
一曲劝君酣梦醒，争击水，对流年。

103. 踏莎行·学洋埙

雅润幽盈，轻舒缓急。黄昏几试新陶笛。
彩云流水戏夸矜，春花笑罢萦香寂。

揽秀观山，披荆拾级。清吹一曲甜如蜜。

闲情偶遇帅师郎，天涯可望奇峰碧。

104. 满庭芳·樱桃花

三五同游，樱桃花会，白云堆絮流芳。

情缠枝玉，随律绽琳琅。

入宴飞花若雪，如痴醉、魂陨琼浆。

远峰翠，莺歌燕剪，十里秀风光。

安居心静地，冬寒夏暑，雨雾风霜。

结春怨，谁怜素洁文章？

只叹偏生二月，琴箫处、愁化幽香。

轮环郁，殷红泛尽，吟啸逐沧浪。

105. 长相思·与春（新韵）

紫花开，粉花开，开遍春山凤入怀。羞红对对猜。

水徘徊，路徘徊，故地兰芳萦梦台。寄笺扬九垓。

106. 醉太平·跨年

霜风去尘，杯觥酿春。

醉红天月年轮，共敲新岁门。

脱贫动真，良心尚温。

雪来边远山村，绘尧乾舜坤。

107.临江仙·唱重阳

九九重阳高处，相邀敲玉留芳。

临风沽酒对文章。菊花分列舞，丹桂正飘香。

唯愿友朋依旧，天涯无碍情长。任由归雁岁留霜。

云帆潮海阔，吟唱好秋凉。

福建诗人蔡启新

【作者简介】

蔡启新，笔名"老柴"，网名"老柴微火"，福建省泉州市人，现长居北京。中华诗词学会会员，中国楹联学会会员，孔子诗歌协会骨干会员，《商海诗潮》编委。在各大诗词网媒及书刊上发表作品近500首。在第二届"孔子诗歌杯"全球诗人作家创作大赛中荣获特别优秀奖；在《中国十大传世名画》赋诗大赛中荣获优秀诗人奖。在第四届、第五届"诗词中国"传统诗词创作大赛中获优秀奖。

诗词 19 首

1.五绝·庚子中秋逢国庆

月饼似图章，中秋盖世忙。

帖邀华诞客，落款寄吴刚。

2. 五绝·池春

碧盖涟漪涣，风披柳影新。
鸳鸯伏水戏，浪起半池春。

3. 七绝·风花雪月（一）

空流无影却留声，拂动嫣红彻夜呈。
惜别满天飘絮后，寒光玉色一弓明。

4. 七绝·风花雪月（二）

一夜狂飙鸣小屋，春华梦断更妖娆。
秋云凝雨窗含蓄，金镜圆圆照艳娇。

5. 七绝·风花雪月（三）

醉魄扶摇逐夕岚，芬菲几度一天含。
寒英浮白银河澹，可见金波对影三。

6. 七绝·风花雪月（四）

一波灵籁百重韵，千朵琼苞万咏鲜。
玉蝶无声云上舞，广寒宫里尽婵娟。

7. 七绝·咏北京冬残奥会

圆缺皆归瑶璧月，昏明可见雪冰花。
长城举燧折鹰舞，一路天仙驾鹤车。

8.七绝·中元夜

中元月亮本该圆，却被星云撇一边。
白日香醮桑梓里，故人彻夜觅婵娟。

9.七绝·隆冬夜扭秧歌

唢呐声嘶唤杜鹃，寒光晃影走秧田。
红花开在人双手，冻地春耕火一圈。

10.七律·梅

久经雪白更鲜红，傲立孤山与鹤同。
朵朵真香藏石涧，枝枝瘦韵寄天空。
凌寒净骨可亲爱，洒豁游仙欲醉翁。
最美春雷三两响，含苞听雨有无中。

11.七律·兰

幽雅清新四季萌，光鲜喷发却无声。
盆盆丰韵飘仙气，蕊蕊纯真沁露晶。
如醉如痴君子爱，有香有色水灵横。
天然玉叶佳人骨，盖世羞花栩栩生。

12.七律·竹

一声脆笛鸣幽谷，拂动青溪片筏漂。
挺拔鞠躬撑叠浪，伸张委曲射双雕。
听鱼百尺竿头跃，逐浪千波秀影摇。
岸立篷庐高节律，乍闻粽叶正香飘。

13. 七律·菊

又到重阳天已晚，东篱有叶不飘零。
金黄闪烁松旁蕊，馥郁萦回月下亭。
一夜霜风凌傲骨，孤芳素色映疏星。
岁寒方识九华烈，把酒皤翁梦返青。

14. 七律·春吟

时花寻月共婵娟，好雨随云似缕烟。
色满墙篱红杏出，声萦涧谷翠莺翩。
和诗一律堪珍惜，入梦三更尽美圆。
觞令风行流曲水，人醺心漾步瑶天。

15. 行香子·我心世界

鸟雀蜂攒，灌木丛中。踏雪地鹿迹鸿踪。
吱喳絮语，静野长空。
叹芦牙嫩，谷牙脆，月牙红。

闲来独步，随风飘绪。望凄天暮色朦胧。
我心世界，冬窖冰封。
冻春之花，秋之赋，夏之淙。

16. 采桑子·花盲

平生不识花名目，只醉芳菲。
无视妖姿，月下缠绵向日葵。

如今愧见繁春景，烂漫参差。
扑朔迷离，万紫千红一绿枝。

17. 天仙子·荷塘钓趣

碧玉垂塘芳蕊吐，翠盖遮阴萍水聚。
鲜苞摇曳嫩茎娇。
蝶狂舞，蜂乱语，寂寞涟漪多艳遇。

独钓微醺栖隐处，惫曳沾沾寻鹤趣。
鲤鳅争宠搅淤泥。
浮漂竖，长竿举，藕宰丝黏缠柳絮。

18. 醉花间·小草

纯青色，嫩青色。青色茵茵国。
戎甲棘荆披，丽水苍原汁。

花香倏瞬息，树高凌空寂。
卑微不孤零，逸乐无朝夕。

19. 行香子·梨花

春盎清明，花竞幽妍。看百卉一树悠然。
寒枝香雪，琼叶桑烟。
恰焕冰华，抱冰魄，亮冰鲜。

人间寒食，瀛洲玉雨，润千门万户芳园。
东风情味，泻月云泉。
更媲青莲，白青野，洁青天。

江苏诗人黄士寿

【作者简介】

黄士寿，笔名"老黄牛"，男，汉族，江苏省灌云县人。中共党员，军转干部，公务员（现已退休）。南京大学法律专业毕业，喜爱文学，现为灌云县诗社成员，连云港孔望山诗词学社会员，太行诗词学院诗词研究会会员，九洲诗词文学总社会员，吉林省诗词学会会员，吉林市诗词文化研究会会员，中原诗词研究会会员，中国心湖诗社会员，潇湘诗联社会员，中国诗人作家国家档案库会员等。曾在省级以上刊物发表过20余篇法律学术论文和调研文章，在多家诗词刊物上发表过数百首诗词作品。在第一届"诗仙杯"全国诗词大赛中，荣获三等奖；在第五届"中原杯"全国诗词创作大赛中，荣获特别优秀奖。

诗词27首

1. 七绝·风

万里春风送暖阳，雨淋夏柳拂阴凉。
秋清落叶桂花韵，冬冽凋零白雪扬。

2. 七绝·花

春桃夭丽好风光，夏艳荷池秋菊黄。
冬雪伴梅迎客笑，分明四序百花香。

3. 七绝·雪

北风凛冽严冬冷，雪野茫茫坐静禅。
岁杪阴阳催汝老，心灵纯净返童年。

4. 七绝·月

明月一轮天上挂，银河星密夜空深。
去年风景依稀在，不见爹娘二老音。

5. 五律·母亲节思母

恩节想娘亲，三更泪满巾。
旧时烽混乱，苦日渡艰辛。
肩担家重事，心焦父病身。
福临仙鹤去，遗梦永无垠。

6. 五律·暮春

春阳日暮斜，谷雨采香茶。
萱草长新叶，椿枝出嫩芽。
任飞杨柳絮，再赏牡丹花。
红粉轻流去，童心伴晚霞。

7. 五律·立夏

春归夏物华，槐柳野疏斜。
水满观池荷，林深闻涧蛙。
忽听莺嗓软，又见蝶形差。
布谷催农作，插秧及早嘉。

8. 五律·五四颂

五四百余年,青春热火燃。
内抓民族贼,外讨疆城权。
震撼扬眉气,升腾护海天。
精神传万代,煜煜映山川。

9. 七律·长城

龙盘万里卧高台,天险屏障御敌来。
烽火连连燃域界,旌旗阵阵护疆财。
范郎魂断九霄命,孟女声嗬八百灾。
民众戏言垂野史,秦皇千古帝王才。

10. 七律·贺新年

阵阵鞭炮贺大年,家家门上贴春联。
正观老汉哼京剧,又见公园玩彩船。
锣鼓声声龙耍舞,笙歌袅袅丑稽连。
漫将佳节风情赋,虎步奔腾吉顺篇。

11. 七律·往事只能回味

岁月蹉跎急溜悠,花开花落度春秋。
白云苍狗催双老,紫陌良辰尽一流。
好汉别提前日勇,蜡梅怎讲去年优。
甩离浮躁平心态,往事只能做梦眸。

12. 七律·桃花

万枝绚烂灼春融，笑脸迎桃格外红。
带醉怡情呈韵水，含羞愉悦露眉瞳。
蝶心荡漾迷芳粉，蜂语缠绵恋蜜宫。
此刻双双浏览处，愿陪岁岁浸醋中。

13. 七律·咏蝴蝶

仲春蝴蝶寄花房，雌去雄来上下翔。
双翅翩翩飞寂寞，一身彩彩舞芳香。
魂牵梁祝情丝远，神幻庄周美梦长。
从古至今多墨客，吟诗绘画韵华章。

14. 七律·梨花颂

纷纷若雪复林眠，香卉清幽驾白烟。
树下徜徉临圣境，松前志忑觅仙缘。
唐王伤感梨花颂，杨妾含情舞蹈翩。
柳絮飞时倾满岸，红尘看透几魂牵。

15. 七律·柳芽

浩浩东风日照嘉，透清疏影柳萌芽。
枯枝吐故去糟粕，荣本催新促嫩华。
嫉妒榆槐灰色有，欢欣杨絮绿袍加。
阳光拈点暖梢绪，笑迎春归约百花。

16. 七律·春草

郊外观光举目新，茫茫原野绿如茵。
江河密密通幽看，坪岭萋萋曲径巡。
阡陌细丛留美影，萱茎叠叶闻香尘。
苍灵静待阴阳转，天下根基乃草民。

17. 七律·春柳

东风骀荡暖城乡，杨柳婆娑绿叶长。
俯首怕妨云阁视，摇枝爱抚土尘扬。
莺歌高啭绕林地，燕舞低飞点水塘。
缕缕拂池萌翠郁，梳头沐雨浴春光。

18. 七律·山楂

山楂树色映山红，挂满枝丫小靓笼。
深木芳菲光景秀，银霜秋艳意情融。
果医功力消淤释，冰蜜葫芦显疗通。
岁月从容酸美食，夕阳西照韵无穷。

19. 七律·雪韵

木瘦枝枯四九霜，纷飘六瓣白茫茫。
竹篱南岭琼妃盖，梅坞东坡洁玉妆。
莹莹冰花陪柳树，澄澄野草伴河塘。
美川如画生诗韵，骚客灵兴着华章。

20. 七律·杏花

杏花红润玉容羞，拂面春风性雅柔。
似水眉颜施血粉，如兰气质吐银钩。
清晨厚意蜜蜂密，笑靥多情蛱蝶稠。
铅华凋零君觅处，幽间碧叶果香酬。

21. 七律·赞吉林市

吉市繁华披锦绣，一条碧水绕城过。
冬来雾结琼花美，夏至风流翠色多。
秋果飘香呈异形，春芽吐绿映银波。
诗情墨韵书胜地，古迹悠悠唱赞歌。

22. 七律·战友聚会

情牵战友夜萦思，今日重圆几秩时。
辨别姓名如梦醒，打开话匣似娇痴。
戎装共立军令状，卸甲犹遵国法规。
但愿诸君身健泰，笑迎夕照志不移。

23. 七律·下厨房

天天餐馆不安康，自购粮油下伙房。
洗菜巧刀工细作，烹鱼可口舌初尝。
红烧荤肉盘盘满，清炒蔬肴道道香。
欢迎诗兄临陋舍，酒酣餍饱面春光。

24. 七律·庆祝建党一百周年

锤镰熠耀赤旗扬，国富军强党领航。

科技兴邦途坦砥，创新圆梦道康庄。

巡天北斗惊环宇，探海蛟龙越重洋。

欣喜期颐垂史册，初心不改志如钢。

25. 行香子·踏春

岸柳垂阴，河水流明。飞云淡、草木风轻。

彩蜂漫舞，花蝶无声。

见杏花粉，梨花白，草花青。

盈盈笑语，轻轻慢步。赏芳菲、尽兴争鸣。

风光烂漫，逸致豪情。

有水中山，山中木，木中樱。

26. 玉楼春·思春

明媚春光花草旺，香息新盈时节漾。

开时群卉竞争春，谢后芳菲需典藏。

如梦人生匆急往，韶华光环燃灼亮。

青春一去不归回，顺境自然须应当。

27. 蝶恋花·仲春

春分阴阳均等半，细雨和风，花绽园红满。

梅卉凋零冬映晚，牡丹国色春开卷。

杨柳青青流水浅，燕舞莺歌，喜鹊真消遣。

忙碌春耕人冗绊，续鸣布谷声催管。

福建诗人陈开好

【作者简介】

陈开好，笔名"好学诗"，男，1963 年 8 月 11 日出生。中华诗词学会会员，作品散见于各大媒体平台，并入编《千家诗》《福建省南平市诗协诗词年鉴》等书籍。在今日头条 2022 年"春节大联欢"征文活动中荣获一等奖，在中国十大传世名画题诗大赛中，跻身十大诗人。

诗词一组

七绝·我欠秋天一首诗（辘轳体）

（一）

我欠秋天一首诗，枫红菊灿正当时。

霜风有意留香桂。满目春光怕你痴。

（二）

荷塘夜色寄相思，我欠秋天一首诗。

月下良人愁纵酒，归来试问待何时。

（三）

满园菊灿留春住，描绘锦书谁可诉。

我欠秋天一首诗，寄情鸿雁南归路。

（四）

红叶依依欲落枝，分离骨肉两由之。

匆匆岁月无情步，我欠秋天一首诗。

七绝·一树红花出水来（辘轳体）

（一）

一树红花出水来，半身锦鲤探霞腮。

偷香未果起波浪，满蕴羞颜躲四隈。

（二）

池塘楼影落城隈，一树红花出水来。

春色人间藏不住，芊君俏首望瑶台。

（三）

三月新桃粉面开，五更叠梦入瑶台。

怡情春色谁相伴，一树红花出水来。

七绝·推窗细雨引壶殇（辘轳体）

（一）

推窗细雨引壶觞，檐下垂枝柳叶长。

拂水漾波天抖擞，蛙鸣不断叫春忙。

（二）

子夜耕耘借月光，推窗细雨引壶觞。
仙人讨酒同舟渡，可蹭诗文四五章。

（三）

离乡残月暗心伤，拂面清风踏曙光。
驿站令行将进酒，推窗细雨引壶殇。

七律·一轮明月上西楼（十一首）

（一）

一轮明月上西楼，那有冤家不聚头。
纵使心中无限怨，时常梦里万般愁。
谁知幻影缠相忆，孰误良宵妄乞求。
蜜意柔情云转寄，银河碧落水长流。

（二）

夕照枫红锦绣酬，一轮明月上西楼。
窗前漫舞听乡曲，湖畔轻歌泛竹舟。
蜜意难藏飞媚送，真情自溢醉容留。
和弦琴瑟谐音律，日暮牵魂梦里头。

（三）

民女乡间听典故，嫦娥悔药凌霄渡。
一轮明月上西楼，十里繁花开北路。
触景怡情倩影留，怀春惬意清香护。
郎君有梦醉相思，错过良宵含泪诉。

（四）

菊黄暮色意难休，携梦莺歌度晚秋。

七巧通灵登北阁，一轮明月上西楼。

怀春日子山花烂，埋怨时光涧水流。

又到枫红霜露降，倚窗远眺信天游。

（五）

深秋莫道枫林晚，夕下峨眉姿缱绻。

倩影从来惬意浓，红颜自古怡情远。

一轮明月上西楼，四季清歌绕北苑。

和韵心声桂香留，良宵恨短不知返。

（六）

恣意弹琴泪水流，怡情菊节面含羞。

黄昏咽语无诗韵，子夜交觞醉酒悠。

几曲清歌飞小榭，一轮明月上西楼。

精灵玉兔三更醒，撒向人间照晚舟。

（七）

玉影花丛姿色妙，犹如翠鸟正欢笑。

柔情宛转对音符，惬意悠长谐韵调。

作赋填词醉笔浓，吟诗唱曲佳人俏。

一轮明月上西楼，叠梦三更龙彩耀。

（八）

人生坎坷几春秋，只把痴心任水流。

冷露清霜桐叶落，寒风浓雾菊花悠。

何须折柳伤离别，嗟叹移情怨不休。

忍泪含悲添乱绪，一轮明月上西楼

（九）

莫道荷花秀色柔，时光转换又逢秋。

一轮明月西楼挂，孤影娥眉北院留。

回味初心知冷暖，侵衣寒露怨难休。

痴人有意天涯寄，片片深情付水流。

（十）

难圆破镜欲重修，还记当年醉眼柔。

那料秋霜如海啸，满怀春水望江流。

一轮明月西楼挂，空有痴情北斗休。

旧怨轻烟随雾去，初心回味解千仇。

（十一）

双鬓添花隔代沟，千般爱意旧情悠。

门前瘦柳随风舞，室内衰翁对眼眸。

常忆流年牵手走，遥思落日望春留。

一轮明月西楼挂，夜影双双梦里游。

七律·题图十一首

（一）七律·题《虢国夫人春游图》

长安春色满皇都，虢国夫人跋扈图。

浩荡主恩神气显，骄横客意贼心污，

画中仕女千年论，马背名媛八骏娱。
远古张萱谁访问，盛唐美景梦屠苏。

（二）七律·题《富春山居图》

名画收藏坎坷多，文人商贾贵权窝。
焚烧悬命留江浙，流落漂洋过海河。
手足分离心暗淡，灵魂归就舞婆娑。
珠联美卷连华夏，两岸相亲祝酒歌。

（三）七律·题《千里江山图》

鸿篇舞象笔神奇，希孟天才巧构思。
险峻雄峰惊旷世，延绵碧水绘鸿诗。
远山雅士风情赋，近影顽童俗趣痴。
北宋君王传技妙，祸临弱冠九泉知。

（四）七律·题《步辇图》

和亲使者盛唐行，公主联姻大义明。
深邃太宗怀厚意，机灵立本绘真情。
巧工刻画神魂注，细笔描摹日月盈。
血脉相通连汉藏，吐蕃从此雪山晴。

（五）七律·题《百骏图》

传教无为入画屏，君王三代聘宫廷。
神情百骏千般妙，恣意孤松万古灵。

异马栩生流溢彩，同篇锦绣显纯青。
中西结合奇珍宝，弘历功成郎世宁。

（六）七律·题《汉宫春晓图》

飞燕宫廷舞早春，大唐服饰俏佳人。
明朝橱镜梳妆扮，历代宫妃换扇频。
玩转琴棋多睿智，讴吟曲赋尽传神。
漆工重笔吴门入，从此名师号老臣。

（七）七律·题《清明上河图》

汴京河畔记从前，重现皇城盛况年。
脚店欣闻香酒味，轩堂鉴赏美诗联。
桥头应景蛟龙斗，郊外繁华戏苑翩。
都市人勤兴百业，农耕岁月万般全。

（八）七律·题《韩熙载夜宴图》

相才大智韩熙载，谍战风云画里藏。
秀色虚张烟雾起，纵情假意剑刀荒。
神怡俏首迷人眼，舞悦蛮腰聚目光。
卧底阄中难看透，卷留李煜雅词昌。

（九）七律·观《洛神赋图》

马烦车载遇红颜，幻影婆娑洛水间。
河上仙姿情自溢，眸中才子意淙潺。
谙然惜别心头荡，奇丽重逢梦里还，
千古人神无结局，求而不得泪长潸。

（十）七律·题《五牛图》

五牛夺目入红尘，体态灵魂各有神。
画韵传奇心境雅，线条流畅笔工新。
调和色彩多形象，独立容姿最质淳。
生活农家精创意，艺高手巧见情真。

（十一）七排·题《富春山居图》

后学专情点赞多，几经周折起风波。
笔尖公望描灵绣，钱缺其昌吟瑟歌。
三代吴家藏故事，半张弘历任平颇。
沉沦岁月巅峰落，闪耀人间泪眼婆。
赝品乾隆留手迹，真金邦达治眸疴。
剩山无用师卷合，两岸珠联越界河。

九张机·游子归

一张机。春风送暖欲穿衣。门前翠柳风无力，枝条碧绿，黄鹂春燕，喜气客回归。

两张机。开门接客不能迟。多年不见迎游子，唏嘘频笑，双双拥抱，仿佛醉如痴。

三张机。堂前昭祖问司仪。香烟缭绕虔诚拜，回乡入俗，亲人团聚，游子换新衣。

四张机。乡亲挤满喜间眉。嘘寒问暖孩童忆，几经磨难，鬓花难隐，那里有青丝。

五张机。当年还记学唐诗。窗前朗月凝霜降，飘逸李白，抒怀咏月，静夜把情思。

六张机。回家感觉醉情依。家乡土菜初心味，香甜可口，心房颤抖，悲喜正当时。

七张机。添杯加酒敬他姨。细心照料恩情记，如梭岁月，漂洋过海，烙印仍清晰。

八张机。家乡今日展新姿。小村旧貌难寻觅，莺歌燕舞，人欢歌唱，谁不笑嘻嘻。

九张机。山河春色写新词。曲新日异迎红日，黄忠伏枥，不遗余力，欢笑尽余晖。

千钟醉·此生来相会

一钟醉，凡人自古千般味，仙客从来百姓迷。缘分天定，投胎无罪。此生来相会。

二钟醉，一声啼哭亲人泪，两手挥扰慈母偎。相依为命，心心相印。此生来相会。

三钟醉，摇篮无梦深深睡，徘影有声隐隐知。惊风怕雨，心怀惆怅。此生来相会。

四钟醉，书包拿起心花卉，课堂往返手指携。春回秋去，倚门送往。此生来相会。

五钟醉，三鲜饺子倾情忆，一盏昏灯落幕垂。寒来暑往，痴心不悔。此生来相会。

六钟醉，求知别母心儿碎，追梦辞乡影子围。叮咛嘱咐，唏嘘满面。此生来相会。

七钟醉，相思遥唱南音戏，怀念远观北斗归。年年岁岁，星移斗转。此生来相会。

八钟醉，有成学业娘欣慰，无限承恩子愧扉。孝心祝愿，甘来苦尽。此生来相会。

九钟醉，回乡疾步豪情寄，望月轻吟壮志诗。村头远望，慈娘倚树。此生来相会。

十钟醉，容颜失色娘憔悴，花鬓添霜日见疲。酸甜苦辣，经风历雨。此生来相会。

百钟醉，感恩慈母双膝跪，承德先贤一脉随。家风不败，长存永世。此生来相会。

千钟醉，东君冉冉三春醉，北海澄澄万波随。前生今世，恩情不忘。此生来相会。

蝶恋花·长安三年

待诏翰林春几度，丹若丛中，来把诗词赋。
三首清平妃子慕，环肥翠步莲花路。

且看宫廷昏日暮，积怨深深，留步黄河诉。
天水奔流留不住，愁肠万古寻仙渡。

注：石榴，别称丹若。

清平乐·折戟怀古

折戟怀古，赤壁依如故。
烽火连天东风渡，三国后人关注。

大气磅礴东坡，激情四射如歌。
犹喜牧之《赤壁》，虽说诗小涟波。

水龙吟·默娘妈祖

官都巡检多行善，得女娃湄州屿。
不啼弥月，异香满室，默娘名故。

自幼奇功，十三授术，天书相助。
对世事变化，先知预卜，昭灵性，苍生护。

出窍元神救父。日重阳，寄情黎庶。
行医疗疾，孝亲成道，众生普度。
驱盗济师，护疆漕运，佑航千古。
树丰碑永世，名扬四海，册封妈祖。

山东诗人刘浩国

【作者简介】

刘浩国，笔名"浪淘沙"，山东省东营市人，中华诗词学会会员，作品散见于《江河文学》《经典美文》《黄河报》《河南科技报》《山西科技报》等报刊，并入选多部书籍。

诗词20首

1. 七绝·春光

风摇柳动吐芽新，叶绿红花满眼春。
葱染翠松涛响远，空巢两燕楚飞秦。

2. 七绝·夏日

苏枝绽放锦花红，雨染清姿舞炫同。
湖翠落珠听鸟唱，酥泥土湿水连风。

3. 七绝·秋思

离村故语诉声留，落叶枯枝别老秋，
知远始思遥寄信，诗携雁起说乡愁。

4. 七绝·冬韵

吹风落雪掩池塘，独艳梅花透远香。
诗写暖凉含韵长，词因傲骨有张狂。

5. 七绝·柳

一树鹅黄春已归，千丝落笔写芳菲。
满园春色柳容启，绿叶扶花身不微。

6. 七绝·伤春

绿树残红春见归，枝头鸣燕挽芳菲。
落英满地愁谁解，愿在长空作雪飞。

7. 七绝·寄远

灯光点点照前程，月色朦胧数几更。
冷屋凡心聆往语，相思一夜到天明。

8. 七绝·春雨

柔风唤雨含羞听，弱水敲窗吐翠声。
春蕾早开藏玉露，鹅黄初发看金生。

9. 七绝·长河落日

长河落日晚霞开，浊水东流向海来。
两岸稻浪金色染，一年丰泰不须猜。

10. 七绝·荷

风吹碧水洗荷田，日照莲红施粉抹。
伞下蛙鸣奏颂歌，花仙饮露身姿拔。

11. 七绝·杏花

白花一树洁无涯，杏雨随风入万家。
花落并非辞别日，叶催金色竟芳华。

12. 七绝·晚春

似蝶落花飞满天，辞枝别叶却酣眠。
不为谢幕伤离去，愿化芳尘肥下年。

13. 七绝·丰湖唱晚

一河碧水捧斜阳，洗去尘嚣影暗藏。
入夜无声精曜在，晓看赤色照玄黄。

14. 七绝·曦光

春光初照柳含青，鸟鹊登枝悦耳鸣。
旭日掀开前进曲，橘红高唱卫生城。

15. 七律·柳烟含春

一年草色一年新，水暖天清始近春。
望去惠风飞远道，归来甘露逐轻尘。
桃开陌上花盈袖，柳向庭前絮满巾。
莺燕低徊栖素影，芳华有待度闲身。

16. 七律·观黄河口知青小镇

老树盘根茂如松，知青小镇觅遗风。
苍茫酷暑孤云外，寂寞寒冬野水中。
破土开荒化贫瘠，披荆斩棘向葱茏。
黄河新地情难了，红色传承依旧同。

17. 七律·书楼对酒

流光易逝伫庭前，世事轮回思旧年。
满地落英心独苦，谁家残酒夜未眠。
闲来诗卷布衣老，愁里茶楼蓬鬓癫。
寒塔画船空对望，清波玉树亦缠绵。

18. 长相思·春绪

风儿柔，雨儿柔。
三月春光织彩绸。繁花翠叶揉。

鸟啾啾，蜂啾啾。

唱出芬芳香远游。远乡勾客愁。

19. 眼儿媚·秋

夕阳斜挂照中秋。绿树染金头。

一团彩霓，水波粼闪，百果香稠。

晚风吹树惊栖鸟，月照独登楼。

梧桐影动，银辉抛洒，唤起乡愁。

20. 唐多令·春雨

微雨洗浮尘。东风拨水痕。

燕传声，带去详询。

一载漂流流几处，走旷野，宿山村。

天气渐升温。荒郊披绿巾。

叶满枝，花散香熏。

雨印俏容谁再听，小巷湿，醉人魂。

甘肃诗人高功

【作者简介】

高功，男，岁踏七十，户籍甘肃省兰州市，退休干部。喜好诗词，弘扬国粹。作品散见于报纸、杂志及网络媒体。

词6首

1. 永遇乐·叹春

敬岁求安，倚栏远望，云笑柳瘦。
大地茫茫，溪流急湍，鸟爱听风奏。
亦欢亦叹，逢石波乱，障目叶儿飞抖。
雨花落，浓云过后，阳光带柔穿透。

深春舞雪、几多花坠，但问秋实怎搂？
任性寒风，山川不顾，品性吼中露。
夕阳落去，曦晨再起，只在明天可近。
朝前看，休叹往事，任风醉酒。

2. 醉桃源·元宵愿

初春十五唔嫦娥，山风爱唱歌。
长河远去浪掀波，云飞雨踏莎。

心祷月，敬清荷，慈悲莫下坡。

人间好事厌多磨，虹桥架过河。

3. 千秋岁·春语

清风无影，却换庄田景。河起浪，山泉醒。

新春辞旧岁，逢虎真高兴。

红正月，唤来丛绿飞花庆。

讨喜难封顶，送吉无须等。朝天拜，休呆楞。

善思须宁静，纵骑千里骋。

功成日，清心弹去飞花运。

4. 临江仙·情洁

蝶舞蹁跹寻粉蕊，追求幸福开花。

翻园越苑怕飞沙。洁情求心净，友谊唱风华。

缘分从来无确定，诚实填去坑洼。

更防亲情变冤家。互相多理解，篱下种甜瓜。

5. 卜算子·浪情

骤雨泄沟坡，水漫芦花荡。

泥绊浮萍挽逅情，意乱蛙难唱。

浪笑野鸳鸯，垂柳呆观望。

映岸风情几丈宽，又怯谁偷访？

6. 碧桃春·望夜空

平沙千里笑从容，难知万丈嵩。

高山林密叶难同，知谁发过疯？

尝涩果，汁无红，腔留愧味浓。

大河东去浪腾龙，繁星悬夜空。

山东诗人崔洪华

【作者简介】

崔洪华，山东省东营市垦利区退休教师，中华诗词学会会员，中国楹联学会会员，东营市垦利区诗词学会会员，经典文学第17期格律诗词高级研修班学员。作品荣获2021年东营市垦利区首届"宪法杯"格律诗词征文优秀奖，散见于《东营日报》等报纸杂志和凤凰城文学、经典文学网等网络媒体。

诗词20首

1. 七绝·春风

春风一夜梦中来，陌上桃花次第开。

杨柳轻摇方吐絮，双飞蝴蝶乐优哉。

2. 七绝·荷花

冰轮映照莲塘碧，荷韵清风著乐章。
身处淤泥尘不染，青蛙叶上也彷徨。

3. 七绝·瑞雪

北国冬寒瑞雪飘，蜡梅着素翠松娇。
层层原野银装裹，万里江山尽舜尧。

4. 七绝·明月

皎洁冰轮升玉海，银光熠熠睡无眠。
嫦娥弄舞轻舒袖，月照飞船返陆川。

5. 七绝·春雨

初春时节雨蒙蒙，泽润田园草木丛。
明日烟霞云水碧，桃花满目郁葱葱。

6. 七绝·彷徨

风扫云疏看夕阳，孤身只影路彷徨。
红尘凡事心悠在，两鬓染霜当欲狂。

7. 七律·桃花

一梦天明放眼量，桃园飘雪换春装。
双飞蝴蝶枝头立，独舞蜜蜂花里藏。

缱绻恋人留倩影，风流骚客赋华章。
题诗吟诵芳菲赞，遥念陶公世外乡。

8. 七律·柳

阳春三月杏花妍，草长莺歌醉柳烟。
漫舞多姿金叶翠，轻摇百媚嫩枝鲜。
东风点缀千山绿，桃雨飘零万水涟。
紫燕斜飞贪晓色，不知何许听鸣蝉。

9. 七律·春

春风送我岸边行，远眺河流冰雪融。
几只黄莺藏水柳，一群青鸟立梧桐。
往来紫燕寻巢穴，回返渔舟起布篷。
百卉琼姿多艳美，三觞浊酒看飞鸿。

10. 七律·泰山

远听飞泉瀑布声，领先五岳久奇名。
层崖峭石连云上，古木苍松绕涧生。
翠岭玉皇看日出，黄河金带向天横。
泰山历代君王赞，多少文人留墨情。

11. 七律·柳絮

三月春光百卉妍，稚童城外放风鸢。
玉桃蒂落飘红雨，金柳花开泛紫烟。

昼夜从容飞舞去，朝昏潇洒踏歌旋。
贪心伴絮蓬莱卧，垂暮之年竟枉然。

12. 七律·莲花

笑语欢歌满藕塘，姑娘摇橹采莲忙。
岸边杨柳翩翩舞，湖上荷花默默香。
自古牡丹添妩媚，如今君子更疏狂。
扎根泥土终无悔，不管春秋与暑凉。

13. 七律·梅

寒冬腊月北风欺，雪压翠松残柳萎。
林下菊飘多少叶，门前梅艳两三枝。
一身傲骨临凡界，百世芳魂成妙诗。
国色红装摇倩影，丹青圣手绘英姿。

14. 七律·兰

漫步窗前馥郁香，幽兰几束入书房。
英姿飒爽花君子，秀色精灵草圣皇。
不与牡丹争富贵，自将玉蕊化诗章。
独游山野看飞雁，浊酒三杯笑夕阳。

15. 七律·竹

几竿篁竹闹轻柔，青鸟望春立上头。
日暖一枝风里舞，岁寒三友雨中游。

心虚恐负凌云志，骨瘦频添报国愁。
苍翠多姿贞似铁，烟霞飘逸秀神州。

16. 七律·菊

秋风舞剑也疯狂，九月黄花独揽芳。
河岸柳残看叶醉，田园菊艳伴梅霜。
冰清玉洁真君子，雨润心平亦国香。
墨客情生歌一曲，佳人高亢唱重阳。

17. 行香子·春天植物园

溪水潺潺，鸭戏荷塘。植物园无限春光。
翠松弄影，银杏飘香。
又国花红，樱花白，菜花黄。

游人如织，欢声笑语，竹林边票友京腔。
故人诗酒，骚客文章。
看林中鸟，花中蝶，水中篁。

18. 沁园春·黄河口

大江东流，黄河入海，白浪淘沙。
望海滩湿地，翩翩翠鸟；河湾原野，郁郁黄花。
芦苇亭亭，红荆片片，环境优良第一拿。
黄三角，凭天蓝水碧，绽放光华。

蝉鸣鸟语奇葩，引无数游人拱手夸。
看辽东白鹤，凉衣展翅，晋南黑鹳，远树归家。

靓丽天鹅，高歌曲项，一任遨游逐彩霞。

黄河口，有涅槃神凤，伴尔天涯。

19. 水调歌头·东风柳絮醉

东风柳絮醉，春雨杏花寒。

长空光景，杨花飘落舞翩跹。

恰似白云蔽日，又如嫦娥舒袖，雨露洒人寰。

纵然来神笔，谁可绘天仙。

且珍惜，光阴疾，岁月怜。

辉煌日簇，风起花落是何年。

回忆人生五味，坐看世间百态，谁解个中缘？

素有凌云志，轻步度千山。

20. 鱼游春水·春游黄河口

驱车黄河口，芦苇红荆频点首。

波涛滚滚，白鹭盘旋云骤。

报春青鸟立梧桐，百啭黄鹂藏杨柳。

风景万千，涛声依旧。

两岸芳茵水秀，湿地公园群鸟逗。

佳人鸟语花香，琼仙享受。

一桥飞架南北行，百舸争流东西走。

神龙尽腾，众生坚守。

安徽诗人李钊

【作者简介】

李钊,合肥某中学语文高级教师,工作勤恳,爱岗敬业,所教学生曾考入清华大学和厦门大学。平时爱好文学,寄情诗歌。现为中国诗歌学会会员,中华诗词学会会员,中国楹联学会会员。

作品入选《芙蓉国文汇》丛书1～8期,《参花》杂志做过三期"诗人专栏",《中国风》杂志做过三次"每期一星"。作品还入选多家刊物和多部书籍。

诗词6首

1. 七律·梅

沃雪凌霜伛偻身,极凉挺拔亦修真。
娇花迎暖盛时放,残脉遇寒衰刻伸。
天命由来分贵贱,人生奋斗论妖神。
蜡梅唯有承幽苦,为唤尘间万户春。

2. 七律·兰

茎叶劲伸如玉带,贫生山野悟空蒙。
朝霞嫩蕊接初露,夕霭婷姿沐晚风。
临水观桥人畜乐,揽云抚榭鸟禽融。
命来此角荒幽地,亦可忘忧照暮红。

3. 七律·竹

新笋农园绿意蒸，一群飞雀叫欢腾。
篁中娇妹秋千荡，苑里顽童竹马乘。
亮节野村尊古道，高操绝境敬贤能。
莫言乡土生之苦，常弄笛箫时起兴。

4. 七律·菊

篱垣荒径几株菊，漫步寻花映日新。
谄媚官场难适意，逢迎商海不容身。
常思浮世迷茫路，勤访韶华混沌津。
微笑喜看波浪事，一杯香茗更清神。

5. 忆秦娥·望故乡

故乡远，白云望断楼头叹。
楼头叹，浮生若梦，韶华如电。

少时离索飘零散，霜侵鬓发难归愿。
难归愿，残花有恨，夕阳无限。

6. 西江月·春播

树绿花黄升蔼，水蓝云白舒颜。
湖渠鸥鹭碧波闲，红蝶飞依桥畔。

器械多装快跑，老牛奋足绳攀。
一怀喜望奔丰年，勠力农人挥汗。

甘肃诗人甄军祥

【作者简介】

甄军祥，甘肃省庆阳市镇原县人。中华诗词学会会员，中国楹联学会会员，经典文学网、中华文艺微刊签约诗人。作品散见于《陇东报》《中华少年》等报纸杂志及多家网络平台，部分作品入编《新时代诗人作家文选》《当代先锋诗人诗选》等书籍。获"经典杯"国际文学大赛二等奖、豫北文学首届全国文学大奖赛三等奖。

诗词20首

1.七律·桃花

严冬岂可锁妖娆，怒蕊幽葩逗暖潮。
细雨飞云柳烟近，轻寒凝露泥径遥。
黄鹂扑绿随溪渡，乳燕衔红枝下娇。
流尽芳菲余赤胆，卸妆依旧果垂腰。

2.七律·柳

浊水吞冰过碧山，柳睁惺眼望飞鸢。
柔枝无意拂莺尾，细叶多情弹素烟。
潭荡倩魂蛙鼓闹，雾撩锦羽露尖悬。
秋来坐看百花拥，翠竹爽风浴晓蝉。

3. 七律·莲花

一水幽荷掩厚氲，俯蓬探叶动波粼。
暗香迭涌迷苍鹭，艳蕊频摇逗玉鳞。
莲女依舷梦仙阁，钓翁横棹忘凡尘。
周公文绝何人越？写尽满池精气神。

4. 七律·梅

玄序到时花已尽，有谁浓馥傲寒风？
扶垣踏雪觅芳艳，凭杖凝眸寻冷红。
晓看虬枝呈粉蕊，暮观疏叶斗鹅绒。
难移玉骨睨尘俗，葩落酥泥显至忠。

5. 七律·兰

荒草葱茏蔓涧溪，幽兰深掩出奇姿。
艳葩剑叶饮清露，玉质琴心倾碧漪。
雨霁湿丛求蝶化，风飘空谷盼芳随。
余生不与世尘共，愿为皎蟾寄远思。

6. 七律·竹

深涧潺潺伴晚风，仰望玉管指苍穹。
露垂舒叶有飞翼，月洒悬梢无闹虫。
神赐谦和身段直，天生朴质竹心空。
偷闲忘倦常徒步，临水顾波禅意融。

7.七律·菊

枯茅如浪掩青荇，孤雁南飞叫野空。
霜打苔阶木棉瘦，寒掀竹栅菊花丰。
静观琼瓣抱香蕊，闲看瑶枝斗泰风。
遥听弄琴歌五柳，循声幽处见乡翁。

8.七绝·夜聚

年翁陈案沏毛茶，夜半无眠弄月牙。
蟾兔含情浴潭镜，凝霜随性绣寒葩。

9.七绝·春寒

劲雨斜飞鹤羽寒，落花有意附泥丸，
幼苗呈绿暖痕碎，云退星稀孤月残。

10.七绝·扶贫

入户扶贫伴晓寒，犬鸣鸡唱望晨烟。
叩门掏肺话桑稼，挥手不知星满天。

11.七绝·初春行

细雨浪云烟柳俏，浅寒浮鹭险惊钓。
妖红柔绿映溪潭，轻燕携风凌空啸。

12. 七绝·风

疏雨斜飞袭凤桐，扬沙阵起隐茅棚。
柔枝抽打芦茎断，停钓渔翁怨朔风。

13. 七绝·花

嫩蕊争妍流郁馥，蜂肥蝶瘦竞沾香。
风摇碎锦花垂地，汗洒疏篱老匠忙。

14. 七绝·雪

梨花漫舞掩高楼，绒羽落梢凝素球。
寒气掀帘声亦冷，行人缩颈鸟探头。

15. 七绝·月

寒星点点鳞波暗，夜半嫦娥浴冷霜。
风起残红毁妆影，五更筱雨湿蟾光。

16. 五绝·失巢

夕照问秋茅，谁家鸟失巢？
啾声泣残叶，孤影立寒梢。

17. 五绝·梦回田园

夜梦返田园，青苗迷杜鹃。
幽潭烟柳浪，钓叟傲鱼鲜。

18. 五绝·春厄

群壑争驰骋，凌崖有劲风。
青苗遭冻厄，野草愈葱茏。

19. 菩萨蛮·登范公楼

孤贫苦学仪皇驾，淡看名利怀天下。
呼吁震江河，胆肝照碧波。

忠心仇佞媚，多谪催人泪。
铁骨啸河山，苍松寿万年。

20. 行香子·冬聚

满目铅云，浩雪茫茫。看沃野风厉枝狂。
远山匿迹，洞鸟梳裳。
恰杯中茶，炉中火，角中浆。

挥毫纵性，横琴高亢。叫浮名霄九飞扬。
品诗论道，荡气回肠。
任掏心肺，听心语，亮心堂。

江苏诗人张继芳

【作者简介】

张继芳,笔名"蓝水激",1969 年 10 月出生,江苏省连云港市人,1991 年退伍,自学获得东南大学法律本科学历,从事法律服务工作近 30 年。

喜欢诗词书画,工作期间参加连云港市司法局举办的自编诗歌朗诵会,获三等奖。现为中华诗词学会会员、中国楹联学会会员,作品散见于《灌云诗刊》等报纸杂志及网络媒体。

诗词 26 首

1. 七绝·贺两灌高铁通车

高铁穿云欲绝尘,多年绮梦已成真。
小康愿景情无限,时代而今日日新。

2. 七绝·人生感悟

人生不遂事常多,巧语花言藏剑戈。
修得心中无一物,纤尘未染奈人何?

3. 七绝·母亲节有感

秀发如云今染痕，慈容百忍历艰辛。
父严似佑母柔水，夫复何求享福伦。

4. 七绝·风

呜呜忽起自愁吟，绿叶枝头滴水音。
弯月中天向西舞，长空云散鸟投林。

5. 七绝·花

凉风伴雨竟倾城，万物低头有叹声。
忍看落英飘满地，凋零一片待重生。

6. 七绝·雪

西风又落冬颜色，垂暮青丝忽转白。
洒下琼瑶都是诗，预期丰岁播恩泽。

7. 七绝·月

万方俱静独孤轮，如梦容颜唯自珍。
渐减清辉知何故，广寒无路问君人。

8. 七绝·赞交警侍东亮

警徽无愧国徽光，大爱无疆正气扬。
奔跑护童挥汗水，赢来美誉耀家乡。

9. 七绝·小院（一）

竹桂争将日影裁，葡枝悄悄望窗台。
东风送暖千家绿，一片生机春意来。

10. 七绝·小院（二）

晴光初照桂枝丫，莺语催椿吐嫩芽。
细雨随风洗叶绿，家家小院沐春华。

11. 七绝·携母同游（一）

天成美景一河湾，拂面春风逐笑颜。
年近八旬人不老，欢欣喜乐可延年。

12. 七绝·携母同游（二）

春阳未坠月东升，相望相辉醉煞人。
染就晚霞无限美，伊山神韵更鲜明。

13. 七绝·携母同游（三）

日月同辉映晚天，红霞笑对一银盘。
身逢美景心潮涌，缕缕情怀到笔端。

14. 七绝·迎重阳登山（一）

重阳将至拾阶行，丽日苍穹特有情。
盛世伊山成圣地，近年屡次独登临。

15. 七绝·迎重阳登山（二）

秋色难描看叶红，金风吹落夏音容。
流光岁月如飞逝，半百今生意正浓。

16. 七律·柳

缕缕丝丝绿叶枝，宛如仙子立湖池。
九天飘落一幅画，大地升腾两行诗。
婀娜多姿萦梦绕，风姿绰约索魂痴。
柔中写满相思意，握别重逢一望知。

17. 七律·荷花

六月荷花映碧天，亭亭玉立水中仙。
冰清着意迷人眼，玉骨倾情读圣贤。
诚意常燃红烁烁，真心好护绿田田。
纤尘不染出泥淖，难怪周公说爱莲。

18. 七律·梅

几树红霞瘦眼前，暗香袅袅入春眠。
雪侵难掩凌云志，霜打还呈玉魄坚。
傍竹悠悠歌盛世，携松缓缓唱丰年。
芳魂一缕思千古，谁懂芳仪不忍攀。

19. 七律·兰

从天而降一仙媛，俏丽身姿舞画栏。
孤傲任由群卉妒，清高那管百花欢。

慧心也靠勤修炼，玉质全凭再涅槃。
阅历沧桑千万种，倾情谁不爱幽兰。

20. 七律·竹

不愿单生根蔓延，一朝出土忽擎天。
虚怀常有善缘聚，高节能无良友怜。
雨露滋肥颜色美，阳光沐欲气轩妍。
居中无竹思难广，谁讲忠言道破禅。

21. 七律·菊

百卉开完天转凉，潇潇风过满园香。
不争春色妖娆态，只为秋情靓丽光。
怎会催眉侍权贵，何妨落魄作寻常。
古今往往偏怜菊，却道陶魂比梦长。

22. 七律·云岩山

晴空如洗暖如烘，结伴同游觅雪宫。
山寺名诗曾入耳，虎丘金塔欲净瞳。
眼前好画溟蒙色，远景难描拂面风。
来世今生人易老，倾情岁月正匆匆。

23. 七律·春

柳翠桃红生意浓，新机满目画图鸿。
伊山几片云如锦，灌水千层浪似绒。

盼有蝶蜂飞左右，恨无莺燕舞西东。
踏青像饮花间酒，快乐欢歌天地中。

24. 七律·重阳登高

今日伊山雨正倾，相陪二老上高亭。
慈眉善目佛陀笑，细润微风天地灵。
歇脚远瞧观雾景，低头近视赏松青。
湿阴难阻开怀意，乐放心花不欲停。

25. 七律·登孔望山怀古

每念家乡孔望山，我寻踪迹也登攀。
诸侯争霸期明主，贵族分崩盼圣还。
天道怜民平乱世，地经人杰救尘寰。
仁心未解当年祸，善意必然和泪潸。

26. 沁园春·送春

转弱西风，冰雪融开，君意向东。
有剪刀二月，柳芽裁出，百花争放，春意浓浓。
众鸟唱新，绿铺田园，正是华光烂漫红。
谁知晓，竟无情无义，别去匆匆。

携魂追去相逢，叹天上人间隔万重。
应缘从自然，难随人愿，庄周梦蝶，仍在尘中。
季节由天，福寿在我，放手何妨笑声宏。
抒眉眼，但倾情笔下，描绘鸿容。

福建诗人方友好

【作者简介】

方友好，笔名"迷川"，福建省漳州市人。中华诗词学会会员，经典文学网、中华文艺微刊签约诗人、作家。喜品佳著，交良友，写诗词，弄弦琴。32首诗作入选书籍《当代文学百家》，并多有作品发表于报刊网络媒体。

诗词 18 首

1. 七律·题老荷

曾经一望碧连天，洗净芳华复淡然。
绿褪生根无客赏，红消结子有人怜。
云寒叶乱空飞雨，野寂湖衰静卧船。
渐去尘间虚幻景，清风入水漾心田。

2. 七律·春之歌

梅报东君催复始，无声萌动现初阳。
煦风原野嫩芽暖，细雨牧场新草长。
童戏村前归燕早，花开陌上插秧忙。
一年最喜春常住，又盼秋来稻麦香。

3. 七律·梅之咏

凌寒寂寞疏林瘦，掩绿含红接晓曦。
院馆精心雕异态，野坡随意塑骄姿。
横侵傲骨霜融急，远袭暗香霞去迟。
倩影留馨萦复往，冰魂伴鹤赋为诗。

4. 七律·兰之吟

隐生林谷随丛草，时至花开即似仙。
素叶墨兰邀雅客，青枝绿萼透清荃。
幽崖汲露神形洁，陋室修身品德贤。
一缕香魂悠内外，居行淡泊道为先。

5. 七律·菊之赋

秋余篱下半园金，倦鸟脱尘归暮林。
勤理霜英寻乐事，闲居草舍守常心。
烹茶赏菊吟诗赋，煮酒呼朋论古今。
欲敛君风清淡气，松闲月静抚弦琴。

6. 七律·竹之颂

幽篁雨后复清寥，入目连山碧翠摇。
嫩笋几天生赤土，新枝一夜上青霄。
听泉卧石心尘洗，漏月穿云叶影飘。
韧劲迎风根本固，宁折抱节不弯腰。

7. 七律·柳絮

老柳随风野草荒，闲花亦俏絮离伤。
团飞到处如烟雾，曼舞凌空似雪霜。
把酒依依挥泪别，折枝切切送君行。
四方漂泊为游子，落地生根即故乡。

8. 七律·桃花

十里仙林芳带露，山环雾绕赏春迟。
色施粉蕊迷花蝶，风戏香葩颤嫩枝。
忙碌蜂农勤采蜜，闲情骚客苦吟诗。
残红落到伤心处，却是瑶池盛会时。

9. 七绝·山花

天仙撒彩半南坡，缀紫点红春色多。
不与园花争客赏，逍遥旷野舞婆娑。

10. 七绝·雪絮

冰心洁质空飘落，可叹身微自涕零。
天地茫茫何处宿，终归渡化复无形。

11. 七绝·秋风

落叶翻飞荡漩涡，衰枝摇曳满湖波。
金黄稻麦千重浪，去雁乘风一路歌。

12.七绝·月吟

望尽寒空伤自古，生情顾盼梦婵娟。

悲秋远客离愁泪，赋尽风骚咏断篇。

13.沁园春·望海

极目苍茫，雾障漫天，天接浩溟。

望大鹏激越，云腾风怒，巨鲲奋击，浪涌波惊。

岛陆连根，春秋续史。似此踌躇遥寄情。

凝眸处，竟游移观止，思绪纵横。

沧桑兴替更生，忧板荡，良臣竞立名。

昔郑和探海，南塘御寇。成功收岛，少穆驱英。

卫土安疆，保家固脉，拓展深蓝仗剑行。

百年梦，冀山河一统，九鼎尊荣。

14.水调歌头·故乡

翠染龙江岸，白透竹林光。

荔园蕉海，瓜果鱼米百花香。

历久南山寺老，讲古工夫茶厚。小吃遍街尝。

八卦龙文塔，文庙石牌坊。

榕须飐，凌波舞，播远芳。

童时旧屑，阿嬷炊粿味悠长。

故里圆山雾绕，梦里锦歌弦断，梦醒泪千行。

情至寄斯地，意切寓他乡。

15. 行香子·寄友

去国茫茫，别影匆匆。忆欢聚饮酒旗风。

离鸿惊雨，落叶疏桐。

恰天流云，山流瀑，水流东。

春回燕返，归期似梦，奈千山阻滞难终。

夜明独月，壶寂孤盅。

只望遥远，寄遥语，对遥空。

16. 临江仙·汉将

斥候大漠驰蹄疾，黄沙漫卷天阑。

朔风追猎溃兵残，汉营关外月，暮色笛声寒。

倚剑几番温浊酒，半酣犹忆当年。

功成勒石记燕然，狼烟依旧在，铁骑不曾还。

17. 浣溪沙·画意

缥缈素纱笼翠峦，淡描诗画意悠然，

轻舟短棹荡微涟。

惊艳千枝花叶上，清香一缕水云间，

人生不过万重山。

18. 玉楼春·寓蜀

险绝凌空巴蜀道，峰渺江低云盖帽。

傲寒龙透隘边梅，喜暖夔门崖上草。

幽谷观泉心境杳，漫步幽篁禅意绕。

离乡思远越长空，两地双城情未了。

四川诗人杨成勇

【作者简介】

杨成勇，羌族，1975 年出生，四川省阿坝州理县人。中华诗词学会会员，四川省散文学会会员，文学路上的蜗行者。用文字记录生活，用心灵感悟人生。

格律诗 10 首

1. 七律·梅

描红点彩犹来迟，小院梅花三两枝。

瘦影关山愿共赏，幽香天地早先知。

芳心贯月冬深日，傲骨凌风霜厚时。

百卉凋零皆散去，孤芳独艳盼春期。

2. 七律·兰

且问兰花在哪乡，陋居林野甚匆忙。

朝尝甘露寻新黛，暮请云霞试晚妆。

明月深深同弄影，春风郁郁满飘香
素心一片献沧海。愿把冰清敬暖阳。

3. 七律·竹

贫壤天生满翠幽，竹林挺拔胜高楼。
无心垂钓横竿去，随意登台竖笛悠。
数尽人间尘世路，谁知身外古今愁。
半程风雨半程苦，从未折腰低过头。

4. 七律·菊

九月菊花初上台，黄金披锦毅然开。
满城冷艳换新骨，千里清香脱旧胎。
浮世匆匆虽离去，高秋款款始还来。
空愁时日早荒度，枉顾凝眉独自哀。

5. 七律·春

瑟瑟风烟绕九州，南回飞燕越峰头。
云开桃杏斗而艳，岸泊柳梅争更幽。
一道青山翻旧绿，千年白水荡新流。
花红季节送温暖，小院春光驻满楼。

6. 七律·桃花

昨夜东风悄入宫，问君春色几时隆？
村边柳叶刚惊绿，陌上桃花正染红。

妩媚浓妆青蕊嫩，清狂淡抹白眉翁。
丝丝香郁撩人醉，泼墨挥毫描画中。

7. 七律·柳

岸柳青丝绿水边，蜿蜒曲绕一方天。
随流窈窕河堤里，带雨娉婷村径前。
清露月中呈叠影，朝曦花下带飘烟。
人间此物是情种，凡界风流似众仙。

8. 七律·莲花

娉婷玉立情初放，脉脉春池自带羞。
雨打莲花幻潇洒，风吹荷叶变清幽。
波心仙子从容舞，水面佳人迤逦游。
常陷淤泥独其善，洁居终老不污流。

9. 七绝·雪

昨夜不知风送寒，今朝已是雪连天。
云山万里远行客，染尽银装覆百川。

10. 七绝·月

瘦月西风已上枝，凄凄空问有谁知？
青丝鬓发早霜满，借缕清辉寄我思。

内蒙古诗人吴宝龙

【作者简介】

吴宝龙，祖籍内蒙古自治区通辽市，现住内蒙古自治区呼和浩特市。部队退休人员，爱好文学和书画艺术，现为中华诗词学会会员、中国楹联学会会员。

诗词20首

1.五绝·风

飒飒东风起，澄清万里埃。
人寰全洁气，健美自然来。

2.五绝·花

花开姿色美，丽艳聚多焦。
见靓者皆喜，真妍经住瞧。

3.五绝·雪

雪皑皑遍野，呼吸爽心头。
病毒被消灭，换来身体优。

4. 五绝·月

皎月天空挂，方知几日辰。
敲开回忆录，迷恋友情真。

5. 七绝·风

春夏秋冬轮四季，万千气象靠风媒。
成功事业对方向，顺势而行走得开。

6. 七绝·花

鲜花点缀自然美，姹紫嫣红养眼睛。
赏艳多姿生惬意，人人见色好心情。

7. 七绝·雪

银白素装天地接，满山遍野气流新。
雪中漫步心胸爽，呼吸清空真养神。

8. 七绝·月

一轮皓月当空挂，遐想联翩意境高。
洁白无瑕皆喜爱，心纯意善感情牢。

9. 七律·春

春回大地换新貌，雨露润州披绿装。
蓝水招来群兽急，苍山容纳众禽忙。

满坡碧浪树林美，遍布芬芳花草香。
借季踏青寻快乐，温馨生活靠阳光。

10. 七律·莲花

生自淤泥无玷污，超凡脱俗正人君。
亭亭玉立迎眸爽，淡淡香浮拂面芬。
高尚情怀仁义者，颜清明亮色纯昕。
莲花洁白天然美，佛祖座基该记勋。

11. 七律·柳絮

东风拂柳银兹散，集结成群欢数天。
探究自然寻活路，融和世界选山川。
莫嫌仪表轻浮状，且看本源功用全。
遍地漂流随处宝，扎根定位即家缘。

12. 七律·长城

人间第一大营筑，华夏文明演变成。
维护和平宏杰作，抗衡侵略妙工程。
雄威业绩皆辛苦，屹立功名必竞争。
铸就长城多险境，孟姜女等不期生。

13. 七律·桃花

春雨甘滋田地润，桃林花艳气幽香。
黄莺跳跃树枝巧，彩蝶飞移嫩蕊忙。

漫步闻馨心境好，定眸赏嫣眼神光。
风光展示虽时短，撒向人间尽是芳。

14. 七律·梅

自古梅花高傲气，蕊香散发四周芳。
天生美色唱无尽，玉作冰清颂有常。
华丽颜妍招嫉妒，严寒困境照光芒。
不争春也不争艳，赢得赞还赢得扬。

15. 七律·兰

数条剑叶向天散，一杆茎头几蕊旄。
本是托根山石缝，因雅移植殿堂豪。
修长窈窕造型美，清淡兰青色泽挑。
简洁羞颜真可爱，文人墨客借风骚。

16. 七律·竹

翠竹一丛平地起，繁枝刀叶见风篁。
竿竿刚直顺竿拔，节节均匀生节长。
外表坚强多傲气，内心脱俗竟虚膛。
苗条流畅造型美，笔墨纸时常在忙。

17. 七律·菊

富贵荣华黄菊在，不争不急九重天。
凌霜寒露留颜艳，喷玉花团最释然。

非是偏心其美色，只因没有替婵娟。

金秋显示好风景，红日霞光每晚妍。

18. 沁园春·春

春风吹来，万物复苏，千芽返青。

看高原琥珀，莺歌燕舞；山川河谷，鱼跃蛙鸣。

千木争荣，百花吐艳，众植生灵抢造型。

定神望，见怡人春色，风景花屏。

江山如此多情，激无数幼苗显水灵。

恰春耕时节，技能种植；农忙季节，机器经营。

亩产提高，苦劳减少，今昔优贤不可争。

俱往矣，数富余生活，还看今耕。

19. 水调歌头·退休

刚习练书法，又苦学诗词。

退休伊始，实现心愿恰逢时。

闲得舞文弄墨，胜似游山玩水，正合所追随。

思维不停歇，仪表必丰姿。

健体动，舒心畅，养神怡。

清除幻想，轻巧应对俗尘微。

坚守修身养性，勾画风光美景，书美好时宜。

人本是因果，善恶在慈悲。

20. 行香子·忆军校

军校庄严，入校贤劳。集群精英聚中条。

启航改革，扬帆收锚。

让国要盛，武要强，防要牢。

探求科学，攻关军事，任艰难险阻肩挑。

坚贞不拔，百折无挠。

看行需德，斗需勇，战需骁。

内蒙古诗人吕云

【作者简介】

吕云，笔名"云开日出"，生于1964年10月，籍贯内蒙古自治区包头市。现为中华诗词学会会员，热爱文学，勤于创作，创作格律诗、现代诗、散文诗1000多首，作品散见于报纸杂志和网络媒体，并入编部分书籍。

诗词20首

1. 五绝·冬临黄河

蚀水走平川，滔滔冰雪寒。

河床涂蜡像，瀑谷撼山峦。

2. 七绝·谷雨

桃花谷雨见清蕊，塞北新丫沐暖风。
微露润原酬蜜意，雀忙筑室醉春红。

3. 七绝·雨水

西山沐日晨风轻，南雁带花才启程。
北麓遥知青黛草，东坡偏露一天晴。

4. 七绝·独居

月上寒宫夜下楼，两厢凄楚一般愁。
独居空院孤垂泪，无奈真情不易求。

5. 七绝·惑

秋色深红晨雨凉，芦花泛白海心黄。
路边残璧石生锈，疑是家乡少小墙。

6. 七绝·风

风疾雨骤洗尘埃，蹈海翻江独往来。
但使龙吟悄寄语，一窗新景看花开。

7. 七绝·花

丰色俏容随絮舞，馨香醉蕊吐芳来。
艳姿弄首人间秀，魂绕莺春赏俊才。

8. 七绝·雪

冷絮寒云撒玉花，舞姿百媚妙如纱。
川山肃穆银白裹，道尽冬装一色夸。

9. 七古·梅

银峰清冷竞凄凉，云散凌霄天地荒。
寒絮轻尘随意走，红梅喜气斗风霜。
冬来百卉无踪迹，雪后千山独自芳。
今古谁能伴冰艳，一枝傲骨带馨香。

10. 七古·兰

阳春沐雨润新蕊，窈窕兰花带露开。
遍野清馨招蝶舞，满山淡韵伴风来。
不求媚艳显金贵，只作碧姿平积埃。
似剑雅儒终有节，常随君子举贤才。

11. 七古·早春

桃红杏雨柳生烟，春燕衔泥溪水边。
薄雾新纱遮酒舍，炊烟袅袅上云天。
离原遍地芬芳碧，足下新芽谁最鲜。
雨细作陪春燕早，丽阳随柳荡河川。

12. 七古·春望

蕾肥枝软唤春醒，细雨烟云润物红。
寒翠昨天才谢蕊，桃花今日笑清风。

千山蝶舞杏林醉，万谷游蜂绕画中。

残雪化溪涓水急，雁回故土筑新宫。

13. 七古·柳

柳飘湖面亮新衫，绿染柔枝细雨馋。

时有轻雷唤云起，长裙影弋似风帆。

婆娑不必桃红艳，只与衔泥燕语喃。

曼舞别嫌丝叶美，香随飞絮暮春酣。

14. 七古·柳絮

河边垂柳弄溪忙，絮落轻风舞四方。

年首阳春三月美，岁初堤畔百花香。

江南常见柔丝软，塞北欣逢细语长。

不问前程路多远，只求足下有余芳。

15. 七古·峰顶

极目苍茫雾隐川，沟峰交错又平峦。

林遮绝壁无天界，云绕群山入碧端。

斜草劲风旌帜展，拨开丝雨不胜寒。

凭栏峭壁眩崖顶，遥泣安居仅弹丸。

16. 七古·秦长城

秦帝古墙留北山，狼烟散尽几人欢。

烽台依旧遗真迹，岩画千年不惧残。

望断长城居漠域，曾经要隘挡风寒。
仰天岁月东流水，昔日群雄在笔端。

17. 七古·雪

雾罩千峰雪锁城，银花飞絮静无声。
漫天遍地随风舞，常落寒檐不必惊。
沧海曾经追雨走，万川难忘翼中情。
隆冬精魅虽轻薄，敢叫河山一色明。

18. 七古·雪山

树挂琼花雾遮顶，白霜卧佛雪纵横。
劲风飞絮银峰舞，苍岭银屏景象明。
极目天边苍峡远，回头身后共修行。
身居俗第不偷渡，志在浩繁情至诚。

19. 七古·桃花

北山融雪始成溪，南岭桃花已绽开。
塞外年年三月美，河滩岁岁雀新来。
和风伴蝶闲人醉，细雨听雷款款来。
仰首巡声归鸟急，回眸过往泪流腮。

20. 沁园春·春归塞外

塞外初春，千山吐蕊，万岭桃红。
览离原前后，草芳葱翠；北疆左右，溶水麟鸿。
青野瑰琦，燕回草碧，烟雨扶犁游子恭。

待明日，阅穗香果硕，醉挂眉弓。

四方谁与争雄，引冬储精灵竞复工。

赞柳飘湖面，日轻风暖；燕泥筑室，鸟语声隆。

云锁油幢，沃饶无尽，阅遍人间浩瀚中。

观沧海，赏蓝天飞絮，独傲鸿工。

浙江诗人赵玉琴

【作者简介】

赵玉琴，浙江省瑞安市塘下人民医院党政办主任，中共党员，高级经济师，国家二级心理咨询师，浙江省杂文学会会员，瑞安儿童文学会会员。

诗词20首

1.七绝·风

窈窕柳丝倾碧水，遥峰蕴翠对晴空。

芭蕉溅泪敲窗雨，梦觉禽啾俊朗风。

2.七绝·花

花海徜徉极目黄，迎风秀色沁脾香。

蜂忙蝶舞千苞似，万众围观共此芳。

3. 七绝·雪

孤村静卧醉斜阳，皎皎精灵舞步忙。
倒挂低檐私语滑，粉霞眷顾淡梳妆。

4. 七绝·月

云天洗碧银钩挂，脉脉秋波顾影移。
萤火提灯求密偶，广寒凝泪斩情丝。

5. 七律·宿公盂村有感

公盂巍峨崖林立，四面奇峰藏野村。
山黛径深岚气重，水潜泉细涧流源。
啁啾飞鸟引前路，寂历落英侵故园。
袅袅炊烟绕青瓦，老翁迎客倍寒暄。

6. 七律·桃花报春

烟雨江南雾笼晨，逢甘新绿诱行人。
已然白雪知时节，安得粉桃羞日辰。
摇曳华光方入眼，徘徊佳景悄归真。
纷飞彩蝶追幽径，一树云霞满院春。

7. 七律·春归

东风拂地青山翠，暮雨连天白雾霏。
寒月浓云叩冬去，晴空丽日踏春归。
沾衣粉蕊舞流彩，触手香溪曲映晖。
书画人间桃李卧，诗歌岭上杏花飞。

8. 七律·咏柳

经宵细雨润无声，水涨波宽堤岸平。
吐艳蜡梅还抱树，随风玉柳竞垂缨。
盈盈嫩叶拂朝雾，款款新绦舞晚晴。
烟霭绿云莺雀啭，碧妆秀砌万花倾。

9. 七律·乌镇重游

晴空碧透远天阔，妙趣横生故地游。
深巷长街青石路，扁舟曲岸玉泉楼。
名篇遗世名声逸，古木闻香古韵流。
枕水人家多沃土，达贤荟萃越千秋。

10. 七律·柳絮

睡眼惺松雪絮浮，娉娉袅袅素棉柔。
化为玉蝶随风舞，飞入青池绕水流。
已恨身轻魂易逝，犹怜力薄志难酬。
寸心归夏润尘土，解语春光又满洲。

11. 七律·莲

丹曦拨雾绿荷遐，粉面披绸玉露华。
滟滟含羞新绽萼，盈盈抱梦缓摇纱。
堤塘十里幽香醉，菡萏万枝清韵夸。
出水芙蓉尘不染，睡莲高节本同家。

12. 七律·梅

铺天盖地鹅毛被，放眼苍穹景致开。
瘦水迂回林挂雾，寒山直上露侵苔。
穿松只道期诗友，踏雪安知会蜡梅。
试问群芳何羡艳，冰心骨立此清才。

13. 七律·兰

花开似叶淡青黄，逸秀温文柔带刚。
独立蓬山脱凡俗，单栖书案散幽香。
朝凝玉露珠含润，夕趁金风影弄凉。
昼夜晨昏垂体态，兰心蕙质物华藏。

14. 七律·竹

夜宿山居挂月牙，溪边闲话晚风茶。
星飞鸟啭暮天降，云卷林喧叶影斜。
曲水潺潺烟气漫，排箫袅袅雨声遮。
幽怀高节虚心志，品竹弹丝无僭奢。

15. 七律·菊

帘卷西风霜月天，群华褪尽此花妍。
临寒傲蕊铮铮骨，沐雨凝香寂寂仙。
院舍中秋晨露菊，溪源重九晚霞泉。
安居陋室求真意，恬淡南山有古贤。

16. 七律·梅雨瀑

梅子熟时梅雨亭，边邻垂瀑唤遥听。
俯身穿洞攀松石，趋步深溪绕水溟。
低谷碧潭铺玉帛，高天银练挂云屏。
微风带起杨花似，未敢沾衣已遁形。

17. 七律·新秋

骤雨连天炎暑销，转晴胜色去清寥。
莫言古道西风瘦，且喜长空落日遥。
白露丹枫星汉灿，青云素月岁华骄。
向来才子愁霜节，吾独恋秋精气劭。

18. 七律·白水洋绝景

坐观奇石百来方，浩浩汤汤水渺茫。
银练散归尤飒沓，翠屏围合自清凉。
激流逐浪不知晚，斜日垂云未觉长。
天地之间藏画卷，空明素黛益相彰。

19. 行香子·夜半星眠

夜半星眠，揽枕临窗。月如水寒透肌凉。
树丛霭霭，溪涧淙淙。
有虫声鸣，鸟声啭，笛声扬。

月华无语，悠思弥漫。镜中花一梦凝霜。

余生不待，来日无双。

更德无尘，人无恙，世无常。

20. 沁园春·南雁寻芳

南雁寻芳，绵延关山，寥落星村。

恰阴晴雷电，雾蒸云绕，旦昏日月，雾散云吞。

虹彩飞空，竹青挂雨，如此神光千幻频。

欲归罢，却置身其里，犹入重门。

纵然夜锁宵宸，念去去、还趋步顾身。

待宾朋尽散，人声微辨，琴丝各歇，莺语遥闻。

思绪翻飞，愁情浮叠，研墨挥毫忽有神。

天破晓，且临风辞谢，前路风尘。

海南诗人符开国

【作者简介】

符开国，男，笔名"雁子雁"，黎族，海南省陵水县人。保亭县作家协会会员、中华诗词学会会员、中国诗歌学会会员。曾经在保亭县教育局、司法局、纪检委任职。

曾荣获经典文学网"当代知名诗人"，"当代诗歌领军人物"荣誉称号。在"华语杯"国际华人文学大赛中，荣获现代诗歌二等奖；在第二届金鸽诗歌大赛中，荣获优秀奖；在"盛世中华杯"国际文学创作邀请赛中，荣获诗词赋曲类二等奖；在"文豪杯"中外散文诗歌 2020 年度赛中，荣获"十佳新锐之星奖";参加第二届"清风世界杯"文学大赛,荣获三等奖;参加首届"猴王杯"诗歌大赛,获入围奖。2020～2021年度被经典文学网评为年度"十佳精英诗人"。100多首诗歌作品入编《全球抗疫诗选》《实力派诗人作家文选》《新时代文学人物作品精选》《"华语杯"文学大赛获奖作品精选》《二十一世纪诗人大典》《影响力诗人诗选》《当代文学百家》《新时代诗人作家文选》等书籍,由国家级出版社出版发行。经典文学网、中华文艺微刊签约诗人。系《中国爱情诗刊》《中国爱情诗社》在线诗人。

格律诗8首

1.七绝·逝光难买

千年古道买愁村,买卖银发颂恋昏。
驿站谁知铛铺处,赎身来买逝光痕。

2.七绝·冠冕榕

买愁村有一棵榕,绿羽张开冠盖穹。
垂吊冕纥成大柱,根须擎手举天空。

3.七绝·古银瀑布（一）

芳香滋润不为名,飞挂直流震传声。
溅射雾花幽细雨,蜿蜒大地万年行。

4.七绝·古银瀑布（二）

白绢风飘盘碧野,潜流溪间向朝东。
悬崖峭壁留仙景,一路高歌进海宫。

5. 七绝·百香果

小小圆球裹百香，天南地北名远扬。
一果独揽千家味，满园收尽万里芳。

6. 七律·贺山海高速通车

山水相依路漫遥，海宽峰险绕云霄。
千条渊壑虹桥架，万座峦腰隧道雕。
锦绣卧龙盘碧野，车流呼啸绿梢摇。
昨天咫尺攀崖壁，今日通途踏浪礁。

7. 七律·五指山金凤凰（新韵）

——为海南五指山黎族学子北大留校而作

五指山村金凤凰，程鹏万里入燕园。
博雅塔上掀书阅，未名湖中拌水漩。
世纪才杰求索在，百年老校圣经传。
愿作春雨陪花叶，甘为天骄做嫁环。

8. 五律·沉香（新韵）

根系扎泥土，轻云绕圣炉。
叶溶甘饮露，枝藏宝珍珠。
刨片入琼酱，人间解病除。
十年铸一剑，何惧木香颅。

浙江诗人祝建华

【作者简介】

祝建华，网名"佳人如画"，浙江省龙游县人，执业中药师。现为中国诗歌学会会员，中华诗词学会会员，中国楹联学会会员，中国文化艺术人才库入库人员。2018 年在新时代诗典"新时代杯"比赛上被评为新时代中国优秀诗人，在第七届中国文学艺术家年会上获新时代文学奖和新时代中国十佳诗人称号。经典文学网特聘签约诗人，获经典文学网百强诗人和2018 十佳文学精英称号。2019 年歌词《中国刑警》获公安部刑侦局、人民公安报联合举办的全国征歌优秀奖。同年被中国文化艺术人才库评为 2018年度杰出文艺工作者和 2018 年度艺术作品最具创作价值奖。2019 年在中华当代诗典"中华杯"比赛上评为中华当代百强诗人，在第八届中国文学艺术家年会上荣获中华当代文学奖和中华当代十大杰出诗人称号。经典文学网 2019 十佳签约诗人。2021 年第二届"蝶恋花杯"国际华人文学大奖赛一等奖。2022 年获第二届"经典杯"国际华人文学大奖赛一等奖。

诗词 6 首

1. 五律·元夕（通韵）

今夜春宵闹，倾城玩自拍。
灯笼随处挂，谜底任人猜。
火树千枝立，银花万点开。
神州同庆日，盛世又重来。

2. 五律·贺北京冬奥会

春风吹大地，圣火亮京师。

奥运同欢夜，神州节庆时。

空中飞跳板，冰上舞柔姿。

今日鳌头占，明朝四海知。

3. 七律·壬寅虎年贺新春

春回大地千山秀，福到人间尽笑妍。

万里神州迎节庆，八方游子贺团圆。

家家如意平安夜，虎虎生风中国年。

爆竹声声辞旧岁，五湖四海舞翩跹。

4. 七律·贺谷爱凌滑雪大跳台摘金

少女天才谷爱凌，跳台一跃万人倾。

身轻如燕金牌摘，技压群雄世界惊。

气贯长虹堪霸道，梦圆冬奥显威名。

此生无悔归华夏，不负我心中国情。

5. 七律·贺高亭宇 500 米速滑夺冠（通韵）

几番征战话艰辛，梦寐以求夺冠军。

观众眼中超速度，冰刀尖上赛青春。

风驰电掣零突破，实至名归百炼金。

一骑绝尘寰宇震，少年壮志可封神。

6. 鹧鸪天·贺徐梦桃空中技巧夺冠

四届坚守不屈挠，神州自古领风骚。
空中技巧谁称霸，手里金牌我自豪。

星光耀，锦旗飘。一朝圆梦国人骄。
寒梅傲雪千般苦，贺喜中华有梦桃。

重庆诗人裴玉玲

【作者简介】

裴玉玲，女，1958年4月出生于重庆市。重庆工业职业技术学院教师、副教授，骨干教师，国家职业技能鉴定高级考评员，国家科技项目评审员，国家十一五、十二五规划教材主编、副主编，市级优秀工作者。重庆诗词学会格律体新诗研究院首批研究员，重庆市九龙坡区作家协会、重庆诗词学会、重庆市新诗学会会员等。发表有格律体新诗、自由诗和古体诗。在2021年举办的全国网络诗歌大赛中获得第6名，荣获优秀诗人奖。在全国"慈孝诗歌"征文赛中获得优秀奖。诗评、诗作入编《两岸诗星共月圆》《中国诗歌精选（2019）》等选集。著有《蓝色畅想——裴玉玲诗文集》一书，已被重庆图书馆、电子科技大学图书馆、重庆大学图书馆等收藏。

格律诗 17 首（新韵）

1. 五绝·四季感怀（一）

——为 57 周岁生日而作

春蚕丝吐尽，夏鸟夜空鸣。
秋藕泥无染，冬梅傲雪凝。

2. 五绝·四季感怀（一）

——为 57 周岁生日而作

春华存梦远，夏获谷金黄。
秋实丰收果，冬藏金顶霜。

3. 七绝·九凤瑶池

九凤蹁跹和鹭鸥，蓝天碧水爽心游。
频听布谷春歌赞，堪比西川九寨沟。

4. 七绝·贺秦泽勇老师七十寿辰

杏坛执教苦非常，学子莘莘桃李芳。
墨海扬帆追大梦，诗山问鼎法中唐。

5. 七绝·古镇三叠之阆中古韵

滕王高阁屹巴中，阆苑飞檐掠彩虹。
倘若桓侯今尚在，定当披氅展英风。

6. 七绝·古镇三叠之中山畅想

笋溪河畔赶龙场，盐道逶迤翰墨香。
一道天梯佳话里，真情真爱憾沧桑。

7. 七绝·古镇三叠之长寿新景

春送清风玉阁中，人依碧水醉花丛。
大街小巷欢歌起，屡见徐行长寿翁。

8. 七绝·黄陵祭祖

黄陵三叩尊先祖，五彩旌旗冉祭台。
黄土一抔揣裾内，龙魂入梦似潮来。

9. 七绝·泸沽湖（一）

泸沽湖水泛幽蓝，鸥戏潮波扑岸边。
踏浪泛舟犹喜水，摩梭歌起沁心田。

10. 七绝·泸沽湖（二）

泸沽湖畔朝阳起，金灿霞光照水湾。
挥笔抒怀今胜昔，山乡永驻海蓝蓝。

11. 七绝·金佛山瑞雪（一）

银装炫目映苍松，瑞雪飘飘漫碧穹。
持杖登高可量路，佛山降瑞蕴情浓。

12. 七绝·金佛山瑞雪（二）

天地人和捧玉盅，山城欲醉喜多重。
鸣春曲起巴川笑，黄钟大吕响碧空。

13. 七绝·威武兵工人

百岁鲲龙诞汉阳，雄师戍卫赖钢枪。
洞穿倭寇血刚固，又见神戈谱乐章。

14. 七绝·贺刘有权诗翁杖朝之寿志

十月金秋菊卉黄，诗词含韵散芬芳。
八旬依健声如馨，风采凝眸炫瑞堂。

15. 七绝·走马观花

人面桃花处处红，金鳞铺地粉香浓。
莺旋燕舞鸣春意，细雨温情灿玉容。

16. 七绝·沉痛悼念尹国民老师

恩师驾鹤九天翔，泪眼婆娑诗万行。
对月举杯观旧照，可曾帝阙醉壶觞。

17. 七律·南滨观景

秋风缕缕发丝稍，夕照辉光耀浪潮。
小憩南滨观水碧，坐拥虹彩赏霞娇。
江波荡漾渔歌暖，轻轨穿行索塔高。
踏遍山河回故里，心舒气美好逍遥。

陕西诗人赵宝翼

【作者简介】

赵宝翼，笔名"凌霄"，陕西省诗词学会会员，陕西省体育诗词学会会员、诗词编委。中学语文高级教师，先后在泾干中学、石桥中学任教。咸阳诗词学会泾阳分会会长，咸阳诗词学会常务秘书长，西安秦风诗词学会会员，省老年诗词书画学会会员。爱好文学，20世纪70年代，参与县域文学创作活动。故事、小说、民间文学作品参加省、市调讲、研讨。退休后，发表诗、赋、散文等作品近千篇(首)。

仙居鳌峰茯茶赋

人生宴饮，茶酒必具。茶中二美，堪比茶国之皇妃者，唯西湖龙井，台州仙居，彼仙居茶树者，生自仙居县境，仙居县者，地近西子湖，身挨雁荡山。秀岭峻峰，勾臂搭肩，激流飞瀑，随处可见峰岭接连，错落有致，永安溪碧水如镜，虹霓掩映，仙霞岭烟云似画，朦胧缥缈，瑞象环生，仙气盈盈。王母宴栖于此，陆羽烹茗迹留。一草一花，美艳夺目，一树一木，氤氲瑞象。仙居鳌峰巅顶，茶树琳琅，茶香馥郁。其长于云雾之中。吸高岭之瑞气，纳仙峰之岚光。日有神灵化育，时来玉女滋养。云雾缭绕，道谷仙风，高格不同凡响，禀赋不同寻常。为天下茗饮之圣品，中华南国之精英！茶人之所爱，案上若明珠，四方之茶客，慕名而神思，欲得一瓯饮，死而无憾也！若有有将仙居县产之茶北输，莫大之功，必入青史而后人仰之！

自古北国无茶，南茶北输，早已有人有为之。然自唐柳毅携来湖茶今有吴越俊士，仙居吕新红者，常商务于秦地，独具慧眼识先机，先试用仙居之茶，依泾阳法而筑制，灿灿金光，密密麻麻。试以沸水冲泡，汤色琥珀生光。清气扑鼻，芳香四溢。香染十里草木，芬芳千仞高岭。仙居鳌峰茯茶，喜煞茶客万家！

泾阳鳌峰茯茶，金花色靓质佳。独领茶国风骚，占尽风流仙葩。堪比参芪，润肠补气。不亚红花，清毒清血化瘀。宴饮高朋，光鲜胜过美酒，馈赠亲友，靓丽耀眼大方。孝敬父母，礼敬宾朋。让亲友咋舌，让心爱爱激赏！

噫吁，泾阳鳌峰茯茶，天下茶国翘楚，享誉江南水乡，艳羡埃及伊朗，西域喜获重宝，丝路高歌在章。鳌峰茯茶，珍奇比明珠，百饮胜琼浆。惠顾诚是慧眼，痴迷不同凡响。嗜茶有识之士，移驾关注泾阳。抢占先机，细斟北斗品茗，爽利肠胃，舒服自在周郎。深爱鳌峰茯茶，几案熠熠生光。快哉美哉，泾阳茯茶之新筑，鳌峰仙茶展新妆！茯茶百品之冠，万代依然留香！

上海诗人马长华

【作者简介】

马长华，笔名"长骅"，1949年生于齐齐哈尔市，毕业于中山大学物理系，分配到贵州省的三线企业，后来到深圳外资企业工作，2001年到上海市从事质量、环境、职业健康安全管理体系咨询直至退休。喜欢诗词曲，喜欢创作，多首作品在《"经典杯"华人文学大赛作品精选》《中国当代散曲选粹》

《秋枫心曲》《辛丑记诗》《华夏诗歌新天地》《第四届、第五届中原杯全国诗词创作大奖赛作品集》《诗风中国》《汉俳诗刊精选》等书刊发表。

散曲6首

1. 北曲·风入松·赞杭州最美妈妈吴菊萍（双调）

杭州巾帼出英名，事迹万人惊。
十楼窗外婴儿荡，菊萍见，疾步奔行。
唯念婴儿危殆，早忘自个安平。

伸开双臂接飞婴，未虑可当擎。
千钧冲力倾纤臂，菊萍伤，婴获重生。
纤细平时目重，振奇一旦功成。

2. 北曲·折桂令·七秩有感（双调）

谢上苍佑我康安。七秩春秋，每渡难关。
泥沼芙蕖，清风两袖，平淡尘寰。

感衰躯尚留世间，几友朋已驾仙帆。
余岁仍艰，矢志登攀。执卷遨游，赞美河山。

3. 中吕·山坡羊·评某些国际大奖赛

多人抬轿，多方喧噪。一班评委拿腔调。
有评高，有评糟，价值观迥异何知道。
扇乱丑民称最好。成，符个标。失，违个标。

4. 中吕·山坡羊·中东某国战乱

硝烟弥漫，枪声连贯。田园尽毁人逃窜。

少狂欢，壮当官，从军自此听魔唤。

全是贪食迷幻丸。家，已败完。亲，已丧完。

5. 中吕·山坡羊·初春游江阴顾山镇金顾山公园

圆石中坐，石身诗烙，金顾山湖水从天落。

柳娑娑，竹娥娥，蒹葭栈道长龙卧。

红豆寄怀寻未着。桥，弯月泊。人，抚槛哦。

6. 南吕·干荷叶·北太平洋鱼虾变异

核毒液，注洋中，欧美帮腔哄。

鰝生痈，鳖生脓，大洋鱼蟹病因同。倭国仍呼用。

湖南诗人厉良亮

【作者简介】

厉良亮，笔名"春雨"，湖南省蓝山县人，中华诗词学会会员，中国诗歌学会会员，金榜头条文学顾问，章丘诗社副主编，永州市诗词协会理事，岳麓诗社会员，经典文学网签约诗人，蓝山县诗词协会名誉会长。发表诗词曲作品800余首，作品荣获第二届"蝶恋花杯"国际华人文学大赛三等奖、第二届"经典杯"国际华人文学大赛一等奖。

诗词 12首

1. 七绝·夏夜闲语

一卷诗书草木华，飞鸿幸运向天涯。
虽然日月难同醉，莫道红尘误作家。

2. 七绝·相聚北京

莫把相逢作首歌，随缘赋曲夜愁多。
北京难忘风花月，谁寄情丝万里波。

3. 五律·七夕

仰望夜星行，牛郎织女惊。
相依桥上见，不负梦中萦。
万里寻秋水，千年载盛名。
此时逢七夕，月下咏歌声。

4. 七律·伏暑

南风赫赫晓云新，东出骄阳暑气均。
树上蝉嘶无倦意，林间鸟入有余尘。
寻来野水空垂钓，但向江村独问询。
喜笑孩童生怕热，随流逐远卧河滨。

5. 忆江南·金风悦（白居易体）

金风悦，微雨日初凉。
白鹭惊弦杨柳叹，丹枫飞镜楚云翔。
征雁落江乡。

6. 浪淘沙令·夏夜月悬空（李煜体）

夏夜月悬空，桂树临风。浮尘无雨路边通。
暑气有情灯下动，漫闪霓虹。

街道掩行踪。店面迷童。新鲜水果送香浓。
精细鱼羹吞味厚，天上难逢。

7. 好时光·不忘记农时（唐明皇体）

暑遇熏风难耐，莺燕懒、蝶蜂稀。
高柳噪蝉无去意，骄阳顶上移。

汗水流脸颊，笔路远、酒杯迟。
易醒登楼阁，不忘记农时。

8. 木兰花·挑灯书里寻佳句（李煜体）

挑灯书里寻佳句，听雨台前思去路。
避风楼上问来人，流水溪边归落处。

夜深人静窗花附，岁晚情闲茅屋住。
天寒才短布衣孤，树老影疏春色故。

9. 青门引·暑热难缠（张先体）

热浪炎风舞，人懒院前闲步。
池边绿柳夏蝉鸣。耳闻目睹，怎奈汗流注。

空嗟菜地飞禽聚，每叹柴门苦。
活来不易谁道，愿清静候开朝暮。

10. 采桑子·四野无边飞燕喃（和凝体）

心烦透顶人憔悴，生怕时嫌。
生怕时嫌，一树绯桃夜雨沾。

高情总被风吹去，柴米油盐。
柴米油盐，四野无边飞燕喃。

11. 更漏子·空飞一只鸿（温庭筠体）

北京遥，高铁快，朝发夕还非怪。
夜覆雨，昼浮云，路行万里人。

诗词话，琴棋挂，道不尽风情价。
来寂寂，去匆匆，空飞一只鸿。

12. 钗头凤·啼莺散（程垓体）

啼莺散，熏风乱，柳塘蜂蝶飞花怨。
浮萍小，垂杨老，瘦水无鱼，碧空穷鸟。
恼！恼！恼！

时光短，才名贱，万言难许高情愿。

蝉声绕，树枝俏，珍惜生活，弃遗愁扰。

好！好！好！

江苏诗人储竞芬

【作者简介】

储竞芬，笔名"懿煊"，女，大专学历，江苏省常州市人。喜欢诗词歌赋，用笔墨谱写生活中的酸甜苦辣。作品散见于报纸杂志和网络媒体。

诗词20首

1. 七绝·父爱如山

父爱如山人敬佩，无私奉献日奔忙。

家园守护好男子，儿女成才庆吉祥。

2. 七绝·盼月圆

人海飘零盼月圆，落花凋谢冷风寒。

心愁感慨倍酸楚，夜色凄凉梦已残。

3. 七绝·忆桃源

夜色凄凉难入眠，人愁憔悴泪珠连。
徘徊虚室容颜瘦，寂寞空庭度岁年。

4. 七绝·秋思

一曲离歌悲戚戚，满庭叶落意悠悠。
相思难忘人心碎，久别无期泪水流。

5. 七绝·赏荷

风姿高洁濯清塘，貌若天仙浣素妆。
菡萏花枝成美景，游人欣赏赋诗章。

6. 七绝·红梅

朵朵梅花雪映红，枝枝疏影御寒风。
山林摇曳幽香送，亭畔游人醉眼中。

7. 七绝·梅

寒冬岁月耐风霜，雪隐丰姿蕊吐香。
喜鹊栖枝生画意，飞花满地韵诗章。

8. 七绝·兰

素影幽兰开岭边，微芳柔蔓在岩前。
风吹雅韵仙踪秀，雨洗清香隐迹妍。

9. 七绝·竹

山林沐雨耐寒霜，丝竹迎风着翠装。
清劲幽欢迁古寺，坚贞挺拔醉斜阳。

10. 七绝·菊

寒风瑟瑟蕊珠黄，细雨涓涓溢暗香。
次弟花开姿媚秀，从容叶映韵流芳。

11. 七律·莲花

湖畔莲花香气溢，寺前玉蕊醉容妆。
多姿潋滟凌波渡，远韵蹁跹傍水芳。
婉婉霓裳浮倩影，翩翩翠袖映晴光。
氤氲缥缈怀思绪，馥郁娉婷入画房。

12. 七律·咏蝉

柳岸蝉鸣声自远，花蹊鹊噪影摇丛。
地荒梦断飞何处，天籁音高飘向空。
百里往还寻绿野，一方来去望苍穹。
凭谁寂寂沾朝雨，任尔喧喧度晚风。

13. 七律·柳絮

一夜春风杨柳绿，三朝花意露光华。
逍遥飘絮遮芳草，自在依栏冒嫩芽。
欲跨高山游碧涧，且听流水醉丹霞。
清浮旷野情怀远，吹向长亭梦寐赊。

14. 七律·苏州怀古（一）

彭泽亭前雁影孤，苏州湖畔鹤归途。
客来渔火流光彩，仙去楼桥飞焰珠。
遥望月圆怀远意，流连风满赏星图。
寒山寺庙钟声起，野渡江南水色渝。

15. 七律·苏州怀古（二）

故里斗南游五岭，客居江左逛三吴。
潇潇细雨淋垂柳，瑟瑟寒风吹荻芦。
水阔林深前有路，山高石峭后无隅。
虎丘名胜千年塔，龙洞乾坤百韵图。

16. 长相思·清梦

月照东，露濡桐。
花落无声流水匆。霜侵石涧松。

梦深宫，思帝容。
銮殿图腾染色红，魂飞清梦中。

17. 水龙吟·白莲波渡

枝头风起芳菲溢，杨柳湖边清露。
绿茵如毯，红花点缀，碧苞摇举。
蝶恋花香，蜂迷芳蕊，藤萝缠树。
赏花舞翩跹，人歌宛转，琴声诉，诗歌赋。

荡起涟漪远去，却还逢，情丝缕缕。

忧心阵阵，谁能解得？情深暗许。

未有佳期，更无归路，只因花误。

剩心烦意念，红颜羞避，白莲波渡。

18. 水调歌头·游古丘

夙愿华夏旅，初见古丘亭。

山区环境舒适，安逸恣游程。

履险探寻奇迹，胜景清幽林密，佳境远知名。

跋涉三千里，江畔一望晴。

江山秀，风景美，峻岭登。

飞流直泻，半壁山顶叠层形。

林壑盘桓峭壁，沟寨绕行瀑布，水落寂无声。

云影飘虚幻，景致醉诗情。

19. 行香子·春词

一缕清风，两岸新妆。看山川、鸟啭飞翔。

松筠疏影，花蕊飘香。

见湖光美，山光亮，水光洋。

难描美景，听声秀水，倚栏杆、遥望前方。

寻思觅句，著作成章。

赏诗中雅，词中醉，画中藏。

20.沁园春·春游

春暖花开，一方青野，千里绿洲。

看晨曦旭日，山林寂寂，花香瑞露，燕雀啾啾。

望去浮云，迎来飞鸟，绿水高山心意悠。

太湖畔，赏欣怡美景，水阔漂流。

凝眸远处双鸥。共逐浪、飞行嬉客舟。

醉意清风景，狂书文字，纵情山水，欲放歌喉。

书画诗成，文章赋就，妙语佳篇赋未休。

云天外，尽诗篇日醉，辞赋春游。

江苏诗人王凤媛

【作者简介】

王凤媛，女，1962年3月出生，大专文化，中共党员，苏州市人。2018年10月起学习创作格律诗词，有感而发，聊以自娱。

诗词20首

1.五绝·晚樱

霞云飘满枝，已是暮春时。

昨夜听风雨，晨逢一地诗。

2. 五绝·阳台盆绿

南窗丛绿郁，日久也生情。
秀雅添吾趣，相逢闻有声。

3. 五绝·阳台春色

无事居家宅，流光寂夕晨。
由来花解语，馈赠一枝春。

4. 五绝·月见草

倩影红装浅，芃芃陌上迎。
清新添雅韵，自在见欢情。

5. 五绝·郊游即景

平芜晴日丽，芳草碧连绵。
遍见童欢影，飞鸢紫陌边。

6. 七绝·冬至

洌洌风寒日已斜，劳劳收歇直回家。
添肴把盏话长夜，数九天伦温岁华。

7. 七绝·苏武牧羊

作牧蛮夷十九年，竭忠忍辱气长天。
家山漠漠归程渺，直得飞鸿笺素传。

8. 七绝·春风

每逢除岁唤回春，送暖屠苏驱旧尘。
携得甘霖滋万物，细栽陌上柳绦新。

9. 七绝·彼岸

栉比云楼堤畔耸，幽波倒影濯寒烟。
参差如嶂遮吾眼，犹念当年水外天。

10. 五律·上饶鱼鳞坝小憩感

潺潺源不尽，鳞坝截泉呈。
溯石回湍急，鸣溪见澈明。
此来随性乐，堪可慰吾情。
足以风尘涤，奈何车启程。

11. 五律·伏天赏荷

莫愁三伏暑，本是节时移。
当可娇荷赏，堪为雅韵痴。
无风涟淡荡，有影态清奇。
谁不诗心漾，眸收画意时。

12. 五律·吴中窑上山村赏桂

吴地太湖滨，山村毗接邻。
千家皆桂植，百里尽香臻。
采撷阶前晒，酝藏壶里醇。
何时邀友酌，醉梦做乡民。

13. 五律·微震有感

得闲正午后，独自启屏悠。
忽感身微震，初猜事出由。
眸抬茶盏晃，地动迹相浮。
光景连三妙，时魂惊不休。

14. 七律·珍惜

似水韶华不息流，青丝斑发一回头。
常浮烂漫少时影，犹记徘徊几度愁。
碌碌平生长梦在，劳劳往事寸心柔。
红尘可恋去无返，但惜余年堪乐悠。

15. 七律·春燕

青帝连天馈暖融，呢喃紫燕舞春风。
翩翩戏柳秋千荡，两两穿花蛱蝶同。
虫豸喙衔输稚幼，檐梁巢筑忽贫穷。
寻常总是惹人喜，平户迎归年兆丰。

16. 七律·由自制馒头而感

揉和生粉水温测，酵发软柔笼置蒸。
细察红炉虚旺控，澄凝热气慢升腾。
常闻养性凭风雅，不见清心有此层。
明镜本无何故觅，无机随处见禅灯。

17.临江仙·小区春园

陋室凭窗俯瞰，绮园一片春扬。
丛芳争艳映当阳。晚樱花匝密，桃蕊蝶飞香。

春赏不闻远近，年华有意相望。
盘桓斯处比天堂。依依花荫下，小草也萋长。

18.蝶恋花·太湖大道潭东村段

浩浩潋波连碧宇，隐约山峦，烟水茫茫处。
新苇青青排有序，相连又断长湄妩。

履步一湾堤畔伫，极目心随，白鹭云天翥。
顾眷云薹香缕缕，也怜飞蝶丛黄舞。

19.行香子·夏日独墅湖傍晚即景

日落平湖，波映华光。有修篁堤畔成廊。
长天鹭翥，迢水舟扬。
正蝉儿鸣，风儿拂，草儿香。

闲情履步，怡眸拾景。赏苇芦濯水苍苍。
清新玉女，飘逸罗裳。
醉水中鱼，林中影，梦中乡。

20. 如梦令 · 解读孟浩然《春晓》

昨夜雨绵寒扰，堪忍落花多少。

晨醒鸟声闻，不觉雨停天晓。

风啸，风啸。一地芳魂可早。

湖北诗人张世亮

【作者简介】

张世亮，男，汉族，湖北省枝江市人，中共党员，1938年8月出生，1956年7月参加工作，1998年在湖北省枝江市发改局退休。现为湖北省宜昌市书画家协会会员、宜昌枝江市关庙山文学社会员。

格律诗 10 首

1. 七律 · 莲

夏日炎炎背刺芒，村居出外览荷塘。

池边绿杆株株净，树下红蕖朵朵香。

水浅花开丝蕊短，泥深茎展蜜鞭长。

秋回不见伊人面，藕断情连入梦乡。

2. 七律 · 蝉

六月还乡农活忙，枝头蝉唱甚高昂。

村前树下不清静，房后花间也躁狂。

夏热常常窗外现，冬寒往往洞中藏。
蜕衣翅羽由评说，黄雀螳螂事待详。

3. 七律·忆上海孔庙有感（通韵）

子女邀居仪凤门，常游孔庙度时辰。
寻书坐地交文友，朝圣登阶迎贵宾。
论语雄文仁礼在，诗经美卷雅风存。
儒家学校遍寰宇，仰止高山为至尊。

4. 七律·忆当阳关陵有感（通韵）

忆起当阳关庙门，红墙大院柏森森。
高牌架顶云遮地，浅洞藏棺草盖坟。
北魏抛金结义士，东吴设计陷良臣。
单刀赴会蜀功显，历史英名称武神。

5. 七律·柳絮（通韵）

日丽身舒乡下行，长长堤岸柳枝盈。
柔柔白粉漫天际，灿灿碧云遮地坪。
水面漂泊随浪打，空中舞蹈任风凌。
开花结果何繁衍，落土杨桩根也生。

6. 七绝·红梅（通韵）

粉色鲜花朵朵开，冰霜已去菜抽薹。
阳光洒地无寒意，勿虑金梅冻地灾。

7. 七绝·雪兰（通韵）

细叶田边绿蕴芳，雪白花朵特奇香。
知君酷爱兰高雅，外貌何须着彩妆。

8. 七绝·幽竹（通韵）

青篁室后满田园，日落黄昏鹊噪喧。
无肉心甘竹必有，常居此景益天年。

9. 七绝·菊展（通韵）

菊花艳丽造型真，五彩缤纷式样新。
更有金龙高仰首，尽兴游览到黄昏。

10. 五绝·风韵（通韵）

绿柳绕枝摇，杨花卷地飘。
高山松叶落，水上起波涛。

安徽诗人屠新红

【作者简介】

屠新红，"60"后，安徽省六安市人，自由职业者，现客居北京市。酷爱文学，有作品散见于部分纸媒和网络平台。系北京皮村文学小组成员之一，现为北京市海淀区作家协会会员。

诗词20首

1. 五绝·谷雨乡晨

暖风吹鸟语，明月照鸡鸣。
农院人声静，呼邻备垦耕。

2. 五绝·中元节

中元节哀至，烧纸跪坟前。
感念祖先德，彰昭后代贤。

3. 五绝·风

暑气蒸田野，南风代热吹。
禾苗须雨露，憎恨不逢时。

4. 五绝·花

花艳世间香，悦愉胸里藏。
寂寥无影迹，恐惧暮秋霜。

5. 五绝·雪

寒夜北风起，晨醒白玉涯。
帮童堆雪物，笑讽过时爷。

6. 五绝·月

月出空天里，古今都一般。
世间多少事，总有缺和团。

7. 七绝·秋晨

雨后初晴升旭阳，东方天际满霞光。
秋来晨起显凉意，野外旅行添衣裳。

8. 七绝·古镇访友

街巷弯弯老店忙，春风十里酒花长。
来游朋友才知道，客在蓼乡胜故乡。

9. 七绝·田野晨光

晨曦漫步田畴远，满眼青波共向荣。
凝视细观听细语，稻禾拔节伴风声。

10. 七绝·小院春趣

恰逢小院正春时，窗外探观花满枝。
彩蝶姗姗书桌上，也随学子读唐诗。

11. 七绝·梅

人皆赞叹梅花杰，傲骨凌寒香暗来。
不与群芳高下比，单为春至现华裁。

12. 七绝·兰

窗上种栽兰一筐，白花丽叶味常香。
问君家自何方到，历练深山岁月长。

13. 七绝·菊

霜秋孤雁苍天远，百卉凋零君独开。
赤橙绿黄青紫黛，山川萧肃不悲哀。

14. 七绝·竹

荒野青山竹子生，寒冬酷暑叶长荣。
问君哪得绿如许？天念吾家意志精。

15. 七律·吟竹

小窗掩映四时青，邻宅常招翠鸟鸣。
凌节因风筛月影，虚怀伴我读书声。
每思林里七贤赋，便起心间一世情。
何日胸中也成竹？出门大笑请长缨。

16. 七律·家乡登山怀古

古壁遥望垂柳岸，风光四季满山巅。
街村倩影云霞里，马路行踪天际边。
许是乡情承酒韵，至今游客拜廉泉。
如烟往事成追意，化作水波归百川！

17. 七律·忆蝉

三伏榆林幽梦般，纳凉嬉戏乐无端。
月昏随父撅蝉蛹，天晓跟妈找壳残。
闻曲村头人静立，辨形叶里目凝观。
黎民不解高和洁，忙捉卖钱医苦寒。

18. 七律·咏荷

秋深一水碧塘寒，渐紧西风摧叶残。
常念清流香隐月，谁怜红落艳连滩？
身从花里过来洁，心自莲中归去安。
听得伊人浣洲曲，终知无欲即无端。

19. 水龙吟·七夕有感

——步苏东坡《水龙吟》

鹊仙七夕天空去，天际飞鸿鸣唳。
银河桥搭，星光两岸，悲欢相至。
应念长空，空遥人静，星多如米。
乍望满河汉，依依难舍，依前诺、银河起。

须信天河万里。有谁家、夫妻遥寄。
万重云外，风行阵阵，爱情又缀。
仙界人间，青禾丛下，隔云观水。
感牛郎聚见，仙人拥抱，有辛酸泪。

20. 行香子·观荷塘

去岁相邀，今夏乘航。观万亩碧绿湖塘。

花香鹭起，鱼悦歌扬。

赏塘中荷，水中鸟，阁中章。

满湖绿溢，情思万叠。赞荷之气宇轩昂。

何堪美好，如此安详。

感平生清，一生洁，此生香。

贵州诗人赵伸

【作者简介】

赵伸，90后，布依族，出生于贵州省水城县。喜爱文学，作品散见于报纸杂志和网络媒体，并入选多部书籍。著有现代诗集《浮生如梦》、散文集《重缘》，均为团结出版社出版。

诗词20首

1. 五绝·风涌

不羡贫和富，何由命运匆。

仰头吞日月，脚踩地心宫。

2. 五绝·花意

春风花满楼，夜雨绕心头。
何为相思意，千丝过九州。

3. 五绝·夜雪

飞花何处寻，明月照来今。
坠地纷纷去，谁人在我心。

4. 五绝·月影

北风冷画屏，孤雁何其幸。
月色江南愁，农闲人也静。

5. 七绝·梅殇

小船一夜下扬州，细雨漂漂伴水流。
薄雾浓云大风起，此生陪雪共枝头。

6. 七绝·幽兰

空谷幽兰碧玉新，云霞西下落轻尘。
喧歌鸟语终归去，石上清泉伴月轮。

7. 七绝·劲竹

婆娑月影动山关，淡淡青烟抚素颜。
不惧艰难和苦恨，抬头破土看人间。

8. 七绝·落菊

朦胧月色入潇湘，少女娉婷舞霓裳。
一怒红颜终老去，花开花谢又重阳。

9. 七绝·离别

水榭歌台城外柳，纷纷落叶堪回首。
古今多少相思人，挽作天涯一壶酒。

10. 七律·咏莲

翡翠罗裙落梦中，琉璃谷帽雾蒙蒙。
娉婷少女千秋客，玉盏金童百岁翁。
坐看庭前清暑殿，闲聊云外广寒宫。
不随梅竹争风月，傲骨嶙峋称俊雄。

11. 七律·咏蝉

清酥小雨敲晨钟，翠柳莲池意味浓。
素女亭前弹绿绮，吴郎殿外舞青锋。
但闻明月仙人桂，谁念柔情隐士松。
待到春晖初照后，凌云振翅向天冲。

12. 七律·登镇海楼怀古

碧锁朝烟镇海楼，红酣春色玉山游。
琉璃砚匣慰遗老，翡翠清樽敬故侯。
云束峰腰揽书卷，风萦波面看渔舟。
悠悠歌舞不曾断，谁记陈堂旧日愁。

13. 七律·登甲秀楼怀古

暮色推窗酒入喉，诗书半卷上层楼。

文场如海君王梦，笔阵犹龙天地游。

莫道史迁修史记，兼闻孔子作春秋。

知行若一心无骛，警句名章万古流。

14. 七律·柳絮

清风携韵入林间，锦梦千舟伴碧莲。

琴调轻弹红杏雨，管弦细奏绿杨烟。

素心凝恨春方半，芳草含愁夜未眠。

谁酿悲伤一壶酒，无人对饮敬婵娟。

15. 七律·春日感怀

飞花逐月轻如梦，雨打芭蕉庭外弄。

心若狂潮追玉龙，念随落日披祥凤。

人生到老山河收，世路无端天地动。

只恨斜阳已渐凉，红颜白发泪痕中。

16. 七律·春情

鲜花坠落纷飞去，芳草连心遍地牵。

小巷亭前飘白雪，高楼户外泛青烟。

可怜月满皆成梦，无奈风吹已数年。

树下婵娟初相遇，斜阳古道散姻缘。

17. 水龙吟·中秋望月霜华落

中秋望月霜华落，野外孤莺悲唳。

山间薄雾，枝头枯叶，随风而至。

正是农家，坝场打谷，瓮添新米。

桂魄过行街，长空明亮，残灯照，花香起。

遥望故乡千里，作文书，相思遥寄。

婆娑双眼，小园重现，忧伤又缀。

对坐无言，心如平镜，一江春水。

叹青丝白发，流年离索，尽心酸泪。

18. 行香子·登楼

鸟宿山间，雨打窗前，登高楼，长夜漫漫。

庭前嫩叶，春意阑珊。

听琴声扬，笛声短，鼓声喧。

潺潺流水，妍妍花钿，伴渔舟，静守千年。

兴怀提笔，一纸江山。

感朝阳柔，骄阳烈，夕阳闲。

19. 水调歌头·冷清秋

晨露倚泉石，锦雁送家书。

桂花香里松柏，秋意满新都。

白发渔樵舟上，枯草青苔岸远，寒月坠星湖。

藓骨只需有，幽径渐荒芜。

览秦玉，观赵璧，看梁珠。

一生如梦，霜发低首自踟蹰。

生是朝阳东照，死若流霞西眺，醉卧赋闲居。

万里江山在，长夜路崎岖。

20. 沁园春·游乌蒙峡谷

巍巍乌蒙，千峰成林，万溪汇流。

瞰风梭沃野，青烟渺渺，雨梳江面，碧草悠悠。

鸟宿疏林，霞追落日，欲住婵娟天上楼。

惜时浅，阅青山无数，锦瑟难休。

人生往事心头，只道是霜寒夜半秋。

叹黄河饮马，中原问鼎；退居三舍，故国封侯。

一代军师，两朝丞相，身死征途志未酬。

曾记否，十年沧桑路，笑看春秋。

贵州诗人龙义胜

【作者简介】

龙义胜，笔名"君尘笑"，男，彝族，贵州省水城县人，自由职业者。爱好文学，作品散见于报纸杂志及网络媒体。

诗词20首

1. 五绝·风（一）

轻解数枝红，狂摇百树空。
无根飘四海，跃起过千嵩。

2. 五绝·风（二）

来去影全无，随心落玉湖。
本能轻跃起，林乱阻登途。

3. 五绝·花（一）

春来枝满颜，芳馥惹流连。
花谢花飞去，思卿年复年。

4. 五绝·花（二）

风才吹石红，雨又湿梧桐。
骨朵绽新意，可怜秋正蒙。

5. 五绝·雪（一）

凌空舞不休，风却谓何求？
天地漫银甲，江平水上秋。

6. 五绝·雪（二）

净洁舞长空，年年正梦中。
亭台梅映雪，来岁庆农丰。

7. 五绝·月（一）

星月冷清泉，竹松疏鸟眠。
青丝何处去，玉兔树梢悬。

8. 五绝·月（二）

翘首弄堂前，中秋月正圆。
至亲影佝偻，浪子泪涟涟。

9. 七绝·梅

凌寒怒放花枝俏，逊雪白梅闻暗香。
不与三春花竞艳，静迎风雨和冰霜。

10. 七绝·兰

深山幽谷紫兰开，碧玉霞冠曳石台。
雅致清姿堪入梦，微风不请自常来。

11. 七绝·竹

生在贫荒立在冬，根须紧握自从容。
宁折不屈本真性，岂会车前驾后恭。

12. 七绝·菊

凛冽冷风吹菊开，身披金甲立霜台。
重阳又见卿颜笑，花落轻轻任凭猜。

13. 七律·咏莲

十里平湖菡萏娇，蜓飞蝶舞戏渔樵。
雨催倩影木船去，风送幽香巷陌飘。
杨柳夹堤思燕雀，芙蓉出水望云霄。
我心本是九天月，落入凡尘听海潮。

14. 七律·咏蝉

仲夏乘凉望月中，双峰镜海卫城东。
轻鸥水腹逗渔叟，喜鹊山腰戏牧翁。
飞燕欲迎莲叶雨，流萤犹待稻花风。
蝉鸣彻响当相警，应使清光溢碧空。

15. 七律·咏絮

二月青丝见绿芽，暮春时节展风华。
平堤飘絮翩翩舞，隔岸残红处处斜。
低伴游鱼朝戏草，高逢飞鹤晚追霞。
光阴不负韶年梦，雨润生根四海家。

16. 七律·东门塔山怀古

夕阳斜坠镜河中，文笔云端书桂宫。
蓄水塔山留古韵，辩奸亭舍弄新风。

秧歌院里声相似，穿斗楼前人不同。

时客哪知旧时史，兴来泼墨洒苍穹。

17. 七律·长江怀古

玉箫声断折杨柳，曙雀沉湖动渡舟。

屈子庙檐飞雨闹，昭君故里钓台幽。

昔人已是前尘客，流水还应今日秋。

明月长江酿成酒，河山大好一壶收。

18. 沁园春·登鹰山

烈日横空，苍山北望，白水东流。

瞰波涛万顷，黄云朵朵，古桥千载，青竹悠悠。

野鹤长鸣，群峰兀立，江上渔翁轻伴愁。

待来日，看人潮拥挤，客满茶楼。

随风往事轻柔，忆往昔少年春共游。

有诗书几卷，轻吟有道。竹松两簇，静立无忧。

岁月青葱，韶华尽逝，不见天明誓不休。

勤勉励，愿花开遍地，颜笑帆舟。

19. 水调歌头

冬寒生别意，人老了尘缘。

稚童呼伴庭中，亲长伺堂前。

远处两声犬吠，风动青烟几缕，独自往林泉。

荒草满幽径，石立水中天。

叹时光，轻飞逝，悄无言。

愁思萦绕，一树梅白引流连。

枯木横斜墙外，新草浅摇树底，音乱不曾眠。

世事难长久，愿尔尽欢颜。

20. 行香子

一缕清风，两岸垂杨，喜鸡鸣叫醒晨光。

晴烟随野，旭日临江。

赏水中荷，林中鸟，镜中妆。

亭前闲坐，花间静卧，看白鸥嬉戏桥旁。

农家客至，野店人荒。

却席相坐，酒相敬，事相商。

湖北诗人文光清

【作者简介】

文光清，原宜昌市三峡广播电视总台编辑退休，副研究员职称。晚年吟诗田园。

七绝·故地重访踏歌行（10首）

1.七绝·重上青岗坪

青岗坪顶木葱茏，一座红楼掩其中。
盛夏犹觉春未老，苍山造化有神功。

注：青岗坪，指宜昌市长阳青岗坪微波站。

2.七绝·田头欢歌

苞谷砣砣大又长，满田满畈遍山冈。
政通喜遇年成好，村嫂飞歌甩过梁。

3.七绝·题韩如英女士贺家坪晨照

青山迤逦在天涯，梦幻行云覆锦纱。
千岩竞秀呈次第，贺家坪上瞰仙家。

4.七绝·回访大金坪

别梦依稀缘又见，畴昔陋站换新颜。
帅哥斑鬓英姿在，怀旧情结倍觉甜。

注：大金坪，指宜昌市秭归大金坪微波站。

5.七绝·云上花海

夏日葵花向阳开，纳凉圣地等君来。
白云缥缈蒙羞色，万紫千红众客徊。

注：云上花海，位于秭归白云山村海拔 1800 米高山之巅。

6. 七绝·白云山包菜基地

清风阔叶碧连天，雨霁盘珠打滚圆。
牵手白云飘万里，特优蔬菜产山巅。

7. 七绝·云台荒风力发电场

一排银柱靓山头，桨叶轻悠夜不休。
慷慨季风捐大地，云台送电亮峡州。

注：峡州，宜昌市古称峡州。

8. 七绝·狗尾草

甘生荒野乐云霄，似水柔情盛夏妖。
不与百花争秀色，点妆后土更风骚。

9. 七绝·路边野花

羞答答半掩芳容，点点星杂混草丛。
一股馨香撩过客，劝君脚下且谦恭。

10. 七绝·题照吴玲女士林中舞

万绿丛中一点红，轻盈飘逸欲凌空。
昭君疑似回乡里，宛若嫦娥秀月宫。

湖北诗人牛文超

【作者简介】

牛文超，笔名"静谷"，生于 1942 年，湖北省枝江市人。中共党员，退休干部，湖北省中华诗词学会会员。

诗词 10 首

1. 五律·山溪

清溪源翠谷，跌宕出山陬。
浅濑危滩疾，寒潭碧涧幽。
有恒奔大海，遂愿汇洪流。
我欲随之去，东溟戏白鸥。

2. 五律·湖滨晨步

信步走湖滨，涟漪映晓曈。
萋萋芳草路，郁郁翠樟林。
禽鸟鸣清脆，莲花溢馥芬。
怡然融造化，清气净尘襟。

3. 五律·闲吟

淡饭度晨昏，蜗居里巷深。
平庸无剑气，旷逸有诗心。
睥睨风中柳，聆听月下琴。
偶而思往事，缥缈过烟云。

4. 七律·湖畔

芦花似雪苇滩黄，振翅轻鸥逆浪翔。
空阔明湖波潋滟，萧疏落木叶飞扬。
艰难岁月无嗟怨，坎坷人生任否臧。
远目冈峦横黛色，翛然伫立向苍茫。

5. 七律·迟暮闲吟

远眺烟峦浮紫气，波光潋滟大江流。
凭栏啸傲风盈袖，依杖听涛雪满头。
淡荡飞霞红日暮，清泠止水碧潭幽。
夕曛霭霭鸥来去，月照芦滩系晚舟。

6. 七律·瑞雪迎金虎

凛冽寒风吹大野，纷飞白絮漫天穹。
茫茫江汉翔仙鹤，郁郁龟蛇舞玉龙。
素裹松针增翠色，银装梅蕊靓芳容。
无垠瑞雪迎金虎，映照灯笼万盏红。

7. 惜分飞 · 幽竹

繁密幽篁生山麓，空翠烟霏泉漱。
绿荫清心目，万竿栉比凌云蠹。

扎根乱岩风霜苦，自有虚怀傲骨。
老干虫难蛀，劲节坚挺林深处。

8. 减字木兰花 · 山野（通韵）

羊肠小道，风雨兼程山陡峭。
荒寂寒村，相与蓬门共苦辛。

置身僻野，天籁林风明月夜。
涤荡心胸，澎湃涛声万壑松。

9. 河传 · 江天（通韵）

日丽，霞绮，邈江天。亘古涛声绵延。
激水冲破万重山。烟帆，浩茫波浪宽。

壮阔风光今更好。风雷扫，雾散云开了。
望奔洪，荡心胸。兴浓，慨然思不穷。

10. 水调歌头 · 秋兴（通韵）

飒飒凉风起，熇熇亢炎收。
蓝天澄澈，一望无际好登楼。
远目层层峻岭，临眺茫茫沧海，逐浪舞飞鸥。

好风入怀抱，佳景醉双眸。

念平生，经坎坷，历荒陬。
少年意气，奋臂挥棹渡洪流。
度过蹉跎岁月，历尽沧桑世事，纵放五湖舟。
俯仰乾坤朗，涤荡古今愁。

湖北诗人袁秋英

【作者简介】

袁秋英，笔名"秋秋"，湖北省赤壁市人，大专学历，小学高级教师，市级优秀教师，中华诗词学会会员，赤壁诗词学会理事。作品散见于《诗刊》《中华诗词》《中华辞赋》等报刊及网络，并入编多部书籍。

诗词 5 首

1. 七律·赤壁万亩茶园

坡野葱茏显媚春，嫩芽舒展秀清晨。
莹莹露水殷殷闪，灿灿朝阳暖暖亲。
绿海丛中传笑语，畦沟幽处涌红巾。
清香袅袅飘千里，锦绣连绵画卷新。

2. 七律·夜晚漫步陆水河

仰望银钩挂碧空，繁星闪烁意无穷。
远观彼岸柔灯照，近赏潾波倩影融。
歌曲绵绵盈耳郭，舞姿缓缓醉眸瞳。
更欣夜晚斑斓景，美若蓬莱入画中。

3. 西江月·咏梅

凛冽寒风呼啸，轻柔玉雪飞斜。
层层覆盖是琼花，俏扮虬枝如画。

傲骨冰肌透亮，倩姿吐蕊奇葩。
晶莹朵朵向天涯，愿把梅魂播撒。

4. 鹧鸪天·咏竹

硕大贞筠耸昊天，迎风曼舞美幽仙。
文笺成册留青史，竹篾加工做纸鸢。

经霜冻，耐冬寒，一身保藏赐民间。
虚怀若谷情高尚，墨客倾心赋雅篇。

5. 鹧鸪天·月夜思念远方

夏夜风来爽意连，柔柔绿柳若心弦。
轻弹起舞情依绕，浅唱倾心手相牵。

星影烁，月辉传，悠悠入梦意缠绵。
今生有幸红尘遇，爱在诗行墨韵间。

山东诗人万会花

【作者简介】

万会花，女，山东省济南人。中华诗词学会会员，中国楹联学会会员，自 1983 年开始发表诗歌，作品散见于报纸杂志及网络媒体，并入编《当代影响力诗人作家文选》等书籍，多次获得省内外文学大赛奖项。

绝句 五首

1. 五绝·晨起

喜鹊喳喳叫，不明秋与冬。
花开花落处，旧梦不相逢。

2. 五绝·春草

一阵春雷起，山间百鸟鸣。
绵绵幽雨下，遍野绿青坪。

3. 五绝·雨后

雨后长空远，阶前雀鸟鸣。
小园花满地，任我踏歌行。

4. 五绝·江楼

大雪压枝头，风停山更幽。
皑皑千万里，寂寂一江楼。

5. 五绝·秋思

疏雨滴梧桐，孤灯长夜中。
诗成无好句，空剩一帘风。

6. 五绝·晚秋

庭院百花谢，山中野菊开。
经年人不返，一字雁归来。

7. 七绝·灯前

书中红叶已成笺，庭外菊花空自怜。
莫道西风难入梦，丝丝旧梦落灯前。

8. 七绝·风

春雨相随花满堂，夏蛙阵阵乱心房。
秋风瑟瑟透衣袖，冬雪飘飘梅蕊香。

9. 七绝·梅花

冬日寻梅三五枝，停车信步踏花时。
归来夜静浑无事，遍览放翁千首诗。

10. 七绝·伤秋

池边戏水一丝凉，静看秋山染晚霜。
落叶飘零随远去，思心阵阵泛忧伤。

11. 七绝·赠儿

花开花落又中秋，游子奔波母在忧。
年少从军千里志，峥嵘岁月显风流。

12. 七绝·大雪

茫茫大雪翩翩舞，笑看人间变了天。
阡陌绵绵山野阔，红梅一束寄丰年。

13. 七绝·端午

龙舟激起千重浪，粽叶青香万里飘。
一曲离骚多少恨，悠悠江水掩天骄。

14. 七绝·江村

伫立江边赏晚霞，牛羊列队慢归家。
炊烟袅袅山村景，一路清风一路花。

15. 七绝·乡村

依山傍水有人家，袅袅炊烟日影斜。
横笛牧童牛背上，乡村美景若新茶。

16. 七绝·咏菊

百花开罢菊花浓，傲立枝头艳未穷。
宁可悄然凋落去，安能缩首畏寒风。

17. 七绝·赞菊

且看百卉已生愁，唯有黄花不惧秋。
历尽霜风腰未折，不争不媚自无求。

18. 七绝·清明

和风细雨人间暖，天地清明万物生。
一脉相承系今古，潺潺碧水柳丝轻。

19. 七绝·红梅

片片飞花梦里来，依依不舍旧亭台。
推门喜见江山白，墙角红梅独自开。

20. 七绝·冬夜

雪花飞舞何时了，簇簇青山已白头。
地冻天寒难执笔，三杯淡酒可消愁。

21. 七绝·早春

经冬老柳现初芽，万缕春光到我家。
冰雪消融苦寒去，人间从此吐芳华。

22. 七绝·竹林

地势连天竹曳风，半山修影入湖中。
仙人可在林间住，始信人间有大同。

23. 七绝·学诗

彻夜推敲无妙句，平平仄仄乱心扉。
开帘喜见风裁柳，远处衔泥紫燕归。

24. 七绝·四月

烂漫山花香十里，莺歌燕舞觅芳枝。
碧波潋滟兰舟远，最美人间四月诗。

25. 七绝·读书

常忆同窗求学处，耳边相伴读书声。
青葱岁月悄然逝，疏雨潇潇到五更。

第三部分　散文随笔

湖北作家梁春云

【作者简介】

梁春云，湖北省作协会员，中华诗词学会会员，中国楹联学会会员，中国散文学会会员，黑龙江省青年文学家作家理事会理事，中国散文网高级作家、高级诗人，经典文学网签约作家（诗人）。担任三部书籍的副主编，担任散文集丛书《东栏弄雪》主编，个人出版散文集四部，有近百篇（首）散文、诗歌、诗词入编9个版本的书籍中，以上书籍已由国家级出版社出版。有诗歌在《学习强国》上线刊发，有散文被列为《高考作文范文》，有多篇散文发表在省地市报刊上，有散文在湖北省委宣传部等单位举办的"书香农家·全面小康"喜迎建党100周年读书征文活动中获三等奖，有多篇散文在多个国际华人文学大赛中分别获得特等奖、一等奖和三等奖，有散文在中国散文网等单位举办的2021年"三亚杯"全国文学大赛中获得金奖，有诗词在第二届"经典杯"国际华人文学大赛中获得二等奖。

有10余篇（首）散文、诗歌、诗词被湖北省教育科学研究院退休教师、现担任《冯站长一家》《一日一诗》《浮诗绘》特约评论员的左兵先生赏评和推送，有10余篇（首）散文、诗歌在地方电台《悦读枝江》栏目由一级播音员泓垚女士朗读，散文《秋的记忆》，被泓垚朗读课作为实例讲解。

曾任经典文学网散文学院副院长，获得经典文学网授予的2020年度"十佳精英版主"和"每周一文"活动金牌教练称号，获得经典文学网授予的2021年度"十佳精英作家"称号。

春天里的那团金黄

认识黄花风铃木，是 2020 年春节后，南宁的一些主干道上，零零星星地闪烁着金黄花。乘车行进时，我会透过玻璃窗多看一眼。

女儿说，这是黄花风铃木，花像风铃，像小铃铛，青秀山有成片的黄花风铃木，花开时一团团的，黄灿灿的，青秀山公众号发了好多美图，等我休息时就一起去观赏。

谁知，突如其来的疫情，打乱了正常的生活秩序，我们只好乖乖地待在家里，而女儿日夜奔波在抗疫一线。

我只有偶尔透过玻璃窗，视线越过波光粼粼的邕江，举目眺望万绿丛中的那一团团金黄，想像着，那一团团金黄绽放在回暖的三月，发出如风铃般的清脆声响报春的盛景，而我不能如期相会，只有沮丧和心有不甘。

2021 年春节后，我因事回了一趟老家，错过了观赏黄花风铃木的大好机会，可那一团团金黄花摇曳的身姿，竟然恍如梦境，时时占据我脑、我心。

女儿看懂了我的心思，决定要与黄花风铃木来一场约会，不见不散。

近日，女儿下夜班回来，两个孙女的心早已飞到了那着迷的金色世界里了。

我们来到青秀山北门，开往春天的小火车上，不时发出"叮当""叮当"的风铃声，清脆悦耳，我们不禁心潮腾涌，举步跨上开往风铃谷的专列。

沿途的黄花风铃木，零星绽放，但那一朵，那一团的金黄花，还有很多饱蘸激情的花苞，拽我们下了火车，我们改为步行，只为那闪耀在绿色中的黄花精灵。

拓展营地山坡的一隅，近观满树满树的金黄花，开得春光满面，开得轰轰烈烈，醉了自己，醉了森林，醉了大地。它们盎然矗立于陡峭的山坡，像冬奥会的一个个健儿，勇敢挑战着拓展营地的喧闹，静静地展示出自己最强劲、最灿烂的姿态。我避开广场舞大妈们的庞大阵容和欢快阵势，把那金黄的纯粹悄悄地整理后囊括于心。

睡莲花环湖而绽，在落羽杉静静的水中倒影里，在黄花风铃木半醉半醒的睡梦里，寻找自己优雅的身影。星夜浪漫游的辽阔草坪上，密密挤挤的露营帐篷，耳鬓厮磨的对对情侣，追逐嬉闹的顽皮孩子，会时不时地放眼瞭望路边盛放的那一抹抹金黄。多么和谐的一幅壮锦图啊。

背对着这一团团金黄花渐行渐远，我猛一转身，之前映入眼帘的轰轰烈烈的绽放场景，此时，被浓绿、黛黑包裹，只凸显出一团团小山包似的金黄，这便是我几年来魂牵梦萦的那一团金黄。

我们沿着"风铃谷由此去"的标牌指引，每人兜里揣着景区通票，却穿行于竹园，细品景观大道两旁的一竹、一树、一花、一石、一湖、一桥，侧耳倾听鸟儿献给我们的欢歌。

"快看，青山大桥！"孙女们惊叫起来，欢蹦起来。青山大桥的倩影历历在目。对，庚子年的春天，我站在青山大桥的那端，常常从高楼俯瞰，从茂密森林脱颖而出的那一团金黄，若隐若现，令我心驰神往。此时，眼前的这一团金黄，依然掩映在茂密森林里，若隐若现，令我心驰神往……

一列列开往春天的小火车，"叮铃叮铃"地从我们身旁亮闪而过，而我们体会的是车上游客所不能体会到的愉悦，甚至是感动。

"又看到那一团团金黄花了！"孙女们一次次地惊叫着。清爽的景观大道，在山脚下逶迤向前，那一团金黄时隐时现。随着渐行渐近，它的形状渐渐由一团团金黄，变成一缕缕、一簇簇金黄，又变成细线状、粗线状金黄，再变成一排排、一片片金黄。它像张开了硕大的金黄翅膀，在青秀山东区的半山坡翩飞翱翔。

"哇——""哇——""哇——"的惊叫声，此起彼伏。

我赶紧跨前几步，一座山，不，几座山，全是金灿灿的黄花风铃木。之情在拓展营地的那满树的金黄，称它开得轰轰烈烈的话，那它真是"小巫见大巫"了。园艺师在沿途营造零星的黄花风铃木，可能是给游客心理上的一个缓冲，通过慢慢来一个视觉上的感受，给不太强大的心脏减压、减震，渐次习惯金黄的浓重，以至"时刻准备、准备。"最后，来一个更加如火如荼，声势浩大的开场。

"纯金的哟！""没有丝毫杂质哟！"

这么庞大的金黄花阵势，我是开眼了。没有一片绿叶，居然一颗叶芽都不能见着。黄花风铃木是怎么做到的？

而且，树下，居然一棵草也见不着。我猜想，来观赏的人多了，在树下逗留久了，无论小草的生命力有多顽强，恐怕也只能心悦诚服，或是自叹弗如了。

我不用担心会践踏脚下的小草了，时而攀爬山坡，仰头举镜；时而像螃蟹横向行走，左瞧瞧，右看看，树下全是摆"pose"的红男绿女，老人小孩，或顺势，或逆光……

此时此刻，满眼的金黄，纯一不杂，像被炉火冶炼后的纯熟完美，也让我的思绪变得纯净。

我自幼爱花。我儿时的老家，夏有栀子花，冬有梅花。复瓣栀子花树栽种于大门前台子坡上，梅花树正对后门。栀子花在初夏便盛开了。我摘下带有三四片叶的、露白的花苞，插入罐头瓶子，或杯子，或碗中，放入清水。当从外面走进屋内时，感觉空气都是甜甜的，禁不住深呼吸。顿时，我身上的暑热消散了许多，浑身凉爽了许多。我还把花瓣张开的栀子花插在头上，或置于枕边，闻香，醒脑，催眠。

金黄蜡梅，给凛冽的寒冬带来了一抹金灿灿的亮色，也让父亲爱上了它。我每天给正好放假在家的父亲摘几朵，再加一勺绿茶，一同放入杯中，用开水冲泡。父亲便捧着暖杯，开始了美滋滋、香喷喷的生活……

黄花风铃木的那一团团、一树树金黄哟，我为之痴狂，为之寝食难安，为之夜不能寐……原来啊，是源于那久远的一树树报春的金黄蜡梅，勾起了我的无限遐思。蜡梅如同黄花风铃木一样，用大自然的神功，细细揉磨金灿灿的温暖色彩。所不同的是，黄花风铃木被揉磨成了春日风铃。

就让我们沐浴春风，徜徉花海，畅舒愿景，编织心梦吧。

茶绽古韵，烟霞流芳

南宁市金花茶公园一年一度的茶花，如金花茶、山茶、茶梅等，以品种之多、数量之大、花朵之大、颜色之奇、绽放时间之长著称。从每年10月至次年4月，它们带着几千年前的胚胎记忆，带着坚韧与信念，带着温情，带着和谐，在休闲生态文化公园盛开着，在菩提树下、在木棉树下、在榕树下盛开着。各色茶花以单瓣、复瓣和纽瓣的姿态，递次开花，争奇斗艳，在公园形成了常态性的百韵长廊。

因为持续的连阴雨，这些花儿怎么样了呢？正值元宵节，我们行走在微风细雨中，要一睹雨中茶花的芳容。

"山椿缘邮"的造景，表现为邮电部于1979年发行了10枚山茶花的特种邮票的外形特征。凸凹有致，颇有韵律的翻牌邮票、镂空雕刻茶花图案的立柱、几何形景石高低错落的组合，把茶花绚丽绽放的文化气息蕴含于我国丰富的植物资源中，蕴含于人们日常生活中，蕴含于颇有价值的收藏中。方寸之地，真情真心，喜迎春天的到来。

欣赏茶花的宽阔的大路、蜿蜒的小路两旁的古树上，都挂满了红灯笼，在增添春节喜庆气氛的同时，也成为初次来访游客的路标。我是从头一直环路漫步到尽头，一株株地浏览，一朵朵地欣赏。那些大大小小的花苞，深深浅浅的花色，新生的尖尖的嫩叶，微妙的淡淡的韵味无穷的气味，都令我惊艳。尽管，我是多年多次赏茶花了，但每次的心境依然是像初见它们一样愉悦，像头顶漫天繁星般畅快和遐想。

我有时觉得自己是一个"花痴"，任何时候见到花儿，便会驻足凝眸，不因匆匆赶路的时间紧迫，有时思绪纷繁，但在花儿闪现的一刹那，花的魂便会驱使我神情专注于它之上。

从层林叠翠的森林里，会有溪流曲折，蓦然回首的小山包上，摇曳着一片茶花，或金茶花，茶树近身处会有大小不等的原石，映衬着风姿绰约的茶花，宛如它们原生地的自然风貌，令人欣悦地寻、识、赏、品。

在丘、岭、冈、坡，茶花以它闪亮的身姿，野味、野性十足地让我止步；在坊、桥、楼、阁，茶花以它娇艳的面容，是以它们顽强抵抗十来天、二十多天的阴雨缠绵后，依然娇艳的面容，跳跃到我眼眸，跳跃到我心田，我实在难以抵挡住它们魔幻般的诱惑……

就连茶树根部，一个天然的圆形底盘里收集了不幸零落的茶花或金茶花，它们依然透香玩味，都令我俯首嗅闻，不免心生怜悯和叹息。

金茶花因为它的"国宝"特殊身份，比较集中于公园的"深宫大院"，而独具岭南特色。它们以古老、热情的方式，以百品茶魂"读茶"，以金茶映月"闻茶"，以琴曲演绎"知茶"，以乐学坡"意会茶"，以曼陀桥"润色茶"……就在这一次次地"读、闻、知、意、润"中，让我逐步认识到源远流长的茶花文化内涵，逐步亲近茶的金身，逐步品尝生活的茶汁汤液。

此刻，绵绵细雨稍稍停下了，我行走于朦胧的茶花走廊里，因了万千茶花的繁盛绽放，它们在我面前展开了"茶马古道"广阔的疆域。它的路基仿佛是我爬山走过的古道，软基碎石上掺和夹杂着原木、砂岩石块，砂岩石块上有锈蚀斑驳的印迹，道路陡峭上升一段后笔直落入深邃的山谷，再突兀地上升，然后消失在一棵棵葱立的大榕树的后面，又掩藏于更远的地方，接着陡峭山路又重新显现，一座座山脉把它托举到至高地。空中俯瞰，活脱脱的一条白色的细细丝线，弯弯曲曲地铺在绿丛中，之后便穿过昏暗的酷寒夜晚，再翻腾于明媚的春天，再又像木棉或菩提一样，静止不动，钻进森林。万物在生长、成熟、衰败中更迭，又以新的姿态呈现，而"茶马古道"却被万丈阳光照耀，在我心中十分独特地延续着，生生不息。

思而悟道。我学着古人，携镶而行，在神秘而壮观的走廊里，在或昏暗，或明亮的时光隧道里，时而轻快如飞，时而弓背低首，在享受不尽的自然风光时，在陶醉古人的谋略和智慧的光芒时，在用双脚丈量心中绵延曲径的茶马古道时，把不平事都抛到九霄云外了，用心欣赏茶花如烟霞般绚烂、如绸缎似的飘飘洒洒的艺术形态美，用心欣赏烘托茶花的器物与绿色环境契合的空间美，用心欣赏茶花的自然、儒雅、精进、韵高致静的意境美，用心咀嚼、感恩沧桑岁月的醇香和韵味……

福建作家张荣

【作者简介】

张荣，是一名退休教师，近几年以写回忆录来打发时间，作品有《沧桑老人的童年故事》60篇，以及其他散文、小说40篇，其中有多篇在全国散文比赛中获过大奖。

童年历险记三则

一. 坠楼

小时候，我跟母亲居住在父亲的粮油店三楼。

一天清晨，我揉着惺忪睡眼，听到窗外传来嘈杂的声音，既有小鸟的鸣叫声，又有男男女女的议论声，感到很奇怪。平时，我每天早上醒来，都有听到不知名小鸟的歌唱声，甚至还看到美丽的小鸟飞到窗台上，"叽叽喳喳"地来回蹦着跳着，仿佛在催促我快点起床。这些我都已司空见惯了，可就没听过刚才这种怪怪的令人毛骨悚然的说话声。

出于好奇，我赶忙起来，站在床上，头探出窗外去观看。原来，在父亲的店门口躺着一个乞丐婆。她头发乱蓬蓬的，补丁又补丁且皱巴巴的衣服上沾满黑泥巴和灰土，脚穿一双露出两个脚趾头的布鞋。围观的人指指点点，说七道八。这究竟是怎么回事呢？她为什么会躺在这儿呢？为了听个明白，我的上身不断往前倾。就在此刻，草席滑开了，我"哇"了一声，掉了下去。

在这一发千钧之际，父亲的小伙计正好走到店门口。这小伙子胖墩墩的、有弹性的身子，好比一个蹦跳的橡皮球。他很灵活，一听到小孩的哭叫声，就迅速地伸出粗大的双手，把我接住了。小伙计的手脱臼了，但我皮毛无损，只是受了惊吓，有点不省人事。

母亲得知后，立马从楼上冲了下来，把我抱在怀里，对小伙计千恩万谢的同时，嘴里不断叨念着："祖宗有灵！祖宗有灵……"

试想，小孩子头朝下坠落，如果当时没有被小伙计接住，这幼小的生命不就一命呜呼了吗？

二 . 溺水

儿时的我非常淘气，母亲做针线活的时候，很不喜欢我在她身边，因为我会不时向她讨要吃的，又爱弄她的针线盒，经常把线搞得乱乱的，惹她生气。

有一次，母亲正在缝衣服，我在旁边逼她去买光饼。母亲被逼得实在没办法，只好答应我说："你到外面去玩一玩，我把这一点缝完后，就买一块给你吃好吗？"我爽快地答应了。

我家的天井很大，左右各放一个口径约一米多的大鱼缸，养着很多金鱼。鱼儿们披着各色美丽的鱼鳞，悠然自得，穿梭般地交织来往。它们矫健地上下翻腾，变幻出各种各样的花式，蔚成神奇的图案，煞是好看，是我玩耍的好去处。

我人小鬼大，玩法别出心裁，用篾条做个碗大的圈子，想让鱼儿从我的圈子里游过。鱼儿们当然不会听从我的指挥，多有违规者。特别是"小泡眼"，让我既爱又恨，因为它鼓着两个灯泡似的大眼，拖着白绸缎的长尾巴，很讨我喜欢，但它调皮得很，根本不把那圈圈当一回事，每当遇上那圆圆的东西，扭头就走，把我气得鼻孔冒烟，骂个没完。母亲不时会听到我嬉笑怒骂的声音，觉得孩子自个儿去玩耍，没人影响她缝衣服，心里甭提有多高兴。

祸福相依，笑泪交织。没过多久，孩子戏鱼的笑骂声戛然而止了，母亲叫了几声"龙儿，龙儿"，没人答应，窗外死一样的寂静。她顿时害怕起来，思想非常烦乱，连忙放下手中的针线活，跑出房间，大声喊叫我的名字，依然没有人回应。此时，她已预感到大事不好，心儿忐忑不安，紧张得浑身血管都要爆炸似的，急忙冲到左边的鱼缸旁，没人，又冲到右边看另一个鱼缸。她万万没想到的是，我躺在鱼儿们的包围之中。

母亲立即把我拉出来，但我已停止呼吸了。母亲虽然没有急救常识，但她目睹过接生婆急救窒息婴儿的情景，旋即有了"灵感"，立马按接生婆的做法，把我的脚提起来，不断拍打屁股。我"哇"了一声，吐出一口水，慢慢地苏醒过来了。母亲这才舒了一口气，口里不断叨念着"祖宗有灵"这四个字。

人的生命是很脆弱的，尤其是小孩子。如果母亲再迟一点来找我，可能就救不活了。

三．马祸

一天傍晚，残阳如血，晚霞似火。家乡的母亲河，以及在河边操练的解放军马队和围观者，都沐浴在一片红色的霞光中。一场猝不及防的马祸就在这时发生了。

在新中国成立初期，常有解放军的小队人马路过我家乡。记得，解放军七连曾在我的家乡滞留过一段时间。解放军的军纪严明，秋毫无犯，深受乡民的欢迎，人们都亲切地称他们为"兵哥"。我是个少见多怪的孩子，什么都觉得很好奇，经常跟在兵哥后面凑热闹。特别是他们带来的那几匹战马，让我百看不厌。

每次兵哥练跑马，我就会跟着马儿跑呀，跳呀，喊呀，十分活跃。谁能想到，平时只跟在马的后面忸怩作态，惹人发笑的孩子，那天傍晚竟然莫名其妙地冲到马的前面呢？

解放军练跑马的地点在河边，维持秩序的兵哥们几步一岗，不让围观者靠近。我是个瘦小的小孩，这边转转，那边转转，总觉得看不过瘾。这时，我发现跑道对面不多人，就开始寻找机会，想往对面跑。初生牛犊不畏虎，尚未上小学的我，哪里知道什么叫危险，心里只提防着岗哨的兵哥，却没有注意跑马。趁兵哥没注意时，我像一只敏捷的兔子，飞也似地窜进了跑道。此时此刻，所有的人，都被我这"英雄壮举"吓得目瞪口呆。一匹高头大马向我飞奔而来。我被吓坏了，像被钉在地上一样，一动也不动，惊恐之心，仿佛有一股血直通到头上，脑袋"嗡"了一声，就瘫倒在地上，失去了知觉。战马一跃而起，从我身上飞了过去。

母亲正在家里煮晚饭，大叔气喘吁吁地跑进来，冲着母亲，上气不接下气地说："龙儿，他——他——被兵哥的马给踩死了。"这突如其来的噩耗犹如晴天霹雳，把母亲吓得浑身战栗，像筛糠一样哆嗦起来，舌头僵住了，声音也窒息了。母亲在大婶的搀扶下，慌慌张张地赶到了河边，只见到地上的一摊血，孩子已不知去向了。母亲从围观者那里得知，兵哥把孩子抱到连队医务室去抢救了。

母亲和大婶们心急火燎地赶到连队医务室，见到了还在昏迷中的孩子，悲痛的眼泪夺眶而出。医生告诉母亲说："孩子昏迷不醒，主要的原因是惊吓过度。骑士看到孩子时，已来不及了，只好提起缰绳，让马从孩子身上跃过。孩子的屁股被马的后蹄碰了一下，没什么生命危险。"母亲这时才回过神来，静静地坐在床边，等孩子醒过来。

　　我慢慢地苏醒过来了，用好奇的眼睛看看大家，看看周围的一切，叫了一声"娘"，眼泪像清泉似的从眼眶渗出。母亲急忙俯下身子，把脸贴到我的小脸蛋上，小声地说："孩子，你醒了，屁股还会疼吗？医生已给你上了药，不会有事的，过几天就会好了。"医生也说了一些安慰大家的话，把我留下继续治疗，打发母亲们回家了。

　　我是挣扎在贫困中的孩子，平时一天只吃两餐饭，早上喝点稀粥，晚上才能吃上干饭，很少吃到鱼肉，饥肠咕噜的肚子，像个无底洞，永远都填不满，正如母亲指责我的话"死猪死狗都要吃一大腿"。可在医务室的那几天，早上不但有好吃的面包、蛋糕、馒头、油条等多种食品任我选，午餐和晚餐有鱼又有肉，而且，兵哥们对我都很热情，让我感到从未有过舒适与温暖，快乐渗透进我身上的每一个细胞，伤口也恢复得很快。一周后，伤口基本没什么大问题了，兵哥把我送回家，并买了几斤鸡蛋给我滋补身体。母亲在高兴之余，也只是不断重复着"祖宗有灵"这四个字。

　　当时，如果被马踢到的不是屁股，而是头部的话，岂不是脑袋开花了，哪能有这七天的口福呢？

　　我的三次历险，都是因为父母忙于生计，而疏于安全防范所造成的。这对做父母的人来说，应该是有警示之用的。小孩子都有很强的好奇心，往往会贸然接触所看到的各种"新鲜"事物，必然会遇到很多危险。作为监护人必须随时注意孩子的安全问题，做好各种防护工作。

儿时经历是一所学校

——沧桑老人忆儿时旧事

我出身于贫苦之家,年幼时就尝过了很多人间的疾苦。然而,儿时经历是一所学校,教会了我很多做人的道理,从而升华了我的人格,增长了我的智慧,充实了我的心灵,使我的人生之路走得更加从容潇洒。下面,我遴选了五则"儿时的故事",以资品赏。

我找到了甘老师的家

在读小学的六年里,我可算是"官运亨通"的了,"行政"的有班长、劳动委员;"业务"的有科代表、学习小组长。在这么多的"官差"中,科代表算是最辛苦的了,因为每天都要收发作业,甚至连暑假期间也有工作。

有一年,甘老师为了培养学生的写作能力,要求学生每人每周要写一篇文章,由科代表收齐后送到她家里。然而,智者千虑也有一失,甘老师却忘了把自己的家庭地址告诉我。一周的时间快到了,同学们陆陆续续地把写好的作文交给我,而我却不知如何送到老师的家。

正当我为找老师的家而发愁时,母亲告诉我说:"你可以到学校去问问住校的老师,他们应该会知道。"妈妈的提醒,着实让我喜出望外。虽然我敬畏老师,但强烈的责任感和使命感,促使我反复鼓励自己,"一定不怕,一定要问。"送作业的那天早晨,我带着同学们的作业到了学校,从他们那里得知,甘老师住在城内的甘厝巷。

夏天,太阳刚一出来,地上就像下了火,晒得马路滚烫滚烫的。我冒着酷暑，几经询问，终于找到了甘厝巷。我很高兴，逢人便问："请问，甘老师家在哪里？"我一连问了好几个人，没有人知道。有个热心人笑着对我说："小朋友，我们这条巷姓甘的人很多，你找人没有名字，怎么能找得到呢？"他说的有道理，可我真的不知道甘老师名叫什么。

吃午饭的时间到了，而我家中午没饭吃，可以继续找下去。功夫不负有心人，终于有个开杂货店的阿姨，看到我手里拿着一沓学生的作业纸，为了找甘老师，一直在巷子里徘徊，便笑着问道："小朋友，你说的甘老师，是男的，还是女的？"

"是女的。"我回答道。

"在哪里教书，平时穿什么衣服？"她又问。

"在羊头小学教书，她经常穿粉红色有花的长长的裙子。"从我的答话中，她好像已略知一二了，于是，便叫一个年纪与我相仿的小女孩，带我去找甘老师。

甘老师做梦也想不到，一个十来岁的孩子，居然能在偌大的城市里找到她的家，怎不叫她惊喜万分呢？她高兴地接过同学们的作业，并牵着我的手走进了她的家里。

老师的家布置得很漂亮，可我光着脚丫，身上脏兮兮的，怎么办？我紧张得不知所措，身子都有点发抖了。老师已注意到这一细节，连忙拿了一张矮凳子叫我坐下，在嘘寒问暖的同时给我削了一个红苹果。一个忍饥挨饿的孩子，不知多渴望食物啊！我只咬上一口，那香甜可口的美味立马渗透了我身上的每个细胞，让我顿时精神起来，身子也不再发抖了。

傍晚时分，我和老师告别时，老师奖赏给我一小袋包装精美的水果糖。这是穷人家最稀罕的东西，于是，我便把它带回家，和父母们一同分享。全家人都吃得津津有味，我高兴得像一只快乐的小鸟。

试想，如果我当时信心不足，优柔寡断，或是决心不大，浅尝辄止，能完成老师交给的任务吗？显然，这一经历告诉我一个人生的哲理，"世上无难事，只怕有心人。"

学校奖励我两棵大白菜

我读小学一年级的时候，同学们推选我当班长，可我害怕极了，因为我担心自己不能胜任，我忧心忡忡，连上课的"起立"和"坐下"，都不敢叫，更不用说做好班级工作了。如此一来，不到一周时间，班主任以"不称职"为由，把我给撤职了。我莫名其妙地当上了班长，而后又糊里糊涂地下台了，真可谓是一个名副其实的"短命班长"。

不过，班主任老师独具慧眼，知道穷孩子劳动一定能行，让我当劳动委员。虽然，我不知道这"劳动委员"到底是什么玩意儿，但有"劳动"二字，确实为我壮了胆子，因为我常听母亲说，"只要你肯劳动，你就会有收获。"于是，我就大胆地承担了，而且，还做得很出色。在小学的六年里，劳动委员这一"官位"，被我一人"承包"了。

那个时候，每一个班级都有一小块"劳动基地"，负责人都是清一色的劳动委员。由于我们的一块地在中间，种好种坏对整个基地的影响很大，所以，老师特别重视，我也非常卖力。为管理好菜地，在老师的授意下，我找了三个农民的孩子，成立一个管理小组，加强对菜园的管理，效果立竿见影。

有一年，我们种的菜，长势特别好，简直是"鹤立鸡群"。在平直整洁，没有杂草的菜地里，那一行行葱绿的韭菜，一丛丛翠绿的豆角，一棵棵嫩绿的大白菜，都闪着融融的绿波，把空气也染绿了。老师们高兴地交口称赞，都说"我们的同学太棒了，他们种的菜和农民的没有什么两样"。班主任老师也打心眼里感到高兴，常常在全班同学面前表扬我，把我夸得心里甜滋滋的，仿佛觉得快乐迅速传遍全身，到达每一个毛孔，使我都快要飘了起来。那一学年，我被学校评为"小劳模"，奖励我两棵大白菜。

安分守己的母亲，胆子特别小。她乍见十来岁的孩子拿回两棵大白菜时，误以为是偷来的，心一下子提到嗓子眼儿，紧张得连声音都发抖了；后来听说是学校奖励的，那惊恐万状的面容，骤然舒展开来，高兴地露出了骄傲的微笑。情感是会传染的，母亲这么一高兴，全家人也都乐了。

一个缺衣少食的贫困人家，点点滴滴都是宝，不管谁能为家庭做出一点小贡献，哪怕是挖点野菜回家，也会让全家人乐上好一阵子。那时，我是个懵懂小孩，根本不知柴米油盐贵，拿了两棵大白菜回家，就以为自己贡献特别大，特别了不起，开心得像天使似的，尽情地泼洒快乐。

物质奖励具有精神激励的作用，那两棵大白菜，不仅激发了我的上进心，而且，还让我真真切切地感受到"劳动是一种光荣，也是一种智慧，享受自己的劳动成果，是人生最大的快乐"。这样的生活体验，为我一生热爱劳动奠定了坚实的基础。

我找回了自信与希望

我刚升上六年级的时候，就害了一场重病。病魔把我折磨了一个多月，功课也因此落下了一大截。病愈后，我回校上课，迫不及待地想把落下的功课补上，但总觉得力不从心，也不知先补什么，该怎么补，找谁补等一系列问题，搅得我心乱如麻。我原本是个有"社交恐惧症"的孩子，哪敢找老师或同学补课呢？因而学业成绩一落千丈，由原来的前三名，降到了中下的水平。这对我的打击很大，因为我知道自己究竟有多少斤两，如果没有优异的学业成绩，上中学必然成了泡影。因此，我一直灰心沮丧，陷入了前所未有的学习困境。

班主任老师指望我能为学校"放卫星"，可我的现状让她很担忧。于是，她便专门为我开了一次"学习成绩落后了怎么办？"的主题班会，意在让我振作起来，迎头赶上，再创"辉煌"。在班会课上，班主任老师引用《蜘蛛结网》的故事，给我留下深刻的印象。特别是老师在总结时所说的一席话，"蜘蛛不会飞，可它却能在一丈余宽的两檐之间结网，靠的是什么？是它的坚定信念。同学们，信念是一种无坚不摧的力量，如果你坚信自己的努力不是白费劲，那你一定会取得好成绩。"这给了我很大的启发，坚定了我的意志，增强了我的信心。

其实，我的补课时间，班主任老师早就有计划安排了。课后，她把我带到办公室里，温和地抚摸着我的头，关切地问我："现在，你的病痊愈了吗？"

"痊愈了。"我小声地回答道。

"痊愈了，那你的情绪为什么还那么消沉，学业成绩一直赶不上？"老师用期望的眼神看着我说。

"我怕赶不上，我怕考不上中学。"我避开老师的眼睛，低着头战战兢兢地回答道。

"那好，老师会安排时间给你补课，相信你是个好孩子，一定会听老师的话。我想，如果你能振作起来，勇于克服学习中困难，那么，你的学习成绩一定能赶得上；相反，如果你放弃努力，自暴自弃，一味沮丧，那么，你的学习成绩还会继续落下去，上中学真的就没有希望了。"老师的这一席话，犹如醍醐灌顶，让我重新点燃了我学习的热情，积极地配合老师，努力补习功课。

有志者事竟成。经过一段时间的努力，我的半期考成绩居然闯到了前八名，尤其是作文成绩，全班最高。老师趁热打铁，在全体同学面前表扬我，鼓励我，使我对自己又有了信心，学习劲头更足了。两个月后，又经过期末考试的检验，我果然"不减当年勇"，学业成绩依然名列前茅。班主任老师高兴地对我说："你现在知道了吧，有付出，就有收获。"打那以后，我的学业成绩一直都很优秀，深得老师的喜欢。

结束了小学的学业，我以优异的成绩，考入了一所重点中学，很高兴地去拜访老师。从语文老师那里得知，我那一次半期考的作文成绩全班最高，不是因为我的作文写得最好，而是老师为了提高我的整体分数所采用的"分数激励法"，意在激励我继续前进。老师的良苦用心，让我感动不已，没齿难忘。

我找回了自信与希望，这只是我儿时学习生活的一个小插曲，但它却折射出一个大道理，"孩子的可塑性很强，当他遇到挫折时，只要老师给学生多一份细心，多一份鼓励，并以关爱的情感、期望的眼神、肯定的话语，把自信的种子播撒在他的心田里，鼓励他坚强起来，勇敢地面对困难，就能引导他顽强地走出困境。"这句话后来成了我的教育理念，陪伴我走过了30多个教学生涯，为我获得了不少鲜花和掌声。

我考上了一所重点中学

我小时候根本不知道目标是什么，但有很多类似目标的幼稚想法。比如，看到老师授业解惑，很受学生尊重与爱戴时，我就想当老师；看到医生救死扶伤，帮人解除病痛时，我就想当医生；看到驾驶员东来北往，阅尽人间美景时，我就想当驾驶员……诸如此类的想法林林总总，不一而足。那些"畅想曲"都只是凭一时的感觉而已，都没有很明确的目标。

有一节班会课，老师对我们说："同学们，你们都已上高年级了，很快就要小学毕业了。你们想取得什么样的好成绩，想考入哪一所学校，心中一定要有目标，否则就像无头的苍蝇，找不到努力的方向。"老师用了一个生动形象的比喻，让我对目标有了一个肤浅的认识。后来，一个"天敌"使我对目标的理解又上了一个层面。

这个"天敌"不是别人，而是我堂叔的孩子张扬。我和他是同班同学。在低年级的时候，我们相安无事；上了高年级，他就牛起来了，经常在我面前炫耀自己，说了一些打击羞辱我的话，让我忍无可忍。

有一次，老师布置的手工作业"制作纸飞机"，他回去让父亲帮助做，折叠、衔接、组装等当然都做得很美观。我家很贫困，父母为了抚养四个孩子而忙得脚打后脑勺，怎么有时间帮助我做手工作业呢？再说了，我家连糨糊也没有，只能用饭粒来粘贴。如此粗制滥造的纸飞机，难看是必然的。在点评课上，老师对张扬的飞机赞扬有加，并把他的飞机作为样品收藏，放在一个玻璃橱里，让同学们观赏；我的纸飞机，被老师定义为"敷衍了事"的作品，并责令我拆掉重做一次。张扬在同学们的羡慕眼神中，觉得自己了不起，愈加狂妄自大了，更不把我放在眼里了。我羞愧难当，不敢抬头看老师和同学，只是在心里暗暗地下决心，一定要努力学习，使自己成为全班最优秀的学生，将来考取最棒的中学，让我的堂弟刮目相看。就在这样的委屈难堪中，我自然而然地确立了自己的奋斗目标。

目标就是努力的方向。从此以后，我做每一件事，基本上都朝着自己确定的目标去努力。把做作业，当作考察自己的学习情况；把去图书馆看书，当作丰富知识；把听广播，当作了解国家大事；把做游戏，当作放松自己……而且，我每晚都能坚持自习，从不间断。经过一段时间的努力，我的学业成绩提高得很快，每次的考试成绩都名列前茅，和"优秀学生"结下了不解之缘。

在 20 世纪 50 年代，虽说招生政策对出身不好的学生，设有"不宜录取"或"降格录取"的门槛，但我还是如愿以偿，考上了一所重点中学，实现了人生的第一个目标，为将来的发展奠定了一个坚实的基础。那年，堂弟小考落榜了。

感悟源于生活。我的这一段经历，诠释了"一个心中有目标的人，只要坚定不移地朝着它前进，就一定会达到目的"的道理。而后，我把这句话当作座右铭，为自己圆了大学之梦。

惨痛的教训改变了我

我家的门前有一条小河。每到夏天，那美丽的河水闪动着粼粼的水光，好似闪动着千万只明亮的眼波，凝视着我们说："小朋友，快来啊，快来啊！"我从不拒绝小河的"邀请"，经常和几个小伙伴，乐颠颠地跑到河里游泳。每次出门时，母亲都会千叮咛万嘱咐："不要游到深水区，一定要注意安全，一定要相互照应。"可我们都把母亲的话当作耳旁风。

有一天傍晚，我忍受了母亲的说教之后，同几个小朋友一溜烟地跑到了河边，"扑通扑通"地跳进了河里。起先我们都是在浅水滩游玩，时而翻跟斗，时而打水仗，时而比摔跤，大家都离得很近，玩得很开心。正在大家玩得起兴时，不知谁说了一句，"我们来个游泳比赛，谁先游到对岸，谁就是游泳高手，以后我们全听他的指挥。"话音刚落，那些争强好胜的小朋友们，个个只顾争第一，不顾后果如何，都争先恐后地往对岸游去。

我母亲是洗衣娘，天天必到河边洗衣服。我蹒跚学步的时候，常常跟随她到河边玩水，因此，很小就学会了潜水和狗刨式游泳。功到自然成，我还不到 10 岁就学会了蛙泳、侧泳、仰泳、立泳等各种技能，而且，又有多次游到对岸采野果的经验，我对自己的游泳水平深信不疑，以为可以稳拿第一了。然而，我这个游泳"高手"却不懂得自己是一个忍饥挨饿的孩子，体能是比不上其他孩子的。还没游到河中央，我就感到力不从心，只能眼巴巴地看着小伙伴们，一个一个地从我身边超越而过，而我根本没有什么拼搏的力气，退到了倒数第二。

危险时常会在不经意间发生。当我气喘吁吁地游到岸边时，最早上岸的阿清惊慌地对我说："咦，小弟一直跟在你的后面，怎么没见到他上岸呢？"这时，我们这才发现，小弟不见了。我们发狂似的呼叫，"小弟——小弟——小弟——"但只听到山谷的回音，不见小弟的应答。岸边的人们，也知道有孩子溺水了，有的潜到水中去寻找，有的跑到下游去拦截。经过10多分钟的营救，终于在离我们不远的地方，找到了小弟。

人的生命在死亡面前，根本没有讨价还价的余地。不管人们采用背朝上头垂下的倒水法，还是采用人工呼吸法，都已无济于事了。可爱的小弟，我们的好伙伴，父母的开心果，为了一个小小的"比赛游戏"，就这样付出了生命的代价，永远地离开了我们。

小弟的尸体安放在岸边的大树下，多少人感叹不已，多少人悲痛欲绝。小弟的父母一左一右地抱着孩子，呼天抢地，泪如九河翻，哭得死去活来。可小弟再也听不到父母的哭声了，只是以鼻孔里流出的嫣红血水来回应他们。小弟亲人的哭声，就像小钢针似的刺入了我们每一个小伙伴的耳中，让我们悔不当初。然而，世上没有后悔药，我们的忏悔和责怪都是苍白的。人死不能复生，小弟永远离开了我们。

这惨痛的教训让我明白了一个道理："人的生命其实是很脆弱的，一不小心，就有可能在转瞬间飞灰湮灭。"打那以后，我更加懂得珍爱生命，敬畏生命，对自己的"野性"有所收敛，再也不敢和小伙伴们玩爬树、打野战、比跳水等危险游戏了，正如母亲所言："这孩子好像变了一个人。"

江苏作家胡光

【作者简介】

胡光，江苏省淮安市人，1981年入伍，1985年毕业于武汉军校，2002年转业到淮安市住建局工作，发表诗歌、散文近百首（篇），淮安市作家协会会员。

我与灵璧石

石缘

我生在苏北平原一个闭塞的小村，土墙、茅屋、大草垛都是童年温馨的梦乡，没见过名山大川，甚至没见过几块石头。印象最深的，一块是小河边上村妇们经常洗衣服用的，圆圆的、扁扁的大石头，可以当搓衣板，也可以用木棒在上面捶衣服；一块是我们儿时经常玩的石琐，是用石头雕成的，我喜欢和小伙伴们聚在一起"练功"，把石琐耍成各种花样，以显示自己的"功夫"。从那时起，我就记住了：一块石头就是一个村庄最初的记忆，一块石头就是一个村庄美好生活的开始！

到了应征入伍的年龄，我如愿以偿穿上了军装，我爱领章红，我爱称呼美。是红五星、是红领章、是火热的军营把我培养成一名光荣的解放军战士。我所在的部队是野战部队，调防、野营、训练就是家常便饭。"革命战士一块砖，哪里需要哪里搬。"因此，哪里有营房，哪里就是我们的家。走过祖国的大江南北，看过祖国的大好河山。1985 年 8 月，当我从武汉军校毕业，带着满腔热情和"指点江山"的豪迈来到安徽繁昌的时候，一本战友的奇石画册让我对奇石产生了浓厚的兴趣。"花如解语应多事，石不能言最可人"，它的神态栩栩如生，它的画面楚楚动人，如凝固的诗，如优美的画。这些都是大自然的鬼斧神工，浑然天成。它用无声的语言诠释大自然的神奇和美丽。俗话说"园无石不秀，居无石不雅"，再高端华丽的装潢如果没有石头来点缀，总好像缺了什么，别看这小小的石头，它有掌上乾坤、案上山河，一石一世界，一石一天地啊。石头是大自然的杰作，也是上天的恩赐，它高雅大方、生机勃勃，家里有了它就有"神来之笔"，"画龙点睛"的灵感，把石头带回家就是把大自然带回家，就是把美带回家，就是把快乐和幸福带回家。"铁打的营盘，流水的兵。"从此以后，不管走到哪里，我的书桌、我的案头都少不了放几块石头。

邂逅

由于部队流动性大，当兵不到 20 年，我跑遍华东五省一市。2000 年 2 月，一纸调令把我从江苏喧嚣的城市调入安徽灵璧县。初来乍到，寂寞的军营、贫瘠的山村让我的心一下子跌入了人生的谷底。然而，当我静下心、定下神，猛然发现，训练场上、办公楼前、礼堂门口到处都竖着稳健而壮观的石头，那坚毅的神色、刚强的性格，粗犷雄浑，气宇轩昂，这不就是我们军营的风格和军人的气质吗？还有那"瘦""漏""透""皱"，千姿百态而又初心不改，个性鲜明而又意境悠远，让人浮想联翩，热血沸腾……从新元古代、从震旦纪，穿越时空、穿越生命，带着地球的胎记，带着旷世的晨风、一身的尘土扑面而来。啊！

这就是灵璧石！在中国奇石的族谱中，四大名石：灵璧石、太湖石、英石、昆石，你是首屈一指，独领风骚，乾隆皇帝封为"天下第一石"，真是名不虚传，闻名遐迩！

这里有主任、政委两位军政主官的关心，有战士们可爱的笑脸，有村民们纯真的友情，更有奇石市场滔滔不绝而又不厌其烦的"演讲"。这里的灵璧石文化、这里的风土人情让我乐不思蜀，忘记了吃饭、忘记了睡觉、忘记了回家探亲的路。从此，我在军营找到了更多的乐趣，开始全新的生活，从此，我与灵璧石结下了不解之缘……

爱上灵璧石肯定要买的，初始买石头肯定要交"学费"的，也许这就是"爱的代价"。每逢节假日我都要去奇石市场转转，每次不空手，空手不回家，不论大小都有"斩获"，几个月下来就捉襟见肘了，平时悄悄存下的私房钱还有每月的工资都花光了，回家探亲的路费也没留下，而且，财务科的保险柜里又多了几张我打的欠条。

屋子里摆放着几十块石头，都是我最疼爱的宝贝，有的峭岩绝壁，有的庄重大气，有的别有洞天，有的憨态可掬。一提起它们，我就如数家珍，滔滔不绝，乐此不疲。夜里起来方便的时候，生怕石头会跑掉似的，总要走过去亲眼看一看，亲手摸一摸，然后才满心欢喜地走进梦乡。

一天，赵雪根主任和于曙光政委带着灵璧县奇石界友人贺恒高主任来我宿舍看石头，我很荣幸，既兴奋又激动，同时也有些踌躇满志，认为自己以前就喜欢玩石头，有基础、有一定的鉴赏能力了，买的石头一定不差，说不定还有精品呢。可是，当他们这些石界高手看过之后，没有一句赞美之词。我有些失落，也有些纳闷，他们都是很有教养的人，我看出他们有话不说，再三催逼之下于曙光政委先开口了，"刚来时间不长就买了这么多，有气魄有眼光，但还是经验不足啊"。大家都开口了，"这块石头动过手了"，"这块石头不错，但中间是断的用胶水粘上去的"，"这块有形也有神，但太薄了意思不大"……我傻眼了，也有点懵了。花了那么多心血买来的不是宝贝，而是一堆次品。有的问题一说我就懂了，一般"三角""薄片"不能要，但什么是没动过手的原石，什么是动过手的"工艺品"，我一时半会还弄不清楚，这时，我才知道奇石文化的博大精深和源远流长，不仅要上知天文，下知地理，还要中知百科全书和当地社情民情。买错了倒也罢了，买贵了也不知道还价，被人认为是"二百五"了，这对我打击最大。有一块圆润饱满、神形兼备、坚硬如钢、音质清脆、墨黑如黛、韵味十足的灵璧石，活生生就是一只海豹啊，我花了三百五十元才买来的，是我最喜欢的一块。他们说，"贵了，十块二十也能买到"。我的心一下子凉了半截，伤自尊了。三百五十元可是个不小的数目，我一个团职干部，每月近一千元算是高工资了，全部花掉也买不了几块石头啊！多少年过去了，那一幕至今还让我记忆犹新。

那是一个星期天的早晨，我又在奇石市场转悠，一个上海下放的知青，他瘦高的个子，执着而又虔诚的神态，一看就知道和我差不多，也是属于"石痴"的那种，他不把石头放在地上，而是揣在怀里"兜售"，我好奇心特强，越是不让看，我越是要看，我不停地给他点烟，好说歹说他还是不情愿，又有点依依不舍地给我看，啊，这真是一只神奇的海豹啊，在他的怀里呼之欲出，夺我魂魄，是命中注定？还是前世有缘？好像是远方久别的战友，一头扑进我的怀里，它好像在对我说："我在这里已经等你很久了，多少世纪，不，多少亿年，快把我带走吧！"我的心一下子激动起来……灵璧在很久以前还是一片浩瀚的海洋，经过地壳运动、火山爆发和沧海桑田之后，才有了你这山的后裔、海的精灵，你这孤独的海豹，失落的游子，是抛弃了汹涌的大海？还是抛下了可爱的故乡？大海、蓝天、礁石、海鸥都已远去，这里没有浪花，也没有鸥鸟的叫声，只有茫茫的原野，绵延的山峦，还有风力发电架上不知疲倦的"翅膀"……想到这里，我下定决心，"今天非你不娶了！""多少钱？""三百五""拿下！"我用"初恋"的喜悦和"抢亲"的速度立马买下了这块石头。20多年过去了，我尽管有过迷茫，有过伤痛，受过折磨，但随着时间的推移，我越来越相信当初的眼光，也越来越理解当年那个上海知青的执着与不舍。

2001年12月，经贺恒高、张持灵等人推荐，我荣幸地加入了宿州市赏石学会，成为一名副秘书长。之后，于曙光政委带我拜访了孙淮滨先生，我只知道他家石头好，我不知道孙老是灵璧石泰斗，也是灵璧石的传承人，他为灵璧石的发展和中国奇石文化建设做出了杰出贡献！这是我后来才知道的事。经过这么多石界高人指点，我的欣赏水平和识别能力不断提高，更加酷爱灵璧石了，什么篮球、诗歌、掼蛋呀，这些业余爱好一律"退居二线"。

寻石之路

收藏是艰辛的，收藏奇石更是何等艰辛。要想把灵璧石玩好、玩出文化、玩出水平、玩出名堂，不仅要有天生的艺术素养，坚忍的性格特点，而且，要有丰富的知识和雄厚的资金。既然知识贫乏，那就买书看，提高自己的艺术修养和文化品味，既然经验不足，那就多逛市场多跑石馆，向专家请教；既然资金有限，那就背着水壶、挎包带上干粮和指北针到山里去搜，那就穿上翻毛皮鞋，扛着工兵锹到旷野去挖。徒步、骑自行车到附近村庄去挖，热情的村民帮我一起挖，还真挖到不少呢。美国 B52 隐形"轰炸机"、第一颗原子弹爆炸成功的"蘑菇云"、半自动步枪上的"枪刺"等，村里的木匠，我记不住他的名字了，只记住他的热情，他用杂木帮我配上底座，尽管极其简陋，但对当时那样的条件来说，已经很奢侈、很有品位了。给他工钱，他怎么也不肯收，我心里实在过意不去，送给他一套省下的军装还有一双解放鞋。"你干活时用得上"，他一脸喜悦而又不好意思地说，"干活时我还舍不得穿呢"。后来，我又跑过更远的地方，去过徐州、宿州、去过铜山、去过朝阳镇、去过渔沟镇、去过大路乡……从村民、石农到石馆馆长、协会会长，不少人和我结下了深厚的友谊。

开车寻石头。一个星期天的中午，我们刚吃完饭，就接到排除通信线路故障的任务。我带领驾驶员张现省和两名通信兵开着吉普车直奔目的地，完成任务后已是下午四点钟了。然后，我们开始挖石头，大家各自为政，每人任选几个点探查，两小时后，我们集中"战利品"时，大家都笑了，都是空手而归。原来，这地下根本就没有奇石，我们兴高采烈忙了半天，是多么幼稚可笑啊！而且，每个人都腰酸腿疼，手上磨出了血泡。晚上我请客，吃完了大家都争着付钱。糟了，刚换的作训服没带一分钱啊，大家和我一样尴尬。洋相出大了，这人生地不熟的，咋办？我找老板，打了欠条并留下手机号和车牌号，老板坚决不肯要欠条，说："我请客！"哪能呢，第二天上午如数送达。是啊，寻石路上有坎坷啊，像这样竹篮打水，铩羽而归的例子又何止一个啊。

黑虎的故事

灵璧石有几十个品种，最有名气的还是磬云山上的磬石，它被誉为"会唱歌的石头"。宋代有"灵璧一石天下奇,声如青铜石如玉。秀润四时岚岚翠,宝落世间何巍巍"的诗句;当代有永不消逝的《东方红》乐章。我国第一颗人造地球卫星上天用磐石演奏的东方红的乐曲,响彻天宇,震惊世界。它的产地主要分布在灵璧县境内,我们营区就在县城北部,几公里的地方,营区内也应该有石头啊,我何必舍近求远呢? 我可以在营区内寻石头啊! 提起寻石头,不能不提到黑虎,它可是功不可没啊! 每次进山查哨、巡逻,我都带着忠诚的"战友"——黑虎。它不仅和我一起,而且还帮我找石头,真是一举两得,这也是它最乐意干的事情。

黑虎是西德进口的大型犬种,黑背黄身,威武雄壮,机智灵活。不像破案犬靠嗅觉灵敏见长,属于战斗犬,它脾气暴躁、性格倔强、忠勇无畏,三个月大的时候,我们的训导员也刚刚结束三个月的新兵训练,这位四川籍的小伙子,立刻奔赴军犬训练基地,和它成为亲密的"战友",6个月后正式加入了我们部队的编制序列。障碍、追踪、撕咬、干架行行都是能手,训练、站岗、放哨、巡逻、执勤到处都有它的身影。它讲政治不含糊,讲原则不留情,谁要是不穿军装鬼鬼祟祟,谁要是不经过领导批准给它投食,它会毫不留情地大声吼叫、疯狂扑咬!

"天下没有不散的宴席",这位四川的小伙要退伍了,欢送惜别的锣鼓声中,战友们早已忘了它的存在,只见一条黑色的"闪电",号叫着、哭喊着冲向送别的人群,一头扑进了"战友"的怀里,怎么推也推不开,怎么打也打不走,像个委屈而又任性的孩子,又哭又闹,泪流满面,脖子上的血正一滴一滴流淌。啊,它满身是伤,要经历过多少拼死挣扎和撕咬才挣脱了锁链,经历多久的痛苦的哭喊才见到了"战友"? 它的真诚与执着让在场的战友都流下了眼泪,在物欲横流、人情淡薄的今天,是黑虎让我们明白了这人世间最珍贵的友情。这不是电影里的片段，也不是在写小说，这是我们军营一个真实的故事。

离开朝夕相处的战友，它不吃不喝，一天、两天真让人揪心，直到第三天早上才开始进食。之后，它有了两个主人，一个是我，一个是新来的训导员。

也许是偶然，也许是天意，每个星期天陪我寻石头已是常态。一次，我跑了半天一块石头也没寻到，拿锹挖也挖不动，用十字镐刨也没刨出什么名堂，遇到太大的石头也没法运，心里很是不爽。不安分的黑虎一会窜到东，一会跑到西，它总是一刻不停，忙得不亦乐乎。一会儿衔来一根棍子，一会儿衔来一只破鞋子，在我面前表功，过分的热情真让我哭笑不得，也让我心烦。不知道什么时候，它衔来一块"骨头"，白中泛黄，还有云彩般淡淡的红霞，放在我面前，用着前爪扒来扒去，好像对我说："你看这块怎么样？"，我眼睛一亮，哎呀，我的妈呀！你从哪里弄来的？是天上掉下来的吗？它可是"头皮"中的"头皮"啊。真是"踏破铁鞋无觅处，得来全不费功夫。"我连忙捡起来，擦擦干净，这憨头憨脑的小海豹啊，可爱极了，粉红的身体，还带着母亲的血迹，仿佛刚刚降生，正在寻找母亲，想起来了，与家里那只三百五十元的海豹妈妈，不是天生的一对母子吗？黑虎功劳大大的，让母子重逢，让爱返人间。我欣喜若狂！黑虎也蹦得老高，又得意又撒欢，不停地要我摸头以示奖赏。"真没想到幸福来得这么快，我还没有准备好呢，就给我送来一份'大礼'。"很快就把母子情配好底座，放进橱窗，也放进我多彩的生活。

2002 年 8 月，我离开了灵璧，离开了部队，结束了 22 年的军旅生涯。但寻找、收藏、评论、欣赏灵璧石一直没有停止，而且，成了我生命的一部分。

"铁打的军营，流水的兵。"多年以后，我再去灵璧部队的时候，早已物是人非。军人换了一茬又一茬，营房还是当初的模样，黑虎也早已不在人世。听战士们说，它受过伤，立过战功；它忠于职守，鞠躬尽瘁；它坚持站好最后一班岗，把一生都献给了国防事业，死了以后，还趴在哨位上，竖着的耳朵仿佛还在侦听，匍匐姿势仿佛发起再一次冲锋……它死了，永远地离开了热恋的军营，它死了，不带走一片绿叶、一缕云彩。经过部队领导研究决定，把它埋在训练场那块石头下面，这块竖起的灵璧石就是它的墓碑，没有碑文，却是留给军营最好的纪念，留给军人永远的感动。

风波

灵璧石带给我乐趣，也带给我烦恼。经过20多年的收藏生活。精力、体力、财力几乎是全力以赴，尽管省吃俭用，口袋里还空荡荡的，遇到特别喜欢的石头和别人借钱买也是常有的事。每次向妻子要钱，她嘴上说不给，但最终还是把钱送到我手上。一次次不同意又一次次原谅，这样无休止的买下去肯定要引发家庭矛盾。因为家里房子小，石头多，有时候走路都不方便。一次妻子走路不小心，脚磕到石头上，磕破了皮，她一肚子火终于爆发，平时很温柔而又文雅的人，竟搬起石头就要往外扔，我立马火起来，"你把我石头扔了，我就把你人扔出去！"这下惹祸了，妻子的眼泪真是"飞流直下三千尺，疑是银河落'我家'"，"我跟你生活这么多年，吃多少苦，受多少累，竟然连一块石头都不如……"，任凭她数落，我死活不吭声，我知道这话说太重了，伤了她的心，也伤了我们几十年的感情。女儿结婚，我兜里"子弹不足"，向战友借钱买了一辆朗逸，算是我给她的嫁妆；女儿买房子，我真的拿不出钱来支援她们，孩子虽然从没有怨言，但我心里惭愧啊！为了这心爱的灵璧石，我尝尽了生活的苦辣酸甜，其中的滋味只有石头知道，只有石头最懂我，看它们一个个调皮的神态，有的使鬼脸、有的抛媚眼、有的大智若愚，像是给我鼓励，又像是给我安慰。

也许是石文化的熏陶，也许是灵璧石独有的艺术魅力，也许是长期受我这个"石痴"的影响，妻子也悄悄爱上了灵璧石。有事没事她总爱上中国奇石网，看中国奇石大全，中国四大名石等等。对灵璧石之类的书籍更是爱不释手，认真阅读，仔细研究，慢慢欣赏。我们经常一起讨论一块石头的美学价值、艺术价值和文化内涵，基本上都能取得一致的审美观和价值观。我们一起逛市场、泡石馆，品茶赏石，陶冶情操；我们一起走村串户，披星戴月，村口、田头、农舍、小旅馆，到处都有我们艰辛而又快乐的足印。有时候，她的眼界比我高，也比我开阔，当我的思维变成"一根筋"进入"死胡同"而又不能自拔时，她能及时提醒"冲动是魔鬼""酒后不买石""晚上不下手"……当我冷静下来时，才真正体会到什么是海阔天空，什么是豁然开朗。是啊！玩石头光凭爱好，光有热情是远远不够的，还要有文化、有修养，还要讲道义、有品位。真是"非仁智者无以悟其道，非高远者无以有此情。"

歌德说过，"收藏家是最幸福和最快乐的人。"因为，收藏不仅是拥有，更重要的是收藏的过程，这个过程常常是"众里寻她千百度，蓦然回首，那人却在灯火阑珊处"，不管有多少艰辛，有多少苦累，都是快乐的事情。时光荏苒，岁月如梭。经过多少个春夏秋冬，如春燕衔泥，如蚂蚁搬家，我收藏的石头不仅有了一定的规模，而且，也有一定的档次。2017年，我的作品《灵芝》荣获第十届江苏省园艺博览会赏石二等奖，《寿桃》荣获三等奖；2019年《天柱山》和《灵猴》荣获安徽省宿州市灵璧石精品奖；《飞龙在天》荣获浙江省常山国际赏石文化节第二届"常山杯"铜奖。我自己设计博古架、展示柜，把这些"宝贝"放在显著的位置，还真感到有品位了，添了光彩呢！当然，获奖不仅限于名声远扬，收藏也不仅限于价值考量，而应该把更多的注意力放在藏石的观赏性、艺术性和文化内涵上，把守望文化、领略自然、理解传统、追古问今、美化生活，变成收藏生活的主旋律。无意之中，我已放下功利，远离尘嚣，回归自然，一颗平静的心，留给未来的日子。

展望

回忆过去，心潮澎湃，妻子的怒气早已烟消云散，那些小小的不愉快，都是生活激起的浪花。

人生易逝，如流星一闪，如昙花一现。30多年过去了，在赏石的道路上我们才刚刚启程。我和妻子有一个共同的梦想，退休以后开一个小小的石馆，以石为友，石友天下，把退休后的日子变成石头、诗和远方……

山西作家栗俊青

【作者简介】

栗俊青，女，山西省作协会员，供职于中国铁路太原集团公司。

寻找回来的故乡

连日来，住在乡下的娘总在电话里念叨：你都好长时间没回家啦！娘这是想我了，我也记不清有多少日子没去看看娘啦，杂七杂八的事儿缠得人分身无术。于是，我让娘在家等着，喊了一辆熟络的出租车去接娘。

傍黑，我的钥匙刚插进锁孔，门就"吱扭"一声开了。娘在门边站着，一只手帮我过来脱掉外套，另一只手指着脚边为我备好的拖鞋。

饭已上桌。几碗黄澄澄的代州小米稀饭和几碟码得整整齐齐的代州老咸菜都在那里静静等着我这张吃腻了快餐的馋嘴。旁边还有一碗散发着新鲜高粱面清香的红面鱼鱼在一个海碗里盘着。娘说：吃吧，我搓了一晌呢！是啊，我都不知道娘是什么时候干活慢下来的，这二升面娘搓了那么长时间，还有那么多断头。可是终有一天，娘是必定连这断头的红面鱼鱼也搓不动了，到那时，谁还会再给我端一碗永远吃不腻的家乡饭呢？

我一边品着记忆中的味道，小米稀饭还是那么可口绵甜，老咸菜还是那么酸爽辣脆，一边听娘有一搭没一搭地闲聊。娘说，村里的烟囱都快不冒烟啦，今年，冬村里一多半人家煤改电啦；娘说，我幼时上学经过的那条大路，两旁的参天大树正被抹倒卖了换钱，据说要把街中心的黄土路打成水泥路，村里那帮婆姨们要在那里跳舞，下雪天也出来，她们的屁股扭成麻花，也不嫌冷？娘说，老院的大门快倒啦，七八户人家的，却也没人回来张罗修修，野蒿子半人高都封了出进的路了；娘继续说，我记忆中的村庄已经大变了模样。她掰着指头从西头数到东头，200多人、40来户的村民居然有20多户在北京、广州、上海、成都、太原等地买了房，最不济的也在县城落了户；娘还说，村里现在就只剩下走不动的老人和不想走的女人，孩子们在外求学，青壮年在外打工，就是这些留下的老人能行动的也坐不住，早晨给西头村的外地企业打工，黑夜才回来。白天在村中走一圈，难得碰个熟人；娘说，村里人有钱啦，可硬碰碰的后生，一病就是治不了的病，娘叹口气！

娘还在说，可我的思绪早回到了那个刻在我心头的小山村。

我家是村里大户，五进院的房子住着七八户人家。往前数三代，他们都是血肉相连的弟兄。冬日，饭点一到，各家的烟囱炊烟渐淡，油香徐来。当家的妇女尽量在炕沿边坐着，先前是奶奶的"锅头军"，后来娘又成了新的"锅头军"，饭是她们做，也是她们添，她们要眼活手勤，看看男人和孩子谁的碗见底了，再及时添上。其他人只管低头吃饭，不言不语，吃完饭，老爷爷和爷爷一定要用舌头将碗边的米粒一颗颗舔卷干净。看家的小黑狗乖巧地趴卧在门口，等着主人赏它一口残羹冷炙，奶奶就把涮锅水倒给它，数得清的几粒米沉在水底，小黑狗摇着尾巴低下头急不可耐地捞吃着，要是秋冬时节，小黑狗会在晚间额外吃到一些拇指粗的蒸萝卜，那大概是它最幸福的时刻。摇头晃脑萝卜进肚，小黑狗沿着院墙再"嗖"一下跳起来，串到更高的屋顶，那便是它一整夜放哨站岗的地方，院外稍有动静它一定会"汪汪汪"叫个不停。后来，我在外上学，每到周六回家，小黑狗像算好了一样必定会在村口远远地迎接我。周末离家时，它又会吱吱扭扭哼叫着在村口和我依依惜别，这大概就是我一生都喜欢狗狗的原因吧。

春天，天气渐渐暖和了起来，几个男人和小孩便在午饭时端着碗聚到二门下，蹲坐在宽踏踏的条石上，一红一白两大盆夹竹桃在厚重的门板两边竞相开放、香气袭人，吸溜声、咂嘴声还有几只蜜蜂的"嗡嗡"声交织在一起，让人觉得岁月静美、幸福可待。要是谁碗里有些稀罕好吃的，孩子们是必定有口福尝尝的。谁家要是有了难事、急事，各家也绝没有旁观的道理。记得，那年我们三兄妹交叉感染先后生病，我住院的钱是大家凑的，姐姐和弟弟在家里也饿不着，白天有人轮流送饭，夜里有人轮流做伴；娘总说住在大院里就是亲亲的一家人。奶奶也说，人活在世上，就得鱼活水，水养鱼。

　　后院有盘石磨，很少有闲下来的时候。你家刚碾完黄豆，他家就来磨玉米，不管是谁家的孩子，碰上了，总会流着清鼻涕，腆着小肚子帮着大人们来推推碾；要是有蒙着脸的小毛驴在磨道转着磨盘，我们也会学着大人的样子，用细细的柳枝在它屁股上抽几下，声音响亮地吆喝几声：的儿驾，的儿驾，的儿驾……小毛驴就一圈又一圈老老实实重复着自己走不完的路。后来，村里安装了电磨，本家姑姑把头发盘起来，戴了和医生一样的白帽子，还戴着白套袖，日夜守在磨坊看守当值。高粱磨面快了好多，闸一合，六叔说尿泡尿的功夫就出一口袋面，可是，不只六叔说，电磨磨下的面吃起来寡淡无味。村里所有的石磨都慢慢卸完啦，小黑驴还像拉磨一样被黑布蒙了眼睛，它当头挨的那一锤子，我看都不敢看一眼，我还问他们，黑驴耕了那么多地，帮人干了那么多活，为什么还要杀它？大人们说，没用该杀！我也不知道被锤杀的驴会哭不？更不知道六道轮回谁愿来世转成个驴？驴腿、驴骨头、驴肉煮了满满一大锅，没有别的调料，奶奶撒了一大把疙瘩盐，费了好几抱柴火，煮熟了，却谁都没吃一口。爷爷用烟杆"帮、帮、帮"磕着鞋帮子，连声咳嗽着走出门。那驴小时候是他从校场牵回来的，夜草是奶奶喂的，我想他们着实是咽不下它的肉。

　　每年夏天从草麦黄开始，五个院落都很少有空落的时候，家家户户晒完麦子，晒豆子、高粱、糜谷，甚至是深秋从大路上耙搂回来的杨树叶。

不知道从什么时候起各家只顾起各家来，是从各家有了余粮开始？还是从几户人家动了拆迁的心思开始？雨来了，不知谁家的玉米垛还泡在雨水里，塑料布被风斜吹起来，再也不会有人去帮着压一压。

住了几辈子的老院，终是有人嫌它逼仄。拆了盖，似乎是老屋必然的命运。主房最早被拆走。那天祭了天地，村里雇来的几个木匠和壮年男人高高骑在脊岭上，一层层揭瓦、抽椽、撤梁、搬砖，他们个个都灰头土脸，但高高的大房整体塌下来，变成一堆木头，一摊砖石和瓦块。那是整个家族的主房啊，爷爷生在东间的炕上，二爷生在西间的炕上，奶奶踩着绣花鞋和爷爷在过亭拜过天地，宽敞的廊厅下挂过鸟笼、摆过围桌，男人们在这里喝过酒，女人们在这里纳过鞋底、论过家长里短，孩子们在照见人影的光溜溜的地板上弹过玻璃球。说不上是哪代祖宗盖的老屋，更不知他们吃过多少苦、用了多少年才盖起这气派、齐整的老院。都说院里风水甚好。前有青山罩着，后有小河护着，瓜果梨桃院里种着，就是在那样的年代，老人们个个都年过"殆背"，耳不背、眼不花，60余口老的老、小的小，逢年过节磕头问候，他们谁都认不错。他们慈眉善目，他们微笑暗呈，我饿了的时候吃过他们的杂面馍，渴了的时候喝过他们的清米汤，在他们面前我也曾顽皮过，被他们轻轻呵斥过、拍打过。对厅拆了，西耳房拆了、东西配房拆了、马厩、猪样圈都拆了。不知谁说，烟熏过的每面山墙里夹藏着银圆，每只柜脚底下埋着金条，每一间屋都被掘地五尺，老院惨遭涂炭。如此三番，昔年风光无限的老院，终像风烛残年的老人走向破败和毁灭。宝贝一样也没有找到，老人们却说，银圆和金条吸了土气，遁啦！原来真是万物皆有灵，我想它们一定是生了这些儿孙的气，找清静去啦！主房一倒，两边儿月门受损，不几年也"哗啦啦"倒掉大半。只有二门的对揭字迹斑驳，在日晒雨淋中无言诉说着昔年花好月圆。

那时出了老大门，经过四五家，不过百步之遥就到了村里的主街道。小学校的几间房就坐在阳光里，拥抱着每一个村里求学的孩子。两个民办老师，50来个学生，5个年级，不分班级，大家都在一起。你算你的数学，我读我的拼音，谁也不影响谁。后来，我才知道，这叫复式教学。现在想想，那时的老师是多不容易呀！她们得备多少课？操多少心？有时候，看着我们爹毛龇牙的样子，那个长着雀斑的王老师还会在课间为我们这些不管头脸的丫头们扎一扎小辫儿。如果，谁交不起学费也没关系，派在家吃几顿饭，也就算糊里糊涂顶了账。如今，小学校改头换面变成了村委会，院子里那棵挂着铁片片的老槐树也早被连根挖走。孩子们即便是上幼儿园也得往离村五里的镇上送。清晨，村里没有了孩子们的朗朗读书声，也没有了下地耕作的驴嘶马叫声。偶尔，见着一只瘸腿的小狗，见着人也是竭尽全力没命地躲跑。出村的公路边，接二连三的狗肉馆生意红火，据说外地的拉矿粉的大车司机排着队也要吃上一大盆。三大娘喂了10年的大黄狗也被她换回二百块，娘和我说过这回事后，我回村里，她招呼我，我就不理她，我听见她小声骂我"牛皮哄哄"，我才不管呢，我只可怜那只一见我就摇尾巴的老黄狗跟错了主人。

初冬时候，当街墙根常会有几个老人晒太阳。他们最寻常的问候就是"吃了没？"或者"吃啥来？"末了也总会有人说"吃啥也不香！"怎么会不香呢？他们中谁没有饿过肚皮？谁不是在年轻时恨不得吃下三盅十八碗？谁没说过人间美味也不过是扁食、月饼还有油糕？而今，只要他们愿意，要鱼有鱼，要肉有肉，但他们竟然没有了食欲。他们在一起想起了玉米面、想起了苦菜、想起了烧土豆，也想起了十冬腊月带着冰坨子的烂腌菜……可是，他们日思夜想的玉米面得到城里的超市里购买，不黄更不香；他们说的救命菜"苦菜"，埂上、垄里早没了踪影，饭店里那些黑绿肥厚的"家伙"还能叫苦菜么？喔，探手从火堆里取烧土豆的场景再不会有了，不是家家户户有了烤箱吗？谁还会十冬腊月顶着风卖冻肉？天天科普预防"三高"，连娘也不腌烂腌菜，更别说人到中年、大腹便便的我们。

那时，主街遛着各家南墙根曾有一条一直通到上河头的水渠。春天一到，水闸一开，我必是和小伙伴们挎了柳编的筐放了奶奶的衣服来这青石板上搓洗，要不就在细雨里到草地上捡拾成片的泛着水光的绿油油的地衣，再在河水里淘洗干净。清澈透底的水中不时有半寸来长的小鱼从脚面痒痒地游过，偶尔抓回一两条，搁置在窗台上，引得那只狸猫来来回回转圈圈。

村里的小河不知什么时候，居然一滴水也没有了。原来深可过人的溢洪道填满了生活垃圾，经过时还得捏着鼻子走，河滩上种满了从南方引进回来的药材，操着外地口音的药商们睡在帐篷里，谁能听懂他们屋里说什么呢？主街的那条水渠也早已被回填了。偶尔，踩在一方凌空的石板上，就会突然记起在水渠边嬉戏打闹的小伙伴们，现在我还能认得谁？有谁又可曾记起我？娘说，我们那一茬人精明强干的不回来，只有当年的一个傻子还在，碰上谁他都笑，有时，他也会哭。

村西有两眼井，井旁有青石凿就的饮马槽，深深嵌在泥土里。娘一早就会甩开两臂，肩着扁担一趟趟在家和水井间往返、忙碌。那时不懂，不懂娘肚子里怀着弟弟如何一步一步挑着水桶爬上那抹斜坡，一步一步挑着水桶跨上台阶，一步一步挑着水桶穿过街门、大门、二门、倚门、再到家门？如今，又想起冬天冻成一圈又一圈冰溜子的井口，想着娘怎样从深不见底的井里一下一下打起一桶一桶水来；想着不怕摔跤的娘，不懂照护自己周全的娘，也在庆幸佛祖保佑老来安康的娘。娘老了，我大了。有时，我还会像从前一样，在娘的面前肆无忌惮地哭泣。在娘眼里，我始终是她需要保护的孩子。前年，自来水进了各家，两眼井同时废弃！饮马槽随之不知所踪。但爹每每喝着自来水，总会说不如井水甜！

娘和爹住过 50 余年的老院，里里外外只有他们两个人出出进进的身影，就连生性孤僻的爹也常常在电话里和我喊着，闷得不行！

娘和爹也终于从老院搬了出来，新院落干净整洁，但爹却还是改不了怀旧厌新的毛病。爹还是要每天回老院看看，看什么呢？走过一进又一进院，只有我们住过的东耳房像座千疮百孔的碉堡还在坚挺着。它逢雨必漏，而爹终于变成了心事重重的老人。残墙断砖下时有野猫野狗的打闹声声，屋檐下的兽头少了眼睛、缺了嘴巴，屋顶上长满了开过一回又一回的瓦棱花已在深秋风干落尽，它们把种子藏在开裂的瓦片缝隙中，只要房子在，不管多破多旧，它们也要在春夏开出各色花来，在寂静中居高临下凝望着神情没落的爹。爹说，爷爷生在那里，他生在那里，我也生在那里，打开院门，人间的悲喜离合，烟火酒色都会一股脑儿钻出来，心是酸的，泪却是热的。

爹说，奶奶爷爷的坟头我是肯定找不到的，小路改大路，歧路改直路，物非人也非！

听娘还在絮絮叨叨，再过 20 年，这茬老人一走，年轻人再不回来，不用说老院，就是那个祖祖辈辈生活过的小山村，也将永远消失在风雨中。

树高千丈,叶落归根。没有了根，叶片如我究竟要飘向哪里?归于何方?

我把故乡放在梦境里，放在心房里，放在诗歌里。恍惚中，我看到了山清水秀的故乡，看到了碧空如洗的故乡，看到了老人慈爱、孩子欢笑的故乡。而出走半生的我，在星光下，终是回到了故乡的怀抱。

贵州作家刘江冰

【作者简介】

刘江冰，笔名"刘黔安"，遵义市湄潭县人，中国新时代诗人会员，中国诗歌网会员，青年作家网签约作家。作品散见于报纸杂志和网络媒体。

美丽的洋河窝

乡愁是一种特别的情感，而源自家乡的美景奇观则是这种情感重要的体现。我的家乡坐落于贵州省遵义市湄潭县西河镇石家寨村，这里四面环山，风景秀丽。整个村寨呈盆状，位于这盆底中间的是百亩良田，周围是星罗棋布的险峻奇峰。

作为村寨的一分子，我对家乡的一花一树都是有情感的，那些美丽的风景一直深深地印在我的心里。在家乡广袤的土地上，有一处我特别喜欢的风景，它叫洋河窝，一个自然奇景聚集的清幽空灵之地。我家距离这处美景不过数百米，有一条小路直通那里，在这条路上有一口百年古井，是我们村寨重要的饮水来源。井水冬暖夏凉，井水中还有鱼虾游动，水质十分甘甜。

走过古井顺着山脚往前走了大约200米，就到了洋河窝的入口，确切地说洋河窝是一个地名，它由一条峡谷、两级瀑布和几座奇峰高崖所组成。在入口处第一个映入眼帘的是石笋山，它像一颗春天破土而出的竹笋，尽情地吸收光和热。绕过这颗像春笋的小山，随之而见的是火烧崖。至于为什么叫火烧崖，小时候父亲给我讲过，是因为这面崖壁上方有红土层，下雨时雨水冲刷将泥水冲刷到了白色的崖壁上，当阳光直射时远处一看就会像熊熊大火在燃烧，因此，火烧崖就此得名。

在火烧崖右侧是一道宽约 50 米的峡谷，两岸是高耸的崖壁，峡谷里绿色植物郁郁葱葱，峡谷里流出的小溪水夹杂着微风格外清凉。再往峡谷方向走，隐约看到一只硕大的乌龟，它昂着头像在思索着什么。走近一瞧，原来是一块半间民房那么大的巨石横在峡谷中间，巨石有一头斜向天空，和乌龟探出的头极为相似。绕过这块巨石，美丽的二级瀑布便映入眼帘。瀑布分为上级瀑布和下级瀑布，上级瀑布似一条白丝丝绸悬空从高处向下坠落，时而风大时会把瀑布奔腾起的雾气吹到远方，宛如置身仙境一般。下级瀑布像极了黄果树瀑布的缩小版，水量也更足，激水飞溅让人不敢靠近。在瀑布两侧是穹顶山和蜗牛山，穹顶山形似椭圆形，中间空，下面和上面崖石较多。偶尔飞鸟高空鸣叫或者自己高呼一声，这些余音都会在峡谷里久久回荡。至于蜗牛山更为奇特，像极了蜗牛背上背着的大壳，有一处一米多宽的裂纹从山脚一直环绕这座山到山顶，真的是绝美称奇。真的感叹这大自然的鬼斧神工。

洋河窝的美是奇特的，它是大自然对家乡最富饶的馈赠。在黔贵大地数以万计的喀斯特地貌中，有这样一处绝美峻险的奇特之景是十分难得的。如在此处观景，最适合夏天和冬天这两个季节，夏天的时候雨水充沛，会有许多乡里乡外的朋友来此纳凉观景，看看丝绸般美丽的飞悬瀑布也看看这岩崖高耸奇峰异景。每当从瀑布那里夹杂着的微风拂面而来，那种感觉简直沁人心脾好不自在。到了冬天这里就成了冰雪王国，峡谷两岸的冰雕垂直向下，各式各样的天然冰雕多得数也数不清，合着晶莹剔透的雪花显得格外楚楚动人。

近年来，在各级党委和人民政府的关心指导下，家乡的新农村建设有了翻天覆地的变化，以乡村特色旅游的开发给乡亲们带来了许多便利。一条条崭新的柏油公路修进了农家，家家都有户户通网络电视，还有许多惠民政策正在落地生根。尤其是洋河窝饮水灌溉工程，给乡亲们的生活带来了巨大帮助。以前，都是到古井打水，靠肩挑背扛到家中十分费力，现在有了输水管路，在家中足不出户，就可以喝上放心水。家乡的变化是可喜的，这些都离不开各级党委政府的精准施策，因地制宜。一幅美丽的乡村振兴画卷正缓缓展开，诚挚期待着四海宾朋驻足观看！

甘肃作家杨彦鑫

【作者简介】

杨彦鑫，男，甘肃省会宁县人，现于天津师范大学就读。平时喜欢读书，热衷文学创作，多次在省内作文竞赛获奖。

大唐诗韵

纷纷扬扬的丝雨漫无目的地在人群中穿梭，寻寻觅觅，飘飘洒洒，缠缠绵绵，匆忙了游人的步履，寂寥了游人的淡然。

漫游在古都西安的行人逐渐稀少，仿佛倦鸟归巢般，身影渐行渐远，一个又一个，隐去不见。

在这样一个烟雨迷离的黄昏，撑一把油纸伞，轻踏斑驳青苔的千年古道，徜徉在扶风垂柳间，满眼浸润着湿漉漉的清逸，让潺潺流淌的记忆，沉淀在幽幽的时光深处，放任凭吊的情怀恣肆，一如清浅流年。恍惚间，时光流转，梦回千年。在历经千百轮回的长安，传响起那从未泯灭的盛唐之韵，绝伦美奂。

诗仙醉卧魏阙

纵马长歌，不畏浮云蔽日，天生我才必有用；谪仙醉狂，堪怜圣主难寻，只道臣是酒中仙。酒酣时，须满十分，能叫贵妃捧砚；挥洒时，上穷九天，敢令力士脱靴；兴酣时，字字珠玑，笔落动摇五岳；意盛时，笔笔生花，诗成傲凌沧州。

遗世独立，自是风流，又何须摧眉折腰？浮生若梦，又能为欢几何？然"绣口一吐，就是半个盛唐。"沧海长笑，又有谁堪解狂傲？散发弄扁舟，直挂云帆济沧海。既有鲲鹏展翅，又何须燕雀翱翔？自有云霄万里高！这该是何等的英姿，何等的飒爽？岂能尽如人意，但求无愧我心。

"名花倾国两相欢，长得君王带笑看。"膜拜这一场盛世繁华，举酒便向青天，光辉不在诗犹成。折扇一翻，马嵬有怨。盛世之缀，乱世之恨，却任马蹄踏破这一场如梦倒影。

即便如此，大唐有李学士，依然有一股慷慨飘逸之仙韵，暗淡了星海，湮灭了沧澜。

诗鬼魂镇边塞

"男儿何不带吴钩，收取关山五十州？"这也许是对大唐男儿最美的诠释。君不见，四夷皆钦服，俯首敬称天可汗；君不见，万邦俱来朝，只为一睹风云采。茫茫瀚海，大漠荒莽，却心愿"报君黄金台上意"，雄风犹在；百丈坚冰，万千仞岳。乃只为"提携玉龙为君死"，傲骨长存。

永夜的角声哀奏着无尽的孤冷，染血的铁衣早已冷彻肺腑。衡阳的归雁何时带来书信？唯有一声长叹，两鬓繁霜。征程断处，却不曾见归程。或许，那颗颗赤血丹心中，所心，心念念的最真切的慰藉，并非是沙场上滚滚狼烟，萧萧战火，而是在那海上蟾生之时，月出东山之刻，情所共寄之地——家乡，那里温暖着的一间陋室，一缕炊烟，还有一位日日夜夜朝思暮想的发妻。天边鸟倦尚归林，况人乎哉？那细如丝发的乡愁，才是生命里唯一的，才是无法割舍的宿命。麟台著功台，乡思从未绝。大唐的男儿，以无畏的意志，铮铮的铁骨，还有那似水的柔情，奏出一曲属于炎黄子孙的最强音！

这便是大唐最豪迈的悲歌，最震撼的绝句！壮哉！我大唐男儿！

诗圣心系苍生

"巫山小摇落，碧色见松林。"那巫山云深，苍松之处，经过了碧柳，慵懒地依靠在朱楼，其实，这也是一种乐趣。不染其心，只因不求炫目的荣华；岁月无改其志，朝暮皆为少年之时。纵使风尘荏苒，心灵依旧清辉熠熠，为自我清明的源泉，自有一份深邃旷远。

开元全盛似乎已经遥不可及，昔日辉煌的河山，如今却多了许多萧瑟。身居庙堂，心忧黎民，想"致君尧舜上，再使风俗淳"，无奈佞臣把持朝纲，空怀报国之志；人在江湖，情系社稷，怎奈"床头屋漏无干处,雨脚如麻未断绝",只余庇天下寒士之心。

"国破山河在,城春草木深",这满目凄凉之景,该是多么揪心;"朱门酒肉臭,路有冻死骨",这遍野饿殍之实,该是多么悲恸;"亲朋无一字,老病有孤舟",这衰颓的乱世,该是怎样的感伤。但就是在这样的晦暗中,这个人却提起如椽之笔,位卑却不曾忘记忧国,潦倒却依然记得苍生。

苍松,嫩竹,新茶,老酒,草堂依然矗立。沧海横流,谱成了大唐一曲宛转悠长的乐音,回荡于天际,缭绕在云水泱泱间,久而,弥笃。

也许,这便是大唐,千年尘埃亦掩不住辉煌的大唐,那一抹抹飘逸,一泓泓刚毅,一缕缕悠然,共同谱成一首惊鸿曲,唐之韵,早已熔铸于炎黄子孙的骨血中,成华夏之流觞,颂千古之绝唱,于心中久久回荡……

不觉间,行至深处,雨已停歇。回首望,遥远的天际,散落着颗颗烁星,点点星辉洒向这千年的古都,浮动出流光溢彩的繁华。一切情语,皆在无言中。想必,待扶桑现于东方,又将会是一个无比绚烂的明天吧!

后记

淡淡素笺,浓浓墨韵,典雅文字,浸染尘世情怀;悠悠岁月,袅袅茶香、别致的杯盏,盛满诗样芳华;云淡风轻,捧茗品文,灵动的音符,吟唱温馨暖语;春花秋月,红尘浸染,放飞思绪,读大唐三杰,品一盏香茗,听一曲琴音,人生如此美好,而岁月更为精彩!

山西作家史秀凤

【作者简介】

史秀凤，笔名"萧红"，女，大专文化，党员，高级政工师，1955年出生，1970年参加工作，2010年退休。山西省群众文化协会会员，爱诗词，擅朗诵，喜旅游，自信开朗，自娱自乐自逍遥，余晖依然艳阳照。诗歌、散文作品，常见于内部刊物，并多次获奖，部分作品收录于《当代诗歌人物大典》《新时代诗人作家文选》《"蝶恋花杯"国际华人文学大赛获奖作品精选》等书籍。

难忘的一天

1969年6月8日，是灵石县某煤矿一个可怕的日子。

该矿位于晋中和晋南交界地区，矿区以仁义河为界分河东和河西两个生活片区。57、58、59排房的职工家属的生活区在河西，其中57排房，南面紧对着矿区办公大楼，东北面是毗邻矿上的职工医院。

57排房共有16栋小二楼，四纵四横，中间夹着三条马路，排房的一层是窑洞，一排有九家；二层是平房，有6家，上下共15家。二层的平房是一家一间半房，按现在的说法就是一卧一厨；一层没有厨房，矿上关心职工生活，就以三家为一组，在门前搭了个简易灶台，解除职工后顾之忧。灶台再往前有一片空地，勤快的人就在这片空地上或种菜、种豆，或养鸡、养兔，来补贴家用。

那天是星期天，母亲让我跟叔叔去砍点圪针，来把我家的豆角、玉米苗给围起来，防止鸡狗损坏。

早饭后，我们就出发了，过了铁路桥，穿过河东的生活区，到五里滩的半山腰上，我们砍了两梱圪针，中午一点多才回家。妈妈说我们辛苦了，特意做了包皮面等着犒劳我们。那个年代，白面是奢侈品，一般情况下，每天中午都是抓一把白面，舀半盆粗粮面，和起来吃擦圪斗，抿个斗的，今天虽然累了点，但能改善一下生活，也是很开心的。妈妈让我喊弟弟回家吃饭，我赶紧出去。

我们57排是四排四纵排列的，有寓意四时如意之说。四列排房中，间隔了三条马路，第一条和第三条马路，各设有一个8寸大水管，供所有居民饮用水，这两个水管，也成为夏季孩子们冲凉、嬉水、玩耍的场所。我家住在第二排，靠近第二条马路，路边有阴凉处，我放了一张小饭桌，顺便到第一马路水管处，叫正在玩水的弟弟吃饭，当时，我看到有10多个孩子，在水管前玩水，水管南面正对着矿区办公大楼，初夏的天，艳阳高照，午休后的上班族，开始陆续去办公大楼上班了。

我顾不上许多，叫上弟弟回第二马路边吃饭，谁也没有想到，刚吃了没几口饭，悲剧发生了，只听得一声巨响，咚——，紧接着连响三声，"咚，咚，咚"，瞬间天昏地暗，烟尘四溅，我连对面吃饭的弟弟都看不见了，赶紧放下碗筷，一手摸抓着一个弟弟，拽上他们赶紧往家跑，天上飞沙走石，耳边哭喊一片，我感觉东碰西撞地走不出路，拐了三次弯都在碰壁，区区10多步的家门口，就是摸不到门，幸亏听到母亲的呼喊声，才引导我们灰头土脸地回了家。回家后就赶紧钻在桌子下面，好长时间都缓不过神来，吓死我们了，几天我都不敢出门。那一年我刚14岁，弟弟一个3岁，一个6岁。

后来才得知，矿上的办公大楼被炸成两半了，炸口正对的第一条马路水管处，水管前玩耍的孩子们死了两个，伤了五六个。

好险呀，亏我那天回家晚，亏我叫弟弟回来吃饭，要不后果真是不堪设想。

之后，矿职工医院的伤员爆满，有上班受伤的，有过路挨炸的，还有第一排院里的人，被飞沙走石砸伤的，医院门口还停放了 10 多具棺木，好恐怖的一天。50 多年过去了，往事至今历历在目。

山东作家吉洪花

【作者简介】

吉洪花，山东省滨州市中医医院超声医学科副主任医师，杏林诗社副社长，中华诗词学会会员，滨州市作家协会会员，沾化区作家协会副秘书长，沾化区诗词学会副会长。

这边风景独好（外 3 篇）

2018 年，我刚调去沾化工作时，正是枣花飘香的季节，这座城市在淡淡的枣花香中透着浓郁的书香。沾化当地的作家、诗人在全滨州市也是小有名气的，我之前早有耳闻。我刚到沾化就急忙通过市诗词学会联系了苏新河老师，苏老师把我拉进了"枣乡撷韵"微信群，从此，我就找到了沾化区的诗词组织。

当时，微信群里正在征集春韵诗词，我一个月内投了四首诗，后来，苏新河老师收集了大家的作品并制作了美篇，我看到我竟然非常荣幸地被鲍老师安排进了微刊编委。鲍老师为人非常谦和，他的年龄和我的父母差不多，但他一直称呼我"吉老师"，还一直说我是"诗词大家"。其实，那时的我真的不是什么"大家"，到现在也不是，今生能否成为"大家"都很难说。

又过了不久，鲍老师组织了一次采风活动，我应邀去参加了。在活动中我了解到他们之前对制作美篇不太熟悉，这恰好是我擅长的，并且考虑到鲍老师已经安排我进了微刊编委了，我也有这个义务。于是，我就说下一期美篇我来制作吧。从那以后我和另外几个比较年轻的诗友一直轮流为大家制作美篇。

记得我第一次参加沾化诗词学会的年终总结大会时，鲍冬青老师说到了下一步的工作打算，鲍老师说把诗友们分成几个小组，然后指定几个组长分别和自己小组的组员加强联系。当时，鲍老师提到沾化有几位80岁左右的老年诗友，他们不会用手机微信，也不会用电脑，他们甚至也不太懂格律，但是非常热爱诗词，他们经常用"本子"写诗词，隔三岔五地去找鲍老师探讨诗词，有些实在行动不便的老年诗友则需要鲍老师骑着电动三轮车"上门服务"，鲍老师幽默地称他们为"纸片子组"，他亲自担任"纸片子组组长"。鲍老师公布这一项安排时，在场的诗友们都笑了。大家一方面是在笑鲍老师的幽默，另一方面则是在笑鲍老师为大家树立了尊老爱幼的好榜样，我们打心里佩服鲍老师的为人。大家都觉得因为爱好诗词团结在鲍老师的周围是非常值得的，他是一个地地道道的好人。

眼下鲍老师也70来岁了，去年他还当选了区作协主席。区作协在市作协、区委宣传部及区文联的大力支持下，在鲍老师的英明领导下，创办了《渤海湾文学》纸刊，承接了为《今日沾化》报纸"双河湾文学"版面选稿的光荣任务。沾化文坛如雨后春笋般迅速涌现出了一大批人才。刘洪鹏主任创作了长篇小说《枣儿香，枣儿圆》，路兴华老师创作了歌曲《村长外号叫"老邪"》，李建玉老师的作品在《天津文学》发表，郭新坡、郭希良、苑小红、赵连珍、隆新霞等多人的作品经常在《滨州日报》"大平原"专版上发表。郭春华老师开起了自己的书法培训班，时云霞老师的诗词被译成英文在香港的一家微刊发表。这些双语诗词也方便了国外诗词爱好者阅读。沾化本土作家已经用诗词把沾化冬枣宣传到了世界各地！

据说"沾化"二字的本意是复沾圣化，据说沾化曾是"济北诗书之薮"。目前，沾化文坛又呈现出了良好的发展态势。自古以来，文人常被称作文弱书生，但是，如今沐浴着枣花香的沾化文友们真的很强大。

这边风景独好！

论"人的本性"

我陪孩子来济南考试。孩子半夜三更突然肚子疼得厉害，我用手指为她点按了腹部及腿上的几个穴位，几分钟后腹痛明显缓解，孩子很快就安然入睡了。

早晨醒来，我为孩子点了外卖（早餐、止疼药），一口一口地喂她吃饭，小心翼翼地伺候她吃药。孩子说："妈妈，你现在怎样对我，我将来就怎样对你。"我的心里不禁涌起一股暖流……

接下来孩子说："你把米饭撒到我的衣服上了，等你老了我喂你饭时也把饭撒你身上。"

她说这话时表情轻松自然，而我却感触颇多。记得曾经听过这样一句话"人是既善记又善忘的动物，善忘的是恩，善记的是怨。"

人应该克服本性中的弱点，常怀感恩之心，让世界充满爱。

春天在哪里

我于 2018 年年底调入滨州市中医医院，2020 年首批入住中海汇智人才公寓。

顾名思义，住在这里的大多是高学历、高职称的人。大部分人家庭情况不错，刚上班就开着"豪车"。

我们人才公寓物业管理非常好，负责我们这座楼的楼管大姐非常勤劳，她每天把每一个角落都打扫得干干净净，我们和她相处非常融洽。

有一个傍晚，正是大家下班往家赶的时候，我看到楼管大姐努力弯着腰捡垃圾桶里的废纸箱子，我就跑过去跟她要了电话号码，打算自己家以后有可回收的废品时给她打电话。然后，我把家里现有的废纸箱子、易拉罐全部拿来送给了楼管大姐。路过的几位"小邻居"看到这一幕，默默地点了点头，没说什么就走了。

从那以后，楼下的垃圾桶里再也没有人扔"可回收的废品"了，有时垃圾桶旁整整齐齐地摆放着一些瓶瓶罐罐，楼管大姐很快就高高兴兴地拿走了……

几天后，楼管大姐看到我，紧紧地拉着我的手，她说："到底是高素质的人群，大家扔的废品也都是干干净净、整整齐齐的。物业公司最近卖废品收入好几百呢，经理还给我们发了奖……"我看到楼管大姐眼里含着激动的泪水。

只是一个小小的举动，没想到产生了这么好的效果。

恍然间，我看到楼前的柳叶正在从鹅黄变成翠绿，是啊！春天来了，春天就在我们身边。

被"拉黑"之后

和我熟悉的人都知道，我比较喜欢吃鱼。今天就来给大家讲一个吃鱼引发的故事。

不久前，我的一位好友带着我去当地一家水煮鱼店吃饭。这家店环境不错，做的鱼特别好吃。那天，我和朋友在他们店里吃得很满意、聊得很开心。临走时与饭店老板娘互加了微信好友，打算以后常联络。

孩子放寒假第一天，为了给她接风，也是想趁着她穿戴比较整齐，带着她出去吃个饭。因为，孩子假期中通常是身子一粘床，散开头发之后，就再也不穿外套，再也不出门了。

于是，我就先想到了去这家水煮鱼店，但是，时间已经有些晚了。我先打电话咨询了一下情况，并约上了一份水煮鱼。之后，一家人开始梳妆打扮。我们马上要出门了，却发现手机微信里显示了几条消息："鱼做好了，赶紧来"，之后是微信语音通话申请，我没听到。最后一条消息是："你们今天别来了，我们下班了"。天啊！他们居然下班了。我想给老板娘回个消息，却发现人家把我"拉黑"了。我这是失信于人了吗？

于是，我赶紧通过微信号找到手机号，给老板娘打电话说明了情况，并告诉老板娘，是我们出去得晚了，我们愿意承担责任。这时，老板娘说话的声音变得温和了许多，她说没事。我问道："可是做好了的鱼怎么办呢？"她说我们自己吃了就行。

事后，我越想这事越觉得怪不好意思的，于是，第二天中午，我直接来到他们店里点餐，这家店生意真不错，座无虚席，更增加了我对他们的信任和愧疚。

于是，我对老板娘说："昨天我真的很对不起你们，我可以承担责任，今天把昨天那份鱼的钱也交给你们吧。"这时，店老板和老板娘感动了，他们纷纷说："您这朋友我们交定了，今后您有安排尽管来，我们一定给您最优质的服务。"这件事情就这样有了一个暖心的结局。

于是，他们的饭店保留下了我这个"鱼粉"，我们一家保留下了这份难得的"舌尖上的美味"。

假如，老板娘把我"拉黑"之后，我一气之下与他们老死不相往来，那将又是另一种结果。

有时被"拉黑"，也没什么大不了的，主动伸出你的手，彼此依旧是朋友。

河北作家薛媛

【作者简介】

薛媛，散文作品曾获"三亚杯"全国文学大赛二等奖，诗歌作品曾获"东坡杯"全国诗书画家创作年赛二等奖。受邀参加世界文化名家组委会、联合国 ACAA 十万人才工程、联合国亚文联等机构举办的世界文化名家采风活动，获世界文化名家文学一等奖。被推选为"文化中国·时代榜样"中国艺术名家，个人肖像及作品登上欧洲国家邮票，出席《国礼·世界珍邮集》的全球发行活动。翻译作品获国家级著作权认证。

却话云起时（外1篇）

"叮咚"一声清脆的铃响，正闭目养神的我低头扫了一眼手机，是一位海外朋友发来的自拍。最先跃入眼帘的是朋友指间那枚古意盎然的戒指，宝光内蕴，一看就是来自异域的稀罕物。"出乎意料的收获。"朋友在配图文字里这样写道，"为了换取我们车里的一小瓶饮用水，卡拉哈里沙漠的一个牧民从手上摘下这枚古戒赠给我。当时，他赶着羊群穿越大漠，遇风沙耽搁了行程，随身带的水囊已经空了，他一昼夜都没沾过一滴水。就这样，他宁愿拿祖传宝戒相换……"正讶异感慨间，身边"咔嚓"一声响，邻座的旅客用手机抓拍着什么。我循着他的视线望去，车窗外，蜿蜒着一条靛色的湖，在远山的映衬下，静美的好似一张明信片。这载着天地密讯的精灵——水，总是不离不弃，无声地陪伴在人类身旁。

当一个人孤单落寞时，常想去看海。坐在松软的沙滩上，望着无涯的海水。晴空下，海鸥翩然展翅，自由飞舞，风中送来大海特有的气息。恍然间，忆起初心：生命个体不就是人生海洋的一粟吗？又何不放下执念、顺应自然？漫步于沙海，浪花浸润着脚踝，偶尔会捡拾到贝壳或是海螺这些令人惊喜的海宝。缱绻的海浪一次次拍打着礁石，不知那传说中的美人鱼何时会在飞波浪心中现身？在海天的经纬中，忧烦已随着海面上那忽而漾起、又逐渐消散的涟漪化褪而去，犹如逝去的光阴。这时的水，是一个通天接地的摇篮，能够令人卸下心灵的枷锁，与自然脉搏相应和，于自在无为中，得到神志的安适，获得心力的重生。

当你憧憬未来，期盼永恒的真情，一池历经数百年岁月洗礼的碧波就在古老的罗马静候有缘人的到来。许愿池边的游人从来络绎不绝。人们带着虔诚的祈愿流连在池畔，默默祝祷后，向池中抛出那枚寄寓着幸福理想的硬币。小巧的币身在水面泛起轻柔的波晕，如同许愿池水的回声："我读懂了你的心语，会将你的秘密永远珍存。愿你好梦成真。"相传这许愿池底曾汇集了数十个国家的硬币，一泓小小的碧水蕴藏了多少美好的期许。这时的水，化身为凝聚善愿的悲悯慈航，为人们助燃希望之光。

思绪翩跹间，高铁到站了。我临上车时买的那杯咖啡还未开封呢。这次旅行选定的农家乐位处潇湘之南，其客舍朴素且充满乡趣。庭院里桂花飘香，院落的四周树荫繁茂，花果葱茏，是一个远离尘世喧嚣的恬然小居。堂屋靠墙的位置摆着一只颇富时尚气息的长包，在这布满木质家具的乡居里很是醒目。"这是我儿子在全国滑雪锦标赛中赢得的奖品。"农家乐的主人小心地打开这背包，从里面取出一副紫色滑雪板。"这次他去瑞士集训，说是会带当地特产的葡萄酒回家。要是你们赶上了，也一起尝尝雪国葡萄酒的滋味。"主人热情相邀。那是多么豪情畅意的一幕啊，我不禁想到。厚云密布的天穹下，雪如凝雨漫舞纷飞。那一个个身披铠甲的健儿挥着雪杖御风而行，任风雪呼啸过耳际，撇开一个又一个路障，感受"雪中飞"的速度与豪迈，向着远方的目标一往无前。这时的水以雪精灵的样貌降临人间，激发勇者挑战自我、突破极限的激情与魄力。

在我心中，雪不仅是唤起勇士豪情的神秘使者，也是空灵唯美的谜之存在。还记得在那个即将迎来世博会的跨年之夜，窗棂外飞雪飘舞。书房里，一缕檀香袅袅缭绕在《兰亭序》的书帖旁，电脑里回漾着古筝曲《云水禅心》的悠远乐音。我轻挥着手中的狼毫，行文走笔间墨纸留香，香、雪、墨、乐这中华文化里不可或缺的元素交汇在一个奇妙的时空里。若有倪瓒那般的妙笔，可据此绘出一幅自然与人文交汇、意蕴隽永的水墨佳作吧。

未及品尝到那冰雪酿就的葡萄酒之味，三天的农家乐之行就已告了尾声。初秋的傍晚，我坐在农家乐小院的木桌旁，桌上放着一杯热气腾腾的云雾茶，那是乡间朋友送别客人的茶。茶香氤氲在大自然的芬芳里，令人醺然似醉。我沉浸在对这几日复返自然的乡趣回味中，都市的记忆似乎已是一个遥远的世界了。

几团乌云恍兮惚兮间聚涌在骄阳的四围。不远处，金灿灿的麦田里，三五个农耕的好手奔忙在田埂间，要赶在落雨前收麦入仓。正凝望着眼前的农忙景象，不知不觉间，几滴秋雨落入我的茶盏里。茶桌上那本已翻得起毛边的《镜花缘》也沾了雨。我合上书，放回背包里，又将那余下的半杯茶轻洒在木桌旁的绿茵间……就让这原本来自天地间的水之精灵，重归自然吧。

两个月后的一天，我接到朋友的微信，在我洒下云雾茶水的那片草丛里，生出几朵不知名的小花，姹紫嫣婷、生意盎然的样子。她家的宠物猫小橘很喜去嗅呢。

夜归人

如墨的四周悄无声息。猛地，脚心被什么利物戳了一下，赞布几乎蹲在了地上。要是有一线光亮，哪怕一星点萤光也好啊！否则，照这样的速度，十二点以前是无论如何也到不了卫生站了！略有些焦灼，赞布拨开又一片挡在脸前的干树叶……忽然间，周围的一切豁然分明了：自己正踏在一条砾道上，不远处，矗立着几间低仄的平房，其中一间的窗格里透出柔和的灯光，照亮了这段静窘的小路。赞布兴奋得小跑起来，转眼间，那扇灯光已到了近旁。那一方柔光笃定地映照在空漠冷寂的路旁，从小小的一隅放射出强烈的辉亮与暖意。"要是那个山坳里也能有这样的光亮，扎西多杰一定不会……"想到这里，赞布的心又沉落了下去。当那泓光的港湾就要淹没在夜色之中时，赞布回首立定，向它远远地行了一个军礼。

已是日喀则的深冬季节，朔硬的寒风时不时灌注在这荒凉的便道，冷得令人心悸。一连十几个晚上，赞布都要在这条小路上度过他一天中最难熬的时光。所幸的是，行不了多远，砾道旁的那扇灯光就会守候在那里，即便夜已深沉，纵使雪覆砾道，它总是安静而坚定地辉映在路旁，为路人驱散心底的寒冷，抵御着夜的侵袭。有了它的陪伴，赞布的任务完成得很顺利。只是，聂日雄之行一天天过去，那份沉甸甸的嘱托依然没有着落，扎西母亲的住址始终没有找到。"替我交给阿妈……"赞布永远不会忘记，扎西多杰把那个红布包交给自己时的神情，那是英雄在这个世界上最后的微笑。

卫生站的工作已接近尾声。晚星的寒辉洒在头顶，沿着熟悉的路径，赞布又一次走进那片光意朦胧中。他回想起在贡嘎驻扎的那无数个夜晚，兵站的灯火如星星闪耀，扎西多杰时而会哼起他的家乡小调："雪莲花盛开在贡嘎山上，白云生处鸟语花香"。多么优美的旋律，赞布轻声哼唱起来。身边的光雾在逐渐扩大，不远处，那间民居的门开了，一个身影缓缓从光中走来。"你回来啦！？"一个热切而苍老的声音响起，赞布愕然地立在那里。那个身影移近了，一位瘦小的老奶奶，扶着手杖，身体向前微探着。"酥油灯每晚都为你点着，你从小怕黑！""可……我不是您要等的人，我只是从这里路过！"赞布稍稍回过神来。"你……不是！"老人的声音低沉下去，"可你唱着他的歌，"她慢慢转过身去，"贡嘎的任务快完成了吧！怎么还不回家来啊，扎西！"门从老人的身后关上了。赞布静静地站在夜雾里，良久，良久。那扇灯光依旧氤氲在暗夜里，朦胧的光雾漫溢在四野，无声地陪伴着路过那里的人们。

贵州作家钱发顺

【作者简介】

钱发顺，笔名"游云疏影"，苗族。酷爱文学，喜好诗词，是全国首届"华文杯"最美诗人，仓央嘉措梵音海国际诗人大赛"杰出新锐诗人"，第二届"蝶恋花杯"国际华人文学大赛获奖作者。脱贫攻坚驻村干部，乡村振兴驻县督导。

五四青年赋

巍巍华夏，泱泱大国。人才济济，幅员辽阔。历千年而经万难，奋百年而兴万世。反帝反封，五四惊雷震长空。自立自强，万千学子知难上。神州大地，处处报喜。文启少年中国说，武至两弹一星卓。国人先辈之血肉，抵御外辱。党员先烈之气节，抗美援朝。千年遗瘤，荼毒骨肉。百姓何辜？自寻出路。遵义会议，毛主席之领导。百团大战，彭将军之威名。历史幕幕，滚滚而来。小子无才，拼词以赋。

时值五月，恰逢佳节。天高云淡风且轻，地阔溪细水亦柔。驾香车至景点，访风景于石林。闻先辈之嘱托，见青年之拼搏。产业兴旺，乡风文明，生态宜居，生活富裕，脱贫攻坚，无畏严寒酷暑，乡村振兴，不惧艰难险阻。

看内外，忆往昔。封建思想奴役，西方列强辱欺。侵华战争，中华民族之殇，血屠南京，华夏儿女之痛。星星之火，可以燎原。

独立自由之思想，救国救民之斗争。新中国立，立于世界之列，改革开放，立于世界之巅。

天灾人祸，满目疮痍。忧内患而列强侵，御外辱而愚民误。公车上书，点燃燎原之火，五四惊雷，惊醒沉睡之人。一手圈，百业兴。商贸遍布全球，文化走向世界。华夏文明，讲究仁义礼智。中国制造，解决吃穿用行。巨响蘑菇入云，神舟载人登月。东方巨龙凌空跃，大展宏图谨治学。摇旗呐喊，血泪感动天地，薪火相传，大爱洒满人间。辉煌必将赓续，青年仍需努力。

哎呀！岁月静美，山河壮丽。人来客往，车水马龙。丹娘化身竹筼，钢铁意志。舍己为国存瑞，永垂不朽。我辈需将铭记，红色历史。满目琳琅，不迷清澈之眼。牢记使命，不忘初衷之心。努力为党事业，竭诚为民服务。全面小康，拼搏可至；生活富裕，努力可得。民族文化，可登大雅之堂。国外舆论，皆是无稽之谈。

我，七尺男儿，半吊书生。投身基层，为人民之服务。投笔感怀，写群众之生活。早出转于村落，晚归写于宿舍。非贾岛之刻苦，无李杜之文采。乡土文学，阡陌巷愁。民生之计，务工劳作。特殊群体，盖政策以落实。生态产业，集群力以治理。

哎哟！但行好事，莫问前程。以梦为马，莫负韶华。闲来一赋，是有感于王勃。不当之处，望批评于诸公。躬身抱拳，感激不尽。半夜熬琢，一诗续貂。诗曰：

五四惊雷震长空，壮志凌云醒卧龙。

封建思想灭随风，红色精神赓续中。

先辈血肉铸江山，浇灌沃土花月容。

传承发展在我辈，振臂蔚为万夫雄。

四川作家蒲天才

【作者简介】

蒲天才，笔名"茂之"，1949 年生，四川省南部县人，大专文化，中共党员，现居四川成都。喜爱文学，作品散见于报纸杂志和网络媒体。

书法的艺术欣赏

说说观者的欣赏吧。

先说欧体字。它横、竖见方，沉稳，任尔东西南北风。

柳体字，它横短、竖长，秀美，美是生活的源头。

颜体字，潇洒、雄强，有力量，给我一个支点，我可以撬动地球。

草书，手舞足蹈、浪漫，可上九天揽月，可下五洋捉鳖。

行书，行云流水、潇洒，人生怎识愁滋味，何不潇洒走一回？

从美的角度观赏启功先生的书法，这恰恰是启功书法的艺术效果。是柳体的形，更觉劲挺、清瘦，西湖就有清瘦之美；似欧体的稳重，但更觉倜傥、风流，数风流人物，还看今朝；至于启功先生怎么从隶书演绎而来，但观者更愿意从美中欣赏。像舞中的芭蕾，像出水的芙蓉，这就是美的连锁。但可以告诉观者，启功先生，用中锋起舞、运笔，塑造出东方文化、书法艺术的挺秀，硬骨铮铮的意向，实属不易，实属功力不浅，有堂堂正正、沉毅风雅的造相。在我看来，笔者的顿悟，观者的猜想，都是合乎情理的。

再来欣赏颜真卿的《祭侄文稿》。第一直觉告诉我，那行笔的酣畅淋漓，从纵横捭阖中流溢出的墨趣，扑面而来，活脱脱一股雄强之气，但也不掩俊秀之美。

王羲之的《兰亭序》是书法被艺术化了的一个重要里程碑。那毓秀、慧灵、顾盼、凝神、热情、怡然、美幻、都流溢在笔者的墨趣里，再现在娟秀的宣纸的方寸之中。再进一步升华，有江山多娇的意蕴，赋予了汉字的瑰丽。

四川有位叫刘云泉的书家，我曾在都江堰的一些廊坊里看到了他的书法。从美的角度上看，有一种稚拙、率真、古朴、远古、沧桑的感觉，还有一种残垣破壁的留痕，这显然是在魏碑的基础上，从美术中汲取营养，书写在大山之中，别有韵味。

毛泽东《满江红》的墨像，更有万马奔腾、江河横溢之状。你在艺术的舞台上，能看到这图像吗？好像在张艺谋导演的电影里，可以找到。

……

书法在书写中，常见一种奇观，一种意志的写照。一位叫费新我的书者，他的书法艺术，集颜体的酣畅之气，行书的潇洒之风，活生生的不让须眉于右手书者，不仅得到美感，还得到心灵的打动。另一位双勾书法的书者，用签字笔书写，围观者众，这或许是中国硬笔书法中的一种创新吧。但有人说话了，说是乱了方寸。

中国书法的艺术，只限于毛笔，可这话音未落，"指书"又出现了，这倒引起了我的好奇。像这些书法艺术的书者，至少可以显示书者对书法艺术的兴趣，书者对书法艺术的玩情。

登山则情满于山，观海则溢于海。中国文字，承载了神州几千年的文明，中国书法也是托起这文明的起舞者。书法之源便是中国文字，是唯一的。

一群伴有墨香，伫立在宣纸的方寸之中，提着几千年历史的笔，有站立在权利顶层的，有活跃在书写舞台上的，有将军、士兵、工人、农民，商人、学生……没有哪种艺术，有这么多人参与，只有一个理由：深爱中国的一颗跳动的心灵。

书法之美，叹为观止。苏东坡曾说过，书法是一种律动的节奏美，太像音乐、舞蹈了。诗书画虽是同缘，向大海流去，会有更新、更强的生命力，这大海就是 14 亿中国人，并走向世界。

我还要说一句：书法较其他艺术品类，更彰显人性、人品，更能观之心情，观之心迹，这正是书法艺术之魅力，书写者透析出的墨魂。

我很欣赏这句话：纳天地之浩气，融万物之慧灵。这正是优秀的书家的心灵。

湖南作家于成艳

【作者简介】

于成艳，笔名"米薇蓉"，湖南人。有散作见于网络平台。

依恋

他们是一对，恩爱，却异地分居的夫妻。男的名叫紫清，常年在外省跑工程。女的名叫松娴，闲职。她的这闲职，便是做做家务，跳跳广场舞，守着家。

两个孩子都在外地，大的工作，小的大一。平时，松娴便是一个人在家。

她很依恋他，他们是少有的一对恩爱伴侣，在如今很多夫妇如水火不容地分道扬镳的情况下，他们成了邻里夸赞的榜样。

夜晚，她有时会想起他们初相识的时候。他们是姐姐介绍相识的，姐姐和他是同学。初次见面时，已离姐姐给她介绍过去了五个月。姐姐把他们的联系方式告诉彼此后，他们也没去联系。

那天，姐姐和另外三个同学去他家聚会时，把她也带上了，让她自己看一看是否喜欢他。

他家在乡下。下车时，他正在路边迎接。她瞟了他一眼，见他个子挺高，脸和五官都周正，穿一件深色T恤，眼里看不出表情。她立马低下头，跟随大伙往他家走去。随着姐姐热情地与他打招呼，气氛一下就热闹起来。

进了堂屋，姐姐和几位同学便自倒了茶水，搓起了麻将。而她的一杯茶，是他亲自倒的。他递茶给她时，眼里含着笑意。她的局促不安似乎就好多了。她感觉他好静，没说什么话，但让人一下子就得到了净化。

但她似乎不想久留，示意姐姐早点返回。姐姐见她这样，也想随她的意思，两个人准备先离开。他当时正在洗衣裳，见她们想先离开，便叫住姐姐，轻声说，怎么着也要留她吃了饭再走。姐姐说可以，给她使了个眼色，便继续陪同学搓麻将去了。

她便坐在阶沿边的椅子上看他洗衣。他就在屋旁边的小溪洗衣，洗好后又把衣晾晒在太阳底下的竹篙子上。

然后，他进了厨房，她并没跟着进去。过了两小时，就听见他叫大家吃饭。他已用柴火灶为大家烧了几个菜，并做了两个火锅。几个同学连连称赞,也打趣他。餐桌上,他时不时打量她,还是满含笑意,但还是不好意思劝她多吃点菜。她也拘谨不去夹菜,但姐姐倒是非常豪爽地帮她夹满了一碗。

他们还在喝酒碰杯时,姐姐和她便起身告辞了。

到家后,姐姐问她感觉怎么样,她只说可以。就这样,他们便成了。

成家后,他对她没红过脸,没说过一句重话。她倒脾气有时会急躁,情绪会莫名地低落。他总是静静地,无论是照顾小孩,还是家庭,似乎从来不生气。

她常想,怎么会有这么好的人呢?她运气咋这么好?有时,她在微信里发信息,非要他立马回消息,他还真回,事后才知他正在工地上忙事情。他没一点责怪,而她也才觉自己一点都不知事。

随着时光流走,他们也上了年纪。她对他依然如此依恋,而他对她依然如此温和。"执子之手",似乎是他们间的故事。

辽宁作家王金涛

【作者简介】

王金涛,男,笔名"春华忽现",生于 1966 年,辽宁省抚顺市人。作品散见于报纸杂志和网络媒体。

家乡有山不远游

每到春天，一看见朋友们都去旅游，这让我的心里也长了草。因为不能远行，我就想起了自己家乡的那个小山。那个小山叫砬子山。它和我住的那个小村子隔河相望，大概也就是十几里远的路。远远地看过去，那山也不是很高，嶙嶙峋峋地就守在路边。只是那山顶终日里云雾缭绕，少不得让人想到妈妈在灶间做饭时的情景。我想，那不高的山上也一定是住满了神仙，可能那些神仙们也要吃饭，于是，他们就在那山顶上弄出这些炊烟来。

有道是眼不见心不馋——终于忍不住去了，一看，那里的山果然和我们村子的山有点差别。我们这里的山连绵不断，爬上一座山，再看还是一座山，因为，那些山终日里被踩在脚下，所以，从来就不知道它到底有多高。而邻村的山，因为隔了一个空间，显得就突兀一些，而且，大石也多。因为不是名山，山里人就相山取名，曰：砬子山。

原来，家乡的山上也有卧牛石！那石头光溜溜的，很大，也很美。走累了，往上边一躺，暖阳如披，再不想动一动。那种舒服劲儿也不知误了多少人的前程，想一想，不思上进也就在情理之中了。听人说，卧牛石虽美，牛却是绝不在上边卧的，大多时候都是如我这般放牛的人在享受。

石头虽然一样，但因为错落无序，不规矩却自成方圆，所以给人感觉上很是新奇。这可能就像一个人的性格，和而不同，便觉出彩。

好不容易到了山顶，发现那里竟然有个石屋，那石屋依山凿出，方方正正的大约有十几平。据那里的人讲，好像是早年的一个道士在此隐居过，想是山小，那道士也不见出名。但这座小山却挺拔到了极致，四下里透着灵秀。真是出家人不找无风景之地！看看这山上坚硬的岩石，能在这山顶生生开出这么一个石屋，也不知那道士当初付出了怎样的辛苦。石屋的前面是一个能容纳百余人的练武场，我想，定是那道士打坐久了就去那里舒展一下筋骨。只是，如今这一块空地已满是蒿草，那道士也早已不知了去向，留下来的也只能是一道风景抑或是一个猜想吧。石屋上边的字已经看不清了，听人说叫"眼亮观"，名字很响亮，听了就让人心情舒爽。既然眼亮，不免就要登高一望。这一望，不想就让人晕晕乎乎，那云彩也一下子漫了过来……

感觉那天一下子就近了，伸手摸摸，却又是那么的遥不可及。天上的苍鹰也来凑趣儿，它翅膀扇出的风，甚至可以吹到我的身上。往远看，一个个小村落，棋子儿一样摆在眼前，站在这里，仿佛一伸手就能抅得到！定了定神，终于看到了我住的那个小村子，村前那条美丽的大清河，因为被岸边的柳遮了，只是隐隐约约地似有水雾腾过林间，村后的那些大山竟然也袅袅婷婷地让人爱个不够。不是说出家人为了潜心修炼，图的就是一个清静吗？却不知为何又偏爱这满眼的风景？不过，我倒是真的喜欢上了这里的清静，也爱上了这里的风景。如果那老道长还在的话，没准儿我就会成为他的一个弟子……凡胎脱尽，怎奈饥鼓"咚咚"。就想，红尘原来并不远，山上即便有仙，也难免要思凡。

我上学时曾有个心愿，就是有朝一日我也要游遍所有的名山。不过，到现在也还是个空想。既然到不得名山，那么，忍不住就羡慕起那些名人来。他们有自己的爱车，想走多远就走多远，他们确是极潇洒的一族！可我，就不同了，我的两条腿就是我的座驾，虽比不过宝马良驹，倒也听话。因为走不远，我就只能在家乡的山里转。转得久了，我就越发地迷恋上了自己家乡的一草一木。风景本是从心来，穷富又奈我何？看了这山，心就一下子豁达了，倒也赚了自在。

很多年以后，我和大哥说起砬子山，大哥说，他也没去过。但大哥说以前村上的几个老木匠倒是常去。我就问："他们也去玩儿吗？"大哥说："生产队要做大车辕子，木匠们说那里有。"说完，又补充一句："其实，咱这边的山上也什么都有。"我就笑了，敢情那些老木匠们之所以舍近求远，原来他们的心里也不安分呢。

好在邻村的山也是家乡的山，家乡的山，既不围城，也不收费。不圈不点，鬼斧神工，全凭自然。现在看来，家乡的山，其实一点儿都不比别处的差！

还记得父亲在世时常和我说起的一句话：一辈子不出门儿是修来的福！这可能是我的父亲为生活所困走不开，说这话只不过是自我安慰，抑或是怕他的儿子真的有一天走得远了，乐不思归，忘了家乡和父母吧。

河北作家陈新潮

【作者简介】

陈新潮，笔名"三月梦"，河北省邢台市人。邢台市作家协会会员，《中华文学》签约作家，《华中文学》签约作家兼编委，作品散见于《江河文学》《春晖文苑》《楹联博览》《邢台日报》《速读》《作家报》等报刊及多个微刊平台。

我的母亲

"慈母手中线，游子身上衣。临行密密缝，意恐迟迟归"，这是母爱最大的体现。在母亲的心里，孩子就是自己的唯一。

我的母亲，两个哥哥，两个妹妹，她是长女，那时候孩子多，生活条件差，她没上几天学校就辍学了，就跟着我姥爷去地里干活，挣工分了。所以，她能深深体会到没有文化，只靠卖苦力，一辈子没有出息的滋味。

那时我初中毕业，父亲不想让我再上学了，说"山里娃跟人家城里人比，基础差得很，能有什么出息，上完高中还不是照样回家修理地球？"那时，我是多么想上高中，心想只要自己努力，一定会考上大学的，憧憬以后的未来，是多么美好。我就和家里人怄气，一心里想上高中。母亲一直在做父亲的工作："让孩子试试吧，考上考不上，他尽力了，一辈子也就没有怨言了。"最后，还是在母亲的支持下，我顺利地上完了高中。

后来，我参加了工作，也到了娶妻生子的年龄了。爱美之心，人皆有之。那时候，家人在老家给我说了一个女孩，是我父亲同学的女儿，虽然算不得漂亮，也算看得过眼。可那时我在单位自己谈了一个，很谈得来。等我告诉家人，起初两位老人都反对，说："外面的人没有咱山里人实诚。"言外之意，就是不想让我找个外面的人，说娶个老家的女孩离他们近，什么事情也方便。可我有自己的主意，觉得谈个离工作近的，无论工作，还是生活都挺方便。我就和家里一直僵着。都说胳膊拧不过大腿，这一次他们没办法，最后母亲说："以后享福受罪，都是他自己找的，由他去吧。"虽然，这次我给自己做了一次主，可是事后母亲告诉我，因为这事跟我父亲吵了好几次，才做通父亲的工作。我的母亲总是在我人生的十字路口能及时帮我一把。

最让我感激母亲的还有一件事。那一年厂子里不景气，我便决定辞职不干了。这次父亲到没说什么，而母亲忧心忡忡地说："你要想好了，一脚迈出去，可就再也回不来了。"说了好几次，看我决意要辞职，也没说什么，这是自言自语地说了一句："但愿以前学校吃的那么多的苦，没有白吃。"虽然看到母亲不开心的样子，我也不好受，可已经决定了，就硬着头皮干吧。

越是容易进入的行业，也越容易被淘汰。这句话也不知道是哪位商业大佬说的。自从下海，我就干起日用品批发的生意。不下海不知道，一脚踏进去，才知道深浅。批发行业本大利润小，再加上同行竞争，那一年我赔光了家里所有的积蓄。供应商不先打钱不发货，下面零售商货到不给钱。严重的三角债，压得我透不过一点气来。那段日子里，我成天酗酒来麻醉自己。我很迷茫。那一夜，下着雨，我们早早关上铺面大门，一家子躺下了，一阵急促的敲门声，把我从床上叫起。我心很烦，这是谁啊，下这么大的雨，这么晚了还来要货。等我打开门，吃了一惊，原来是我母亲，披着块塑料布。"妈，这么晚了，还下着雨，你怎么来了？来了，也不打个电话。"我妈腼腆地笑着说："本来能早点过来的，可客车抛了锚，到城里都黑了。我的手机也没电了。"我赶紧招呼媳妇做点吃的。我妈刚刚坐下，来不及擦拭头上雨水，就从卸下的背包里拿出一个手巾包着的东西。我便问："这是啥啊？妈，这样包着里三层外三层的。"这时，母亲已经摊开了，是一叠钱，看厚度足有三万多。"这是我和你爹攒了一辈子的钱，本想养老用的，昨天你媳妇打电话，说你生意赔了，成天学会了喝酒，我就把这棺材板钱，从信用社取出来，你先救救急。做生意哪能一帆风顺呢？"母亲虽然笑着说，可我的心酸溜溜的，眼泪止不住地流了下来。

世上只有妈妈好，有妈的孩子像块宝。我真的觉得，有母亲，我真的好幸福。有母亲的庇护，我才是世界上最幸福的人。

街心公园

东庞煤矿坐落在内丘大孟镇的辖区，随着近几年的城市文明建设的推进，在矿工人村的十字街口北的一片废墟上，建成了一座集休闲、游玩和文化活动的街心公园。

风雨过后，清晨推门而出，沿着门前古槐小径，向东便是这街心公园。进入公园，首先映入眼帘的是一片池塘。微风吹来，碧波荡漾，暗香浮动。池里荷叶田田，绽开许多红的、白的荷花。有一条小船在湖面上来回游荡，岸边柳丝依依，颇有点江南的味道。

沿着塘边，是一条弯曲的鹅卵石铺就的小路。两边是常青树灌木丛，郁郁葱葱，后面各是一排开着紫色花的树。以前我也叫不出来它的名字，还是同事告诉我这是木槿花。转了一个弯，拾级而上，就是一个人工堆积的假山。盛夏的雨后，天上布满云彩，空气也就凉爽了许多。这时，人渐渐多了起来，孩子们进来不是嬉闹，就是往池中投食，引来鲤鱼争相抢食，随后就是一阵开心的欢笑。假山上有一排排石头长椅，可供人们休憩。这假山在公园最高处，整个园子一览无遗。假山下面就是一个人工湖，和门口的池塘相通，湖面有几排喷水彩灯的装置。夜幕降临，彩灯旋转，灯光四射，音乐伴着喷起的高高水柱响起，那是另一番美的景象。湖对面就是一个小小的用于文化活动的广场。由于雨后早晨清新凉爽，有一队跳广场舞的大妈们，早早占据地盘，随着舞曲翩翩起舞。

下了假山，便是一座凉亭。几个爱好京剧的退休工人坐在那里，拉弦、打板，就开始亮起嗓子唱了起来，唱得有板有眼，颇有点京剧的味道。绕过亭子，就上了人工湖的小桥。站在桥上，凭栏望去，湖面上清风徐徐，碧波涟漪。俯瞰下去，可以看到鱼儿成群结队地游荡着，一个小小的石头投下去，不见了踪迹。

虽说这个公园离家很近，可总是为了工作，忙忙碌碌的，还真难得进来一趟。在回家的路上，边走边轻轻地吟诵着头几天刚刚写完的一首诗：

> 雨后园林秀，池开多白莲。
>
> 往来青石洞，游览碧溪渊。
>
> 鸟啭幽篁处，蛙鸣绿岸边。
>
> 人间有此景，何必慕神仙。

这街心公园虽然没有诗里写的那么多景致，但在这四周都是钢筋结构的楼宇中心，有这么一个别样的地方，足以让人心旷神怡。一个人如果热爱生活，才会在身边发现美。不是有这样一句名言：心若有桃花源，何处不是水云间啊？

萤火虫

"银烛秋光冷画屏，轻罗小扇扑流萤。"这是古人描写萤火虫的诗句。

在上高中之前，我都是在家乡度过的，所以说，对萤火虫还是不陌生。一般七八月份，秋夏交替之际，夜幕降临，萤火虫就不知道从哪里都飞了出来。小时候也问过大人们，大人都说是腐草变出来的。自己也曾好疑惑，草怎么能变成飞虫呢？后来大了才知道，历史早有记载，《礼记·月令》中："季夏之月……温风始至，蟋蟀居壁，鹰乃学习，腐草为萤"，崔豹《古今注》上也说："萤火，一名耀夜，一名景天……腐草为之，食蚊蚋"。看来这萤火虫不仅吃蚊蚋，它还吃生长在蔬菜上的小蜗牛。这种小蜗牛是专门吃蔬菜上的嫩叶子。这样看来，萤火虫还是一种益虫。

月黑见渔灯，孤光一点萤。小时候，夏天的夜幕刚刚扯上，这些小精灵们都飞了出来，大街小巷，村里野外，比比皆是它们的身影。它们各携着一盏小绿灯，和村里的孩子们一样，南游北逛，串东邻，走西家。村里大一点的孩子们司空见惯，没什么稀奇，小一点的孩子们觉得好玩，萤火虫飞得也低，速度又慢，伸手就可以捉到。这也就成了小孩子游玩的乐趣和猎物了。一般这个时候，大孩子们就会授意小的，回家拿一个玻璃瓶子，大小皆可，把捉住的萤火虫放在瓶子里，不一会儿就会捉到很多。在漆黑的夜晚，举着瓶子摇来摇去，宛若一盏盏绿色的小夜灯。

其实，到现在才知道，这小小的东西，对环境还是有极高的生存要求的。它生存的空间，必须空气清新，水质纯净。这样看来，它还是一名小小的环境质量检测员。随着工业化的扩大，污染严重，环境质量急剧下降。对环境要求极高的萤火虫也看不到它们的身影了。很可惜的。这也难怪，在城镇居住这么多年了，夜里还没有见过一次流萤的影子。

近年来，在国家大力整顿环境的情况下，我们不仅要金山银山，更要绿水青山。希望在不久的将来，在所有的地方都可以再看到这些小小萤火虫的身影。再现"萤火小窗飞，学童携网挥。效古囊里放，满屋翠光微"的夜景。让我们还能够回到"夜坐夏树下，常伴流萤数夜星"那样童话般的岁月里。

住在冬天的月亮

"凌晨寒空冷，云开一月明。竹斜长短影，鸟啭两三声。"因为店里需求，我每天早晨四点多就要起床，经常伴随我的也只有这天上的月亮。

寂静的四野，偶尔有一颗流星划过。冬天的风，吹在脸上，像刀子割一样。坐在车上，虽然室内有暖风，还是有一些冷意。月儿，总是悬挂在远处的树梢上，静静地陪伴着我前行。

一年 365 天，每天早晨都行驶在道路上，只要有月亮的日子，总会或早或晚，或东或西和月亮相见。望着月亮和这寂静的夜，经常会不由自主地想起小时候的冬天。

冬天的清晨是一天中最冷的时分。可是在山里，冬天就要等这样的天气，用石碾碾压酸枣。从地里拾回来的酸枣，经过多日晾晒，基本没什么水分了，等冬天最冷的时候，枣皮会变得又脆又干，这样经过碾压，再用筛子，就可以将枣的皮肉和枣核分开，再经过筛网孔径的大小筛选，就分成粗细两种枣面了。

那时候没有机械制作，都是靠人力和畜力，用石碾制作而成。有的人家里没有牲畜，那就得靠一家人起来，推着石碾来完成。

冷冷的风，吹在刚出屋的脸上，生疼生疼的，手只要裸露着，不一会儿就会冻得麻麻的。每次都是不情愿的，在大人数次催促中起来。那时候，也没有电，一切活动只有这明亮的月光照耀着。望着清冷的月亮，总是默念，什么时候能不再推碾子啊。

还是这一轮明月，结婚的那一年，也是这十一月中旬。下了一场几十年不遇的大雪，把山里的道路封堵，所有公交停止运行。可结婚的日子早就订好了，不能更改。商量到最后，只能徒步走出大山，从妻子村里租辆大巴，把妻子的亲戚接过来。早起三四点，我就和几个人踏雪出了山。就是这圆圆的月儿，默默地陪伴着我一直走到天明。

数十年过去了，望着这清冷的月亮，总是不由自主地勾起对那时候的回忆。月，这冬之月，也就成了我记忆中抹不掉的一个景；这冬月，给我带来多少欢乐和对美好生活的向往！

月色如梦，记录着我生活中的悲欢离合。月光如水，滋润着我许多往事的干涸。慢慢地我真的喜欢上了这冬天的月亮。它没有了春天万物复苏的孟浪，夏天雷雨的动荡，秋天的焦躁，静静的，如一个文静的少女。

冬之月，我生活中的一个伴侣；冬之月，我生命音乐中的一个音符。在我的生活中，总是有一弯住在冬天的月亮。

忙年歌里豆花香

渐过腊月二十，家乡就有歌在唱：二十三，糖瓜粘；二十四，扫房子；二十五，磨豆腐；二十六，蒸馒头……

在那个物资匮乏的年月里，大人小孩都盼望着过年。因为，过年不仅仅有忙碌的喜悦，还有好多好吃的食材在等着，勾引着你的味蕾，最难以忘怀的就是自家做的卤水豆腐。

村里每年一过腊月二十，家家户户都是要做豆腐的。人们根据家里的情况，多做或者少做一点。那时候没有冷藏设备，要想放长一点，就会有盐腌渍起来。这样就可以吃到二三月份。自己做的卤水豆腐还比较纯正一点。所以，每次从外面买回来的豆腐，父母闻一下，就知道是不是卤水做的。

豆腐制作说得很简单，但是做起来是一个急不得的工作。首先要进行挑拣，挑出杂物和霉坏的。挑拣好的黄豆，浸泡起来。等豆子完全胀好了以后，就用自制的石磨，边放豆子，边用瓢舀水，一起磨下。等磨好，倒进锅里，这样生豆浆就做好了。下一步就是用慢火烧开，那时候都是用木柴烧火。木柴在灶膛里，哔里啪啦欢快地燃烧了，火焰轻轻地舔着锅底。慢慢地锅里就散发出清香的豆浆味道。

泡豆，磨浆，都是手工做的，有点慢，一般做完这些，都到了晚饭时刻了。一家小孩都眼巴巴看着锅，总是嫌弃慢，小一点的孩子熬不住，就躺炕上睡着了。大一点的孩子，总是坚持陪着大人们熬。就仅仅是为了喝上一碗豆花。

豆浆沸腾的时候，表面慢慢地会浮起一层薄薄的油状物。这些捞出来，晾干，就是纯正的油豆皮了。如果把它切成段，配一些黄瓜、洋葱、香菜之类，加盐，腌制一下，放些香油，就是一道美味佳肴。

豆浆沸腾后，放置一会儿，温度降到七八十度就可以放卤水了。化好的卤水，往锅里放的时候，要不断搅拌，一是为了让卤水和豆浆充分结合，二是怕越来越稠的豆浆煳锅了。常言说：卤水点豆腐，一物降一物。等卤水和豆浆充分融合了，就成了豆花。把稠稠的豆花，舀进一个四五十厘米的方形纱布里。将四个角扎在一起，用一块木板压在上面，在村里随地取材，寻一块干净的石头，压住，半个小时，豆腐就制成了。

每次做豆腐都会留一些豆花出来，盛上几碗，大人孩子解解馋。这时候，也是家里孩子们都开心的时候，因为可以喝上一碗盼了一年的豆花。豆花香气扑鼻，一股清新的豆味沁入心脾。软软的，吃一口，唇齿留香。

光阴荏苒，时境过迁，时常会想起小时候家里做豆腐的情景。总想再喝一碗热热乎乎的豆花。每一次唱起忙年歌的时候，仿佛总会闻到浓浓的豆花香。

忙年歌里豆花香，也成了我戒不掉的乡愁。

浙江作家吴虚谷

【作者简介】

吴虚谷，男，浙江省衢州市人。中国诗歌学会会员，中国诗词学会会员，中国楹联学会会员。浙江省科普作家协会会员，衢州市作家协会会员。浙江师范大学毕业。40岁开始经商。爱好文学，先后发表诗歌、小说、散文、通讯稿、电视专题片脚本等数百篇。有《虚谷诗集》《一念集》《金鸡山上》（与鲁承禹合著）等出版发行。

父亲

都说是"严父慈母"，可是，我的父亲，在他漫长的一生里，几乎从来没有骂过我，更不用提打我了。

母亲的话尽管严厉，有时我们可以不听，但父亲的话我们却会乖乖地听从，大概就因为他很少对我们发号施令吧。

（一）

小时候，在外面干了什么蠢事，恰巧被父亲碰上，他也只不过粗起嗓子凶道："回去！"于是，我们兄妹便"噼里啪啦"往家跑。

在家里，我们可以爬满他的全身。弟弟喜欢骑肩膀，妹妹喜欢挂脖子；而我最乐意把脑袋枕在父亲结实的大腿上，听他的二胡在耳边"浪里啷格"响。

起初，父亲是我独享的父亲。傍晚，我躺在他的怀里，听他拉起婺剧。父亲的二胡是外公教的，因此，母亲总半嗔半喜地说，父亲拉的一点也不高明。但她只要干完灶上的活，便会求着父亲："拉个秧歌呀！好听。"她坐在灯下纳鞋底，听着听着就会亮出活泼圆润的嗓子，轻轻哼起"花篮的花儿香……"或者是"解放区的天……"我常常在清扬的旋律中入梦，梦见桃花在村头盛开，溪里的小鲫鱼拖走了水面的花瓣，醒来时十有八九已钻在被窝里了，摸一摸身子右边，触到了使人又痒又痛的胡荏子，我才放心，知道是和父亲睡在一个枕头上。有时，睡不着，父子便说悄悄话。

"爸，刚才你拉的什么戏？"

"你猜呢？"父亲侧过身来拍我的小脸。

"是《碧桃花》？"

"你怎么听出来的？"

"嗨，刚才我做梦，满村的桃花全开了。"我因为兴奋把声音放的很响。

"还不轻点，猫头鹰听到要来数眉毛的。"母亲在另一张床上说话了。猫头鹰是可怕的，我于是抱紧父亲的脖子。

（二）

几年后，父亲成了弟弟的父亲，二胡清扬的曲调不常有了。

又过了几年，父亲成了妹妹们的父亲，二胡便整日挂在床头。几乎再也不拉了。

终于，在一个下雨天，调皮捣蛋的弟弟把二胡当作舀水的勺子。一个跟头跌去，弟弟掉了两颗门牙，二胡碎成四五六片。

父亲把劫后余生的那把弓挂在我们够不着的板壁上，有时他会坐在床沿，呆呆地望着对面的弓，一脸萧然落寞，不知勾起了什么联想。

常听母亲夸父亲是个聪明人。他只读了两年私塾却被选中当扫盲夜校的老师。他是长子，爷爷很早就把养家的担子一点一点压在他身上。

土改时，军管会的首长点名让他去当助手，爷爷死活不同意。

抗美援朝时，他偷偷去参军，奶奶又哭又闹寻死觅活坚决反对。

父亲一次次想要改变命运，但一次次以失败告终。

父亲26岁那年，爷爷积劳成疾不治身亡，给父亲留下6个弟弟妹妹。父亲号啕大哭，悲痛地在地上打滚。爷爷不在了，天塌下来了，而他就是那个"天塌下来自有长子撑住"的人！这一副重担压在他身上，从此，再也没机会改变命运了。

20世纪50年代末，父亲先后被派往铜山源、黄坛口、小湖南等地修水库、修公路，他总是能很快被赏识，他当过组长、队长，后来又成了工地的统计员……正在他以为终于有机会离开小村时，一场大饥荒又把他赶回到山村土地上来。

正是这些经历，使他强烈的希望自己的子女得到良好的学校教育，将来光耀门第。

父亲的弓渐渐积满了尘土，生活日趋艰难。但是，爱幻想的父亲还是常在我们面前逗乐："老大，你长大去开飞机；老二呢，我看就去开火车；老三……"还没等他安排结束，我们几个早在屋里"呜……呜……""嘟嘟……"地嚷开了。"飞机""火车"乱成一锅粥。妹妹忍不住跑到他面前问："爸爸，我呢我呢？"他把脸一板道："女孩子，哼，不行！"

"哇……"妹妹们一齐哭。

这种日子，往往是逢年过节，父亲刚喝了八成酒。

嗜酒几乎是我们家族的一大特征。过去，我们家没有土地，生活就靠爷爷肩上一副豆腐担子。寒冬腊月，爷爷穿一条破烂单裤，在风中穿行，却舍得花钱打酒喝。他留给子孙的名言是独特的一句话："布暖暖一片，酒暖暖一身。"

父亲完全接受了家族的遗传基因。只是酒量欠深，几碗一喝就醉，一醉就吹牛，把严酷的现实打扮成一个乌托邦的理想世界。为此，曾不知给母亲带来过多少麻烦和难堪。

一个初春的夜晚，父母正商量着最后一担稻谷吃完该怎么办。突然，一阵狗叫，来了一个朋友，一进门便向父母千恩万谢。看他作揖的虔诚模样，似乎把我父母当成了救苦救难的观世音菩萨。而父母则如丈二金刚，一时竟摸不着头脑了。

原来，前几天父亲和他在一个亲戚的寿宴上相遇。席间，他向父亲说起家中断粮，春荒难度。父亲本来是极讲义气的，而且，特别喜欢结交比自己更窘迫的人，何况这时已经酒过三巡，微醉醺醺，他觉得这时候解人危难是君子义士之类的壮举，便把自己家里的粮仓大大夸耀一番，一拍胸脯答应帮他。一场酒醒后，却哪里还记得这荒唐的诺言。

那位朋友如今明白了真相，又亲眼看到曾被父亲大大赞美过的粮柜确实空空如也，灰心失望，一转身便要走了。母亲为了顾全父亲的面子，连忙拉住朋友，匀出50斤稻谷让他带回家去。

多年以后，当我接触到尼采的美学思想，才对我们家族男性的这些行为有了较为深层的哲学思考。我把它解释为达奥尼苏斯精神和阿波罗精神的结合。前者是醉的境界，试图忘却现实，后者是梦的境界，试图超越现实。这两种境界的结合，给现实世界掩上一道美妙的薄纱，与其如醉如狂，无限欢欣的梦幻形象，弥补和粉饰生存的痛苦和艰难。

　　记得我几次升学，父亲都醉了。

　　小学升初中，是 1973 年，农村十分凋敝。父亲竟拿不出十几元的学费。后来姨娘听说了，把搓草绳赚的钱借给我们。第二天，父亲去城里为我买学习用品。他自觉十分窝囊，把剩下的钱沽酒喝了。踉跄回家，把一双鞋交给我说："这鞋是爸亲自给你买的，你穿上它，会飞黄腾达，今后……"

　　这使我走路格外小心，早晨到学校后要参加晨跑，即使是秋风萧瑟，白霜裹地，我也要脱鞋赤脚。怕被同学耻笑，一边跑一边喊："看，脱了鞋跑多轻松！"我跑得比谁都卖劲，一年过后，我意外地拿到一万米冠军。

　　我是以全校第一名的成绩结束初中学业的，但上高中并不凭成绩，而是靠贫管会推荐。

　　父亲身在小山村，以他农民的朴实，不明白政治变化也会与他有影响，乐呵呵地认定我一定能够上高中。他早早卖了几趟柴，凑足了学费，静候佳音。

　　8 月的田野黄了又青，可我的入学通知书却不见踪影。父亲急了，一大早赶到学校，天黑才回来，一句话没说便倒在床上。倒是叔叔打听到了一些小道消息，说和我同班的学生，多有干部子弟。村里两个名额早就被干部子女拿走了。我的班主任毛标海老师为我据理力争，听说他把全班的档案都锁进抽屉。扬言我上不了高中，其他人都没有资格。

　　或许就是这么一闹，引起了上级领导的重视。县里决定增设两个"农业技术培训班"。

　　过了几天，我果然接到了"农业技术培训班"的录取通知书。要求我们报到时必须带齐畚箕、锄头等农具。父亲却闷闷不乐，担心这样的学校学不到知识。碰巧来了个朋友，父亲便借故向母亲讨钱打酒。这一次，他的达奥尼苏斯精神又大放异彩了。

　　开始，父亲还为我不能上普通高中委屈，不一会儿，他便高兴起来了："这一次可是老师特别推荐我儿子。"

　　在父亲那微醉的朦胧眼中，毛老师成了我的"护法神"，而我身上，这时也已经焕发出文曲星的灿烂光芒啦！

　　母亲有一套银首饰和一只很古老的金戒指，这还是外婆的嫁妆呢。每次我高烧不退，母亲只要用戒指放在草药中煎汤给我们喝，总有奇效，此法百试不爽。母亲多次对我说："待你娶了媳妇，我就把这些传给她。"

　　上大学前夕，父亲高高兴兴的请乡亲来喝送行酒。三碗下肚，他断定我能找一个高贵的媳妇回来。

　　人们笑，知道他又喝得差不多了。

　　父亲竭力证明他头脑清醒，说要让我把金戒指带在身边，以便随时给那个"她"戴上。对他这一浪漫而古怪的想法，人们报以更响亮的笑声。

　　父亲进房去拿戒指，等他出来时，却谁也笑不出声了。大家注意到他失魂落魄的表情。原来，母亲为了给我备足路费，悄悄地瞒着父亲把首饰兑掉了。我第一次发现父亲也有喝醉酒默默流泪的时候。

　　我上大学期间，正是改革开放以后思想解放运动的高潮。同学们也受各种潮流影响，记得周末的时候，许多同学会去大餐厅跳舞。也有不少同学喜欢写诗，常常可以听到有诗人张开双臂"啊"的朗诵。我也想像他们一样潇洒，但我总忘不了父亲衰老的脸上的泪，总记得一巴掌就盖得住的小村。心中充溢着酸涩，我怎么也活泼不起来。

　　大学三年级时，父亲得了坐骨神经痛。在一丛盛开的夹竹桃前，我读完了这封家书，中间因为泪水盈眶不得不停了三次。我看着同学从教学楼的大门进进出出，楼前的喷水池正变换出一道道绮丽的彩虹。透过这彩虹，我看到父亲一边狠狠地捶打着自己的腿，一边艰难地扛起犁耙走向贫瘠的土地。我明白，一家八口强健的消化系统，靠一个坐骨神经痛的病人是得不到满足的。唯一的办法，只有我回家乡。

我终于成了镇中学的一名语文教师。父亲极是高兴。他满头的黑发已经发灰，花白了，胡子似乎也稀疏了不少。

为了让父亲少到别人那里弯腰借钱，三年大学我两个寒假都没有回家过年，留在学校拿一天八角钱的护校费。家里发生许多事我并不知道，最使我痛心的是大妹的失学。

那天我一进家门，便见大妹妹穿一身脏里脏兮的衣服，全身伏在猪圈上给猪喂食。一问才知道自父亲病后，她代母亲做家务，母亲下地干活去了。

晚上，我对父亲说："让我把妹妹带去读书吧！"

正在吸旱烟的父亲惊异地看着我："你不是大学毕业了吗？"在父亲看来，我们家有一个大学生已经足够光宗耀祖的了。

"我是说妹妹，她应该……"

"不行！家里走不脱，再说女孩子……"

我心里很不痛快，可是我又没办法解决家里的窘迫。而且，我清楚看到父亲背负的封建包袱，他宁可给女儿花钱买布，却不愿意给女儿花钱读书。

（三）

每一位父亲都对自己的长子寄予最大的期望。父亲是以我为自豪的，但有一件事差点使我们父子感情隔绝。

那天，我回到宿舍，看到桌上摆着一顶笠帽，正诧异，听到隔壁房间传来极响亮极熟悉的声音。"是父亲！"

果然是他，正向我一群同事大声说我从小如何聪明了得呢。一见我，那声音立刻轻了许多，连忙解释说是来买化肥的，看我不在，便随便串了个门，和邻居们聊聊天。

我看他那装束，腰里扎一条汤布，赤脚穿一双解放鞋，习惯性地高挽着裤脚。我脸上不由热辣辣的。

我有些不高兴，把他拉回自己的宿舍，便出去给他打了一斤黄酒。回来时，见他正站在书架前，一边翻书，一边吹着口哨，吹的是"没有共产党就没有新中国"，我边给他倒酒边劝道："爸，这里四周都是人，你干吗吹得那么响？好像就你会吹这两句似的……"

父亲突然停了口哨，他听出我话里明显的揶揄意思，缓缓转过身来，把拿在手上的一本书"啪"地一合，扔在书架上，像突然不认识这个儿子似的盯住我看，嘴角肌肉微微抽搐，突然，他抓过桌上的笠帽扣在头上，就往门口走。

我吓住了，一把拉住他的衣袖喊："爸，你哪去？"

父亲一甩手，试图挣脱被我抓住了衣袖。

"你还是我儿子吗？我这两句怎么啦？没有共产党有你这个大学生吗？你以为现在可以不要共产党了，我看你读书读昏了头了。"

父亲喘了一口气，一指书架又训斥道："看你这些书，都是些什么呀？穿衣服的不像穿衣服，不穿衣服的干脆光屁股光腿。你还没结婚呢，看这种书不吉利，哼！我劝你别资产阶级了！"

我从来没有看到父亲发这么大火，心里隐隐觉得父亲的愤怒是纯洁而神圣的。虽然，生活中有许许多多的不如意，但几十年来父亲从来没有在心中动摇过对共产党的信赖。我想到他的那把二胡，和母亲轻哼的"解放区的天"。

饭后，看他有八分醉意，我让他休息，准备给他看看有没有化肥，可他硬要自己去。

他走后，我整理被插乱的外国文学名著书籍，才发现他刚才翻看了《源氏物语》和《神曲》两书的插图。难怪他要说什么"不吉利""资产阶级"了。

傍晚时候，天下起零星的雨来，我正思忖父亲是否买了化肥。突然，一个朋友来告诉我："你父亲喝醉了酒，倒在路边的田里了。"

我飞一般赶去！

父亲躺在路边的油菜地里，不省人事，一大片油菜被压倒了。身边站着一位手足无措的远房亲戚。

原来，父亲没有买到化肥，却遇到这位亲戚，两人多年未见，少不得要喝酒叙旧。远亲不断地夸他有一个大学生的儿子。哪知父亲正生着我的气，哭笑不得，只有埋头喝酒，本来就有了八分醉意，这一喝哪里还有不醉的道理？

照例有许多人围着看热闹，其中不乏我的熟人朋友，纷纷问我躺在田里的"醉鬼"是什么人，我喉咙嘶哑地告诉他们"是我的父亲！"问话的人一个个露出尴尬而歉疚的神态，我真觉得无地自容。

我一直希望自己能活的洒脱一点，可现实中，我时时发现自己庸俗到难以忍受。在父亲被酒精折磨的天昏地暗时，我心中却觉得父亲丢了我虚荣的面子。

我没有把父亲背回单位，怕惹同事笑话，而把他安顿到那位远房亲戚家中，自己却骑了车回单位了。第二天早晨，我准备送父亲回家，不料，父亲早已离开了。听亲戚说，父亲酒一醒就叫我的名字，但知道我丢下他走了，就一言不发独自回家了。

我眼前突然浮现出父亲已经佝偻的背影，在浓重的暮色里，披着两肩孤独，落落寡合地消失在纵横交错的阡陌间，我深深感觉到父亲那颗苍老的心被刺伤了。

我为自己的虚荣羞愧。

这以后的几年，我用自己微薄的工资和并不强健的身体，负担着弟弟妹妹的学业，帮助父亲扶犁挑担。几乎每个月的工资都是不够用，买农药化肥的钱常常要打个报告到学校财务处去预支。

父亲喝酒和吹牛的故事情节却不断地在更新。

有一次，父亲竟然醉在河滩里，我们赶到他身边的时候，猛涨的洪水已经淹没了他的胸口，他的双脚在水里一晃一晃的。都以为这一次他会接受教训了，没想到第二天他酒醒之后竟然吹牛说："我的命大着呢，不活到九九八十一，就算阎王也不敢要我。"

我一直都想到城里去发展。那年冬天广电招聘编辑，我在村里干活。第二年夏天，《衢州日报》招聘记者，我在村里"双抢"。

而我的村庄没有电话，没有电灯，没有公路，当然也没有邮差。等到我知道消息，都是为录取的同学"恭喜恭喜"的时候了。

其实，我并没有比父亲走得更远，我想改变命运的梦想也一次次被现实狠狠地打碎。

不久，弟弟高中毕业考上了军校。又不久，二妹初中毕业考上了师范。

机会毕竟还是有的。只是转移到弟弟妹妹身上了。

有一次，父亲从妹妹学校回来，高兴地说妹妹买了很好的酒给他喝。我正在院里劈柴，父亲走近我身边，长久地注视着我，喟叹似的道："你比我强，当年你爷爷也把一群弟弟妹妹交给我……唉，老了。"他无限感慨地摇一摇头。

一群邻居的孩子正在院里玩"不准离家"的游戏，他们在地上画一个圆圈，站在圈里往天空扔石子，看谁扔得高，而掉下来的石子又要落在圈里。我的心被一种感觉尖锐的刺了一下，仿佛自己便是孩子们手中的石子，虽然在天空划了一道弧线，落下来仍旧在这个巴掌大的村里。只有看到弟弟妹妹们带着一种灿烂的憧憬谈他们的理想时，我才看到自己比父亲毕竟多走了一小步。

在父亲的庭院里，我栽下数株葡萄。在度过人丁兴旺的"满巢"期后，这个庭院开始变得空寂了。而我希望父亲晚年不孤独。

（四）

不久，我又一次远离了巴掌大的小村。

在远离家乡的日子，我常常想到父亲的那把二胡，不知那板壁上的弓还在吗？要是父亲的手指还能按弦，我该给他买一把二胡，让孙子们枕着他的腿，再听那清扬的旋律……

当我接到父亲病危的消息赶到家时，父亲拉着我的手久久不肯松开。"老大，我已活过81了，知足了。我一辈子生了你们这群孩子，个个都有出息，谁敢说我是只会喝酒吹牛的人？"

我把父亲抱在怀里，认真地哄着他"你醉了才能忘了痛苦，你做梦，才能得到快乐。你没有错。"

父亲孩子似的笑了，有点调皮地问我："让我再喝一次酒，好不好？"

弟弟妹妹都摇头。我对母亲点点头，母亲让大妹舀了一调羹喂他。

父亲扭过头去，妹妹问："你怎么又不要了？"

父亲说："怎么不要？你们不清楚吗？"

我拍拍父亲说："不要用调羹，去拿碗舀。"